나를 만지지 마라

1

Noli Me Tangere as translated by Leon Ma. Guerrero, First Publication, 1961
By Longman Group Ltd., London

Published by arrangement with Guerrero Publishing, Inc., Philippines
© 2010 Guerrero Publishing Inc., Philippines.

This edition first published in Korea in 2015 by Institute for Southeast Asian Studies,
Busan university of Foreign Studies, Busan

Korean edition © Institute for Southeast Asian Studies

호세 리살 장편소설

김동엽 옮김

나를 만지지 마라

Noli Me Tangere

1

니라

나의 조국에게

인간이 경험한 질병의 종류 중에는 종양이라는 것이 있다. 이는 너무도 치명적이어서 미세한 접촉만으로도 염증과 함께 엄청난 고통을 수반한다. 내 마음의 평온을 찾아 이 근대 문명의 중심부에서 그대를 떠올려 다른 이들과 비교해보니, 그대의 형상 속에서 인간의 종양과도 같은 사회적 종양이 드러나는구나.

이제 그대의 안녕을 희구하며, 그대의 질병에 내가 이전에 환자들에게 내렸던 최선의 처방을 내리고자 한다. 그 환자들은 상태가 너무도 절망적이어서 신전 앞에 나아가 신에게 자신들의 병을 치유해줄 것을 소원하는 수밖에 없던 처지였다.

나는 있는 그대로, 그대의 상태를 충실하게 드러내고자 한다. 진실된 모든 것을 감춰버리는 그 질병을 에워싸고 있는 베일의 모퉁이를 들추고자 한다. 그대의 결점과 약점이 곧 그대의 아들인 나의 것이기도 하기 때문이다.

1886년 유럽에서

호세 리살

혁명으로 이끈 두 소설

아마『엉클 톰스 캐빈』을 제외하고 그 어떤 소설도 필리핀의 국민 영웅인 호세 리살이 지은『놀리 메 탄게레Noli Me Tangere』(이 소설의 원제이며 흔히『놀리』라는 애칭으로 부른다. 이하『놀리』_옮긴이)와『엘 필리부스테리스모El Filibusterismo』('폭로자'라는 뜻으로 이 소설의 후편격이다. 이하『필리』_옮긴이)보다 더 큰 파장을 일으킨 소설은 없을 것이다. 그리고 그 어느 작가도 자신의 작품으로 인해 더 큰 처벌을 받은 이도 없을 것이다. 리살의 이 두 소설은 자신을 처형장의 이슬로 사라지게 했으며, 오늘날까지 자신의 조국에서 민족주의의 복음서로서 추앙받고 있으며 법률로 제정되어 대학에서 모든 학생들에게 교재로 읽히고 있다.

복음서를 읽는 것은 그다지 재미를 자아내지 않지만『놀리』는 재미있다. 이는 통쾌한 코미디와 같이 재미있게 필리핀에서 스페인 식민 정부의 최후를 불경스러운 풍자로 묘사하고 있다. 이는 또한 뒤마Dumas의『몬테 크리스토 백작』같은 멜로드라마에서 느낄 수 있는 흥분을 자아낸다. 리살은 어린 시절에 뒤마의 이 소설에서 많은 영감을 받았다. 등장인물들은 의외로 평온하게 등장하고 기억에 오래 남는다. 우스꽝스러운 도냐 빅토리나, 점잖게 까다로운 도니미크회 수도사, 스페인 사람들의 경멸을 다양한 수위의 위험으로 구분하여 걱정하는 소작농들, 종치기 크리스핀, 어리숙한 사람들, 이상하게도 가여운 다마소 신부 등이 그들이다. 아마도 리살은 글의 줄거리와 등장인물을 통해 슬픈 베르테르와 같은 태도를 드러냄으로써 위로부터의 개혁과 아래로부터의 혁명에 대한 진지한 논의를 담아내는 데 그다지 성공하지 못했지만, 여전히 문제의 본질에서 크게 벗어나지는 않았다.

『놀리』는 역사적 의미라는 후광이 없이도 하나의 소설로서 즐길 수 있다. 그러나 그 결과처럼 이 소설이 정치적이지 않았다면 큰 의미가 없었을 것이다. 스페인어로 된 이 소설이 1887년 베를린에서 출판되었을 때는 필리핀인들 사이에 자신들이 단지 보르네오와 타이완 사이에 있는 7000여 개의 섬에 흩어져 사는 다양한 부족의 일원으로서가 아니라, 필리핀인이라는 정체성이 싹트기 시작한 때였다. 동인도 East Indies(지금의 인도네시아_옮긴이)에서 식민지 전쟁이 마무리됨으로써 같은 말레이 민족들 간의 구분이 생겨났다. 스페인 식민 통치하에서 함께 고통을 당한다는 동질감은, 원주민 성직자의 권리에 관한 논쟁이 발단이 되어 세 명의 필리핀인 성직자가 처형당한 1872년 사건(곰부레자 사건_옮긴이)을 계기로 발전해 필리핀의 민족 감정으로 싹텄다.

리살이 11세였을 때 그의 유일한 형은 처형당한 성직자 중 한 명의 추종자였다. 그 사실은 그로 하여금 조작된 음모에 연루될 것을 염려하여 조용히 고향으로 돌아오도록 만들었다. 리살은 생계를 위하여 그의 가족이나 고향을 떠날 필요가 없었다. 그의 아버지가 많은 토지를 소유한 도미니크 수도회에서 토지를 임대해 경작했고 비교적 풍족하게 살았다. 세금과 십일조 그리고 임대료가 리살의 생애 동안 그의 가족을 괴롭혔다. 이러한 문제들은 『놀리』와 『필리』 두 소설에 고스란히 드러난다. 그가 예수회 학교의 학생이었을 때, 그의 어머니는 독극물 사건에 연루되는 누명을 썼다. 그녀는 이야기 속의 시사와 마찬가지로 대로변에 있는 초라한 감옥에 수감되었고, 이베라의 아버지처럼 오랜 고초를 당하고 풀려났다.『놀리』가 세태를 지나치게 과장했다는 비판을 받았을 때, 리살은 소설 속의 모든 사건들에 대해 자신의 실제 경험을 바탕으로 반박할 수 있었다.

리살은 너무나 재능이 많았고 언어에도 특별한 능력을 타고난 천재였다. 그는 동시대의 그 누구보다 인종적 차별에 민감했고, 억압적인 상황에 놓여 있는 필리핀의 현실에 대해 어쩔 수 없는 좌절과 분노를 느꼈다. 그는 21세가 되던 해에 스페인으로 떠나 마드리드에서 학업을 이었다. 많은 민족주의자들이 그랬던 것처럼 그곳에서 식민지 현실보다 자유로운 환경과 보다 성숙한 독자들을 만나길 기대했다. 비록 짧은 기간이었지만 스페인에 입헌공화국이 수립된 후 전에 없던 사상, 언론, 출판의 자유를 맛보았다. 그러나 그가 만난 현실은 대체로 실망스러웠다.

일부 예외는 있었지만 리살은 자신의 동료 대부분이 여자와 카드놀이에 빠져 시간을 낭비하는 것을 목격했다. 리살은 제 잘난 멋에 사는 까다로운 사람은 아니었지만, 그들과는 다른 차원에서 자신의 즐거움을 찾았다. 필리핀에 대한 관심을 불러일으켰던 소책자『필리핀 리뷰Filipino Review』는 몇 회를 넘기지 못하고 중단되었다. 스페인 관료들 중 일부는 자유주의자들도 있었지만 이들에게 접근하여 관심을 끌기는 힘들었고, 이들도 종교적 질서에 도전하기를 대단히 꺼렸다. 리살은 조국의 현실에 관한 논평을 쓰는 데 동료들의 도움을 구하고자 했지만 별다른 성과를 거두지 못했다. 이는 그로 하여금 스스로 소설을 쓰도록 이끌었으며 풍자적인 소설을 선택함으로써 조국의 국민들이 자신들의 진정한 상황에 눈뜨게 하고자 했다. 그리고 스페인 사람들에게는 그들의 이름으로 저질러지는 잘못과 불의를 깨닫게 하고자 했다. 그는 약 2년에 걸쳐 소설을 썼으며, 절반은 스페인에서, 반의반은 프랑스에서, 나머지와 최종 수정은 독일에서 했다. 자신의 학업 시간을 쪼개 이 소설을 완성할 수 있었다.

『놀리』는 드러내놓고 성직자에게 적대적이며, 보다 분명하게는 당시 필리핀에 있던 스페인 성직자들에 대한 반감을 드러낸다. 리살을 포함한 당시 대부분의 필리핀 지식인들의 눈에 필리핀에서의 과도한 권위주의와 자유에 대한 억압은 필리핀 교계를 주도했던 도미니크회, 아우구스티누스회, 프란시스코회, 아우구스티누스회 분파인 리콜렉트 같은 수도회의 행태와 밀접한 관련이 있는 것으로 보였다. 이들 수도회에서 중요한 자리의 교구 신부들을 임명했으며, 교회는 식민지 행정에 있어서 안정성과 지속성을 담보하는 유일한 요소이기도 했다. 평신도였던 행정 관료들은 변덕이 심한 마드리드 정부의 결정에 따라 자주 오갔기 때문에 더욱 그러했다. 그들은 가톨릭이 된 필리핀인들로부터 충성과 애정을 받고 있다는 생각과 자신들의 선배 선교사들이 식민지 관료들의 권력 남용으로부터 저들을 보호했다는 자부심을 가지고 필리핀에서 진정한 통치자로 군림했다. 그들은 민중봉기를 막으려는 식민 정부의 소임을 대신하면서 과도하게 반응하는 공권력으로부터 민중들을 보호하는 역할을 담당했다.

『놀리』는 반가톨릭적이거나 반종교적인 내용인가? 리살은 친구들에게 이에 대해 솔직히 설명했다. "나는 특정 종교의 의식이나 잘못된 신앙으로 자신을 위장하는 성직자들을 비판의 대상으로 삼았다. 나는 종교 뒤에 숨은 적을 공격하고자 종교로부터 자유로워야 했다. (……) 종교의 가면을 쓴 사람들은 당연히 공격받아 마땅하다." 리살의 입장에서 보면 이러한 종교적 논란은 소설이 나타내고자 하는 본질적인 열정과 그 중요성을 훼손시킨다. 리살의 냉소는 누구에게 상처를 주기 위한 것이 아니라 재미를 자아내기 위한 것으로서 아주 오래전에 있었던 분쟁의 메아리로 들려야 한다. 트레이시 경Honor Tracy의 『곧고 좁은 길The Straight and Narrow』이나 마샬Bruce Marshall의 『주홍색 실A Thread of Scarlet』과 비교해 동시대의 독자들은 『놀리』의 내용이 그다지 충격적이지 않았을 것이다. 그리고 실제로 리살은 이들 소설과 페이리핏Roger Peyrefitte의 『베드로의 열쇠The Keys of St. Peter』에 나오는 미신에 대한 비판에 주목하기를 기대했다.

『놀리』는 최초에 2000부만이 인쇄되었다. 리살은 자신의 책을 출판하기 위하여 친구들에게 돈을 빌려야만 했다. 그리고 이 책으로 인해 아무런 수입도 얻지 못했다. 처음에는 이 책이 마닐라에서 공개적으로 판매되었다. 그러나 책이 출판되고 리살이 귀국할 시점에 문제가 발생했다. 도미니크회 대학인 산토토마스 대학교 특별 위원회에서 만장일치로 이 소설을 이단적이며 선동적이라고 판결내린 것이었다. 그리고 이어서 식민 정부의 검열 위원회는 이 책의 유입과 인쇄, 그리고 필리핀에서의 판매를 금지시켰다. 이 책을 소지하는 것만으로도 불순한 의도를 지닌 것으로 간주했다. 리살은 그의 대리인에게 자신의 책이 단지 소각되기 위해 들여오는 것이 아닌가 하며 염려의 말을 하기도 했다.

당시 여론이 주로 소수의 스페인어를 할 수 있는 지식인들에 의해 형성되는 상황에서 『놀리』는 교육받지 못한 많은 민중들에게 놀라운 파급 효과를 보였다. 이 소설의 성공을 말해주는 가장 좋은 증거로는, 자신의 조국과 스페인에서 모든 사람들이 리살을 스페인 성직자들에 대항하여 개혁을 주장한 필리핀 민족주의 운동의 지도자로 인정했다는 점이다. 그의 가족에 대한 탄압이 가해지자 리살은 문제가 진정되고 가족들이 고통에서 벗어나기를 바라는 마음에서 몇 달 후 필리핀을 떠났다. 실제로 해외에서 그는 이베라의 아버지처럼 그의 매형 중 한 명의 시신이 리살과의 관계로 인하여 성당 공동묘지에 매장되지 못했다는 사실을 알게 됐다.

　1년 동안 리살은 영국 박물관에서 필리핀 역사를 정리하는 작업을 했다. 그 일을 통해 리살은 수도회의 역사서에 오로지 미개한 것으로만 묘사된 스페인 이전 필리핀인들의 존엄성과 그들의 문화를 바로 세우길 희망했다. 훌륭한 재능을 많이 겸비한 리살은 함께 교류하며 의견을 나눈 유럽의 많은 과학자들에게 존경을 받았으며, 필리핀 내에 있는 학자들과 함께 국제적인 연합체를 만들 계획을 추진하기도 했다. 한편 『필리핀 리뷰』가 스페인의 작은 이주민 공동체에서 다시금 발행되었다. 주요 논객이었던 리살은 열정적으로 깊이 있고 통찰력 있는 정치적 논설을 발표했다. 논설 중 하나에서 그는 한 세기 내에 필리핀은 미국이나 일본에게 넘어갈 것이라 예언하기도 했다. 그 예언은 실제로 반세기도 되지 않아 실현되었다.

　그러나 편집권에 대한 통제 문제가 이주민 그룹의 정치적 문제로 번졌다. 리살은 다시 한 번 뒤로 물러나 『놀리』의 후속편 집필에 몰두했다. 『필리』의 집필이 마무리 되었을 때 리살은 필리핀에 돌아가고 싶은 생각이 들었다. 그러나 가족이 그의 귀국에 반대했다. 귀국은 그를 껄끄러워하는 사람들에게 체포된다는 것을 의미했다. 리살은 한동안 홍콩에서 의사로 일하면서 영국의 북보르네오 회사와 접촉하여 보르네오 섬에서의 자유로운 필리핀 식민지 건설을 논의하기도 했다. 그러나 실행에 옮길 자금이 없었고, 가족들의 재산을 정리하여 필요한 자금을 모으기 위해 마닐라로 돌아왔다. 하지만 그의 귀국에는 더 중요한 목적이 있었던 것 같다. 마닐라로 출발하기 전에 마카오에 있던 친구에게 자신이 죽은 후에 열어보라며 두 개의 편지를 남겼다.

하나는 그의 가족에게 남긴 것이었다. 그 편지에서 그는 자신의 숙원 사업을 완성하려고, 그리고 자신이 언제나 주장해온 사실에 대한 증인이 되고자 스스로 위험 속으로 뛰어든다고 썼다. 다른 편지는 조국의 국민들에게 남긴 것이었다. 여기에는 수많은 사람들이 자신 때문에 불의하게 처벌받고 자신의 형제와 자매 그리고 수많은 그들의 가족들이 범죄자처럼 쫓기고 있는 사실을 알고 있는 이상 해외에 계속 머물 수 없다는 내용이 담겨 있다. 억울한 처벌을 받는 많은 사람들에게 자유를 주고자 자신의 목숨을 바칠 결심을 표현했던 것이다. 덧붙여 그는 "우리의 애국심을 부정하는 사람들에게 우리가 우리의 의무와 신념을 위해 어떻게 죽는가를 보여줄 수 있기를 바란다"고 썼다.

귀국 초기에 리살은 융숭한 대접을 받았다. 총독이 그를 친히 초청하여 접견하고 아버지와 누이를 사면시켰다. 그러나 그는 이미 너무나 유명한 사람이 되어 있었다. 친구들과 추종자들이 이곳저곳으로 그를 안내했다. 리살은 조심성이 많지 않았으며, 곧 필리핀인들 사이의 연대를 위한 연맹을 조직했다. 얼마 후 그는 전격 체포되었다. 이유는 이미 오래전에 그가 세관 검열을 받을 때 짐에서 발견된 팸플릿이 반란을 부추기는 내용이었다는 죄목이었다. 비밀에 부쳐진 행정 절차를 거쳐 리살은 불모지나 다름없는 민다나오의 다피탄Dapitan으로 유배되었다.

『놀리』의 내용에는 놀라운 예언이 담겨 있다. 이는 그것을 억지스러운 것으로 간주해버리는 사람들을 침묵시킬 만하다. 스페인에서 필리핀으로 돌아온 지식인 주인공 이베라는 성직자들의 적으로 부상하고, 표면적으로 아무런 문제될 것이 없는 교육 사업을 꼬투리 삼아 전혀 관계도 없는 반란에 연루되는 자신을 발견한다. 그는 이러한 경고를 받았을 때 도주를 거절하고 체포되어 추방된다. 그리고 그의 약혼녀와 스페인 사람과의 결혼이 추진된다. 리살이 이베라를 통해 자신의 모습을 드러냈다는 일반적인 의견이 있지만, 이에 동의할 수는 없다. 리살에게는 언제나 미묘한 동요가 감지된다. 궁극적으로 엘리아스가 자신의 마음속에서 이미 이베라를 초월했음을 볼 수 있다. 그러나 리살은 자신의 약혼녀가 영국 철도회사 기사와 결혼하는 것이 기정사실화되었을 때, 자신이 제안한 개혁안이 반란으로 간주되어 억울한 처벌을 받게 되었을 때, 그리고 자신을 구출해줄 제안을 거절하고 결국 필리핀 혁명을 모의했다는 죄를 덮어쓰게 되었을 때, 자신이 쓴『놀리』의 주인공 이베라의 인생 부침을 떠올렸을 것이다.

그가 유배지에서 4년을 보냈을 때인 1896년에 사건이 발생했다. 그는 당국의 감시하에 살았지만, 그럼에도 불구하고 마을의 발전을 위해 그리고 새로운 환경하에서 가문의 재산을 회복시키기 위한 사업을 시작했다. 그는 다시금 농장 운영과 무역에 몸담았다. 작은 학교를 지어서 운영했고 의사로서의 일도 시작했다. 안과 의사로서 그의 명성은 전국을 넘어 해외에서까지 환자들을 불러들였다. 이들 중 한 명이 한 아일랜드인 여성과 함께 홍콩에서 온 사람이었다. 그는 이후에 다시 찾아와 어처구니없이 끝난 리살의 홍콩 망명길에 동행했다.

리살은 증인으로서의 죽음과 같이 자신이 기대했던 죽음을 이루지는 못했다. 그리고 유럽 여러 국가를 유랑한 후 뜻하지 않게 찾아온 사랑과 이룬 가정조차 그에게 충분한 위로가 되지 못했다. 마닐라에 있는 그의 오랜 예수회 동료와 종교에 관한 심오한 의견을 담은 서신 교환도 그의 지적 충동을 잠재우지는 못했던 것 같다. 지루했던 것일까? 그는 쿠바에 있는 스페인 군대에 의료 자원봉사를 결정했다.

그의 제안은 받아들여졌다. 그는 스페인 군함에 올라 바르셀로나로 향하던 중 싱가포르에서 다시 한 번 탈출할 수 있는 기회를 외면했다. 그리고 스페인 당국은 그를 다른 배에 실어 필리핀으로 돌려보냈다. 비밀결사 조직인 까티푸난Katipunan의 이른 발각으로 무장혁명이 촉발되었다. 까티푸난은 리살 동맹의 자연스런 산물이었지만, 그 지도부는 중산층 지식인들이 아니라 하층민들이었다.

리살이 재판을 받을 때 그를 변호해줄 사람은 아무도 없었다. 당시의 사법 절차는 우스꽝스런 연극에 불과했으며, 단지 정치적 목적에 부응하는 요식 행위였다. 법적 판결은 표면적으로 불합리했다. 하지만 본질적으로 리살이 민족주의 혁명의 실질적 지도자는 아니라 해도 그 정신을 불어넣은 『놀리』와 『필리』의 작가라는 점을 제대로 증명했다. 50년이 지나 보다 현실적인 다른 국가(미국을 의미함_옮긴이)의 식민지 정부였더라면, 리살은 감옥에 보내지기보다 독립국의 수상으로 만들어졌을 것이다. 그러나 스페인 사람들은 그만큼 융통성이 있지 않았다. 리살은 사형 선고를 받고, 1896년 12월 30일, 필리핀 식민 정부의 사격조에 의해 공개 처형되었다.

리살의 처형 이후 스페인 식민 정권은 필리핀에서 채 2년을 넘기지 못했다. 서구인들은 종종 무시하는 경향이 있지만 아시아 민족주의에 있어서 반드시 염두에 두어야 할 엄연한 사실이 있다. 이는 리살에 의해 영감을 받은 필리핀인들이 1896년에 아시아 최초로 민족주의 혁명을 일으켰으며, 1901년까지 생존한 최초의 민주공화국을 수립했다는 사실과, 리살이 처형당한 지 50년이 되던 해인 1946년에 서구 식민지로부터 독립을 성취한 최초의 아시아인들이었다는 점이다. 이는 단순히 필리핀 국민들로 하여금 애국적 자

부심을 부추겨서 『놀리』와 『필리』의 작가를 최초의 아시아 민족주의자이
자 자신의 방식대로 세계를 변화시킨 사람으로 주장하도록 유도하기 위함
이 아니다.

레온 게레로

차례

1권

2권

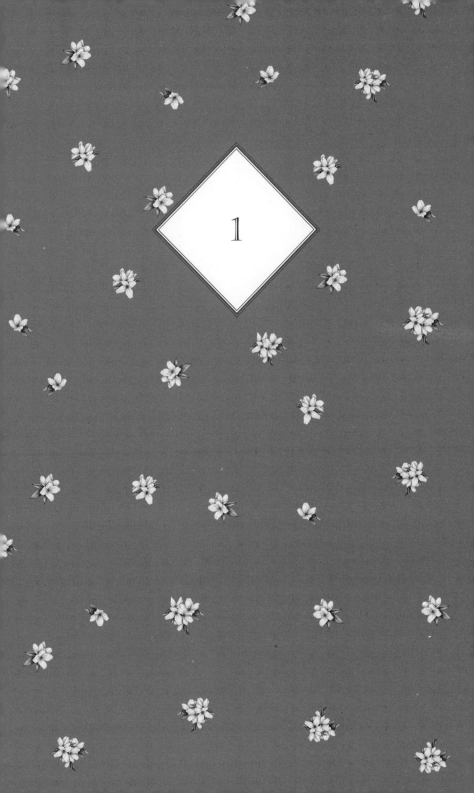

1

일러두기

1 이 책은 호세 리살Jose Rizal의 소설 Noli Me Tangere를 레온 게레로Leon Guerrero의 2010년판 영문 번역본을 대본으로 하여
국내 초역한 것이다.

2 외국어 및 외래어 표기법은 국립국어원의 규정을 따르되, 쉽게 읽히기 위하여 유연하게 적용하였다.

3 설명이 필요한 부분은 '_옮긴이' 표시와 함께 괄호로 묶어 본문에 표시하였다.

1

파티

1880년 10월 말 어느 저녁, 돈 산티아고 데 로스 산토스는 파티를 열었다. 평소와는 달리 당일 오후가 돼서야 초대장을 돌렸지만, 차이나타운인 그의 거주지 비논도는 물론 스페인 사람들이 모여 사는 인트라무로스(성벽 안_옮긴이)에도 파티에 대한 소문이 빠르게 퍼졌다. 돈 산티아고는 카피탄 티아고로 더 잘 알려진 사람이었다. 카피탄이란 명칭은 군대와는 아무 관련이 없고, 정치적인 지위를 말하는 것이었다. 즉, 그가 한때 비논도의 시장이었다는 것을 의미했다. 근래 들어, 그는 유복하고 사치스러운 생활로 더욱 유명해졌다. 그의 집에서는 최근 국가의 자유주의 정책처럼 폐쇄적인 구석이라고는 전혀 찾아볼 수 없었다. 밀수와 관련된 것이나 새롭고 위험한 사상만 제외하고는 모든 것을 수용했다.

파티에 대한 소문은 마치 전류처럼 흘러 식객이나 걸인, 심지어 강도들에게까지 퍼져나갔다. 신께서는 전지전능한 능력으로 이처럼 많은 무리들을 마닐라에 만들어놓으셨도다. 몇몇은 벌써부터 구두에 광을 내랴, 또 몇몇은 셔츠의 단추를 고쳐 잡으랴, 넥타이를 고르랴 정신이 없었다. 그러나 그들의 관심은 어떻게 하면 파티 주인과 친한 척을 하며, 다른 이들에게 깊은 인상을 심어줄 수 있을지에 온통 쏠려 있었다. 심지어 어떤 이는 파티 참가자들이 자신이 등장하기를 애타게 기다리기나 하는 것처럼, 자신의 지각에 대해 정중히 사과하는 말을 준비하기도 했다.

알로그 거리에 있는 저택에서 파티가 준비되었다. 지진으로 일부가 붕괴되지만 않았어도, 그 저택의 위용은 여전히 대단하였을 것이다. 그렇다고 주인이 이 저택을 완전히 철거하는 일은 없었겠지만 말이다. 필리핀에서 보통 집은 신의 섭리 또는 자연의 작용에 의해서만 사라질 수 있었다. 사실상 이런 저택은 연회용으로 정부와 계약을 맺고 있다고들 했다. 저택은 충분히 넓었고, 인근 다른 집들과 유사한 형태를 하고 있었다. 파식 강의 지류가 흐르는 마닐라 한편에 있는 이 지역은 비논도라 했다. 당시 마닐라에 있는 모든 하천은 몸을 감는 곳이자 동시에 빨래터, 낚시터, 하수구였다. 몇몇 중국인 물장수들에게는 파는 식수의 원천이 되기도 했다. 1킬로미터가량 펼쳐져 있는 강줄기를 따라 복잡하고 다양한 일들이 벌어졌다. 나무다리는 겨우 하나뿐이었고, 그것도 한쪽을 수리하는 데 반년이 걸렸다. 다른 쪽을 마저 수리한다면 또 반년이 걸리는데, 그동안에는 통행이 금지되었다. 찌는 듯 더운 날에는 지친 말들이 여기서 물에 첨벙 뛰어들곤 했다. 마차에 앉아 날로 변해가는 세상을 생각하며, 꾸벅꾸벅 졸고 있던 사람에게는 이런 날벼락이 따로 없었다.

저녁 무렵이 되어 손님들이 도착했다. 그들의 눈에는 그 저택이 다소 엉성하게 보였다. 건축가의 잘못인지, 지진 탓인지 벽이 고르지 않았다. 타일로 포장된 정원에서 출입문까지 녹색 난간과, 카펫이 부분적으로 깔린 널찍한 계단이 이어져 있다. 파티가 열린 응접실까지 이어진 계단에는 중국 도자기 화분들이 두 겹으로 놓여 있다. 거기에는 아름다운 꽃들과 잘 손질된 식물들이 가득했다.

그 어떤 문지기나 하인도 손님들에게 초청장을 제시할 것을 요구하지 않왔다. 누구나 자유롭게 입장하여 오케스트라의 연주를 즐기다가, 가끔 사람들의 시선을 모으기 위해 은잔이나 유리잔을 두드리는 소리에 귀를 기울였다. 외국인이라면 필경, 동양의 진주라는 이곳 마닐라의 파티가 궁금했으리라.

파티장에 있는 남자들은 죄다 거북 같았다. 자신이 입고 있는 등껍질에 따라 분류되고, 가치가 평가되었다. 이러한 면에서는 당시 필리핀에 살고 있는 이들 모두가 거북 신세였다. 카피탄 티아고의 집은 그 구조부터 이 거북들의 파티장으로 제격이었다. 계단 끝에 다다르면 넓은 홀이 나왔다. 파티를 위한 음악 연주와 식사가 제공되는 곳이었다. 사치스러우리만치 화려하게 장식된 중앙 테이블은 초대장을 받지 못한 이들에게는 누군가 자신을 불러줄 것이란 기대감을, 순진하고 소심한 소녀들에게는 가식적인 말로 지루한 주제를 논하는 낯선 사람들을 견뎌야 하는 괴로움을 주는 장소였다.

벽면을 가득 채운 그림들은 세속적인 것과는 거리가 멀었다. 연옥, 지옥, 최후의 심판, 의인의 죽음, 그리고 죄인의 죽음 등 종교적인 주제를 다루고 있었다. 가장 눈에 띄는 곳에는 르네상스풍으로 화려하면서도 우아하게 장식된 액자가 있었다. 아마도 당시 가장 유명한 목수의 손을 거쳤으리라. 크기가 압도적인 액자 안에는 늙은 암양 두 마리와 다음과 같은 문구가 들어 있었다. '안티폴로에 모셔져 평화와 행복의 여정을 지켜주시는 성모님, 중병으로 누워 있는 경건하고 고귀한 인네스 부인에게 찾아오소서.' 다소 과장된 표현이 가미된 현실주의적 구성이었다. 예술적 감각은 부족했다. 환자의 얼굴을 표현한 푸른색과 노란색의 조합은 마치 부패된 시체를 연상케했다. 오랜 병마와 싸우고 있는 그녀의 곁에 놓인 그릇들은 매우 상세히 묘사되어 그 내용물까지 다 알 수 있었다. 이 벽면의 그림들은 방문객들의 식욕을 자극하는 한편, 근심 없이 평안한 느낌을 주었다. 이 때문에 방문객들은 집주인이 마치 자기들의 마음을 꿰뚫어 보고 있다는 인상을 받았다. 실제로 그 그림들은 집주인이 이전에 화려한 중국풍의 홍등과, 빈 새장, 각양각색의 구슬들, 약간 시든 화초가 있는 화분들, 박제된 물고기, 그 외 잡다한 것들로 방을 장식했던 자신의 수준을 위장하기 위한 것이었다. 무엇보다 중국풍과 유럽풍이 혼합되어 흔치 않은 모양의 창문들이 눈에 띄었다. 거기서 내려다보면 강이 보였고, 화려하게 꾸민 출입구 건축물이 시야에 들어왔다.

손님들은 커다란 거울과 반짝이는 샹들리에가 있는 연회장에 모였다. 소나무 목재로 된 단상 위에 웅장한 피아노가 보란 듯이 있었다. 이렇게 장만하는 데에만 엄청난 돈이 들었을 것이다. 그날 밤, 그 피아노는 더욱 값비싸보였다. 누구도 감히 피아노를 치려고 주제넘게 나서지 않을 것이기 때문이었다. 연회장에는 커다란 유화도 걸려 있었다. 제복을 입은 미남이 커다란 반지를 낀 손가락 사이 수술이 달린 지시봉을 들고 단호한 얼굴로 곧게 서있는 그림이었다. 마치 "내가 얼마나 많은 옷을 걸치고 있는지, 그리고 얼마나 위엄스러운지 보시오"라고 말하는 듯했다.

가구들은 그 자체로는 세련되었지만, 공간에 잘 조화되지 않아 어쩐지 어색해 보였다. 집주인은 손님들을 배려하기보다는 자신을 과시하는 데 관심이 더 있는 것 같았다. 그는 손님들에게 이렇게 말하려는 듯했다. '어딘가 잘 어울리지 않는단 건 나도 잘 알고 있어. 그렇지만 당신들이 지금 앉아 있는 의자는 지금 막 유럽에서 도착한 것이라고! 당신들 주제에 언젠가 한번 앉아볼 수나 있었을 것 같아?'

연회장은 손님들로 가득 차 있었다. 성당이나 유대교 회당처럼 남녀가 따로 나뉘어 있었다. 몇몇 어려 보이는 여자들은 이따금씩 하품을 숨기려고 부채로 얼굴을 가렸다. 그들은 거의 말이 없었다. 누군가 과감하게 말을 걸면, 쥐나 도마뱀이 밤에 내는 소리처럼 단음절로 답하고 말았다. 거울들 사이로 걸려 있는 이름이 다양한 성모 마리아상이 이들에게 그 기묘한 침묵과 성스러운 태도를 강요하는 것이었을까? 아니면 그 당시 필리핀에 사는 여자들이 예외적이었던가?

여자 손님들을 접대하느라 부산한 부인이 있었다. 나이가 지긋했으나 얼굴이 온화한 여성이었다. 그녀는 카피탄 디아고의 사촌이었다. 스페인어 실력은 보잘것없었지만 애써 친절하게, 훌륭한 매너를 발휘하여 스페인 여자 손님들에게 담배나 마른 과일을 권했다. 반면 필리핀 여자 손님들에게는 자기가 마치 성직자라도 되는 양 은혜를 베풀듯 손을 내밀어 입을 맞추게 했다. 이 애처로운 여성은 곧 지루해졌다. 그때 어디선가 접시 깨지는 소리가 들렸다. 그녀는 재빨리 이를 구실로 연회장을 빠져나가며 중얼거렸다.

"오, 주여! 이 부주의한 것들 같으니라고! 잠시 실례하겠습니다."

그녀는 다시 돌아오지 않았다.

남자들은 한창 기분이 들떠 있었다. 한구석에 제복을 입은 사람들이 모여 쾌활하게 서로 얘기를 나눴다. 이따금씩 연회장을 둘러보는 척하면서 참았던 웃음을 터뜨리기도 하고, 종종 누군가를 손으로 가리키기도 했다. 한편에서는 흰색 정장을 말끔하게 차려입은 외국인 신사 둘이 연회장 여기저기를 돌아다녔다. 그들은 양손을 뒤로 짚은 채 말을 한 마디도 하지 않았다. 마치 배의 갑판을 걷는 지루한 승객처럼 보였다. 흥미와 활력이 넘치는 곳은 성직자 둘과 일반인 둘, 장교 하나가 있는 무리였다. 이들은 작은 테이블에 둘러앉아 와인과 영국제 비스킷을 나눠 먹고 있었다.

게바라라는 이름의 장교는 키가 크고, 준엄한 얼굴을 한 중위로 나이가 지긋했다. 그는 알바 공작의 눈 밖에 나서 군의 하급직을 벗어나지 못하고 있었다. 입을 자주 열지는 않았지만, 간결하며 날카로운 말만을 했다. 성직자 중 한 명은 도미니크 수도회의 젊은 신부 시빌라였다. 잘생긴 데다가 차림새도 단정했으며, 쓰고 있던 금테 안경이 주는 인상만큼 총명했다. 젊었음에도 그는 말수가 적고, 진중함이 엿보이는 사람이었다. 비논도 교구의 신부이기 전에는 도미니크 수도회에서 운영하는 산후안 대학의 교수였으며 훌륭한 변론가로도 유명했다. 그가 속한 도미니크 수도회 회원들이 미묘한 문제를 두고 평신도들과 논쟁을 벌일 때, 평신도 중 가장 날카로운 논객도 시빌라 신부를 궁지에 몰거나 당황하게 하지 못했다. 시빌라 신부의 예리한 통찰력은 그의 상대들을 마치 끈 하나로 뱀장어를 잡으려는 사람처럼 어리석게 만들었다. 도미니크 수도회 회원들은 늘 그의 말에 귀를 기울였다.

반면 다른 성직자 프란시스코 수도회 신부는 수다스러웠을뿐더러, 몸짓도 부산스러운 사람이었다. 머리는 하얗게 세었지만, 몸은 건장하게 잘 유지하고 있는 듯 보였다. 고전적인 미남과 같은 이목구비, 사람과 사물을 꿰뚫어보는 듯한 시선, 두터운 턱선, 거대한 몸짓은 흡사 로마 귀족을 변장시켜 놓은 듯했다. 독일의 어떤 이야기 속에 나오는 세 명의 성직자 중의 한 사람을 연상시켰다. 9월 추분 날 자정에 티롤리안 호수를 건너며 겁에 질린 뱃사공의 손에 얼음처럼 차가운 은화를 건넸다는 신부 말이다. 그러나 이 프란시스코 수도회 다마소 신부에게서 그러한 신비로움을 찾아볼 수는 없었다. 그는 성격이 쾌활하여 도대체 수다를 그칠 줄을 몰랐다. 그는 자신이 하는 모든 말이 의심할 여지가 없는 정설이라고 믿었다. 그의 거친 목소리와 솔직하고 유쾌한 웃음은 까다롭게 생긴 인상을 덮어주었다. 사람들은 그가 어느 시골 장터의 인기 있는 익살극에나 나올 만한 털북숭이 다리를 불쑥 내밀더라도 괘념치 않았다.

일반인 둘 중 한 명은 라루하라는 작자인데, 키가 작고 검은 수염을 길렀다. 긴 코가 매우 인상적이었는데, 마치 남의 코를 얼굴에 갖다 붙인 것처럼 어색해 보였다. 또 다른 이는 유럽에서 이곳에 막 도착한 듯 보이는 금발의 젊은이였다. 그는 프란시스코 수도회 다마소 신부의 흥미로운 대화에 막 끼어든 참이었다. 다마소 신부가 말했다.

"잘 들어보게. 자네도 이 나라에서 몇 달 더 생활하면 내 말이 옳다는 것을 알게 될 걸세. 여긴 마드리드의 통제 아래 있지만, 다른 한편으로는 자유롭게 운영되고 있거든."

"하지만……."

"일례로 나를 보게."

다마소 신부는 연회장에 있는 모든 이들이 쳐다볼 정도로 크게 말했다.

"나는 여기서 23년 동안 쌀과 바나나를 경작했다네. 그래서 분명하게 말할 수 있어. 이론이니 미사여구 같은 것들로 날 설득하려 들지 말게. 난 원주민들을 잘 알아. 자, 들어봐. 내가 처음 이곳에 왔을 때 아주 작은 도시로 보내졌다네. 그래도 거기서 나는 정말 열심히 일했지. 그 당시 나는 현지어인 따갈로그어도 잘 몰랐지만, 여자들의 고해성사까지 들어주었다네. 그만큼 우리는 서로를 이해할 수 있었지. 무슨 말인지 자넨 알거야. 아무튼 그들은 나를 아주 좋아했다네. 3년이 지난 후 내가 한 원주민 신부가 죽는 바람에 공석이 된 더 큰 교구로 떠나게 되었을 때…… 자네가 그들의 표정을 봤어야 했는데! 하염없이 눈물 흘리는 이들의 얼굴을. 떠나는 내게 선물도 많이 주었지. 무려 악단까지 동원하여 환송식을 열어줬다네."

"사실은 다 쇼에 불과했을 테죠."

"잠깐, 끝까지 들어보게! 그렇다면 왜 나의 후임자가 더 짧게 임기를 마치고 떠날 때, 원주민들이 더 성대한 환송연을 베풀고, 더 많은 눈물을 흘리고, 더 많은 음악을 연주했던 거지? 그가 그들을 더 많이 매질하고, 또 교구세도 두 배나 더 걷었는데도? 이게 어찌된 일이냔 말이야!"

"잠시 내 말을 좀 들어보세요."

"그게 전부가 아니야. 얼마 후 나는 산디에고라는 도시에서 20년을 봉사했어. 그곳을 떠나온 지 겨우 몇 달밖에 되지 않았지만……."

다마소 신부는 기억을 되새기며 침울해하다가 한편으로는 화가 난 듯해 보였다.

"자그마치 20년을! 누구든지 그 정도 기간을 머무르면 그 도시에 대해 잘 안다고 생각할 거야. 산디에고에는 약 6000명의 신도들이 살고 있지. 나는 그들을 내가 직접 낳아 젖을 먹여 키운 것만큼이나 너무나 잘 알게 됐어. 그들이 어떤 다리를 저는지도 알고, 신발이 어떤 발가락을 아프게 하는지도 알아. 누가 까무잡잡한 여인과 사랑을 나누었는지, 얼마나 많은 연애 관계가 이루어지고 있는지, 뛰노는 아이들의 진짜 아빠가 누구인지까지 모두 다 속속들이 알고 있지. 이게 다 그곳 신도들의 고해성사를 듣고 알게 된 거야. 그들이 자신들의 종교적 의무를 다하는 것에 신경을 아주 많이 쓴다는 걸 알아야 해. 우리를 초대한 산티아고 씨는 내가 하는 말이 옳다는 것을 알지. 그는 그곳에 많은 재산을 가지고 있었어. 사실 우린 그곳에서부터 알고 지내던 사이라네. 아무튼, 자네에게 원주민들이 어떤지 간단하게 말해주겠네. 내가 그곳을 떠날 때 겨우 소수의 오랜 친구들과 교구 신자들만이 나를 환송하더군! 내가 20년이나 거기서 봉사했는데도 말이야!"

"하지만 저는 그 일과 담배 독점을 폐지한 일이 무슨 관련이 있는지 도무지 모르겠습니다." 다마소 신부가 잠시 화이트와인으로 목을 축이는 순간, 금발의 젊은이가 의문을 제기했다. 다마소 신부는 그 말에 깜짝 놀라 하마터면 들고 있던 와인잔을 놓칠 뻔했다. 그는 잠시 그 젊은이를 물끄러미 바라보더니, 충격을 받은 표정으로 말을 이었다.

"무슨 상관이냐고? 이 모든 게 대낮에 불 보듯 뻔한데도 자네는 모르겠다는 거야? 어허, 이 젊은 양반아! 이 모든 이야기가 바로, 마드리드에 있는 고관들이 추진하는 개혁들이 전부 미친 짓이라는 것을 증명하는 사례란 말이야."

젊은이는 당황스러웠다. 그 옆에 서 있던 게바라 중위 역시 인상을 더욱 찌푸렸다. 라우하 씨는 다마소 신부의 말에 동의해 끄덕이는 것인지, 아니면 동의하지 않는다는 의미로 가로젓는 것인지 애매하게 고개를 갸우뚱했다. 도미니크 수도회의 시빌라 신부는 애초에 논쟁에 끼어들지 않으려는 듯했다. 스페인 젊은이는 머뭇거리다가 진지하게 의문 어린 표정으로 말을 꺼냈다.

"신부님이 믿기에는……."

"믿느냐고? 그래, 성서의 복음을 대하듯 신봉하지! 원주민이 게으르다는 사실처럼 절대적으로 믿는단 말이야!"

"실례합니다만……."

젊은이는 목소리를 낮추고 의자를 가까이 당기며 말했다.

"지금 말씀하신 이야기는 정말로 흥미롭네요. 원주민들이 정말 태생적으로 게으릅니까? 아니면 우리 스페인 사람들이, 스스로를 정당화하고 우리의 식민지에 대한 어떤 진보도 대책도 없는 현실을 변명하고자 원주민을 게으른 사람들로 치부하고 있다는 어느 여행가의 주장이 맞나요? 물론 그 여행가는 우리의 다른 식민지를 두고 했던 말이지만, 저는 이곳 원주민들도 별반 다를 게 없다고 생각합니다."

"말도 안 되는 소리! 여기 라루하 씨도 나만큼이나 이곳을 잘 알고 있지. 그에게 한번 물어보게. 이곳 원주민들의 무지와 게으름이 어느 정도로 심각한지 말이야."

라루하 씨가 즉시 동의했다.

"전적으로 옳으신 말씀입니다. 세상 어느 곳에서도 여기 원주민보다 게으른 사람들은 찾기 힘들 겁니다."

"게다가 사악하고, 배은망덕한 것도 으뜸이지요."

"원칙도 없이 제멋대로 자라서 그렇지."

그 젊은이는 불안한 눈빛으로 주위를 살폈다.

"여러분"

그가 속삭이듯 말했다.

"지금 우리는 원주민의 집에 와 있지 않습니까? 그리고 저기 젊은 여자들도 원주민들이고요……."

"바보 같은 소리! 전혀 걱정할 필요 없어. 산티아고 씨는 자신을 원주민이라고 생각하지 않아. 그리고 어쨌든 그 사람은 지금 여기 없지 않나? 또 있으면 어때? 자네처럼 처음 온 사람들이나 그런 걱정을 한다니까. 몇 달만 지나보게. 자네가 이런 파티나 축제에 여러 번 참석해보고, 그들의 대나무 집에서 잠도 자보고, 또 그들의 티놀라까지 충분히 먹어본 후에는 생각이 달라질걸."

"지금 말씀하신 그 티놀라는 일종의 과일인가요? 로터스처럼 사람들로 하여금…… 뭐랄까…… 망각으로 유도하는 그런 것 있지 않습니까?"

다마소 신부는 웃음을 터뜨렸다.

"로터스, 바로터스! 자넨 상상력도 그럴싸하군. 하지만 티놀라는 닭고기와 호박을 넣어 끓인 국의 일종이라네. 자네 여기 온 지 얼마나 됐나?"

그 젊은이는 반사적으로 대답했다.

"나흘 됐습니다."

"일 때문에 여기 오게 되었나?"

"아닙니다. 전 그냥 개인적으로 이 나라에 대해 알고 싶어서 왔습니다."

"그래, 자넨 좀 특별한 면이 있는 것 같구먼그려."

다마소 신부는 흥미롭다는 듯이 그를 훑어보며 큰 소리로 말했다.

"이런 시시한 나라를 알기 위해 자신의 돈을 써가면서 왔단 말이지. 어디 정신 나간 게 아니야? 자네가 알고자 하는 모든 것은 이미 많은 책, 그것도 아주 훌륭한 책들에 기록되어 있지 않나? 정말 놀랄 만큼 세세히 기록되어 있지."

이때 시빌라 신부가 돌연 대화에 끼어들었다.

"존경하는 신부님, 신부님은 산디에고에서 20년간 시무하시다가 떠나오신 것으로 들었습니다. 신부님은 그곳에서 행복하지 않으셨습니까?"

아주 가볍게 던진 질문이었다. 그러나 그 순간 다마소 신부의 얼굴에서 웃음기가 가셨다.

"아니오."

그는 짧고 퉁명스럽게 대답하며, 의자 깊숙이 몸을 파묻었다. 시빌라 신부는 아무렇지도 않게 말을 이어갔다.

"20년이나 시무한 도시를 떠나는 것은 쉬운 일이 아니지요. 그 도시의 누가 무슨 옷을 입고 다니는지조차 다 알 정도로 익숙했을 테니 말입니다. 저는 겨우 몇 달 있었던 까밀링을 떠나는 것조차 정말 서운했답니다. 그러나 상부에서 우리 선교회의 보다 나은 운영과, 또 저를 위해 결정한 사항이니 따를 수밖에요."

다마소 신부는 약간 언짢아진 모양이었다. 별안간 손바닥으로 앉아 있는 의자의 손잡이를 큰 소리가 날 정도로 강하게 내리쳤다.

"우리에게 믿음이 있건 없건! 분명히 말하건대, 성직자들이 제멋대로건 아니건! 이 나라는 사탄의 손에 넘어갈 거야. 이미 신이 그렇게 결정했지."

그러고는 다시금 의자 손잡이를 강하게 내리쳤다.

파티장에 있던 모든 사람들이 놀라 그들을 돌아보았다. 시빌라 신부는 고개를 들어 안경 너머로 다마소 신부를 보았다. 두 스페인 신부는 잠시 말을 멈추고 으르렁대는 듯한 자세로 서로를 노려보더니, 이내 서로 시선을 돌렸다. 라루하 씨가 옆에 있는 젊은이의 귀에 속삭였다.

"자네가 그의 기분을 상하게 했네. 그를 '존경하는 신부님'이라고 정중하게 칭했어야 하는데 말이야."

시빌라 신부와 젊은이는 의아해하며 동시에 되물었다.

"'존경하는 신부님'에 무슨 특별한 의미가 있습니까? 어떻게 생각하세요?"

다마소 신부가 손을 올리며 말을 꺼냈다.

"이 모든 문제는 정부가 하느님의 사도들이 아닌 이단자들의 편을 들어서 생긴 거라네."

젊은이가 반쯤 일어서며 물었다.

"그게 무슨 뜻입니까, 신부님?"

다마소 신부가 젊은이를 뚫어지게 바라보며 더 큰 목소리로 그 말을 반복했다.

"그게 무슨 뜻이냐고? 내가 말한 그대로지. 그리고 난 하고 싶은 말은 전부 하거든! 내 말은 신부가 이단자의 시신을 교구 묘역에서 내쳤을 때 그 누구라도, 그가 왕이라 할지라도 그 일에 관여할 수 없다는 거야. 하물며 형벌을 가하는 일에 있어서는 더욱더 그렇지. 그런데 그 장난감 병정 같은 장군 놈이 말이야……!"

곁에 있던 게바라 중위가 벌떡 일어서며 소리를 질렀다.

"신부님, 총독 각하는 교회의 최고 후원자이십니다."

"총독, 최고 후원자! 흥!"

다마소 신부는 맞서 일어서며 그의 말을 받아쳤다.

"그는 관저에서 질질 끌려나올 때도 있었지. 자유사상가 부스타만테 총독에게 교단이 그랬던 것처럼 말이야. 그때는 신앙이 충만했던 때였지."

"경고합니다만 그런 불경스러운 얘기는 용납할 수 없습니다. 총독께서는 알폰소 국왕을 대신해 이곳을 통치하고 계십니다."

"무슨 아무개 왕! 우리에게 왕은 오직 정통성 있는 왕뿐일세!"

알폰소 국왕의 권위에 도전하는 카를로스주의자(돈 카를로스의 스페인 왕위 계승권을 주장하는 사람들_옮긴이) 같은 말에, 중위는 화가 머리끝까지 치솟았다.

"그만하시지요!"

군인 특유의 명령하는 듯한 어조였다.

"신부님, 지금 하신 말을 취소하시지 않으면, 내일 아침 일찍 이 사실을 총독 각하께 보고할 수밖에 없습니다."

"지금 바로 가서 보고하지 그러는가? 가보라고!"

다마소 신부는 주먹을 불끈 쥐고 그에게 다가가 도발적으로 말했다.

"내가 성직자라고 해서 자넨 날 사나이로 보지 않는 건가? 당장 가서 보고하게! 왜, 내 마차라도 직접 내줄까?'

그는 빈정대듯 말했다. 사태가 다소 우스꽝스럽게 돌아가고 있었다. 이때 다행스럽게도 시빌라 신부가 중재에 나섰다. 그는 주의를 끌기 위해 잔을 두드리며 말했다.

"신사 여러분."

성직자에게 잘 어울리는, 비음이 섞인 목소리였다.

"문제를 혼돈해서도 안 되고, 또한 근거 없이 공격을 해서도 안 됩니다. 신민으로서 다마소 신부 개인의 말과, 성직자로서의 말을 구분해서 들어야 합니다. 성직자로서 그의 말 그 자체에는 아무런 문제가 없습니다. 그것은 절대적 진리에 근거하기 때문입니다. 다만 신민으로서 그의 말들은 세분화해서 생각해야 합니다. 화가 나서 한 말, 입에서 내뱉었지만 마음에서 우러나온 게 아닌 말, 즉 진심이 아닌 말, 그리고 진심을 담아 한 말을 분별해야 합니다. 오직 마지막 경우에만 비난의 대상이 될 것입니다. 그럴 경우라도 여러 가지 이유로 미리 계획된 것인지, 아니면 단지 논쟁 중에 우발적으로 튀어나온 것인지의 여부도 따져봐야 합니다. 그래도 만일……"

"우발적이든 아니든, 제 입장에선 이런 말들이 나온 이유를 알 것도 같습니다. 시빌라 신부님."

게바라 중위가 끼어들었다. 이처럼 각자의 입장이 첨예하게 대립되는 혼란스러운 상황에서, 그는 자신이 궁지에 몰리지나 않을까 염려스러웠다.

"다마소 신부님의 생각을 알고 있습니다. 존경하는 신부님도 아마 충분히 분별하실 수 있을 겁니다. 얼마 전 다마소 신부님이 산디에고를 잠시 떠났을 때, 그의 대리 신부가 유명한 신사의 그리스도교 장례를 허락했습니다. 여러 차례 그 신사의 명성에 대해 들은 적도 있었고, 그가 베푼 호의를 받은 적도 있습니다. 그는 결코 고해성사를 하지 않았다고들 합니다. 하지만 그게 과연 문제가 될까요? 저도 고해성사를 하지 않는데 말입니다. 그가 자살했다는 소문들은 모두 거짓이며, 그를 중상모략하기 위한 것입니다. 그는 자신의 모든 사랑과 희망을 걸고 키우던 아들이 있는 사람입니다. 신에 대한 믿음도 있고, 사회에 대한 의무도 아는 정직하고 정의로운 사람이기에 결코 자살할 리 없습니다. 이것이 제가 알고 있는 전부입니다. 몇 가지 짐작되는 바가 있긴 하지만, 여기서는 말하지 않겠습니다."

그는 다마소 신부 쪽을 돌아보면서 말했다.

"존경하는 신부님, 감사하게 생각하십시오."

그러곤 다마소 신부에게 등을 돌리고 말을 이었다.

"잠시 떠났던 신부가 돌아와서 무슨 일이 있었는지를 알게 되었을 때, 우선 그 불쌍한 대리 신부에게 분풀이를 했지요. 그리고 그 신사의 무덤을 파내어 묘지 밖으로 던져버렸습니다. 지금은 그 시신이 어디에 묻혀 있는지조차 알 수 없습니다. 산디에고 사람들은 모두 겁쟁이들이라 항의조차 하지 않았어요. 아주 일부 사람들만 알고 있는 진실은, 죽은 신사가 아무런 친척도 없고 그의 유일한 아들은 유럽에 가 있다는 것입니다. 그러나 자애로운 총독께서 그 사실을 알게 되었고, 행위에 대해 적절한 조치를 취할 것을 교단에 요구했습니다. 그 조치가 바로 다마소 신부님을 다른 교구로 전출시키는 일이었습니다. 여기까지가 이야기의 전부입니다. 그리고 이것이 신부님의 입장이 무엇인지 분명하게 만들지요."

말을 마친 후, 시빌라 신부는 다마소 신부에게 말했다.

"죄송합니다. 제가 예민한 문제를 눈치 없이 꺼낸 것 같습니다. 어쨌든 이 모든 말과 일어난 일들에도 불구하고, 신부님은 그 전출로 인하여 많은 것을 얻게 되었습니다⋯⋯."

"그 전출로 내가 무엇을 얻었다는 말인가?"

다마소 신부는 화가 나서 말을 더듬거렸다.

"그리고 내가 잃은 것은 또 어떻고? 그 많은 자료들⋯⋯ 이런저런 것들⋯⋯ 모두 뒤죽박죽이 되어⋯⋯ 찾을 수조차 없게 되었는데⋯⋯."

시빌라 신부가 말을 잇지 못하자 그 그룹에는 다시 평화가 찾아왔다.

다른 손님이 도착했다. 그중에는 발을 절지만 온화하고 친절한 표정을 한 나이 지긋한 스페인 사람이 있었다. 그는 곱슬머리에 짙은 화장을 하고 유럽산 장신구를 하고 있는, 비슷한 연배의 노파에게 팔을 의지한 상태였다.

그들은 사람들에게 정중하게 인사를 받았다. 에스파다냐 의사와 그의 아내 도냐 빅토리나였다. 현지 관습에 따라 빅토리나는 의사 남편 덕에 사모님이라고 불렸다. 그들은 곧 안면이 있는 사람들 쪽으로 향했다. 이들 중에는 저널리스트와 상인들이 있었다. 그들은 인사를 나눈 후 딱히 어디를 가야 하는지 알지 못한 채 주위를 맴돌았다.

"라루하 씨"

금발머리 젊은이가 말을 꺼냈다.

"이 집의 주인은 어떤 분인지요? 전 아직 그분을 만나보지 못했습니다."

"현재 어디론가 출타 중이라고 합니다. 저도 아직 만나보지 못했습니다."

"쓸데없는 짓!"

다마소 신부가 끼어들었다.

"이 집에서는 주인에게 자신을 소개하는 일 따위에 신경 쓸 것 없네. 산티아고 씨는 믿을 만한 좋은 사람이지."

라루하 씨가 덧붙였다.

"그가 화약을 발명하지는 않았지, 암 그렇지."

"그렇다고 당신이 발명한 것도 아니죠, 라루하 씨?"

도냐 빅토리나가 독특한 스페인 억양으로 짓궂게 비난했다.

"어떻게 그 연약한 사람이 화약을 발명할 수 있단 말이에요?"

그녀는 격렬하게 부채질을 하면서 말했다.

"화약은 수 세기 전에 중국인이 발명했다고들 하던데……."

다마소 신부가 소리쳤다.

"중국인? 당신 제정신이오? 바보 같은 소리 마시오, 부인! 화약은 우리 프란시스코회 수도사가 발명한 것이오. 정확한 이름은 기억나지 않지만, 사발스라고 하는 신부가 17세기에 만든 것이오."

"아하! 프란시스코회 수도사였군요. 아마도 사발스 신부님이 중국에 선교사로 가셨나 봅니다."

그녀도 쉽게 물러서지 않았다.

"부인, 부인께서는 슈바르츠 선교사를 이야기하고 계신 것 같습니다."

시빌라 신부가 냉정한 목소리로 끼어들었다.

"그러나 다마소 신부님은 사발스라고 말씀하셨습니다. 제가 분명히 들었습니다."

다마소 신부가 언짢은 듯 말을 던졌다.

"사발스든 슈바르츠든 그게 무슨 상관인가. 그 잘못된 발음이 그를 중국인으로 만들진 않잖은가."

다마소 신부에게 쐐기라도 박듯이 시빌라 신부가 위엄 있는 어조로 덧붙였다.

"그리고 17세기가 아니라 14세기입니다. 한 세기에, 또 다른 한 세기가 지난다 해도 여전히 그가 도미니크회 수도사가 되진 못할 게요."

시빌라 신부가 웃으면서 그를 진정시켰다.

"자, 진정하시고. 신부님께서 화를 내시면 안 되지요. 그가 화약을 발명해서 다행입니다. 결국 그가 곤경에 빠진 자기 선교회 신부를 구한 셈이 되지 않았습니까."

도냐 빅토리나가 호기심이 가득한 표정으로 물었다.

"시빌라 신부님, 지금 하신 말씀에 따르면 그게 14세기에 일어난 일이라고요? 그러면 그것이 기원전인가요, 아니면 기원후인가요?"

그때, 다행스럽게도 도미니크 수도회 신부에게 두 명의 새로운 손님이 다가왔다.

2
크리소스토모 이베라

파티장에 있는 모든 사람들의 시선이 이제 막 도착한 사람들에게 집중되었다. 매우 기품있고 아름다운 한 쌍이었다. 시빌라 신부의 눈길조차 사로잡을 정도였다. 마치 총독이 수행원을 대동하고 들어온 마냥 중위는 무의식중에 한 걸음 앞으로 다가섰고, 다마소 신부는 앉아 있던 안락의자에서 얼음처럼 굳었다. 도착한 이는 다름 아닌 큰 액자의 그림에 등장하는 바로 그 사람이었다. 그는 검은색 상복을 입고 있는 한 젊은이의 팔에 의지해서 들어오고 있었다.

카피탄 티아고는 우선 자신의 손님들에게 간단하게 목례를 하고, 두 성직자의 손에 키스를 했다. 두 신부는 여전히 의자에 깊숙이 파묻혀 있던 나머지 관례적인 덕담을 건네는 것도 잊어버리고 말았다. 그는 자신과 함께 온 돈 크리소스토모 이베라를 그들에게 소개했다. 최근 작고한 친구의 아들이며, 유럽에서 돌아온 그를 맞이하러 다녀온 것이라고 했다.

이베라의 이름은 듣는 사람들에게 흥미를 불러일으켰다. 시빌라 신부는 그를 조금 더 자세히 보기 위해 안경을 고쳐 썼다. 그를 정면으로 응시하고 있던 다마소 신부의 얼굴이 창백해졌다. 한편 중위는 파티의 주인에게 예의를 표하는 것조차 잊어버린 채 이베라를 면밀히 관찰하는 데 몰두하고 있었다. 이베라는 주위에 있는 사람들과 정중하게 인사를 나누었다. 상복을 입고 있는 것을 제외하고는 그에게 특별한 구석은 아무것도 없었다. 그러나 보통 이상의 키와 이목구비, 그리고 몸짓 등 모든 것이 젊고 건장함을 드러내며, 심신이 균형 있게 발달했음을 보여주었다. 스페인 혈통이 약간 섞인 흔적이 그의 구김살 없이 활기찬 표정에서 드러났다. 보기 좋게 그을리고 다소 홍조를 띤 뺨은 아마도 추운 날씨에 오랫동안 밖에 있었던 탓인 듯했다.

그가 유쾌한 목소리로 말했다.

"아니, 이게 누구십니까?"

"다마소 신부님! 제 고향의 신부님이자, 아버지의 절친한 친구 분이셨죠!"

그러나 주위의 시선이 집중된 상황에서 다마소 신부는 미동도 하지 않았다. 젊은이는 당황하여 중얼거렸다.

"죄송합니다. 제가 다른 사람과 착각을 한 것 같습니다."

다마소 신부는 목을 크게 가다듬고 말을 건넸다.

"자네가 잘못 본 게 아니네. 그렇지만 그렇다고 내가 자네 아버지와 절친한 사이는 아니었지."

이베라는 내밀었던 손을 천천히 거두며 의아한 눈으로 그를 보았다. 잠시 후 이베라는 자신이 옆에 있는 중위를 침울한 상념에 잠기게 한 장본인이라는 것을 알게 되었다.

"젊은이, 그대가 돈 라파엘 이베라의 아들인가?"

그는 머리를 끄덕여 답했다. 다마소 신부가 중위의 표정을 살피자, 그는 슬픔이 가득한 떨리는 목소리로 계속 말했다.

"고국에 돌아온 걸 환영하네, 고국에서 자네의 아버지보다 더 행복하게 살길 바라네! 나도 그를 만나 뵌 적이 있지. 자네 아버지는 필리핀에서 가장 명예롭고 정직한 사람에 속했다고 감히 말할 수 있다네."

이베라가 눈에 띄게 몸을 움직이며 말했다.

"중위님, 제 아버지에 대해 해주신 찬사의 말씀은, 아들로서 아직도 답을 찾지 못한 아버지의 죽음에 대한 의문을 푸는 데 많은 도움이 될 것입니다."

카피탄 티아고의 눈가에 눈물이 고이는 듯했다. 그는 이내 자리를 떠났다. 이베라는 파티장 중앙에 홀로 남겨졌다.

이 집의 가족들은 어디에도 보이지 않았다. 이베라를 호기심이 가득 찬 눈으로 바라보고 있는 여자들에게 소개시켜줄 사람은 아무도 없었다. 그는 잠깐 머뭇거리다가 간단하며 자연스러운 예의를 갖춰 그들에게 다가가 공손히 말을 건넸다. 해외에서 7년을 보내고 돌아온 지금, 자신이 고국에서 만나는 가장 아름다운 분들에게 경의를 표하지 않을 수 없다는 말로 대화를 유도했다. 그러나 이러한 찬사조차도 여인들의 입을 여는 데는 소용이 없었다. 이베라는 하는 수 없이 어색하게 발길을 돌렸다.

그는 남자들 무리에서 훨씬 쉽게 어울릴 수 있었다. 그는 자신을 후안 크리소스토모 이베라 막살리라고 정중하게 소개했다. 다른 이들은 다소 무미건조하고 명확하지 않은 어조로 자신들의 이름을 말했다. 그들 중 오직 한 사람만이 이베라에게 낯익었다.

"오랫동안 조국에 대한 사랑을 일깨워준 시들을 쓰신 작가 분과 대화할 영광을 제가 누려도 되겠습니까?"

그를 바라보던 한 젊은 남자가 마지못해 고개를 끄덕였다.

"항간에 귀하께서 글 쓰시는 것을 멈추셨다고 하던데, 누구도 그 이유를 알지 못한다고 하더군요."

"왜 글을 쓰지 않느냐고요? 왜냐면 그 누구도 우쭐대거나 거짓을 말하기 위해 시를 쓰지는 않기 때문입니다. 제가 아는 어떤 사람은, 모두가 아는 이야길 시로 표현했다는 이유로 법정에 서기도 했습니다. 음…… 그들은 지금까지 나를 시인이라고 불렀지요. 그러나 장차 나를 바보라고 부르게 놔두진 않을 겁니다."

"모두가 안다는 이야기가 무엇인지 제가 좀 알 수 있을까요?"

"어째서 사자의 아들은 역시 사자인가? 어째서 그 사람은 가까스로 추방을 면했는가?"

오랫동안 외국에 머물렀던 이베라가, 1868년 스페인 혁명에 동조한 필리핀 사람들이 사용했던 정치적 구호를 이해하리라 기대할 수는 없었다. 어쨌든 이베라는 더 자세한 이야기를 들을 수 없었다. 활력이 넘쳐 보이는 한 남자가 거의 달려들듯이 그에게 다가왔기 때문이었다. 그는 자수가 놓인 셔츠를 입었는데, 이는 보통 원주민들이 입는 의상이었다. 그러나 그의 옷에는 특이하게도 다이아몬드 모양의 장식이 달려 있었다. 그는 이베라의 손을 움켜잡으며 만면에 미소를 지었다.

"이베라 군! 자네를 만나길 무척 기대하고 있었네. 나는 카피탄 티아고의 아주 친한 친구이고, 자네의 아버지 역시 잘 알고 있다네. 내 이름은 카피탄 티농이고, 톤도에 살고 있지. 자네가 우리 집에 온다면 언제든 환영일세. 한번 방문해주면 좋겠는데, 내일 점심은 어떤가?"

이베라는 갑작스런 친절에 어찌할 바를 몰랐다. 카피탄 티농의 얼굴에는 웃음이 가득했고, 이베라의 손을 잡고 연신 문지르고 있었다.

"초대해주셔서 감사합니다. 하지만 저는 내일 산디에고로 떠나야 해서요."

"저런! 그럼 돌아올 때 방문하면 어떤가?"

그때, 이 도시에서 가장 비싼 음식점의 유니폼을 입은 웨이터가 저녁이 준비되었음을 알렸다. 이베라의 무리에 있던 사람들도 만찬장소로 들어갔다. 물론 현지의 관습에 따라, 주춤거리고 있는 여자들— 특히 필리핀 여자들— 보다 먼저 들어가는 무례를 저지르지는 않았다.

3

만찬장에서

'아니요'가 '예'를 의미할 때

시빌라 신부는 유쾌하고 만족스러워 보였다. 그는 여유 있게 몸을 움직였다. 살짝 열린 입가에서는 비웃음이 사라져 있었다. 그는 절름발이 의사인 에스파다냐 씨에게 몇 마디 말을 건넸다. 그 의사는 황송한 듯 연신 말을 더듬으며 단음절로 대답했다. 한편 다마소 신부는 아주 불쾌해 보였다. 의자를 발로 걷어차 큰 소리를 내기도 하고, 옆에 있는 사람을 팔꿈치로 밀치기까지 했다. 다른 사람들은 활기차게 대화를 나누며, 화려한 식단을 칭찬했다. 게바라 중위만이 여전히 침울해 보였다. 그러다가 그는 거드름을 피우며 코에 주름을 잡고 있던 도냐 빅토리나의 옷자락을 실수로 밟았다. 그녀는 마치 발에 밟힌 뱀처럼 소리를 질렀다.

"중위님, 대체 눈을 어디에 두고 계신 거예요?"

그는 정중하게 사과했다.

"아, 예. 부인, 죄송합니다. 제가 부인의 그 아름다운 곱슬머리를 보느라 미처 조심하지 못했군요."

한편 두 성직자는 본능적으로, 아니 습관적으로 테이블의 상석으로 향했다. 그들은 마치 모임의 의장직을 두고 경쟁하는 양 마음에도 없는 말을 다투어 늘어놓았다.

"다마소 신부님, 먼저 앉으시지요."

"아니오. 시빌라 신부님이 먼저 앉으시지요."

"하지만 신부님은 이 가족과 오랜 친분이 있으시고, 얼마 전 돌아가신 이 집 사모님의 임종 의식을 집례하지 않으셨습니까. 게다가 나이나 지위 모든 면에서도 신부님이 상석에 앉으시는 게 맞습니다."

다마소 신부는 상석 의자의 한쪽 기둥을 움켜쥔 채 말했다.

"나이는 둘째 문제고, 신부님이 이 지역의 교구 신부이시지 않습니까?"

"그렇게 명령하시니, 어쩔 수 없네요. 따를 수밖에요."

시빌라 신부는 한숨을 쉬며 그렇게 말하고는 자리에 앉으려고 했다.

"명령이라니요."

다마소 신부는 저항하듯 말했다.

"명령은 꿈에도 생각한 적 없습니다."

시빌라 신부가 그 말을 무시하고 막 자리에 앉으려는 순간, 게바라 중위와 눈이 마주쳤다. 그는 이곳에서 정부의 직위로는 가장 고위직에 있는 장교였다. 그러나 신부들이 보기에 그는 수녀원의 요리사만도 못한 사람이었다. 로마시대 키케로가 권력을 시민들에게 넘기라고 상원에 요구했듯이, 필리핀의 성직자들은 자신들이 로마의 시민들처럼 권력을 가지고 있다고 믿곤 했다. 그러나 시빌라 신부는 정중하게 중위에게 의자를 권했다.

"중위님, 우리는 지금 세속에 있지 않습니까. 교회가 아니고요. 그러니 이 자리에는 중위님이 앉으시지요."

그러나 그의 말투는 너무나 명백하게 정반대의 의미를 담고 있는 것 같았다. 이곳이 세속이건 교회건 상관없이 언제나 성직자들이 우위에 있다는 듯한 어조였다. 중위는 정중하게 사양했다. 아마도 그런 지위 논쟁에 관심이 없어서거나, 혹은 두 신부 사이에 앉는 것이 썩 유쾌한 일이 아니기 때문이었으리라.

테이블 상석의 주인으로 거론되는 사람들 중 그 누구도 자신들을 초대한 주인을 염두에 두는 사람은 없었다. 이베라는 이 광경을 너그러운 미소로 바라보고 있는 주인 카피탄 티아고에게 물었다.

"이게 어찌된 일입니까? 당신은 우리와 함께하지 않으십니까, 돈 티아고?"

그러나 이미 테이블에 빈자리는 없는 상태였다. 로마의 옛말이 연상되는 장면이었다. '루쿨루스(로마시대의 정치가이자 군인_옮긴이)는 루쿨루스의 집에서 먹지 않는다.'

"아니, 아니, 그냥 있게나. 일어나지 말고."

그는 이렇게 말하며 젊은이의 어깨에 묵직한 손을 얹었다.

"오늘은 특별히 자네의 안전한 도착을 축하하기 위해 마련한 자리라네. 어이, 거기! 손님들에게 티놀라를 대접하라고 주방에 전해주게."

그는 이베라에게 한마디 덧붙였다.

"특별히 자네를 위해 티놀라를 준비했다네. 자네가 오랫동안 티놀라 맛을 못 보았으리라 생각했지."

김이 모락모락 나는 커다란 국그릇이 테이블에 올라왔다. 테이블 상석에 앉아 있는 시빌라 신부가 중얼거리듯 식사기도를 올렸다. 주위에 있는 그 누구도 이에 신경을 쓰지 않았고, 심지어 아멘조차 하지 않았다. 기도를 마친 시빌라 신부가 국그릇의 음식을 나누어 주었다.

슬쩍 훔쳐보거나 또는 열심히 살펴보아도, 다마소 신부의 그릇에는 호박과 국물이 대부분이었고 닭고기는 겨우 목과 날개 부위 한 조각 정도였다. 한편 다른 손님들에게는 닭다리와 가슴살 등이 골고루 분배되었다. 이베라에게는 남은 찌꺼기가 주어졌다. 다마소 신부는 국의 내용물을 확인하더니 자신의 그릇에 있는 호박을 거칠게 짓뭉개고 몇 숟가락의 국물을 떠서 마신 후, 소리 나게 숟가락을 내려놓고 그릇을 뒤로 밀쳤다.

시빌라 신부는 다마소 신부의 이러한 반응을 전혀 신경 쓰지 않았다. 그는 새로 도착한 스페인 젊은이와의 대화에 열중했다. 라루하 씨가 테이블 반대편에 앉아 있는 이베라에게 물었다.

"외국에 나가 있은 지 얼마나 되었소?"

"거의 7년이 되었습니다."

"그럼 지금쯤이면 이 나라가 어땠는지는 다 잊어버렸겠군요."

"아니요. 그렇지는 않습니다. 제가 과거의 모든 것을 잊어버린 것처럼 보일지 몰라도, 사실 저는 항상 기억하고 있었습니다."

"그게 무슨 소리요?"

"저는 지난 몇 년간 이곳으로부터 소식을 듣지 못했습니다. 아직까지도 언제 어떻게 아버지께서 돌아가셨는지조차 모릅니다. 그러니 이방인처럼 보일 수밖에 없겠지요."

"허, 그것 참."

옆에 앉은 중위가 탄식했다. 도냐 빅토리나가 물었다.

"외국 어디에 있었죠? 왜 전보는 치지 않은 거예요? 우리가 결혼할 때도 스페인에 전보를 보낸 적이 있는데."

"부인, 저는 지난 2년 동안 북유럽 국가 독일과 러시아령 폴란드에 있었습니다."

지금까지 한 마디도 하지 않고 있던 의사 에스파다냐도 말하고 싶은 것이 생긴 듯했다. 그는 소심하게 얼굴까지 붉히며 물었다.

"내 기억이 맞다면, 내가 스페인에 있을 때 바르샤바에서 온 스타-타드-

타니스키라는 폴란드 사람을 만난 적이 있습니다. 혹시 그런 사람을 만난 적이 있습니까?"

이베라는 다정하게 답했다.

"아마 그랬을 수도 있을 겁니다. 그러나 지금 그 이름을 정확하게 기억할 수는 없습니다."

의사는 자신감이 약간 붙어 이렇게 대답했다.

"그 사람 이름을 다른 이름들과 혼동할 수도 있을 겁니다. 그는 금발 머리였고 스페인어를 아주 못했습니다."

"자세한 설명 감사합니다만, 불행히도 제가 있던 국가에서는 한두 명의 영사를 제외하고 그 누구와도 스페인어로 대화한 적이 없습니다."

도냐 빅토리나가 감탄하며 물었다.

"그럼 어떻게 그곳에서 일들을 처리했죠?"

"저는 그 나라 언어를 사용했습니다, 부인."

"영어도 할 줄 아세요?"

시빌라 신부가 물었다. 그는 홍콩에 머문 적이 있었는데, 그곳에서 피진어 (어떤 언어가 토착 어휘와 결합하여 만들어진 단순한 혼성어로서 서로 다른 언어를 사용하는 사람들이 의사소통을 위해 쓰는 언어_옮긴이)를 사용한 적이 있었다.

"저는 영국에서 1년 동안 영어밖에 모르는 사람들과 살았습니다."

스페인 젊은이가 물었다.

"유럽에서 어느 나라가 가장 마음에 들었습니까?"

"저는 제2의 고향인 스페인 다음으로 유럽의 자유국가들을 다 좋아합니다."

라루하 씨가 한마디했다.

"그대가 그렇게 많은 곳을 다녔다면, 그중에서 가장 놀랄 만한 것이 무엇이었는지 말해줄 수 있겠소?"

이베라가 친절하게 물었다.

"어떤 관점에서 놀랄 만하다는 겁니까?"

"예를 들어, 사람들의 생활과 관련된 것들, 즉 그들의 사회적, 정치적, 종교적 생활, 다시 말해 일반적인 생활까지 모두 포함해서 말입니다."

이베라는 잠시 머뭇거리더니 대답했다.

"모두들 국가에 대한 자부심을 가지고 있다는 것을 제외하곤…… 흠…… 이들 국가에서 무엇이 놀랄 만한 것일까요……. 그에 대해 이렇게 답하지요. 그 나라들을 방문하기 전에 저는 그 나라의 역사, 즉 그 나라가 걸어온 길을 공부하려고 노력했습니다. 그러고 나면 모든 것이 다 쉽게 이해가 갑니다. 대부분 국가의 번영과 불행은 그들의 자유와 억압에 직접적으로 비례하고, 또한 그들 선조들의 희생과 이기심에 비례한다는 것을 깨달았습니다."

"그게 전부야?"

저녁 식사가 시작된 후 음식에 정신이 팔려 한 마디도 하지 않던 다마소 신부가 조롱하듯 폭소를 터뜨렸다.

"그런 게 자신의 돈을 낭비해가며 배울 만한 가치가 있나? 모든 학생들이 그 정도는 다 알고 있다고!"

이베라는 어이가 없어 잠시 말을 잃고 말았다. 나머지 사람들은 어색한 분위기에 서로서로 눈짓을 주고받았다. '저녁 식사가 다 끝났네요. 존경하는 신부님도 이제 충분히 드신 것 같습니다' 이베라는 그렇게 대꾸하고 싶은 충동이 들었다. 그러나 그는 감정을 다스린 후 대신 이렇게 말했다.

"여러분, 제 고향의 전 교구 신부님이 허물없이 저를 대하시는 것에 대해 이상하게 생각하지 마시기 바랍니다. 제가 어렸을 때에도 신부님은 저를 그렇게 대하셨습니다. 시간이 지나도 존경하는 신부님은 변함이 없네요. 그러나 저는 신부님께 감사하고 있습니다. 신부님을 보면 저분이 직접 저희 집을 방문하시고, 제 아버지의 책상에 앉곤 하셨던 그 시절이 기억나기 때문입니다."

시빌라 신부는 다마소 신부를 슬쩍 보았고, 그가 불편해하는 것을 알아차렸다. 이베라는 자리에서 일어서서 계속 말했다.

"실례지만 먼저 자리를 떠야 할 것 같습니다. 겨우 몇 시간 전에 도착했는데, 내일 다시 금방 떠나야만 합니다. 처리할 일이 많거든요. 정말 훌륭한 저녁 식사였습니다. 사실 저는 식후에 술 한잔하면서 시간을 보내는 일을 그다지 즐기지 않습니다. 하지만 여러분과 스페인, 그리고 필리핀을 위하여 제 잔을 들겠습니다."

이베라는 아직 손도 대지 않은 와인잔을 들어 단번에 비웠다. 나이 지긋한 중위도 조용히 자신의 잔을 비웠다. 카피탄 티아고가 속삭였다.

"아직 가지 말게. 마리아 클라라가 곧 이곳으로 올 걸세. 이사벨이 그녀를 데리러 갔어. 천사 같은 우리의 새로운 교구 신부님도 곧 오실 테고."

"내일 산디에고로 떠나기 전에 다시 오겠습니다. 지금은 아주 중요한 전화를 해야 하거든요."

말을 마친 이베라는 자리를 떠났다. 잠시 후 중위가 그의 뒤를 따랐다. 한편 다마소 신부는 불편한 심기를 표현했다. 그는 이베라가 떠난 자리를 디저트용 칼로 가리키며 물었다.

"이 모든 광경을 잘 보셨겠지요? 모두들 교만하기 짝이 없어. 신부의 충고도 참지 못하고 말이야. 그는 자신이 마치 뭐라도 되는 양 생각하는 것 같지 않은가? 물론 이 모든 상황의 원인은 젊은이들을 유럽에 보내는 일에서 기인한 것이지. 정부가 나서서 이런 일들을 막아야 하는데 말이야."

도냐 빅토리나가 맞장구쳤다.

"그 중위는 어떻고요? 저녁 내내 그는 인상을 찌푸리고 있었어요. 일찍 떠난 게 오히려 나았지요. 그렇게나 나이가 먹어서도 겨우 중위라니!"

그녀는 분명 중위가 자신의 드레스 자락을 밟은 것과, 곱슬머리에 대한 불친절한 암시를 한 것을 마음에 담아두고 있는 듯했다.

그날 밤 새로 도착한 스페인 젊은이는 자신이 쓰고 있는 『식민지 연구』의 새로운 장을 이렇게 시작했을 것이다. '신부의 티뇰라에 있는 닭의 목과 날개가 어떻게 파티를 망치는가.' 그는 게다가 이런 것들까지 목격했다. 필리핀에서 열리는 저녁 파티에 가장 쓸모없는 사람은 다름 아닌 파티의 주인이라는 사실, 손님들은 그를 제쳐놓고 파티를 시작하며, 모든 것은 제멋대로 진행된다는 사실, 현 상태에서는 필리핀 국민들이 조국을 떠나지 않게 하는 것과 글을 가르치지 않는 것이 그들을 위하는 일처럼 여겨진다는 사실 등이었다.

4
위험한 이단아

파티 장소를 떠난 이베라는 카피탄 티아고의 집에서 잠시 머물렀다. 당시 마닐라의 선선한 저녁 공기는 그의 정신을 맑게 해주는 듯했다. 그는 고개를 들어 산들바람을 맞으며 큰 한숨을 내쉬고는, 비논도 광장을 향해 걸으면서 연신 주위를 둘러보았다.

전용마차들이 손님을 태우려고 길가에 서 있는 승합마차들을 지나치며 달리고 있었다. 다양한 민족의 사람들이 거리를 걷고 있다. 거리의 모습은 그가 이전에 보았던 모습 그대로다. 흰색 치장벽돌로 외벽을 두르고, 그에 푸른색 벽돌로 장식한 집들이 일반적이었다.

교회 첨탑의 등불로 밝힌 시계, 모퉁이에 있는 때 묻은 커튼과 쇠창살의 중국인 상점도 모두 이전과 같았다. 그가 어느 날의 밤에 짓궂게 구부러뜨렸던 쇠창살의 모양까지 그대로였다. 그는 혼잣말로 중얼거리며, 델라 사크리스티아 거리로 내려갔다.

"이곳은 시간이 정말 천천히 흐르는군."

오래전의 모습 그대로, 아이스크림 장수가 소리를 질러가며 손님을 모으고 있었다. 익숙한 형태의 경유램프가 오래된 과일과 야채를 파는 가판대를 밝히고 있었다.

"정말 놀랍군, 어찌 내가 7년 전에 보았던 바로 그 중국인 노파가 그대로 있단 말인가! 마치 어젯밤 일이었던 것 같구나. 유럽에서의 7년은 하룻밤의 꿈이었던 것 같아. 어떻게 내가 놓아둔 조약돌조차 그대로 있단 말인가?"

산 하신또 거리와 델라 사크리스티아 거리의 모퉁이쯤에서 그는 인도를 벗어나 차도에 들어섰다. 암흑 같은 현실에 갇힌 나라의 변하지 않는 도시의 모습에 대해 상념에 잠겨 있을 즈음에, 누군가 그의 어깨를 가볍게 두드리는 것이 느껴졌다. 몸을 돌리니 게바라 중위의 얼굴이 보였다. 그의 내내 찌푸렸던 표정이 이젠 부드러워져 온화해 보이기까지 했다. 그가 말했다.

"발 조심하게나, 젊은이! 자네 아버님의 교훈을 명심하게."

이베라가 물었다.

"죄송하지만 중위님은 저희 아버지에 대해 많은 것을 알고 계시는 듯하군요. 아버지가 어디서 어떻게 돌아가셨는지 말해주실 수 있으십니까?"

그 장교가 크게 놀라며 물었다.

"그게 무슨 말인가? 그럼 자넨 정녕 모른단 말인가?"

"돈 산티아고께 물어봤지만, 내일 이야기해주겠다고 하곤 아직 말이 없으십니다. 중위님은 그 일을 알고 계시지요?"

"물론이지, 모든 사람들이 다 알고 있는데 나라고 왜 모르겠나. 감옥에서 돌아가셨다네."

이베라는 놀라서 한 걸음 뒤로 물러서며 중위를 빤히 보았다.

"감옥에서요? 누가 감옥에서 돌아가셨단 말입니까?"

"안타깝지만 자네 아버님이지."

중위도 잠시 당황스러워했다. 이베라는 극도로 흥분해서 중위의 팔을 움켜잡았다.

"저희 아버지가 감옥에서요? 무슨 말씀을 하시는 겁니까? 저희 아버지가 누구신지 알기나 하세요?"

"그럼 알고말고."

그가 대답했다.

"돈 라파엘 이베라. 자네가 아까 초저녁에 그렇게 말했지."

"네, 돈 라파엘 이베라."

게바라는 이베라의 격앙된 감정을 의식하여 측은한 어조로 말했다.

"난 자네가 그 일을 알고 있다고 생각했네. 내 생각에는…… 그렇지만 지금은 현실을 직시해야 하네! 이 나라에서는 감옥에 가는 게 영광스러운 일이기도 하지."

이베라는 잠시 침묵하다가 잠긴 목소리로 물었다.

"농담 아니시지요? 믿을 수 있는 말이겠죠? 아버지가 왜 감옥에 가셨는지 말해주실 수 있습니까?"

나이 든 중위는 잠시 머뭇거리며 생각했다.

"자기 가족에 관한 일을 전혀 모르다니 정말 이상하군."

"한 해 전에 보낸 마지막 편지에서, 아버지는 이후로 소식이 없더라도 걱정하지 말라고 하셨습니다. 아주 바쁜 일이 있다고 하셨어요. 아버지는 저에게 공부에만 열중하라 하시면서 축복의 말씀을 전하셨습니다."

"그렇다면 죽기 바로 직전에 자네에게 편지를 한 것일세. 이미 그가 자네의 고향에 묻힌 지 1년이 되었으니까."

"대체 왜 제 아버지는 감옥에 가셨습니까?"

"아주 영광스러운 사건 때문이었지. 이제 나는 부대로 돌아가야만 하네. 같이 가세나. 가는 길에 내가 말해주겠네."

그의 이야기는 대략 이러했다.

"자네도 알다시피 자네 아버님은 그 지역에서 가장 부자였지. 물론 많은 사람들에게 사랑과 존경을 받았지만, 어떤 사람들은 그를 미워하고 시기했다네. 불행히도 우리처럼 필리핀에 온 스페인 사람들이 모두 다 좋은 사람들만은 아니었지. 내 말은, 자네 아버님에게 원한을 가진 사람들뿐만 아니라, 자네도 알게 되겠지만, 자네 할아버님 시대에도 그런 사람들은 있었지. 스페인 본국 행정부의 잦은 변화와 고위층의 부도덕성, 편애 등이, 수에즈 운하의 개통으로 스페인과 필리핀 사이의 거리와 비용이 단축된 것과 맞물렸다네. 이게 모든 일의 원인이었지. 스페인에서 여기로 전파된 요소 중에 최악은, 정의로운 사람이 이곳에 오더라도 이 나라의 상황이 곧 그를 부패시킨다는 사실이지. 이게 바로 자네 아버님이 성직자를 포함한 몇 명의 스페인 사람들에 의해 궁지로 내몰린 까닭이네. 자네가 떠나고 몇 달 후, 자네 아버님은 다마소 신부와 불편한 관계가 되었지. 그 이유는 정말로 잘 모르겠네. 교구 신부는 그가 고해성사를 하러 오지 않는다고 비난하곤 했다네. 그러나 그는 이전에도 고해성사를 하지 않았지. 그것이 자네도 알다시피 친구였던 그들 사이를 갈라놓은 원인이 되었다네. 어쨌든 돈 라파엘은 모든 면에 있어서, 고해성사를 하는 사람이나 듣는 사람 그 누구보다도 정직하고 정의로운 사람이었지. 예를 들어 그가 다마소 신부와 다른 의견에 대해 말할 때, 그는 나에게 이렇게 묻곤 했지. '게바라 씨. 당신은 신께서 살인자 등의 범죄자를, 비밀도 지키지 못하는 신부에게 단지 고해성사를 했다는 이유로 용서해준다는 사실을 믿으세요? 지옥에 대한 공포 때문에 하는 고해성사는 또 어떻고요. 이것은 참회라기보다는 단순히 후회에 불과한 것 아닌가요? 겁쟁이가 되거나, 혹은 염치없이 자신의 안위만을 도모하는 행위만으로 용서받을 수 있는 건가요? 저는 신에 대해 조금 다르게 생각합니다.

애초에 잘못된 것은 다른 것들을 올바르게 만들 수 없다고 생각합니다. 용서는 쓸모없는 눈물이나, 혹은 교회에 바치는 헌금으로 얻어질 수 있는 게 아니지요. 당신의 판단에 맡기겠습니다. 만약 제가 한 가정의 가장을 죽여서 불쌍한 한 여인을 미망인으로 만들고 행복했던 아이들을 빈곤한 고아로 만들었다면, 과연 무엇으로 정의가 실현되겠습니까? 제가 스스로 교수대에 목숨을 바친다면, 아니면 이 비밀을 결코 누설하지 않겠다고 맹세한다면, 혹은 부족함이라고는 전혀 없는 성직자에게 헌금을 바친다면, 통한의 눈물을 흘린다면, 그것으로 과연 해결이 될까요? 이런 것들이 대체 그 미망인과 고아들에게 무슨 위로가 되겠습니까? 양심을 따라 가능한 모든 방법으로 전 생애를 바쳐 헌신하며, 그 가족에 대한 책임을 다해야만 하겠지요. 그러나 그렇게 한다고 한들 사랑하는 남편과 아버지를 잃었다는 사실을 그 누가 보상해주겠습니까?' 자네 아버님은 그렇게 생각하셨다네.

그는 언제나 분명한 원칙에 따라 행동했지. 결코 누구에게도 의도적인 피해를 줄 사람이 아니라는 것을 모두가 알고 있었어. 그는 옛날에 자신의 조부모 대에 벌어졌다는 부정의한 일에 대해서도 속죄하고자 했던, 그런 종류의 사람이었다네. 그러나 다시 교구 성직자와의 문제로 돌아가서 말하자면, 일은 아주 험악하게 전개되었지. 다마소 신부는 설교단에서 간접적으로 자네 아버님을 암시하는 말을 하곤 했다네. 그리고 그런 부류의 사람들은 무슨 일이든 저지를 수 있다는 것을 생각하면, 그가 자네 아버님의 이름을 직접 언급하지 않은 게 오히려 더 이상할 정도였지. 나는 곧 문제가 터질 거라는 사실을 직감했다네. 당시 그 도시 주변을 돌아다니던 전직 군인 한 명이 있었다네. 너무나 거칠고 어리석어서 군대에서 쫓겨났다는 소문이 돌았어. 그도 먹고 살아야 하니 무슨 일이라도 해야 했는데, 체면상 허드렛일을 할 수는 없었던 것 같아. 그래서 누군가 그에게 마차에 대해 세금을 걷는 일을 맡겼지. 이 바보 같은 사람은 학교를 다닌 적이 없었고, 원주민들은 그 사실을 곧 알게 되었다네. 그들에게 읽지도 못하고 쓰지도 못하는 스페인 사람은 굉장히 특이해 보였나 봐. 그래서 그들은 그 불쌍한 사람을 곯려대곤 했어. 그는 세금을 걷으면서 모욕적인 일을 수없이 당했다네. 그는 자신이 원주민들의 놀림감이 되고 있다는 사실을 알았고, 이는 거칠고 사악한 심기를 더욱 고약하게 만들었지. 원주민들은 그에게 서류를 거꾸로 펼쳐 제출하곤 했어, 그러면 그는 서류를 읽는 척하면서 대충 빈곳에 서명을 남기곤 했다네. 그 서명이라는 것도 그저 서툴게 구불구불 그어놓은 선에 불과했지. 원주민들은 세금을 내면서도 재미있어 했고, 그는 자존심에 상처를 받기는 했지만 어찌 되었든 세금을 걷을 수 있었어. 그런 상태에서 그는 누구에게도 예의를 갖출 기분이 아니었을 거야. 그는 자네 아버님에게도 거칠게 대하곤 했다네. 하루는 그가 한 상점에서 문서를 받아 들고 이리저리 돌려가며 읽는 척하고 있었지. 그때 한 어린 학생이 웃음을 터뜨리며 친구들을 보고 손가락으로 그를 가리켰다고 하더군. 그가 비웃음 소리를 듣고 주위를 살피자, 웃는 모습을 감추려고 애쓰고 있는 사람들을 보았지. 그는 화가 치솟아 그 어린 학생에게로 달려갔는데, 학생들은 달아나면서 따라오는 그에게 알파벳을 암송하며 놀려댔다네. 그는 그들을 잡을 수 없자 화가 머리끝까지 나서, 들고 있던 몽둥이를 그들에게 던졌어. 그것이 한 소년의 머리에 맞았고, 이내 그 소년은 쓰러졌지. 그 저열한 징세원은 소년에게 달려가 아이를 발로 걷어차기 시작했어. 상황을 재미있어 하던 주위의 사람 누구도 그를 말리려고 나서지 않았다네. 불행하게도 그때 자네 아버님이 그 장소를 지나고 있었지. 자네 아버님이 놀라서 징세원의 팔을 잡고 항의하자,

그는 여전히 분을 삭이지 못한 채 팔을 휘둘러대기 시작했다네. 자네 아버님은 바스크인(스페인 서부 피레네스 산지 사람의 건장함을 대변함_옮긴이)답게 이를 가만히 내버려두지 않고 힘으로 제압했지. 확실하지는 않지만 일부 목격자들은 자네 아버님이 그를 수차례 때렸다고도 하고, 또 다른 사람들은 단지 주먹 한 방을 날렸을 뿐이라고 하더군. 어쨌든 얻어맞은 징세원은 비틀거리더니, 저만치 나가떨어지면서 돌에 머리를 부딪쳤다고 하네. 돈 라파엘은 얻어맞고 있던 아이의 팔을 조용히 잡아 일으켜 도시회관으로 데리고 갔어. 그런데 그만 쓰러진 징세원이 피를 흘리며 정신을 차리지 못하더니, 몇 분 후에 숨을 거두고 만 거야. 곧 군인이 와서 사건을 조사했고, 이로 인해 자네 아버님은 감옥에 수감되었지. 더 안타까운 일은 그동안 자네 아버님에게 좋지 않은 감정을 품고 있던 모든 사람들이 앞장서서 그를 비난했다는 사실이지. 온갖 거짓말들이 쏟아지고, 그에게 신성모독과 반란죄가 씌워졌다네. 신성모독은 언제나 아주 엄중한 벌이 부과되지. 자네 아버님의 일이 더욱 심각해진 이유는, 당시 지역 주지사가 종교의 신성함을 대단히 강조하는 사람이었기 때문이기도 해. 그는 교회에서 큰 소리로 기도하고, 하인들과 함께 성가를 합창하는 사람이었다네. 그래서 모든 사람들이 그가 기도를 시작했다는 것을 알 정도라고 하더군. 게다가 '사회 질서를 문란하게 하는' 반란죄는 신성모독보다 더 엄중하게 다루어졌다네. 이는 아마도 읽고 쓸 줄도 알 뿐 아니라 철학까지 심도 깊게 논할 수 있는 징세원 세 명을 죽이는 것보다 더 심각하게 다루어질 문제였지. 자네 아버님은 외부와 완전히 격리되었고, 소지했던 모든 서류와 책들을 몰수당했지. 외국으로부터 온 편지들과 마드리드에서 발행하여 보내 온 신문들까지 그의 죄목을 부풀리는 데 이용되었어. 또한 자네를 신교도들이 살고 있는 독일어권 스위스로 보낸 사실과, 반란을 공모한 죄로 처형당한 어떤 원주민 성직자로부터 받은 편지 등이 재판에서 증거로 제출되었다고 하더군. 또 다른 어떤 것들이 있었는지는 모르겠지만, 아무튼 그들이 궁리해낸 모든 것들이 죄의 명백한 증거로 제시되었지. 심지어 자네 아버지가 스페인 혈통을 타고났음에도 불구하고 원주민처럼 옷차림을 하고 다니는 것까지 거론되었다고 하네. 아마도 자네 아버지가 아닌 다른 사람이 같은 일을 겪었다면, 짧은 시일 내에 풀려났을 게야. 한 의사가 그 징세원의 사망 원인을 뇌졸중으로 최종 판정했거든. 자네 아버님의 엄청난 재산과 정의에 대한 신념, 그리고 불법과 불의에 대한 경멸이 자신을 곤경에 빠뜨리는 원인이 되었지. 나는 내가 할 수 있는 최선을 다했다네. 개인적으로 누구에게 부탁하기를 무척이나 꺼리지만, 나는 당시에 재직하던 총독을 직접 찾아가 자네 아버님을 변호하기도 했었지. 집 없고 가난한 스페인 사람들을 자신의 집으로 데리고 가서 대접하던 사람이 반란죄를 저지를 리가 없다고 청원했다네. 주장을 명백하게 하기 위해 나의 보잘것없는 재산과 군인으로서의 명예를 모두 걸고 자네 아버님의 무고를 탄원했지. 그러나 난 아주 차가운 시선을 받고 물러나야 했으며, 괴짜라는 별명만 얻고 돌아왔다네.

자네 아버님은 나에게 변호를 맡아줄 사람을 찾아달라고 했지. 그래서 젊지만 유능하기로 유명한 필리핀 변호사에게 사건을 의뢰했는데, 곧장 거절당했어. 이렇게 말하더군. '저까지 곤경에 처하게 될 겁니다. 만약 제가 이 사건을 맡는다면, 그 사실 자체가 피고인에게 새로운 죄목의 빌미가 될 것이고, 아마 저까지 연루시켜 죄를 씌울 것입니다'라고 덧붙였다네. 그는 대신에 유창하고 힘 있는 달변가를 소개했지. 나는 그 달변가를 변호사로 선택해서 사건을 변론하게 했다네. 그는 아주 능숙하게 사건을 다루더군. 그러나 자네 아버님에겐 이미 드러나지도 알려지지도 않은 수많은 적들이 있었다네. 다른 경우였다면 재판관들이 실소를 터뜨릴 정도의 명백한 거짓 증인들과 거짓말이 난무했지만, 이 사건에서는 이들의 주장이 모두 진실되고 일관성 있다고 받아들여졌지. 변호인단이 그들의 증언에 대해 모순을 지적하고 거짓임을 밝혀내면, 새로운 죄목이 이전의 죄목을 대신해 나타났다네. 자네 아버님이 소유한 많은 재산이 불법적이고 부정한 방법으로 강탈한 것이라고 비난받기도 했으며, 보상과 배상이 청구되기도 했지. 그가 자신의 토지와 가축을 보호하기 위해 폭력배들을 동원한 일이 있다는 증언도 나왔다네. 결국 문제가 너무나 복잡해져버려서, 재판이 시작된 지 1년이 지나자 사건의 본질을 아무도 알 수 없게 되었지. 당시 총독은 본국으로 돌아갔고, 그의 후임자는 정의로운 인물이라고 정평이 난 자였는데…… 안타깝게도 그는 몇 달밖에 그 자리에 머물지 않았다네. 그리고 그다음 후임자는 정반대의 사람이었고, 경주용 말에 지나치게 빠져 있었지.

자네 아버님은 혹독한 감옥살이와, 무엇보다도 주변 사람들에 대한 배신감과 실망감으로 인해 강철 같던 체력까지 잃기 시작했다네. 결국 불치병에 걸렸고, 안타깝게도 아무도 지켜보지 않는 가운데 감옥에서 숨을 거두었어. 그때는 사건이 종말을 향해 가고 있었고, 자네 아버님은 반란과 살인에 대한 누명에서 벗어나 승소를 앞두고 있었지. 나는 그가 숨을 거둘 때 즈음에야 감옥에 도착했다네."

나이 든 중위는 잠시 말을 멈췄다. 이베라는 한 마디도 하지 않았다. 그들은 군부대 출입구에 다다랐고, 게바라는 잠시 멈추더니 그에게 손을 내밀었다.

"더 자세한 것은 카피탄 티아고에게 물어보게나. 그럼 여기서 헤어지세.

난 들어가서 처리할 일이 있나 살펴봐야 하네."

입은 다물고 있었지만, 감정으로 가득 복받친 이베라는 나이 든 중위의 주름진 손을 잡았다. 그리고 그가 부대로 들어가 시야에서 사라질 때까지 한참을 지켜보았다. 이베라는 천천히 뒤로 돌아 지나가는 승합마차를 소리 내어 불렀다. 그는 다 죽어가는 목소리로 마부에게 말했다.

"호텔 라라로 가주시오."

'감옥에서 막 출소한 손님인가 보군.' 마부는 그렇게 생각하며 말들에게 채찍을 휘둘렀다.

5
밤하늘의 별

이베라는 강이 내려다보이는 자신의 방으로 돌아왔다. 그는 안락의자에 풀썩 주저앉아 열린 창문 밖으로 펼쳐진 광경을 바라보았다.

강을 따라 즐비하게 늘어선 집들은 밝게 불을 밝히고, 흥겨운 기타 소리가 들려왔다. 만약 그가 깊은 생각과 의구심에 사로잡혀 있지만 않았더라면, 쌍안경을 꺼내 반대쪽 강변으로 보이는 화려한 광경을 관찰했을 것이었다. 그 광경은 대략 이러했다. 눈부시게 아름다운 한 여인의 모습이 보였다. 그녀의 가냘픈 자태는 그림처럼 아름다운 원주민 의상으로 인해 더욱 빛나 보였다. 그녀를 가운데 두고 반원을 그리며 바라보고 있는 중국인, 스페인인, 필리핀인들, 관료들, 성직자들, 나이 든 여인들, 젊은 남자들 모두가 다양한 몸짓과 달콤한 찬사로 그녀의 관심을 끌려고 경쟁하고 있었다. 그녀의 곁에는 다마소 신부가 보였다. 그는 지금 행복에 넘치는 미소를 짓고 있었다. 시빌라 신부가 그녀와 대화를 나누고 있고, 도냐 빅토리나는 그 여인의 머리를 화려하게 장식한 화관을 매만지고 있었다. 그 화관은 진주와 다이아몬드로 장식되어 있어 너무나도 매혹적인 빛을 발했다. 그녀는 눈부시게 하얀 피부를 가지고 있었다. 그녀의 눈빛은 언제나 아래를 바라보고 있어서, 눈을 들어 쳐다볼 때에는 순수한 표정이 그대로 드러났다. 그녀가 미소를 지어 작고 하얀 치아를 드러내면, 그 아름다움에 장미꽃도 보잘것없는 채소로 보이고, 맑은 상아 조각도 단지 코끼리의 이빨로 보일 뿐이었다. 원주민의 삐나(파인애플_옮긴이) 옷감 안으로 훤히 들여다보이는 그녀의 희고 우아한 목 주위로, 민요 한 소절이 유쾌하게 윙크하며 지나가듯 다이아몬드 목걸이가 보였다. 오직 한 사람만이 그녀가 발산하는 생기를 느끼지 못했다. 그는 젊은 프란시스코 수도사이며, 가냘프고 창백한 찡그린 얼굴로 멀리서 그녀를 응시했다. 그는 마치 동상처럼 움직이지 않고, 숨조차 쉬지 않는 것처럼 보였다.

그러나 현실의 이베라는 이 광경을 보고 있지 않았다. 그의 마음의 눈은 다른 광경을 보고 있었다. 아무런 장식도 없는 그저 더럽혀진 네 개의 벽면이 작은 공간을 둘러싸고 있었다. 그중 한쪽 벽의 상단에 창살이 드리워진 창문이 있었다. 불결한 바닥에는 간이침대 하나가 놓여 있었다. 침대 위에서는 한 나이 든 노인이 죽음에 임박한 듯 가쁜 숨을 몰아쉬었다. 그는 절망적으로 자신의 주위를 둘러보았다. 그리고 한 이름을 흐느끼며 불렀다. 노인은 홀로 남겨졌다. 간혹 벽면 뒤에서 쇠사슬 부딪치는 소리와 신음 소리가 들려왔다. 그리고 저 멀리 또 다른 광경이 보였다. 술 취하고 흥에 겨워 떠드는 젊은 남자의 웃음소리와 고함 소리가 마치 와인을 마시고 덩달아 신난 꽃처럼, 함께한 사람들의 찬사와 술 취한 웃음을 자아냈다. 이 상반된 광경 속에서, 이베라는 노인의 모습에서 아버지를 연상하고 젊은 남자가 바로 자신임을 알아챘다. 그리고 노인이 흐느끼며 부르던 그 이름이 다름 아닌 자신의 이름이라는 사실 역시 깨달았다.

강변 집들의 불빛이 꺼지고 음악과 소음이 멈춘 후에도, 이베라의 귓가에는 아버지가 고통스러운 최후의 순간에 자신의 이름을 부르던 소리가 여전히 들리는 듯했다.

침묵이 마닐라의 밤을 점령했다. 모든 것이 망각의 품으로 들어와 깊은 잠에 빠진 듯했다. 닭이 우는 소리는 종탑이 은은하게 울리는 소리로 바뀌었다. 초승달이 모습을 드러냈다. 세상의 모든 것들이 휴식을 취했다. 곧 이베라는 피로에 못 이겨 잠에 들었다. 이 피곤함은 슬픔에 의한 것이기도 하지만, 하루 동안의 길었던 여정 때문이기도 했다.

오직 한 젊은 프란시스코 수도사만이 잠들지 않았다. 수도원 방에서 깨어 있던 그는 팔꿈치를 창틀에 기대고 있었다. 창백한 얼굴은 이를 받친 손바닥 위에서 휴식을 취하고 있었다. 그는 어두운 하늘 멀리서 반짝이는 별을 바라보며 조용히 상념에 잠겼다. 별이 지고 달도 흐려지지만 수도사는 미동도 하지 않았다. 그의 눈은 바굼바얀(호세 리살이 처형당한 장소, 오늘날 마닐라의 리살 공원_옮긴이) 들판과, 아직 고요히 잠들어 있는 바다 쪽으로 펼쳐진 지평선을 바라보고 있었다. 그 지평선도 아침 안개로 인해 흐렸다.

6

카피탄 티아고

뜻이 땅에서도 이루어지리다

카피탄 티아고는 실제 나이보다 젊어 보였다. 남들이 보면 30에서 35세 정도로 착각할 만했다. 그는 키가 작고 몸이 통통한 편이었다. 친구들은 그의 부유함이 하늘에서 내린 복이라고 했지만, 시기하는 이들은 그가 가난한 사람들을 착취하여 재물을 축적한 결과라고 주장했다.

이 이야기가 있을 당시, 티아고는 옅게 그을린 피부에 선천적으로 사랑스러운 얼굴의 소유자였다. 사람들은 그의 머리통이 영민함을 뜻한다고들 말했다. 머리통이 작고 둥글며, 짙은 검은색 머리를 앞으로는 길게 뒤로는 짧게 자른 모양 때문이었다. 작으면서 아몬드 모양과는 다소 거리가 먼 그의 눈은 결코 감정을 감추지 못했다. 코는 넓적하지 않고 오뚝하니 잘생겼다. 만일 그의 입 모양이 담배와 배텔(구장나무 잎에 라임을 발라 씹는 일종의 입담배_옮긴이) 때문에 망가지지만 않았더라면, 본인 스스로 보기에도 자랑스러울 뿐 아니라 남들에게도 내세울 만한 미남이었을 것이 분명했다. 그러나 배텔을 한쪽 볼 가득히 넣어 씹는 오랜 습관 때문에 그의 얼굴은 좌우 대칭이 어그러진 상태였다. 그런 나쁜 습관이 있었음에도, 각 12페소씩 받고 치과의사가 해준 두 개의 이 덕분에 그의 하얀 치아는 온전해 보였다.

그는 비논도 지역에서 가장 부유한 재력가로 꼽혔고, 팜팡가 바이호수 근처 산디에고 쪽에서도 가장 힘 있는 지주로 알려져 있었다. 그는 매년 산디에고의 토지에서 소작료를 거두었다. 무엇보다도 산디에고는 그가 가장 좋아하는 도시였다. 좋은 온천장과 유명한 투계장이 있었고, 추억이 깃든 곳이었다. 그는 매년 최소 두 달 정도 그곳에 머물렀다.

갭틴 티아고는 도시에서도 많은 재산을 가지고 있었다. 산토 크리스토, 알로게, 델 로자리노 거리 등에 부동산이 있는데, 모두 마닐라 차이나타운 안에 있었다. 그는 한 중국인과 아편 거래 면허를 공유했으며, 이는 많은 수익을 남기는 사업이었다. 그는 빌리비드 감옥의 수감자들에게 제공되는 음식 공급과, 도시의 주요 회사들과 계약하여 말의 사료를 제공하는 이권도 가지고 있었다. 정부와 긴밀한 관계를 유지하는 영민함과 융통성을 지녔으며, 다른 이들의 필요를 잘 파악할 뿐만 아니라 대담하기도 했다. 당시 필리핀 정부가 민간인에게 의뢰하는 공공사업 이권이나 입찰에 있어서 그와 경쟁할 만한 사람은 오직 한 명뿐이었다. 따라서 이 이야기가 전개될 당시 카피탄 티아고는 행복한 사람이었다. 그는 부자였으며 종교적으로나 정부와의 관계에서나, 또는 사람 관계에 있어서도 더할 나위 없이 행복했다.

그가 여러 사람들로부터 신망이 높다는 것은 의심의 여지가 없었다. 대체로 사람은 모든 것이 풍족할 때 타인과 불화를 겪을 이유가 전혀 없다. 신은 거래를 제안하지도, 돈을 빌리려 하지도 않는다. 카피탄 티아고는 기도할 때 결코 자신의 문제를 언급하지 않았다. 이는 그가 아주 어려운 상황에 처해 있을 때에도 마찬가지였다. 그는 부유했고, 돈으로 모든 일을 해결했다. 그의 주장에 따르면 신은 권력을 가진 고상한 성직자를 창조하여, 그로 하여금 설교하고 중보의 기도를 하게 하셨다. 한편 신은 그들의 간절한 기도에 응답하여, 한없는 사랑으로 부자들을 위해 가난한 사람들을 만들었다고 했다. 부자들은 오랫동안 성모에게 기도하고, 가능한 한 모든 기도서를 외우고, 헌물을 바치며, 히브리어로 된 성경까지 읽는 정성을 보였다. 만일 신의 자비를 필요로 하는 매우 심각한 곤경에 처해 어찌할 바를 모를 때면, 카피탄 티아고는 모든 수호성인들을 찾았다. 그들에게 특별한 헌물을 바치고, 수많은 서원을 하며, 소원을 들어달라고 간청했다. 그는 대부분의 서원을 평화와 행복의 여정을 지켜주는 안티폴로 성모상에게 하였으며, 자신이 한 약속을 반드시 지켰다. 하지만 그가 낮은 지위에 있다고 여긴 성인들에게는 부주의했으며, 때로는 신사답지 못한 면을 보이기도 했다. 실제로 자신이 원하는 것을 얻은 후에는 종종 낮은 성인들을 잊어버리곤 했다. 물론 다시 그들을 찾아 성가시게 하는 일도 없었다. 카피탄 티아고는 할 일 없는 수많은 성인들이 매일같이 하늘에서 일을 찾고 있다고 생각했다. 그러나 안티폴로의 성모상만큼은 다른 모든 성모상들보다 능력과 효험이 있다고 믿었다. 안티폴로의 성모상은 다른 성모상들과 달리 권위를 내세우고자 아기 예수와 같이 있거나, 성의, 묵주, 혹은 허리띠 같은 것들을 두르고 있지도 않았다. 이는 안티폴로의 성모상이 지니고 있는 엄격함에 대한 명성과 위엄을 상징하는 것이었다. 그녀를 모시는 성당을 돌보는 관리인에 따르면, 그 성모상은 사진 찍히는 것을 지극히 싫어했으며, 관대하고 부드러운 마음을 가진 다른 성모상과는 달리 불쾌할 때에는 검게 변한다고 했다. 몇몇 사람들이 입헌국가보다 절대왕정을 선호한다는 것은 잘 알려진 사실이었다. 루이 14세와 16세, 그리고 필립 2세와 아마데오 1세 사이의 다른 운명은 이를 반증하는 사실이었다. 이 때문에 사람들은 성모상의 재단까지 무릎으로 기어서 다가갔다. 이는 중국인 불신자들이나 오만한 스페인 사람들도 마찬가지였다. 그러나 어째서 그 두려운 성모상에게 바친 돈으로 성당 관리인들이 종종 미국으로 건너가 결혼을 하는가는 여전히 의문스러운 일이었다.

카피탄 티아고는 자신의 가족 수호신들을 작은 성소, 즉 기도실에 모시고 있었다. 이곳은 그의 집 중앙 거실을 통해 들어갈 수 있었으며, 비단 커튼으로 가려져 있었다. 그는 유일신 이론을 전혀 이해하지 못했다. 오히려 다신론을 더 믿는 처지였다. 그곳에는 아기 예수, 성모, 성 요셉을 묘사한 조각이 있었다. 상아로 된 흉부와 손발, 긴 속눈썹이 달린 유리알 눈, 금발의 곱슬머리로 된 조각은 마닐라 최고 조각가의 작품이었다. 또한 거룩한 순교자가 고통 받는 모습과 성모상의 기적을 묘사한 유화도 있었다. 마찬가지로 필리핀 예술가가 그렸다. 눈을 들어 하늘을 바라보며, 손에는 접시 하나를 들고 있는 성녀 루시아의 조각도 있었는데 이 역시 완벽한 눈썹과 속눈썹을 갖추고 있었다. 이는 삼위일체를 상징하며 고대 이집트의 관 속에서나 볼 수 있는 모습이었다. 산모의 수호성인이자 무자식 부부의 희망인 춤추는 성 파스칼, 그리고 프란시스코 수도회 복장을 한 파두아의 성 안토니오의 모습도 보였다. 그는 삼각 모자를 쓰고 총독의 유니폼을 입은 채 사브르를 차고 긴 부츠를 신어, 마치 마드리드의 어린이 가장 무도회에서나 봄직한 소품들로 장식된 아기 예수를 애정 어린 눈길로 바라보고 있었다. 카피탄 티아고는 이를 신이 필리핀에 있는 스페인 총독과도 같은 권력을 가지고 있다는 증거로 해석했다. 프란시스코 수도사가 총독을 단지 인형처럼 간주하는 것과 동일했다. 거기에는 또한 성 안토니오 수도원장 곁에 돼지의 모습이 보이는 그림이 있었다. 이 돼지를 카피탄 티아고는 성인만큼이나 신성한 것으로 간주하여, 그를 결코 돼지라 부르지 않고 '신성한 성 안토니오의 애완동물'이라고 칭했다. 그 위의 그림에는 아시시의 성 프란시스코가 커피색의 의복 속에서 일곱 개의 날개를 펼친 모습이 그려져 있었다. 그는 날개가 두 쌍뿐인 대신 트럼펫을 들고 있는 성 빈센트의 상단부에 묘사되어 있었다. 또한 무릎을 꿇은 순교자 베드로의 머리가 불의한 무어인의 검에 쪼개져 있었으며, 그 옆에 또 다른 성 베드로가 다른 무어인의 귀를 자르는 모습이 있었다. 그는 말쿠스(예수를 체포하기 위해 나선 유다인 대제사장의 군병_옮긴이)가 분명했다. 입은 일그러져 있고, 몸은 고통으로 뒤틀려 있었다. 한편 도리스식 기둥(그리스 건축 양식_옮긴이) 위에는 싸움닭들이 모여서 날개를 치켜들고 있었다. 카피탄 티아고는 이를 두고 성인이 되는 것은 칼로 베거나 혹은 베임을 당하는 것이라고 받아들였다. 마지막으로 그곳에는 나무에 금으로 도금을 하고 채색한 1미터 크기의 성 미카엘 조각상이 있었다. 아랫입술을 질끈 문 천사장의 눈이 빛을 발했다. 이마에는 깊게 주름이 졌으며 두 뺨은 장밋빛이었다. 그는 한 손에 그리스 방패를, 다른 손에는 말레이의 크리스(동남아에서 통치자의 권위를 상징하는 칼_옮긴이)를 들었다. 성도들이든 누구든 그에게 가까이 다가서는 자는 모두 내리치겠다는 자세였다. 미카엘의 여인처럼 아름다운 다리를 핥고 있는, 꼬리와 뿔이 달린 악귀들만이 예외였다. 카피탄 티아고는 두려워하며 결코 그 신상에 가까이 가지 않았다. 그는 시골 목공소에서 만든 허름한 조각상을 포함해, 다양한 기적을 일으켜 소란을 일으킨 신상들과 의심이 많은 죄인을 벌하는 신상들을 알고 있었다. 스페인에서 약혼식 입회인으로 부르기도 하는 한 그리스도 신상은, 박식한 판사가 던지는 질문에 답하는 의미로서 머리를 끄덕였다고 하여 유명해졌다. 또 다른 신상은 그의 오른팔을 십자가에 고정시키지 않고 성녀 루트가르다 St. Lutgarda 를 감쌌다는 얘기도 있었다. 카피탄 티아고는 새로 출판된 팸플릿에서, 성 도미니코의 상이 스페인의 소리아노 마을에서 말 없는 설교를 베풀었다는 얘기를 읽은 바 있었다. 그 신상은 아무런 말도 하지 않았다. 그러나 적어도 그 팸플릿의 저자는 그의 몸짓에서 세상의 종말이 다가오고 있다는 선언을 유추했을 것이다. 카피탄 티아고는 리빠의 한 성당에 있는 '리빠의 성모상'이 한때 볼이 부풀어 오르고 치맛자락의 끝에 흙이 묻어 있었다는 사실이 목격되었다는 이야기를 들은 적도 있었다. 아마도 사람들의 죄 때문에, 성모상이 치마를 걷어 올리지 않고 걷거나 치통을 호소하는 것도 과학적으로 증명할 수 없었던 게 아닐까? 모두들 같은 몸짓으로 세 번 일어나 머리를 숙이고 눈물을 흘리며, 성당의 여자 성도들과 구원받은 영혼들의 성스러운 외침 소리가 있는 '십자가상의 일곱 말씀'에 대한 성금요일(고난 주간의 금요일로 예수가 십자가에 못 박혀 죽은 날_옮긴이)의 설교 때에, 그의 작은 눈으로 그리스도의 신상을 보지 않았는가? 그러한 연유로 신중하고 종교적인 사람인 카피탄 티아고는 미카엘상의 검 근처에 너무 가까이 가기를 꺼렸다. '어떤 여지도 남기지 말자'가 그의 지론이었다. '그가 천사장이라는 것을 안다 할지라도 신뢰하지 않는다. 별다른 이유는 없다. 그저 신뢰하지 않을 뿐이다.'

하지만 그는 매년 안티폴로로 향하는 전통적인 순례에 빠지지 않고 나섰다. 축제의 화려함을 더하는 오케스트라도 행렬에 동참했다. 그는 찬송이 있는 노베나(9일간의 기도_옮긴이)와 그 사이에 있는 두 차례 큰 특별 미사의 비용을 지불하는 것도 잊지 않았다. 그는 매일 기도를 드린 후에 성모가 친히 목욕했다는 유명한 우물에서 몸을 씻었다. 성도들 사이에서는 그곳에 성모 마리아와 관련된 소문이 나 있었다. 원래는 우물의 단단한 바위 위에 성모의 발자국이 남아 있었다는 것이다. 그러나 성모가 다른 여자들처럼 코코넛 기름으로 머리를 감느라 그 발자국이 머리칼에 쓸려 사라졌다고 했다. 성모의 머리카락은 강철과 같아서 다이아몬드만큼 단단하고 수천 톤이 넘는 무게가 나간다고들 했다. 카피탄 티아고는 이 우물 근처에서 통돼지 바비큐와 민물고기로 만든 신맛 나는 국물(필리핀의 전통 음식인 시니강_옮긴이), 그리고 이에 곁들인 다른 원주민 음식들로 점심을 먹곤 했다. 그 두 차례의 특별 미사를 드리는 데에는 각각 400페소가 들었다. 그렇지만 불바퀴와 로켓, 폭죽으로 성모님께 바쳐 드릴 영광을 생각한다면, 미사 덕분에 한 해에 받게 될 풍성한 은혜를 생각한다면, 그 정도 비용은 그에게 아무것도 아니었다.

티아고가 자신의 신앙심을 거창하게 표현하는 장소는 안티폴로만이 아니었다. 비논도에서도, 팜팡가에서도, 돈이 많이 걸리는 닭싸움을 보기 위해 찾는 산디에고에서도 그는 속죄 미사를 위해 교구 신부들에게 금화를 보냈다. 희생 제물인 닭으로 전쟁의 징후를 점쳤던 로마인들처럼, 카피탄 티아고는 시대적 변화와 새로운 진리의 발견을 위해 예배 도중 단상 촛불의 움직임이나 향 연기의 방향, 신부가 기도문을 외우는 목소리, 다른 다양한 징후들까지 유심히 관찰했다. 여기서 그는 자신의 행운을 읽으려고 부단히 애썼다. 카피탄 티아고는 내기에서 지는 법이 거의 없었다. 모두가 그 사실을 알았다. 간혹 그가 지는 내기는 몇몇 경우가 해당되었을 때뿐이었다. 경기를 주관하는 신부가 목이 쉬었을 때라든가 초가 충분히 밝혀 있지 않았을 때라든가…… 또는 심지가 너무 기름에 절어 있을 때, 카피탄 티아고가 위폐를 사용했을 때 등과 같은 아주 특별한 경우들이었다. 그럴 때마다 신도회의 한 간부는 하늘이 그의 믿음과 확신을 시험하고자 일부러 일시적인 시련을 주신 것이라고 그에게 확신을 주었다. 성직자들에게 사랑받고, 성도들에게 존경받으며, 중국인 폭죽 제조업자들이 가장 좋아하는 카피탄 티아고는 이 나라의 종교에 넘치는 행복감을 느꼈다. 그 덕분에 너그러워진 성품과 신실함은, 그가 교계에서 더욱 영향력 있는 인간이 되게 하는 데 일조했다.

그는 그 자신이 어떤 불가능한 일도 가능케 할 수 있다고 믿어 의심치 않았다. 정부와 좋은 관계를 유지하고 있기 때문이었다. 사업이 번창하는 것에 익숙했고 늘 만족스러웠다. 그는 언제든 가장 말단에 있는 관리에게도 기꺼이 복종할 준비가 되어 있었다. 그는 적재적소에 중국에서 수입한 햄, 닭고기, 칠면조, 과일 등을 선물로 바쳤다. 누군가 원주민을 비하하면, 그는 더 큰 목소리로 이에 찬동했다. 너무나도 당연하게 자신에 대해 하는 말이 아니라 생각했던 것이었다. 이미 그 자신은 순수한 이베리아 반도인의 혈통이라 믿었다. 뿐만 아니라, 새로운 과세를 위한 조사에도 기꺼이 가장 먼저 나서서 찬성했다. 그는 정책과 조사 이면에 숨은 새로운 계약이나 이권을 재빨리 감지해냈다. 주지사, 시장, 검사, 모든 직급의 공직자들의 종교 기념일이나 생일, 경조사, 또는 비일상적인 그 어떠한 일에도 언제든 달려가 축하하고 찬양할 오케스트라를 항상 마련해둔 것은 물론이다. 오케스트라는 다음과 같은 찬양가를 불렀다.

'우리의 고상하고 이해심 깊은 지사님, 우리의 용기 있고 근면한 시장님, 그를 위한 정의의 화환이 하늘에 예비되어 있다네.'

비록 그 자격에 대해 많은 의혹이 제기되었으나, 그는 여전히 부유한 혼혈인들을 위한 조합의 수장이었다. 2년간의 임기 동안, 프록코트 열 벌과 중절모 열 개와 지팡이 여섯 개가 닳도록 돌아다녔다. 총독관저인 말라까냥이나 시청, 그리고 군사령부를 방문할 때면 어김없이 프록코트를 입고 중절모를 썼다. 닭싸움장이나 시장, 종교 행렬, 혹은 허름한 중국인 상점을 갈 때에도 중절모를 쓰고 프록코트를 입었다. 그 차림에 수술이 달린 지팡이를 휘젓느라, 즐거운 긴장감으로 땀을 흘리면서까지 카피탄 티아고는 열심히 일했다. 명령을 내리고 거래에 합의하거나 파기하는 데에는 감탄이 나올 정도로 주저함 없이 냉정했다. 정부의 관점에서 티아고는 그저 훌륭한 인물, 세상에 대한 선의로 가득한 인간이었다. 아첨에 능하며 순종적이고 선물 공세를 잘하는 평화주의자. 스페인어를 잘 알면서도 스페인으로부터 들어오는 그 어떤 불온서적이나 잡지도 읽지 않는 사람. 그들은 티아고에게서 마치 가난한 학생이 오래 신어 낡았지만 편안한 신발에서 느끼는 것과 비슷한 감정을 느꼈다. 실제로 그의 닳을 대로 닳은 신발 굽이 이를 증명해주지 않던가? 그리스도교와 세속적인 아름다움 모두가 공존하는 진실이었다. '마음이 가난한 자에게 복이 있다'라는 성경 구절이 있으나, '재물이 있는 자에게 복이 있다' 또한 다르지 않다고 생각했다. 사람들은 그리스어로 된 크리스마스 메시지의 잘못된 해석도 그와 연관시켜 생각했다― '높은 곳에 계신 하느님께 영광, 땅에 있는 친절한 사람에게 평화.' 그러나 사람이 평화롭게 사는 데에는 친절함만으로는 부족하다는 것이 곧 드러났다. 불신자들은 카피탄 티아고를 바보로 여겼다. 그의 수하들은 그를 까다로운 사람이자 독재자로 간주했다. 가난한 사람들은 그를 무자비하고 잔인하며, 자신들의 모든 불행에서 이득을 취할 준비가 된 사람으로 보았다. 그들의 오두막집에서는 많은 이야기가 오고 갔다. 거의 중상모략이라고 할 수 있는 말들, 즉 여성들과의 불륜, 그 여인들에게 한 지키지 못할 거짓말들, 그들이 흘린 이별의 눈물, 그리고 사생아 등의 이야기였다. 그런 소문에는 냉소적이고 정숙하지 못한 다수의 여성들이 등장했다. 그러나 어떠한 젊은 여성도 카피탄 티아고에게 잠 못 이루는 밤을 선물하거나, 마음의 평정심을 뒤흔드는 일은 없었다. 오히려 그의 평정을 흐리게 하는 사람은 다름 아닌 한 나이 든 여인이었다. 경건하기로는 그와 견줄 만한 미망인이자 많은 재산을 물려받은 상속녀 도냐 파트리시오였다. 많은 성직자들로부터 그가 받았던 최고의 찬사보다 더한 찬사와 칭찬을 받는 여인이었다. 카피탄 티아고와 그 미망인은 누가 교회를 더 잘 돌보느냐를 두고 성스러운 경쟁을 벌였다. 마치 공익에 봉사하는 증기선이 팜팡가 강을 오가면서 앞서거니 뒤서거니 하며 경쟁하는 것과 흡사했다.

도냐 파트리시오가 시내 최고의 보석상에서 금과 다이아몬드로 장식한 홀笏(권위를 상징하는 지휘봉_옮긴이)을 주문하면, 곧바로 카피탄 티아고는 에메랄드와 황옥들로 장식된 은제 홀을 성모 마리아에게 바치는 식이었다. 마닐라 만灣에서 네덜란드 군에 맞서 싸워 기적적인 승리를 거둘 수 있게 한 성모 마리아를 기념하는 종교 행렬이 있을 때면, 카피탄 티아고는 거대한 승리의 마차를 준비했다. 누빈 천으로 싸인 마차의 양면에는 거울과 유리구슬, 동, 그리고 샹들리에 등이 달려 있다. 그러면 도냐 파트리시오는 즉시 2미터 정도 더 높고, 사면으로 되어 있으며, 장식물도 두 배나 많은 것으로 주문을 넣었다. 그럴 때면 카피탄 티아고는 그가 할 수 있는 최고의 카드를 사용했다. 바로 교회의 정원에서 폭죽을 터뜨리며 드리는 거대한 미사였다. 그러면 도냐 파트리시오는 이가 없는 잇몸으로 입술을 깨물었다. 그녀는 종소리와 폭죽이 터지는 큰 소리를 도저히 견딜 수 없었다. 이에 카피탄 티아고는 만족스러운 미소를 지었다. 한편 도냐는 새로운 복수의 계획을 품고 있었다. 특별 성일에 그녀는 유산으로 물려받은 재물을 사용하여, 마닐라에 있는 다섯 개 교단의 최고 신부들을 초청했다. 대성당의 가장 유명한 참사관과 최신의 성 빈센트 폴 학파의 회원들까지 초청하여, 겨우 상업용 스페인어 몇 마디밖에 못하는 가난한 죄인들에게 최고로 난해한 신학 이론을 설파하게 할 계획이었다. 카피탄 티아고를 지지하는 이들은 도냐 파트리시오가 설교 중에 졸고는 하는 행태를 조롱했지만, 그녀의 측근들은 결국 모든 비용을 지불한 사람이 그녀이며 중요한 것은 누가 돈을 냈는가라고 반박했다. 최근 그녀가 카피탄 티아고를 궁지로 몬 적이 있었다. 도나가 시내에서 펼쳐진 한 종교 행렬에서 성상을 운반할, 금으로 장식된 세 개의 은마차를 선사했던 것이다. 마차에 각각 최소 3000페소씩은 들어갔으리라. 카피탄 티아고는 오직 그녀가 죽거나 혹은 대여섯 차례 소송에 패소하기만을 바랄 뿐이었다. 하지만 불행히도 그녀는 대법원에서 최상급 변호사를 고용하는 조심성을 갖추었고, 건강에 관해서도 딱히 눈에 띌 법한 병의 징후를 보이지 않았다. 강하기는 강철 같고 피부병처럼 끈질기게 삶에 집착하는 여인이었다. 이 모든 것은 의심의 여지없이 그녀가 쌓은 종교적 공덕의 결과인 듯했다. 그녀를 지지하는 사람들은 그녀가 죽으면 성인으로 추앙될 것이라고 확신했다. 그리고 그들은 카피탄 티아고가 그 제단에서 그녀에게 경의를 표해야 할 것이라고 생각했다. 카피탄 티아고 역시 그녀가 일찍 죽는다면 그러한 상황을 기꺼이 받아들일 준비가 되어 있는 듯했다.

이 같은 모습이 그 당시 카피탄 티아고의 삶을 말해주었다.

그는 마닐라 근처 도시인 말라본의 설탕 생산업자 외동아들로 태어났다. 그의 아버지는 그런대로 유복했지만, 삶은 불행하기 짝이 없었다. 그는 아들의 교육을 위해 한 푼이라도 낭비하지 않고 아끼며 살았다. 덕분에 어린 티아고는 한 친절한 도미니크회 수도사에게 교육받아 성장할 수 있었다. 그 너그러운 수도사는 자신이 알고 있는 모든 유용한 것들을 소년에게 가르쳤다. 그러나 소년이 논리학을 배우면서 논리학의 신동으로 불리는 즐거움을 얻을 무렵에 수도사가 그만 죽고 말았다. 그러자 소년의 아버지는 아들이 공부를 접고 자신을 도와 사업에 뛰어들도록 했다. 티아고는 곧 산타크루즈 지역에서 아름다운 여인을 만나 결혼하게 되었다. 이 여인은 그의 사회적 지위를 높여주었을 뿐만 아니라, 그가 재산을 불려나가는 데 큰 도움을 주었다. 그녀의 이름은 도냐 피아 알바였다. 그녀는 설탕, 커피, 인디고와 같은 물품 거래에만 만족하지 않고, 직접 농장을 경영하길 원했다. 부부는 산디에고에 땅을 구입하였으며, 이를 계기로 다마소 신부와 당시 산디에고에서 가장 부자였던 돈 라파엘 이베라와도 친분을 쌓았다.

결혼한 지 6년이 되도록 티아고 부부에게는 아이가 없었다. 후손도 없으면서 돈에 지나치게 집착하는 그들의 모습은 이제 비난까지 받고 있었다. 도냐 피아는 건강하고 날씬했으며, 몸매는 예쁘게 균형 잡혀 있었다. 그녀는 9일간 특별 기도를 드리기도 했고, 산디에고에 있는 신앙심 깊은 친구의 조언에 따라 타알이라고 하는 외딴 마을의 카이사사이 성모상에 기도와 봉헌을 하기도 했다. 한여름 태양 아래 파낄 마을에 있는 뚜릅바 성모상 행렬을 따라가며 춤을 추는 노력까지 기울였다. 이처럼 헛된 노력을 반복하던 그녀에게 다마소 신부는 오반도에 있는 성당으로 순례를 떠나 성 파스칼의 축제에서 춤을 추며 임신을 기원해보라고 조언했다. 당시에는 오반도에 있는 살룸바우 성모상, 성녀 클라라, 그리고 성 파스칼의 삼위가 아들이나 딸을 점지해준다는 믿음이 있었다. 그녀는 신부의 조언을 따랐다. 그리고 곧 임신했다는 사실을 알게 되었다. 그러나 마치 보물을 발견하자 노래를 멈추고 만 셰익스피어의 어부처럼, 그녀는 갑작스레 모든 의욕을 상실하고 우울증에 빠져 다시는 미소조차 짓지 않았다. 카피탄 티아고를 포함한 모든 이들은, 그녀가 임신으로 인한 일시적인 우울 증세에 시달리는 것이라고 생각했다. 그녀의 슬픔은 출산의 고통을 마지막으로 끝났다. 도냐는 난산 끝에 여자

아이를 출산했고, 숨을 거뒀다. 성 파스칼은 그들이 기원했던 아들을 주지 못했다. 그래서 도냐가 낳은 여아의 이름은 마리아 클라라가 되었다. 마리아는 살룸바우 성모상을 따른 것이고, 클라라는 오반도 삼위의 두번째 성녀에서 따온 것이었다. 그리하여 그 정직한 성 파스칼은 잊혔다. 다마소 신부는 마리아 클라라라는 이름을 가진 사랑스러운 여아의 대부가 되었다.

그 어린 소녀는 이모인 이사벨이 돌보았다. 아이는 대부분의 날들을 산디에고에서 보냈다. 그곳 날씨가 건강에 좋다고 믿었을뿐더러 다마소 신부가 그녀를 무척 귀여워했기 때문이기도 했다.

마리아 클라라는 그녀의 아버지처럼 눈동자가 작지 않았다. 눈은 어머니처럼 커다랗고, 속눈썹이 검고 길었다. 뛰어놀 때에는 생기가 넘치고 명랑했지만, 어느 때에는 사색에 잠기거나 무언가에 깊이 몰두하기도 했다. 그 어린 소녀의 머리카락은 금발에 가까웠고, 높지도 낮지도 않은 코 덕분에 얼굴 옆선이 우아했다. 작고 매력적인 입술이 그녀의 어머니를 연상케 했다. 피부는 양파처럼 고왔고, 면화처럼 희었다. 그녀를 귀여워했던 사람들은 카피탄 티아고의 딸이 자기 아버지의 작고 잘생긴 귀를 닮았다고 했다.

이모 이사벨은 마리아가 유럽인 혼혈처럼 생긴 것은 태아기 때 받은 영향 때문이라고 말했다. 그녀는 도냐 피아가 임신한 첫 달에, 성 안토니오의 상 앞에서 우는 모습을 보았다고 했다. 카피탄 티아고의 또 다른 여자 사촌도 같은 의견을 내놓았다. 그러나 그녀는 성 안토니오가 아닌 성모 마리아나 성 미카엘의 탓이라고 했다. 스페인의 철학서를 모두 섭렵한 유명 학자인 카피탄 티농의 조카는 마리아의 외모를 행성의 영향으로 설명하고자 했다.

마리아 클라라는 모든 이들의 사랑을 받으며 극진한 보살핌과 행복 속에서 자랐다. 성직자들조차 그녀를 끔찍하게 아꼈다. 종교 행렬이 있을 때면 그들은 소녀에게 흰옷을 입히고, 풍부한 곱슬머리를 꽃으로 장식해 놓았으며, 드레스에 두 개의 은과 금반지를 달아주었다. 손에는 파란 리본과 함께 두 개의 하얀 비둘기 인형을 동여매 주었다. 소녀는 무척이나 명랑하고 사랑스러운 말투를 사용했다. 카피탄 티아고는 딸이 아빠의 사랑을 표현할 때 오반도의 성인들에 대한 찬미의 노래를 잊지 않게 했다. 그 성인들의 처소를 적절한 조각과 예술품들로 장식하도록 지시하곤 했다.

적도의 나라에서 13, 14세의 아이들은 꽃봉오리가 갑자기 활짝 피어나듯 하룻밤 사이에 여인으로 변했다. 이 변화의 시기에 마리아 클라라는 비논도 교구 신부의 조언에 따라, 성 클레어 수녀원에 들어가 수녀들로부터 엄격한 종교적 훈육을 받게 되었다. 그녀는 눈물이 그렁그렁 맺힌 채, 어릴 적 유일한 친구이자 곧 유럽으로 떠날 크리소스토모 이베라와 다마소 신부에게 작별 인사를 했다. 외부와의 접촉은 오직 이중으로 된 창살문을 통해서 이루어졌다. 그조차 감찰 수녀의 감시 아래서만 가능한 수녀원 학교에서 마리아는 7년을 보냈다. 돈 라파엘과 카피탄 티아고는 아이들이 서로에게 보인 호감과 자신들의 의견을 살펴 두 아이의 정혼을 약속했다. 이베라가 유럽으로 떠난 지 몇 년 후, 지구의 정반대편에서 완전히 다른 환경에서 살고 있던 두 젊은이는 약혼 소식을 기쁘게 받아들였다.

7

발코니에서의 사랑

가장 아름다운 노래

우아한 드레스를 입고 비취색 묵주를 팔찌처럼 손목에 찬 마리아 클라라와, 돋보기안경을 목에 걸치고 두꺼운 성서를 든 그녀의 이모 이사벨이 평상시보다 빨리 교회에 들어섰다. 다름 아닌 이베라가 집에 오기로 한 그날이었다.

미사가 끝나고 신부가 강대상을 떠나자마자, 이 젊은 숙녀에게는 얼른 집에 가고 싶어 하는 기색이 역력했다. 이사벨은 그런 조카의 모습이 의아했고 성가시게 느껴졌다. 이사벨은 자신의 조카가 언제나 성스럽고 수녀처럼 기도하기를 좋아한다고 여겨왔다. 항상 온화했던 이사벨은 발끝으로 마리아의 발을 톡톡 치며 눈으로 경고를 주었다. 하지만 그녀의 따가운 경고 속에는 여전히 어머니 같은 다정한 시선이 깃들어 있었다. 무엇보다 하느님께서 마리아 클라라를 용서해주시리라. 왜냐면 신이 이사벨보다 더 이 젊은 숙녀의 마음을 잘 이해하시기 때문이다.

아침 식사 후 마리아 클라라는 비단 지갑에 수를 놓으며 시간을 보냈다. 그녀의 이모는 지난밤 파티 때문에 어지럽혀진 것들을 정리하기 위해 청소 도구를 집어 들었다. 카피탄 티아고는 서류들을 살펴보고 있었다.

거리에 마차들이 지나가는 소리에 이 젊은 숙녀는 흠칫 놀랐다가 이내 한숨을 쉬었다. 차라리 친구들이 있는 수녀원 학교에 있는 게 좋을지도 모르겠다는 생각이 들었다. 그곳에서는 얼굴을 붉히지 않고 이베라를 대할 수 있을 것만 같았다. 그때 카피탄 티아고가 말을 꺼냈다.

"얘야, 난 이런 생각이 드는구나. 의사의 말이 옳은 것 같다. 시골로 가는 게 좋겠어. 점점 더 창백해지잖니. 시골 공기가 널 건강하게 만들 게다. 말라본은 어떠냐? 아니면 산디에고는?"

마리아 클라라는 이베라의 고향 지명을 듣자 얼굴이 화끈 달아올랐다. 그러나 카피탄 티아고는 서류에 몰두하느라 고개조차 들지 않았다. 그가 말을 계속 이었다.

"그럼 결정된 것으로 하자. 이사벨과 함께 수녀원 학교에 가서 짐을 싸 오는 게 좋겠다. 다시 돌아가지 않을 테니 친구들에게 작별 인사도 하고."

이제 그곳을 영영 떠나야 한다고 생각하니 마리아는 마음이 아팠다. 그러나 아픔에 대한 보상이 기다리고 있었다.

"자, 그럼 사나흘 안에 새 옷 몇 벌 더 준비하고 말라본으로 출발하도록 해라. 너도 알다시피 네 할아버지는 더 이상 산디에고에 계시지 않다. 그분의 집은 지난밤 이곳에 왔던 그 성자 같은 젊은 신부님이 인수했단다."

이사벨이 끼어들었다.

"형부, 우리가 산디에고로 갈 이유가 또 있죠. 집이 더 좋을 뿐 아니라, 곧 축제가 열릴 시기잖아요!"

마리아 클라라는 그렇게 말하는 이모의 뺨에 키스라도 해주고 싶은 심정이었다. 그러나 곧 문밖에서 마차가 서는 소리가 들려오자, 그녀의 얼굴은 창백해졌다. 카피탄 티아고가 대답했다.

"그건 그렇지."

그는 마차 소리를 듣고 큰 소리로 외쳤다.

"분명 돈 크리소스토모일 거야!"

마라아 클라라는 수를 놓던 도구를 무심결에 떨어뜨렸다. 계단을 오르는 발자국 소리와 젊은 남자의 목소리가 들렸다. 몸이 뜻대로 움직여지지 않았다. 마리아는 갑자기 벌떡 일어나 기도실에 있는 성인들에게 달려갔다. 두 사촌들이 웃음을 터뜨렸다. 방에 막 들어선 이베라는 그녀가 기도실 문을 닫는 소리를 들었다.

그녀는 그가 자신에 대해 묻는 소리를 들었다. 간혹 상상 속에서나 듣던 목소리였다. 그 순간 가장 가까이에 있는 행운의 성 안토니오 수도원장 상에 키스를 하고 싶다는 황홀한 유혹을 온몸의 전율처럼 느꼈다. 마리아 클라라는 이런 자신을 살피고 있는 이모에게 키스 세례를 퍼붓고는 열쇠구멍을 들여다보았다. 나이 든 이모는 웃느라 예기치 않게 눈에 맺힌 눈물을 훔치며 말했다.

"이 바보 같은 아가씨야, 도대체 뭐가 문제야?"

마라아 클라라는 손으로 얼굴을 감쌌다. 이모 이사벨은 사랑스럽게 그녀를 꾸짖었다.

"이제 정신 좀 차리고! 저이가 네 아빠에게 너에 관해 묻고 있잖니. 자, 같이 나가자. 더 이상 기다리게 하지 말고!"

마리아 클라라는 어린아이처럼 등을 떠밀린 채 그녀의 방으로 들어갔다. 카피탄 티아고와 이베라가 애정이 가득한 눈길을 주고받으며 대화를 나누고 있을 때였다. 이사벨은 어디에 시선을 둬야 할지 몰라서 정신없이 두리번거리는 마리아를 끌고 오다시피 해서 데려왔다.

순간적으로 마리아의 눈이 이베라의 눈과 마주쳤다. 그들은 서로 미소를 주고받았다. 이모 이사벨이 청소하느라 일어난 먼지를 피한다는 핑계로 함께 발코니로 나갔다.

하늘은 청명했고 선선한 바람이 불어오고 있었다. 비록 장미향은 아니었지만 선선한 바람이 담쟁이넝쿨 잎과 꽃들의 향기를 실어왔고, 걸어놓은 화초들, 박제한 물고기들, 중국풍의 등을 흔들고 있었다. 혼잡한 강 위에 노니는 뱃사공들의 노 젓는 모습과, 비논도 다리에서 마차와 수레가 뒤엉켜 있는 모습들이 어렴풋하게 보였다. 이모가 이들에게 말하는 소리도 속삭임처럼 들려왔다.

"오, 여기들 있었네. 더할 나위 없이 잘 어울리는구나. 이웃들 모두가 너희들의 모습을 지켜볼 수 있겠다."

처음에는 서로 간단한 안부 인사를 나누었다. 그러나 본디 여자란 카인의 자매인지라, 질투하는 속성을 숨길 수 없는 법이었다. 그녀가 물었다.

"그동안 내 생각은 많이 했어? 언제나? 날 잊은 적은 없었고? 여행을 무척 많이 했다면서. 수많은 큰 도시들을 봤겠네. 그리고 아름다운 여자들도 많이 봤겠구나!"

이런 면에 있어서는 남자 역시 카인의 형제인지라, 그럴 듯한 거짓말로 모면하는 방법을 알았다. 그는 그녀의 까만 눈동자를 바라보며 말했다.

"내가 어떻게 너를 잊을 수 있겠어? 어떻게, 내가. 그 맹세를, 그 신성한 맹세를 잊겠어."

이베라는 자기 어머니 관 옆에서 울고 있었던, 폭풍우가 내리치던 밤에 대한 이야기를 꺼냈다. 그러자 그녀가 가까이 다가왔다. 함께 있어도 좀처럼 닿기 힘들었던 그녀의 손을 그의 어깨에 얹었다.

"너는 어머니를 잃었지만, 나는 어머니가 있었던 적도 없어."

그리고 그들은 함께 울었다.

"너도 우리 어머니를 사랑했지."

이베라는 돌아가신 어머니를 떠올렸다.

"그리고 우리 어머니도 너를 마치 친딸처럼 사랑했고."

그날 밤엔 비와 번개가 내리쳤지만, 그의 귀에는 그저 음악처럼 들렸다. 그는 미소로 어머니에게 맹세할 수 있었다고 고백했다. 그 어린 소년이 그녀의 손과 죽은 어머니의 손을 잡고, 무슨 일이 있어도 마리아를 사랑하고 행복하게 해주리라 맹세했던 것을 그녀가 기억하고 있을까?

그가 말했다.

"나는 결코 그 맹세를 잊은 적이 없어. 다시 맹세하지."

그 말에, 그가 유럽 여행 중에도 자신을 잊지 않았다는 사실을 믿을 수 있었다. 이탈리아의 태양도 그녀의 미소만큼 따뜻하지 않았고, 안달루시아의 평원도 그녀의 눈보다 밝지 않았다. 독일의 숲에서 길을 잃었을 때나 배를 타고 라인 강을 내려올 때에도, 그는 낭만적인 독일 전설 로렐라이 속에서 그녀를 기억하곤 했다.

"나는 네가 본 것만큼 많은 세상을 보지 못했어."

그녀가 미소를 지었다.

"나는 오직 마닐라, 안티폴로, 그리고 네 고향만 알아. 우리가 헤어진 후 줄곧 네가 보고 싶었어. 고해 신부가 그래서는 안 된다고, 참회의 기도를 드리라고 해도 여전히 널 생각했어."

그녀는 그들의 어릴 적 놀이와 다툼에 대한 이야기를 꺼내 이베라를 놀렸다. 그는 서툰 속임수를 쓰다가 비참한 패배를 하곤 했다. 그는 항상 무엇을 하든지 최고가 되려고 했다. 한때 그들이 어머니와 함께 강으로 수영하러 간 적이 있다. 마닐라에 있는 예수회 학교에 다닐 무렵이었다. 그는 가는 길에 있는 친근한 꽃과 풀들의 라틴어와 스페인어 이름을 마리아에게 가르쳐 주었다. 그러나 그녀는 들은 체 만 체 나비들을 쫓아 다녔다. 이베라는 그녀에게 오렌지 잎과 꽃으로 화관을 만들어주었지만, 그의 어머니는 그것을 가져다 꽃들을 짓뭉개 원주민들처럼 머리 감는 비누로 사용했다. 마리아 클라라가 놀려댔다.

"네가 울면서 신화에 대해 아무것도 모른다고 어머니에게 투덜댔잖아. 그러면 네 어머니는 바보처럼 굴지 말라고 하셨지. 화관 비누로 감은 우리의 머리는 더할 나위 없이 향기가 났어. 내가 널 놀려대던 것 기억해? 네가 삐쳐서 하루 종일 나에게 말도 걸지 않았어. 돌아오는 길에 내가 길가의 세이지 잎을 따서 '이걸 넣어두면 두통이 나지 않을 거야' 하고 너의 모자에 넣어줄 때까지 한 마디도 하지 않았지."

이베라는 미소를 지으며 지갑을 꺼냈다. 그 안에는 하얀 종이에 싸여 있는 풀잎이 있었다. 풀잎은 말라붙었지만, 여전히 희미하게 향기가 났다.

"이것 봐. 그때 네가 준 세이지 잎이야."

그녀는 경쟁이라도 하듯 품에서 흰 비단 주머니를 꺼냈다.

"안 돼, 만지지 마!"

이베라가 손을 뻗자 마리아는 그의 손을 가볍게 두드려 말렸다.

"이건 작별의 편지야."

"내가 떠나기 전에 네게 쓴 것 말이야?"

"그것 말고 네가 또 나한테 편지를 쓴 적이 있어?"

"내가 뭐라고 썼지?"

"수많은 거짓말, 수많은 변명."

그녀가 웃음을 터뜨렸다.

"잠깐만, 내가 읽어줄게. 부끄러워하지 말고 들어. 의례적인 말들은 생략하고……."

그녀는 편지를 읽었다.

"나의…… 그다음 말은 건너뛸게. 왜냐하면 거짓말이니까."

그녀의 눈길이 글씨를 따라 아래로 내려갔다.

아버지께서 내게 외국으로 유학을 가라고 하셨어. 그 어떤 말로도 아버지의 마음을 바꿀 수는 없을 것 같아. "너는 이제 어엿한 남자다. 너의 미래와 의무를 생각해야 할 때야." 아버지는 이렇게 단호하게 말씀하셨어. "너는 조국에 봉사하기 위해 세상을 더 배워야 해. 하지만 이곳에서는 배울수 없다. 네가 이곳에서 내 보호를 받으며 나와 함께 있고, 내가 하는 걱정과 고민까지 나누게 되면 너는 결코 더 넓고 장기적인 안목을 기를 수 없을 거야. 그러다가 내가 세상을 떠나게 되면 너는 우리의 시인 발타자르 Baltazar, 1788~1862(필리핀의 국민 시인_옮긴이)의 시에 나오는 식물처럼 될 거다. '물에서 자라나서, 부지중에 시들어버리고, 한 줄기 태양 볕에도 시들어버리는……' 자 봐라. 너는 이미 다 컸는데도 불구하고 여전히 투정을 부리고, 꾸짖음에 상처를 받고 있잖아." 내가 떠나고 싶지 않은 것은 아버지를 사랑하기 때문이라고 고백했어. 그러자 나의 아버지는 아무런 말도 하지 않고, 잠시 생각하시더니, 내 어깨에 손을 얹으시고 감정을 실어 말씀하셨지. "아버지도 너를 사랑하고 있다는 걸 모르겠니? 그리고 네가 떠나기를 원치 않는다는 것도 말이야. 네 어머니가 떠나간 지 이미 오래다. 나도 이제 나이가 들 만큼 들었어. 누군가의 도움을 필요로 하는 나이가 되고 말았구나. 그럼에도 불구하고 나는 외로움을 선택했다. 비록 내가 너를 다시 볼 수 없을지도 모른다는 것을 알면서도 말이야. 그러나 나는 보다 중요한 것을 생각해야만 했다. 너의 미래는 네 앞에 펼쳐져 있고, 나의 미래는 이제 그 끝이 가까워지고 있어. 너에게는 이제 사랑이 막 싹트고 있지만, 나의 사랑은 점점 시들어가고 있구나. 너의 피는 불처럼 뜨겁지만, 나의 피는 식어가기 시작한다. 하지만 너는 여전히 투정 부리며 네 자신과 조국의 안위를 위한 당장의 불편함마저 참으려 하지 않는구나!" 아버지의 눈에 눈물이 고였어. 나는 그의 앞에 무릎을 꿇고 다리를 안으며 용서를 빌었어. 그리고 이제 떠나겠다고 말했어……

이베라의 낯빛이 붉어졌다. 그는 눈동자를 이리저리 돌리고 어찌할 바를 몰라 했다. 분명 무언가를 머릿속에서 떠올린 듯했다. 마리아 클라라는 편지 읽기를 중단하고, 무엇이 잘못됐냐고 물었다.

"널 본다는 기쁨 때문에 내가 해야 할 일을 잊은 것 같아. 지금 당장 집으로 가야겠어. 내일이 바로 모든 성인 대축일(가톨릭 축일 중 하나로 11월 1일이며, 이날에 가족들의 묘지를 방문하여 촛불을 켜고 얘기를 나누며 밤을 보낸다_옮긴이)이야."

그녀가 그림처럼 커다란 눈으로 그를 바라보았다. 잠시 말이 없었다. 그녀는 옆에 있는 꽃들을 꺾어 다발을 만들었다.

"그래, 가야지. 널 여기 잡아두어서는 안 돼. 우린 며칠 후에 다시 만나면 되니까. 이 꽃을 너희 부모님 곁에 놓아줘."

잠시 후 이베라가 카피탄 티아고, 이모 이사벨과 함께 계단을 내려왔다. 마리아 클라라는 기도실에서 나오지 않았다.

"우리 집 집사 안뎅에게 마리아와 이사벨이 갈 테니 준비해달라고 전해주게나. 그리고 조심해서 잘 가게."

마차에 오르는 이베라에게 카피탄 티아고가 말했다.

이베라가 떠나자 카피탄 티아고는, 성모상 앞에서 무릎을 꿇고 마음을 달래는 딸 마리아에게 갔다.

"자, 두 개의 촛불을 밝히고, 2페소씩 헌물을 준비해서 하나는 성 로츠에게, 그리고 다른 하나는 성 라파엘에게 바쳐라. 여행자를 돌보는 분들이시다. 그리고 평화와 행복의 여정을 살피시는 성모상 앞에 등을 밝히는 것도 잊지 말고. 도처에 강도들이 들끓으니, 지금 4페소 정도의 양초와 기름값 몇 푼을 들이는 게 나중에 엄청난 대가를 치르는 것보다 낫다."

8
기억들

이베라가 탄 마차는 성 가브리엘 광장 쪽으로 달렸다. 곧 마닐라에서 가장 분주한 지역을 가로질렀다. 지난밤엔 그의 마음을 무겁게 짓눌렀던 광경들이, 대낮의 밝은 태양빛 아래서는 미소 짓게 했다.

여기저기 흥정이 오가며 야단법석이었다. 수많은 마차와 승합차들이 달려가고, 유럽인, 중국인, 원주민들이 자신들 나름의 스타일에 맞는 옷을 입고 지나갔다. 과일 행상인, 우편배달부, 웃옷을 입지 않은 짐꾼들, 식품점, 여관, 식당, 상점, 태평스러운 물소가 끄는 마차, 소음, 끊임없는 움직임, 작열하는 태양, 냄새, 화려한 색깔들······. 그는 이전의 마닐라가 어떠했는지조차 기억나지 않았다.

거리는 아직 포장되어 있지 않았다. 이른 태양 볕이 내리쬐면 이 모든 광경이 먼지 구덩이 속에 잠겼다. 지나가는 사람들은 앞을 분간하기조차 힘들어 연이어 기침을 해댔다. 비가 내리면 거리는 진흙투성이가 되었다. 밤에 달리는 마차들은 불빛으로 어둠을 밝히고, 좁은 갓길로 걷고 있는 행인들에게 흙탕물을 튀기며 달렸다. 흙탕물이 튀어 올라, 무려 5미터까지 날아갔다.

얼마나 많은 여인들이 곱게 수놓은 슬리퍼를 그 진흙탕 속에서 잃어버렸을까! 언제였던가. 이베라는 죄수들이 거리를 보수하기 위해 동원된 모습을 본 적이 있었다. 까까머리를 하고 파란색 문자와 숫자가 적혀 있는 반팔 셔츠에 무릎까지 오는 바지를 입고 있었다. 두 사람씩 사슬로 매여 있었으며, 더러운 발은 태양 볕에 그을렸다. 발목에는 족쇄의 마찰이나 사슬의 냉기를 막고자 무언가가 동여매어져 있었다. 대낮의 열기와 고된 노역, 기묘한 희열을 느끼며 매질을 가하는 간수의 채찍질에 죄수들은 지칠 대로 지쳐 있었다. 그들은 보통 무표정하고 키가 큰 남자들이었다. 이베라는 그들이 웃는 것을 본 적이 없었다. 그러나 채찍이 저들의 어깨를 때리거나 행인들이 얼마 남지 않은 담배꽁초를 던져줄 때면, 저들의 눈이 번쩍 빛났다. 곁에 있는 사람이 담배꽁초라도 주면, 냉큼 밀짚모자 속에 감췄다. 그러는 사이 그의 동료는 이해할 수 없는 표정을 지으며 다른 행인들을 바라보고 있었다. 이베라는 그들이 작업할 때 들려왔던 소리를 기억했다. 거리의 구덩이에 돌무더기가 던져질 때 나는 둔탁한 소리와, 죄수들의 부은 발목에 둘러진 족쇄에서 나는 철커덕 하는 소리가 함께 들리곤 했다. 어린 시절 그 광경을 목격했을 때 이베라는 많은 것을 상상했다. 정오 무렵이었다. 태양빛이 무자비하게 내리쬐었다. 그 불쌍한 사람들 중 한 명이 나무 마차 아래의 작은 그늘에 누워, 넋 나간 듯 멍하니 허공을 바라보고 있었다. 그의 동료 두 명이 대나무로 만든 들것에 그를 조용히 실었다. 그들의 표정에는 슬픔도 조급함도 없었다. 이는 원주민들의 표정과 크게 다르지 않았다. 오늘은 네 차례고 내일은 내 차례일 것이라 말하는 것만 같았다. 사람들은 눈길조차 주지 않고 바쁘게 지나갔다. 여자들도 스쳐가고, 바라보고, 그러다 또다시 각자의 길을 갔다. 그러한 광경은 이미 너무도 흔했다. 다들 무감각해져 있었다. 구름 한 점 없는 하늘에서 내리쬐는 태양빛 아래, 왁스를 바른 듯 번뜩이는 그들의 옆으로 마차들이 움직인다. 이제 막 도시에 처음 당도한 열한 살의 어린 이베라에게만 그 광경이 충격적으로 다가왔다. 그날 밤 이베라는 잠들지 못했다.

그러나 이미 오래전 일이었다. 그의 관심은 다시 도시의 광경으로 돌아왔다. 이베라는 아주 오래된 부교가 없어진 것을 알아차렸다. 그 낡고 허름한 다리는 아이들이 오르락내리락하며 파식 강과 더불어 놀기에 좋은 곳이었다. 수차례나 부서져 여러 번 보수되고는 했다. 성 가브리엘 광장에 있는 아몬드나무는 그리 많이 자라지 않았고, 전처럼 여전히 가냘팠다. 상업의 중심가인 에스콜타, 옛날 창고들이 있던 자리에는 예쁘게 장식된 새 건물들이 들어섰다. 그러나 그가 기억하던 이전의 풍경보다 매력적이지 않았다.

스페인풍의 새로운 다리가 눈에 들어왔다. 강가의 오른쪽 기슭 대나무 숲들 사이로 집들이 자리하고 있었다. 로메로 섬 맞은편의 끝부분에 있는 경비 부대는 울리울리 온천을 향해 배를 저어가던 쌀쌀한 아침을 추억하게 했다.

조랑말들이 격조 있게 끄는 마차 여러 대를 보았다. 사무실로 가는 사업가들이 반쯤 조는 모습으로 앉아 있기도 하고, 군인들, 바보처럼 우스꽝스러운 자세를 하고 있는 중국인, 또는 엄숙한 신부와 수사들이 타고 있었다. 한 우아한 무개마차에는 다마스 신부가 심각하게 찡그린 표정으로 앉아 있었다. 그러나 이베라가 그를 명확히 알아보기도 전에 지나가 버렸다. 그리고 곧바로 카피탄 티농이 높은 원주민 마차를 타고 다가와 유쾌하게 인사를 건넸다. 그의 아내와 두 딸도 함께 타고 있었다. 마침내 다리에 다다르자 이베라의 말은 사바나 길 쪽으로 급히 나아갔다. 왼편으로는 아로세로스의 담배 공장이 있었고, 여자 노동자들이 담뱃잎을 두드리는 소리가 달가닥거리며 들려왔다. 이베라는 매일 오후 5시면 부교에 가득했던 담배 냄새가 떠올라 미소를 띠었다. 어린 이베라는 그 냄새를 무척이나 싫어했다. 그는 여자들이 활기차게 잡담하는 모습을 상상하며 마드리드의 라스피에스 구역에 대한 추억을 되살린다. 라스피에스에서 여자 노동자들이 폭동을 일으켜 소심한 경찰을 몰아내고, 통쾌하게 웃어대던 모습이 떠올랐다.

식물원이 보이자 유쾌한 기억들이 흩어져버렸다. 그가 발견한 식물원은 유럽에 있는 것과 크게 대조적이었다. 유럽에서는 많은 돈과 정성을 들여 식물을 가꾸고 꽃을 키웠다. 다른 식민지에 있는 식물원들조차 아름답게 가꿔 일반인들에게 공개되었다. 이베라는 고개를 돌려 오른편에 있는 구 마닐라를 바라보았다. 해자와 벽으로 둘러싸여 있는 모습은, 마치 할머니의 낡은 옷을 걸친 영양 결핍 상태의 청소년처럼 보였다.

그리고 저 멀리 바다가 있었다.

그는 아름다운 나라들이 존재하는 바다 저편의 유럽을 생각했다. 그곳에는 결코 쉼이 없다. 모두들 행복을 추구한다. 새벽에 품었던 꿈은 저녁이 되면 마술처럼 사라지고, 모든 불행한 사건들 속에서도 자족하며 살아간다. 바다 건너편 저곳에는, 물질적인 것을 비난하지 않으면서도 정신적인 것을 우선시하는 사람들보다 더 정신적인, 그런 진정으로 위대한 나라들이 있었다.

이러한 회상들은 바굼바얀 들판의 작은 언덕이 눈에 들어오자 금세 사라졌다. 루네타 대로 옆에 있는 감옥은 한 남자를 떠오르게 했다. 그는 언제나 지적인 눈을 크게 부릅뜨고 있었으며, 이베라에게 선과 정의를 일깨워주었고 가슴속에 작은 이상을 심어주었다. 나중에야 깨닫게 된 것이지만, 그 모든 행위는 처벌의 대상이었다. 그는 나이 든 성직자였고, 그가 했던 작별의 말은 지금도 이베라의 귓가에 맴돌았다.

"모든 이들에게 지혜라는 유산이 주어지지만, 오직 훌륭한 심장을 가진 자만이 이를 승계할 수 있다는 사실을 명심하게. 나는 나의 스승으로부터 배운 것들을 그대에게 전하려고 노력했고, 그에 더하여 최대한 많은 것을 다음 세대까지 전하고자 했어. 그대도 같은 노력을 해주길 바라네. 그대는 훨씬 풍족한 나라에 가니 그 유산을 세 배나 더 증가시켜주게나."

신부가 미소를 지었다.

"그들은 이곳에 금을 찾으러 오지만, 자네는 그들 나라에서 우리에게 부족한 것을 찾기 위해 가는 거라네. 하지만 명심하게. 빛난다고 전부 금은 아니라는 것을!"

그는 언덕의 교수대에서 숨을 거두었다. 그 교수형 사건으로 인해 일어났던 반란에 대해 이베라는 조용하지만 강경하게 반대했다.

"아니, 누가 뭐라고 하든 나의 조국 필리핀은 스페인의 딸이고, 어머니인 스페인은 운명이자 피할 수 없는 존재야. 이런 관계에 오점을 남길 순 없어."

그는 생각에 빠져 주위를 의식하지 못한 채 에르미타 마을을 지나쳤다. 마치 불사조가 파란 잿더미에서 솟아나듯 야자나무가 규칙적으로 솟아 있었고, 나무들은 붉은 함석 지붕을 얹은 흰 집들과 어우러져 있었다. 말라테 마을에는 나무 숲 너머로 기병 부대가 주둔해 있었다. 그 너머 바나나와 빈랑나무 사이로, 간간이 흩어져 있는 피라미드 모양의 작은 움막들이 보였다. 마치 아비새가 가족들과 함께 살기 위해 지은 둥지처럼 보이기도 했다.

마차가 계속해서 달려갔다. 이따금씩 말 한두 마리가 끄는 원주민 수레와 마주치기도 했다. 말들의 목을 두르고 있는 대마 밧줄을 봐서는 시골에서 올라오는 것으로 보였다. 마부는 우아하게 장식된 도시 마차의 승객을 보려고 몸을 앞으로 숙였지만, 인사는 한 마디도 하지 않았다. 가던 도중에 만난, 서서히 움직이는 물소가 끄는 수레는 작열하는 태양과 흙먼지 날리는 큰길에 생기를 불어넣는 것처럼 보였다. 그 물소에 타고 있는 주인이 홍얼

거리는 오래되고 구슬픈 노래가, 무거운 짐 때문에 마차바퀴가 삐걱거리는 소리와 어우러졌다. 마치 원주민의 낡아 빠진 수레가 큰길의 먼지와 진흙 구덩이 위를 간신히 움직이는 듯한 모습이 연상되었다. 주변에는 한 무리의 소들이 한가롭게 풀을 뜯고 있었다. 백로 한 마리가 반쯤 졸면서 되새김질하는 황소 등에 차분하게 앉아 있었다. 저 멀리에는 젊은 암말들이 긴 꼬리와 풍성한 갈기를 가진 정력적인 종마의 유혹을 받으며 뛰어다녔다. 종마는 히이잉거리며 강력한 앞발을 높이 들었다 내리치고, 그때마다 땅이 울렸다.

달리는 마차 속에서 이베라는 생각에 잠기거나 졸음에 빠지느라, 시골 풍경이 자아내는 흥겹고도 슬픈 시적인 감흥을 못 느꼈다. 누구도 나무들의 꼭대기에 생기를 불어넣는 태양을 의식하지 않았다. 맨발의 농부는 김이 피어오르는 대지에서 일하고, 어린 소녀는 아몬드나무 그늘 아래 앉아, 대나무 수풀을 바라보며 알 수 없는 상념에 빠져 있었다.

술에 취한 사람처럼 마차는 거칠게 도로 좌우를 두드리며 달렸다. 대나무 다리를 건너며 달그락대는 소리가 들리더니, 이제는 힘겹게 언덕을 오르고, 다시 힘차게 내리막길을 달렸다.

9
수상한 사건

이베라의 추측이 맞았다. 조금 전 무개마차를 타고 지나갔던 사람은 다마소 신부였다. 그는 막 카피탄 티아고의 집으로 가던 중이었다. 그는 마리아와 이사벨이 화려하게 장식된 마차에 오르려는 순간에 도착했다. 그는 마리아의 볼을 가볍게 만지며 물었다.

"어딜 가려고 하니?"

"수녀원 학교에 짐을 가지러 가는 중이에요."

다마소 신부는 심란한 얼굴로 중얼거렸다.

"아, 참! 그렇구먼. 그래…… 누구 맘대로 하게 되는지 두고 보라고……."

그는 고개를 숙이고 천천히 걸어 올라갔다. 두 여인은 영문을 몰라 어리둥절했다. 이모 이사벨이 말했다.

"분명 설교 말씀을 연습하고 계셨던 걸 거야. 마리아, 얼른 타렴. 이러다 늦겠다."

설교에 관한 것이든 아니든, 분명 다마소 신부에게는 무언가 심각한 일이 있는 듯했다. 그는 카피탄 티아고에게 손을 내밀어 입맞춤을 받는 일조차 잊었다. 카피탄 티아고는 대신 무릎을 반쯤 꿇어 성직자에 대한 예의를 표했다. 그가 급하게 말했다.

"산티아고! 중요하게 할 말이 있으니 서재로 가세나."

황급한 재촉에 카피탄 티아고는 덩치 큰 신부를 따라 서재로 들어갔다.

한편 그 시각, 마닐라의 다른 곳에 있던 도미니크회 시빌라 신부는 예배가 끝나자마자 교구 사택을 떠나 도시 입구에 있는 교구 수도원으로 향했다. 그 수도원은 마드리드 본부 관할하에 있으며, 이사벨 2세나 마젤란의 이름을 따온 것이었다.

사무실에서 나는 진한 초콜릿 향기와 동전 떨어지는 소리, 혹은 서랍을 여닫는 소리에도 개의치 않은 채, 존경의 표시로 하는 인사까지 건너뛴 시빌라 신부는 계단 위로 올라갔다. 그리고 복도를 지나 한 구석진 문에 이르러 노크를 했다. "들어오세요"라는 희미한 목소리가 들려왔다.

"하느님께서 신부님의 건강을 회복시켜주셨군요!"

시빌라가 들어서자 젊은 도미니크회 수도사가 맞이했다. 나이 지긋한 성직자가 커다란 안락의자에 앉아 있었다. 그는 여위었고, 리베라의 성인들 중 한 명처럼 누르스름했다. 눈은 풍성한 눈썹 아래 깊이 들어가 있었다. 눈을 가끔씩 깜빡거릴 때마다 열정적인 광채가 더욱 강조되었다. 시빌라 신부는 애정을 가득 담아 그를 바라보았다. 그의 양팔은 존경하는 성 도미니코 상 아래에 모아져 있었다.

"아……."

조용히 탄식하는 소리가 들렸다.

"그들이 나더러 수술을 하라고 했소! 이 망할 놈의 나라! 내 경험을 반면교사로 삼으시오, 에르난도."

시빌라 신부는 천천히 눈을 들어 늙은 성직자의 얼굴을 보았다.

"그래서 신부님은 어떻게 하기로 결정하셨습니까?"

"죽기로! 내가 무엇을 할 수 있겠소? 난 지금 아주 심한 고통을 겪고 있습니다. 나 역시 많은 사람들을 아프게 했지. 그래서 지금 그 대가를 치르고 있는 거지요. 그대는 어떻소? 무엇 때문에 이곳에 온 것이오?"

"저에게 맡기신 사업에 대해 보고드리고자 왔습니다."

"어떻게 진행되고 있소?"

시빌라 신부는 자리에 앉아 불편한 듯이 몸을 돌리며 말했다.

"그들이 이미 우리에게 전말을 이야기했습니다. 젊은 이베라는 충분히 분별력 있는 사람이고요. 그도 바보는 아니니, 별다른 문제를 일으키지는 않을 것이라 봅니다."

"그렇게 생각하오?"

"이미 지난밤에 다들 불편한 심기를 표출하더군요."

"아니, 벌써? 무슨 일이 있었는데?"

시빌라 신부는 다마소 신부와 크리소스토모 이베라 사이에 일어났던 일을 간단히 설명했다.

"어쨌든, 그는 카피탄 티아고의 딸과 결혼할 예정입니다. 그녀는 우리 교구의 수녀원에서 교육을 받으며 자랐습니다. 이베라는 재산도 많이 있으니, 굳이 적을 만들어 자신의 행복과 재산이 위험에 빠지는 걸 원치 않을 겁니다."

노쇠한 성직자는 알겠다는 듯이 고개를 주억거렸다.

"맞소! 나도 그대의 의견에 동의합니다. 그런 아내와 장인어른이라면, 그의 육신과 영혼 모두 우리 편이 될 것이 분명합니다. 만일 그렇지 않다면, 그는 우리의 공공연한 적이 되겠지요."

시빌라 신부는 놀란 표정을 지었다. 늙은 성직자가 숨을 고르며 힘겹게 말을 이었다.

"우리의 신성한 선교회를 위해서는, 어리석은 병자나 친구들의 입 발린 아첨보다는 비판이 더 낫다고 생각합니다. 그런 칭찬이나 아첨 뒤에는 반드시 바라는 것이 있게 마련이니까요."

"신부님께서 생각하시기에는……."

노쇠한 성직자는 슬픈 눈으로 그를 쳐다보았다. 그는 고통스럽게 숨을 쉬며 말했다.

"항상 명심하시오. 우리의 힘은 오직 사람들의 믿음이 유지되는 한에서만 지속될 수 있습니다. 만일 우리가 비판을 받는다면, 정부는 그것이 우리가 독립에 장애가 되는 존재로 인식되기 때문이라고 말할 것입니다. 우리는 반드시 권력을 유지해야 한다는 결론에 도달할 것입니다!"

"하지만 정부가 우리 적들의 요구에 귀를 기울인다면 어떻게 하죠? 가끔씩 정부는……."

"그렇지 않을 겁니다."

"그럼에도 불구하고, 정부가 만일 욕심이 나서 우리가 성취한 것을 차지하고자 한다면…… 만일 정부에서 조금이라도 대담하고 무모한 사람이……."

"그러면 조심해야죠!"

둘은 잠시 침묵을 지켰다. 노쇠한 신부가 말을 이었다.

"무엇보다도 비판이 우리를 일깨워줄 겁니다. 우리의 약점도 드러날 것이오. 그리고 우리를 더욱 강하게 만들 겁니다. 과장된 칭찬은 오히려 해가 됩니다. 우리로 하여금 잠들게 만들어요. 그렇게 된다면 우리는 세상의 웃음거리가 되는 것이지요. 우리가 유럽에서 세력을 잃은 것처럼, 이곳에서도 그렇게 될 것입니다. 돈은 더 이상 우리 교회로 들어오지 않을 것이고, 아무도 성의나 참회의 벨트, 혹은 그 어떤 성물도 구입하지 않을 것입니다. 우리가 더 이상 부유하지 않게 된다면, 우리는 또한 양심에 따라 행동하는 것도 멈추게 될 것입니다."

"그러나 우리는 도시에서 많은 재산과 토지를 갖고 있지 않습니까?"

"유럽에서처럼 모든 것이 사라질 것입니다. 최악은 우리가 스스로 무덤을 파고 있다는 것이오. 일례로 우리는 매년 고삐 풀린 욕망에 못 이겨 임대료를 받고 있지요. 결국 이것이 우리를 망하게 할 것입니다. 우리가 지나치게 요구한다면 원주민들이 다른 곳에 땅을 구하도록 강요하는 것이나 다름없지요. 나는 줄어드는 우리의 입지가 두렵습니다. 하느님은 자신을 노엽게 하는 자를 먼저 징벌하십니다. 그래서 우리는 너무 욕심을 부리지 말아야 하오. 사람들이 이미 불만을 토로하고 있어요. 난 벌써 오랫동안 이 문제를 심각하게 생각해왔습니다. 다른 사람들이 어떻게 하든 상관하지 말고, 우리는 우리가 가진 권위를 지키도록 합시다. 곧 우리가 하느님 앞에 서게 될 때에 깨끗한 손을 들고 나아갈 수 있도록 말입니다. 자비로우신 하느님께서 우리의 약함을 불쌍히 여기실 것입니다."

"그러면 신부님께서 생각하시기에 그 대여료와 공납금이……."

노쇠한 신부는 싫증이 나는 듯 말을 가로막았다.

"돈에 관한 얘기는 그만합시다. 게바라 중위가 다마소 신부에게 약속했다고 말하지 않았소?"

시빌라 신부는 빙긋 웃으며 대답했다.

"예, 신부님. 그렇지만 오늘 아침 그를 보았을 때, 그는 지난밤에 있었던 일을 유감이라고 말하더군요. 아마도 와인이 좀 과했던 것 같습니다. 다마소 신부도 마찬가지고요. 그 약속에 대해 그에게 그는 이렇게 대답했습니다. '신부님, 저는 제 명예를 더럽히지 않기 위해서라도 약속은 꼭 지킵니다. 저는 결코 고자질이나 하는 그런 사람이 아닙니다. 그래서 지금까지 중위 신세를 못 벗어나는 것이지요'라고 말입니다."

그 외 다른 사소한 문제들에 관해 보고하고 나서 시빌라 신부는 자리를 떠났다.

실제로 게바라 중위는 지난밤에 있었던 언쟁을 총독부에 보고하지 않았다. 그러나 총독은 이미 다른 사람을 통해 무슨 일이 있었는지를 들었다. 마닐라의 신문들이 은연중 암시하고 있는 사항들에 관해 부관들과 논의하던 중, 다마소 신부 이야기를 들은 것이다. 그러나 그 이야기는 다소 각색된 내용이었다. 총독은 미소를 띠며 물었다.

"누가 그런 말을 자네에게 했지?"

"라루하 씨가 오늘 아침 신문사에서 그 얘기를 했습니다."

총독의 얼굴에는 여전히 웃음이 떠나지 않았다.

"여성과 성직자 사이에 어떤 부적절한 행위도 일어나지 않은 셈으로 치지. 내가 이곳에 있는 동안에는 아무 문제도 없이 지내고 싶네. 치마를 두른 남자들과 더 이상 갈등을 빚는 것도 바라지 않고 말이야. 그리고 그 시골 신부가 내 행정부에 대해 조롱했다는 걸 알고 있지. 그 신부에 대한 문책성 전보를 요청해서 훨씬 더 좋은 교구로 가도록 해야겠네. 이를 스페인에서는 '성직자의 전형적인 꼼수'라고 하지."

총독은 자신이 혼자 남아 있다는 사실을 깨닫고 웃음을 멈추었다.

"아."

그가 한숨을 쉬었다.

'만일 사람들이 그렇게 어리석지 않다면, 곧 그 신부의 일에 대해 알게 될

텐데! 모두에게는 자신만의 운명이 있으니, 사람들이 어떻게 하는지 두고 볼 수밖에…….'

한편, 카피탄 티아고는 다마소 신부와의 대화를 마쳤다. 정확히 말하면 다마소 신부가 그에게 자신이 할 말을 전부 전달한 것이었다.

"자, 이제 내 경고를 모두 전달했네."

프란시스코회의 신부는 떠나면서 이렇게 말했다.

"만일 자네가 먼저 나에게 의논했더라면, 혹은 내가 그 일에 관해 물어 봤을 때 거짓말하지만 않았더라도, 이 모든 일들을 피할 수 있었을 텐데. 더 이상 어리석은 실수는 저지르지 말고 그녀의 대부에게 모든 일을 맡겨두시 게."

다마소 신부가 떠난 후 카피탄 티아고는 상념에 잠겨 거듭 한숨을 쉬면서 거실을 두세 번 돌더니, 갑자기 번뜩 무슨 생각이 들었는지 기도실로 들어 갔다. 그는 제단으로 달려가 이베라의 안전을 위해 켜놓도록 한 촛불과 등 을 훅 불어서 껐다.

"아직 시간이 있어!"

그는 혼자 중얼거렸다.

"산디에고까지는 제법 먼 길이니까."

10
산디에고

산디에고는 들판과 목초지로 둘러싸인 바이 호숫가에 있었다. 거기서는 설탕, 쌀, 커피, 과일 등을 생산하여 마닐라에 직접 공급하거나, 농부들의 어리석음과 약점을 이용해 이득을 취하는 중국인 상인에게 헐값으로 넘기기도 했다.

날씨가 맑은 날이면 소년들은 이끼가 끼고 담쟁이넝쿨이 덮여 있는 교회 종탑의 제일 높은 곳으로 올라갔다. 그들의 발아래로 들판이 파노라마처럼 아름답게 펼쳐졌다. 그러나 그들은 그 광경보다는 자신들의 집을 발견하고 함성 지르는 일에 더 흥미를 느끼는 듯했다. 커다란 나무들 사이로 기와와 함석, 야자 잎으로 덮인 지붕들이 옹기종기 드러났다. 집들은 각자의 유일한 특징을 나타내는 난초나 정원에 따라 구별되었다. 어떤 집은 가벼운 잎이 무성한 타마린 나무로 알아볼 수 있었고, 다른 집은 열매가 맺혀 있는 코코넛나무, 혹은 대나무 숲, 빈랑나무 열매가 달린 나무, 아니면 십자가 등으로 구별할 수 있었다. 푸른 들판을 흐르는 강은 누워서 잠을 자는 유리 뱀처럼 보였다. 뱀의 등은 바위들 때문에 이리저리 굽은 것처럼 보였다.

강은 아주 멀리서부터 비탈진 좁은 둑 사이로 미끄러지듯 흐르며, 뿌리를 드러낸 나무들과 엉키어 뒤틀려 있었다. 너무 멀어서 간신히 모양을 알수 있는 작은 움막이 깊은 강어귀에 자리했다. 마치 바람 가운데 가냘픈 다리로 서서, 자신을 막 낚아채려는 뱀을 응시하는 것 같은 형상이었다. 시내에 가까울수록 강폭은 넓어지고 완만한 경사로 평화롭게 흘렀다. 껍질이 그대로 있는 야자나무나 다른 나무들이 두 방죽 사이를 가로지르는 간이다리로 이용되었다. 다리의 상태가 좋지 않더라도, 균형 감각을 까다롭게 시험하는 훌륭한 체조 기구가 될 수 있었다. 강에서 멱을 감는 소년들이 바구니를 이고 아슬아슬 지나가는 여자들이나 지팡이를 짚고 가쁜 숨을 내쉬며 위태위태하게 걷는 노인들을 지켜보며 즐거워했다.

그러나 무엇보다 넓게 펼쳐진 농지 가운데 있는 '숲의 반도'가 눈길을 끌었다. 그곳에서는 나이가 수백 년이나 된 속이 텅 빈 죽은 나무들을 볼 수 있었다. 이 나무들은 꼭대기에 번개를 맞아 불에 타 죽었는데, 사람들의 말에 따르면 그 불이 주변으로 번지지 않고 그 자리에서 사그라졌다고 한다. 거기에는 또한 어마어마하게 큰 바위들도 있는데, 그 나이와 모습은 부드러운 이끼 속에 감추어져 있었다. 바람에 쏠려 간간이 드러나는 바위의 갈라진 틈새는, 빗물과 새들의 배설물이 스며들어 비옥했다. 그 틈에서 열대의 식물들까지 자유롭게 자라고 있었다. 관목들, 덤불, 뿌리는 땅에 붙박은 채 나뭇가지를 타고 이 나무 저 나무 사이를 수놓듯 가로지르는 넝쿨식물들도 보였다. 그래도 대자연의 성에 차지는 못했는지, 식물들은 다른 식물들 위로 자라고 있었다. 이끼와 버섯이 나무줄기 틈새에서 비집고 나오고, 기생식물들은 피어오르는 나뭇잎들과 나란히 자라났다.

숲은 경외감을 일으키는 장소였다. 이상한 전설이 내려오고 있는 것도 한몫했다. 극소수의 사람들만이 알고 있는, 믿기도 어려운 전설이었다. 산디에고에 몇 안 되는 오두막만 있고 밤에는 사슴과 멧돼지가 풀이 들어찬 거리를 활보하던 시절에, 깊은 눈을 가진 한 늙은 스페인 사람이 마을에 들어왔다. 그는 따갈로그어를 제법 잘했다. 주변의 집들을 살펴본 그는, 이 숲의 주인이 누구인지 묻고는 숲을 구입할 의향이 있다고 했다. 아마도 여기에 온천이 나온다는 소문이 있어서라고 사람들은 추측했다. 실제로 그 스페인 사람은, 땅에 대해 아무런 소유권도 없으면서 주인이라고 나서는 사람에게 옷과 보석, 돈을 건넸다. 나중에 그가 왜 자취를 감추었는지는 아무도 몰랐다. 농민들은 그가 숲의 마법에 걸려 희생되었다고 믿었다. 그 믿음은 목동들이 숲에서 나는 악취를 맡으면서부터 시작되었다. 그들이 악취를 좇다가 노인의 시체를 발견했다. 시체는 커다란 발레테나무 가지에 목이 매달린 채로 부패된 상태였다. 생전에 울림이 좋은 목소리와 움푹 들어간 눈, 소리 없는 웃음을 기억하는 사람이라면, 목을 매어 자살한 시체는 여자들이 잠을 설칠 만큼 오싹했다. 일부 사람들은 그에게 받았던 장신구를 강에 던지고, 옷가지들을 불태웠다. 시신을 발레테나무 아래 묻은 후 그 누구도 감히 그곳을 지나가지 못했다. 한번은 목동이 자신이 돌보던 동물을 찾기 위해 인근에 갔다가, 그곳에서 나오는 신비한 불빛을 봤다고 했다. 목동이 불러온 사람들은 그곳 근처에서 애통해하는 소리를 듣기도 했다. 한번은 짝사랑하는 여인을 둔 불쌍한 남자가 여인의 관심을 끌기 위해 자신이 밤에 그 나무 아래로 지나갔고, 그 사실을 증명하고자 나무 주위에 등나무 줄기를 매어놓을 것이라고 선언했다. 그날 이후 그는 열병에 걸려 죽었다.

몇 달 후, 스페인 혼혈로 추측되는 외모의 젊은 청년이 마을에 들어와 자신이 죽은 노인의 아들이라고 했다. 그는 그곳에 정착했고 농사를 지었다. 그는 특히 인디고를 주로 재배했다. 돈 사츄리노라는 이름의 그 남자는 말수가 적고, 폭력적이며, 때로는 잔인하기도 했지만, 활동적이었고 열심히 일했다. 그는 자신의 아버지 무덤 주위에 담을 쌓고 종종 방문했다. 몇 년이 지난 후 그는 마닐라에서 온 여인과 결혼했다. 그녀에게서 얻은 아이가 크리소스토모 이베라의 아버지인 돈 라파엘이었다.

　돈 라파엘은 어려서부터 주위 농부들에게 많은 사랑을 받았다. 그의 아버지가 재배하기 시작한 농작물은 급격히 번성했고, 덕분에 새로운 사람들이 마을에 많이 모여들었다. 그중에는 중국인들도 많았다. 작은 마을이 점점 성장해 원주민 신부까지 있는 제법 큰 마을이 되었다. 후에 마을은 더 번창하여, 소도시 정도의 규모가 되었다. 원주민 신부가 죽자 다마소 신부가 그 자리를 대신하게 되었다. 이 모든 일이 일어나는 동안, 그 노인의 무덤은 여전히 그대로 있었다. 때때로 어린 소년들은 돌과 막대기로 무장하고 인근 나무에서 열매를 따려고 접근했다. 그러나 그들이 즐겁게 뛰놀던 중간에, 혹은 그들이 조용히 흔들리는 죽은 나뭇가지에 걸린 오래된 넝쿨을 바라볼 때면, 어디서 누가 던졌는지 모르는 한두 개의 돌이 떨어졌다. 그러면 소년들은 기겁을 하며 외쳤다. "노인이다, 그 노인." 그러고는 과일과 막대기를 내던지며 나무에서 뛰어내려 바위와 수풀 사이로 흩어져 달아났다. 그들은 숲에서 벗어날 때까지 멈추지 않고 내달렸다. 얼굴이 새파랗게 질린 아이도 있었고, 거의 기절할 정도로 놀라 눈물까지 흘리는 아이도 있었다. 미소를 지을 여유가 있는 소년은 아무도 없었다.

11

분리와 지배

신 마키아벨리

누가 산디에고를 지배하는 인물인가?

비록 돈 라파엘 이베라가 생전에 이곳에서 가장 많은 돈과 땅을 소유했었고, 거의 대부분의 사람들이 그의 사업과 관련되어 있었다고 해도 산디에고를 지배하는 사람은 아니었다. 그는 도시를 위해 여러 가지 일을 해도 그다지 자신을 내세우지 않는 겸손한 사람이었고, 당파성이 전혀 없었다. 그러나 그가 곤경에 처했을 때 모두들 등을 돌렸다.

그렇다면 혹시 카피탄 티아고?

그에게 은혜를 입은 사람들이 그를 열렬히 환호하는 것은 사실이었다. 사람들은 그에게 만찬을 베풀고 많은 선물을 바치기도 했다. 가장 좋은 과일은 언제나 그의 테이블에 놓였다. 사슴이나 산돼지가 잡히면 고기의 4분의 1은 그에게 바쳐졌다. 만일 그가 어떤 주민의 말을 마음에 들어 하면, 30분이 지나기도 전에 그의 마구간에 그 말이 도착했다. 그러나 사람들은 등 뒤에서 그를 비웃었다. 그리고 그를 교회 집사 티아고라고 불렀다.

아마도 시장이 아닐까?

그 가여운 사람은 명령을 하기보다는 따르는 쪽이었다. 그는 누구도 질책하지 못했고 오히려 질책을 당했다. 그는 어떠한 결정도 직접 하지 못하여 남들이 그를 위해 결정을 내려줬다. 하지만 그는 이 도시의 주도적 인물에 의해 추진되는 모든 일들이 마치 자신의 구상으로 이루어진 것처럼 주지사에게 보고했다. 그가 시장 자리를 훔쳐 오거나 빼앗은 것이 아니라는 건 사실이었다. 시장 자리를 위해 그는 5000페소와 더불어 수많은 굴욕을 감수해야 했다. 하지만 그 모든 것은 그가 받는 대가를 생각하면 아무것도 아니었다.

그렇다면 하느님이 이 도시를 지배하시는가?

그 좋다는 하느님은 산디에고에 사는 사람들의 양심이나 대소사에 일일이 관여하시지는 않았다. 최소한 그들을 벌벌 떨게 만드는 일조차 하지 않으셨다. 예배에 참석하여 하느님에 대해 말하는 것을 들을 때면, 사람들은 한숨을 쉬며 '만약 정말로 하느님이 계신다면!' 하고 생각했다. 그들은 하느님에 대하여 많은 생각을 하지 않았다. 왜냐하면 성인聖人들이 남녀 모두에게 해야 할 일을 충분히 지시하기 때문이었다. 사람들에게 하느님이란, 정작 모든 일들은 신하들이 처리하고 백성들은 오히려 신하들을 더 무서워하는 나라의, 힘없는 왕 정도로 여겨졌다.

산디에고가 로마와 유사하다는 것은 사실이었다. 여기서 비유하는 로마는 계산적인 로물루스(로마신화 속 인물로 로마의 건설자이자 최초의 왕_옮긴이)가 그의 쟁기로 미래의 국경을 긋던 시절도 아니고, 피바람을 일으키며 세계의 법을 지배하게 된 시절의 로마를 일컫는 것도 아니었다. 산디에고는 오늘날의 로마, 즉 19세기의 로마와 닮았다. 대리석 기념물과 콜로세움 대신 대나무로 엮어서 만든 기념물들이 있고, 사람들은 야자나무 잎으로 엮은 움막에 모여 있다는 점 정도만 다를 뿐이었다. 교구 신부는 바티칸의 교황이었다. 그리고 주둔군 부대의 지휘관은 퀴리날에 있는 이탈리아 국왕이었다. 요새와 흡사한 군부대는 등나무와 대나무로 지어졌다. 산디에고는 로마와 마찬가지로 논쟁이 끊이지 않았으며, 각각의 권위들이 주도적 위치를 차지하려 했지만 그 위에는 언제나 또 다른 권위가 존재했다.

교구 신부는 젊고 말수가 적은 베르나르도 살비라는 프란시스코회 신부였다. 그는 다마소 신부를 대신하여 부임되었다. 그의 습관과 행동은 교구에 있는 일반적인 신자들과 매우 달랐다. 아주 호전적이었던 전임자와도 달랐다. 살비 신부는 마르고 허약했으며 언제나 깊은 상념에 잠겨 있었다. 그는 종교적 의무에 충실했고 자신의 명예가 실추되지 않도록 항상 주의를 기울였다. 그가 부임한 지 한 달도 되지 않아 교구 신도들은 그와 같은 인상을 받았다. 산디에고에 사는 대부분의 주민들은 프란시스코회의 평신도 조직인 '제삼회'에 속해 있다. 이는 도미니크회가 후원하는 경쟁 조직인 '성 로사리오' 조직을 불편하게 했다. 그 성스러운 심장과도 같은 모임에는, 네다섯 겹의 성의를 걸치고 있는 많은 목들과 마디진 굵은 띠를 두르고 있는 수많은 허리들, 거친 면의상 위로 목을 길게 뺀 수많은 얼굴들이 있었다. 신부는 이들을 바라보면 즐거워 가슴이 뛰었다. 성구의 관리 책임자는 아주 조용히 헌금을 받고 행운을 팔았다. 좀 더 정확히 말하면, 한때 신에게 정면으로 맞서고 신의 말에 의문을 제기한 사탄의 괴물로부터 보호받고 영혼의 구원을 얻고자 바치는 제물에 대한 대가였다. 특히 이 사탄은 욥기에 나타나듯 엄청난 불행을 가져오는 존재이며, 우리의 주 그리스도를 시험하기 위해 여기저기 끌고 다녔다. 그러나 지금은 너무나 허약해져 프란시스코 수도회의 상징인 양팔을 가로지르는 문양이 새겨진 냅킨만 보고도 달아나는 존재가 되었다. 그러나 이러한 진전은 그저 특별한 사안에 한해서만 있었던 것 같다. 다른 곳에서 사탄은 여전히 저항적이고 변함이 없었다. 그는 마치 어둠 속에 살고 있는 모든 사람들처럼, 청소년기 소녀의 감수성을 소유한 존재임이 분명했다.

　살비 신부는 항상 성실했다. 설교하기를 아주 좋아하는 그는 설교할 때 성당의 모든 문을 닫도록 했다. 마치 네로 황제가 자신이 노래를 부르는 동안 그 누구도 극장을 나가지 못하게 했던 것처럼. 그러나 차이점은, 살비 신부의 경우에는 성도들을 위협하려는 목적이 아니라 성도들을 위해서 그렇게 했다는 것이었다. 모든 것을 주먹과 몽둥이로 해결하려는 다마소 신부와는 달리, 살비 신부는 잘못을 저지른 사람들에게 보통 웃으면서 벌금형을 내릴 뿐 매질을 하는 경우는 아주 드물었다. 반면 다마소 신부는 구타만이 원주민을 다룰 수 있는 유일한 방법이라고 믿었다. 그래도 사람들은 그러한 그의 성향을 나쁘게 보지는 않았다. 그의 동료 신부가 어떤 글에서 썼듯이, 다마소 신부는 아무리 불편하더라도 인쇄물에 적혀 있는 내용에 위배되는 행동은 절대 하지 않았다. 살비 신부도 아주 가끔 몽둥이를 들 때가 있지만, 꼭 필요할 때 필요한 정도로 한정했다. 그렇기에 사람들은 그의 매질도 나쁘게 보지 않았다. 금식과 금욕이 그의 피를 마르게 하고 그의 신경을 날카롭게 하여, 자아도취에 빠지게 한다고 사람들은 말했다. 결과적으로 교회 관리인들에게는 교구 신부가 다마소 신부처럼 포식을 하건 살비 신부처럼 금식을 하건 별다른 차이가 없었다.

　여자들의 말에 따르면, 사탄의 우두머리는 사로잡혀 침대에 발을 묶인 채 매듭지어진 신부의 허리띠로 매질을 당하고 9일 후에 풀려났다. 이후 사탄은 신부들을 무서워하여 멀리 달아나 있기 때문에, 산디에고에서 영적 권위에 도전할 수 있는 자는 일시적이나마 소위 계급을 가지고 있는 이 지역 주둔군 부대장뿐이라고 했다.

　사탄이 겪은 끔찍한 일을 보고도 감히 교구 신부와 맞서려고 하는 사람은, 그 가련하고 부주의한 사탄보다 더 사악한 자라고 불리게 마련이었다. 만일 그 부대장이 어떠한 운명을 맞게 된다고 하더라도, 마땅한 대가를 치른 것이라고 평가받을 게 분명했다. 그의 아내는 나이 든 필리핀 여성으로, 화장을 진하게 하고 스스로를 도냐 콘솔라시온이라고 칭했다. 부대장과 다른 사람들은 그녀를 다른 이름으로 불렀다. 부대장은 부부 관계의 문제로 분을 삭이지 못할 때면, 술을 잔뜩 마시고 아내를 구타하거나 그늘 아래 쉬면서 정오 뙤약볕 아래서 병사들에게 고된 훈련을 시키곤 했다. 아마도 그녀가 그의 죄를 사해줄 어린 양은 아니었지만, 그에게 이 땅에서 연옥의 고통을 맛보게 하는 존재임에는 분명했다. 그들은 서로 실컷 두들겨 팼다. 이웃들 입장에서는 성악과 기악이 합친 사중주 콘서트를 무료로 관람하는 셈이었다.

이처럼 불경스럽고 창피한 소식이 들려올 때면, 살비 신부는 미소를 지으며 성호를 긋고 하느님께 기도를 드렸다. 어떤 부부가 그를 위선자, 카를로스주의자, 수전노 등으로 불렀을 때도 그는 그저 미소를 짓고 조금 더 길게 기도했을 뿐이었다. 부대장은 그를 방문하는 몇 안 되는 스페인 사람들에게 차례대로 경고하기를 잊지 않았다.

"지금 당신은 파리 한 마리도 해치지 못하는 신부를 보러 교구를 방문하려는군요! 조심하시오! 그럴 일은 없겠지만, 그가 초콜릿을 대접한다면 눈을 크게 뜨고 살펴보시오. 만일 그가 하인을 불러서 '이러저러하니 초콜릿이나 한 그릇 만들게, 헤이!'라고 하면 걱정할 것 없소이다. 하지만 그가 '이러저러하니 초콜릿이나 한 그릇 만들게, 하하!'라고 하면, 그때는 당신의 모자를 들고 속히 달아나는 것이 좋을 겁니다."

방문객이 깜짝 놀라서 물었다.

"그게 무슨 소립니까! 그가 초콜릿 그릇을 나에게 내던지거나 하는 건 아니겠죠? 맙소사!"

"존경하는 친구여, 그가 설마 그렇게까지는 하지 않을 거요."

"그럼, 방금 그 말은 무슨 뜻이오?"

"'초콜릿, 헤이'는 진짜로 질 좋은 초콜릿을 뜻하는 것이고, '초콜릿, 하하'는 아주 묽은 초콜릿을 말하는 거라오."

그것은 그 부대장이 지어낸 악의적인 소문에 불과했다. 같은 이야기가 교구의 신부들에게도 적용되었다. 실제로는 수도회의 전통이었을지도 모를 일이었다.

아내 때문에 잔뜩 부아가 난 부대장은, 교구 신부들을 괴롭히기 위해 9시 통행 금지령을 실시하기도 했다. 그러면 도냐 콘솔라시온은 원주민 옷과 모자로 변장을 하고 언제라도 살비 신부를 뵙기 위해 간다고 자랑하곤 했다. 살비 신부는 부대장에게 성스러운 복수를 한다. 부대장이 교회에 온 것을 보게 되면, 우선 성당 관리인에게 모든 문들을 닫으라고 지시했다. 그리고 설교단에 올라가, 제단의 성인들조차 졸게 만들고 성령을 상징코자 달아놓은 나무 비둘기까지 자비를 간청할 만큼 길게 설교를 하는 것이다. 타락한 사람들이 늘 그렇듯이, 부대장은 이런 일로 결코 변하지 않았다. 그는 자리를 떠나려고 벼르다가 간신히 자리를 뜨면서 속으로 이를 갈았다. 그러고는 성당 관리인이나 신부의 하인을 만나게 되면, 그를 체포하고 구타한 뒤 부대 이곳저곳을 청소시켰다. 피해를 입은 관리인이 이 사실을 신부에게 고하면, 살비 신부는 조용히 들었다. 일단 하던 일을 정리하고, 보다 길고 날카로운 메시지를 전할 설교 제목을 생각하면서 부대장을 골릴 방안을 모색했다.

정작 교구 신부들과 부대장이 만났을 때, 그들은 서로 악수하고 인사를 나누며 정중히 대화했다.

　도냐 콘솔라시온은 남편이 밤에 잠이 들거나 대낮에 낮잠을 즐길 때에는 그를 성가시게 할 방법이 없었다. 그럴 때면 그녀는 창가에 자리를 잡고 앉았다. 그러다가도 바람에 하늘거리는 블라우스를 입고, 시가를 입에 문 젊은 여성을 보면, 참지 못하고 상스러운 언어를 그들에게 내뱉었다. 그러면 그들은 놀라고 당황해서 눈을 내리깐 채 숨도 제대로 못 쉬고 달아났다. 도냐 콘솔라시온에게는 위대한 자산이 한 가지 있었다. 그녀는 그 어떤 곳에서도 결코 거울에 비친 자기 모습을 볼 줄을 몰랐다.

　이들이 산디에고를 지배하는 사람들이었다.

12

모든 성인 대축일

인간과 동물을 구분하는 기준들 중 하나로 '망자를 추모하는 행위'를 꼽을 수 있다는 데에는 이견이 없을 것이다. 그것은 이상하게도 문명화가 덜 된 민족일수록 더욱 깊숙이 뿌리내린 관습이었다. 뉴기니의 원주민은 죽은 이의 뼈를 상자에 담아 보관하면서 그들과 대화를 나눈다고 했다. 아시아, 아프리카, 아메리카에 있는 대부분의 원주민들은 망자를 추도하기 위한 연회를 베풀었다. 거기에서는 그들의 주방에서 가장 귀중하게 여기는 음식이나, 죽은 이가 생전에 좋아했던 음식을 내놓았다. 이집트인들은 죽은 이를 위한 궁전을 짓고, 무슬림들은 모스크를 지었다. 그러나 이러한 의식들을 진정으로 이해하고 인간의 마음을 읽을 줄 아는 이들은 다호메이(아프리카 서부에 있는 베냉의 옛 이름_옮긴이) 사람들일 것이다. 그들은 인간이 복수심이 강한 존재임을 알기에, 죽은 이를 달래는 가장 좋은 방법은 무덤 앞에서 그가 원수로 여기던 모든 이들을 희생시키는 것이라고 믿었다. 또한 그들은 인간이란 호기심이 가득한 존재라고 생각했다. 때문에 매년 노예 한 명을 죽임으로써, 모든 최신 소식을 죽은 이에게 전하도록 했다.

필리핀 사람들은 다른 민족과 달리 독특한 관념을 갖고 있었다. 역사가들은 필리핀에 살던 사람들은 그들의 조상들을 수호신으로 받들었다고 했다. 그러나 지금은 반대로, 죽은 이가 산 사람들의 보호 아래 놓여 있었다.

그들은 비문에 쓰인 것처럼 죽은 이가 평안하게 휴식을 취하고 있다고 믿지 않았다. 아무리 긍정적인 사람이더라도, 조상들은 연옥에서 들들 볶이고 있다고 믿었다. 또한 자신이 연옥보다 괴로운 지옥에 가지만 않는다면 조상들과 함께할 수 있으리라 기대했다. 필리핀에서 죽은 이들을 기리는 날인 만성절에 교회와 묘지를 방문하는 행위는, 이러한 관습에 회의적인 사람들을 설득하기에 충분했다.

산디에고 공동묘지는 시내의 서쪽에 위치한 농지의 한가운데 있기 때문에, 오직 좁은 길을 통해서만 접근이 가능했다. 그 길은 건기에는 먼지 구덩이가 되고, 우기에는 물에 잠기곤 했다. 나무로 만든 출입문에 돌과 대나무, 나무 말뚝 등으로 만든 담이 이승과 저승의 경계가 됐다. 그러나 교구 신부의 염소나 이웃집의 돼지 무리에게는 이러한 경계가 무의미했다. 그들은 자유롭게 경계를 오가고 무덤을 뛰놀며, 우울한 묘지의 분위기에 생기를 불어넣었다.

돌 받침대 위에 세워진 커다란 십자가가 울타리 내부의 중심이었다. 십자가 위에는 양철로 만들어 달아놓은 바람개비가 돌아가고, 빗물에 닳은 오래된 비문에는 I. N. R. I.라는 희미한 문구가 보였다. 이 비문은 나자렛 사람 예수를 유대인의 왕이라고 조롱하려는 목적으로 그의 십자가 위쪽에 새긴 문자였다. 예수의 십자가가 세워진 골고다가 의미하는 것처럼 해골을 포함한 각종 유골이 십자가 아래 어지럽게 쌓여 있었다. 무심한 일꾼은 새로운 시신을 위한 자리를 마련하고자 유골들을 이리저리 헤집었다. 그곳의 죽은 이들은 부활이 아니라 그들의 추위와 헐벗음을 달래줄 동물들의 관심을 기다렸다. 주위에는 꽃들이 약간 피어 있었는데, 유골들의 주인을 알지 못하는 것처럼 꽃들의 이름 역시 아무도 몰랐다. 꽃들은 창백하게 미소를 지었다. 무덤에서는 꽃향기가 났다. 무덤의 주위를 따라 새로운 구덩이들과 흙더미들이 여기저기 보였다. 딸기나무 덤불은 밑동이 잘려 있고, 꽃을 피운 판다카키 덩굴에서는 황량한 냄새가 진동했다. 잡초들이 사방으로 퍼져 있고, 담쟁이넝쿨은 벽과 구조물들을 타고 오르며 지진으로 갈라진 누추한 틈을 옷처럼 가려주고, 오래된 묘지의 엄숙한 공허함을 감췄다.

대축일의 묘지에서 동물들이 놀라 달아났다. 한두 마리의 고집 센 돼지만 남아 코를 울타리 사이에 끼워 넣은 채, 방문자들이 모든 음식을 다 먹어 치우지 말기를 바랐다.

공동묘지의 한쪽 구석에서 두 사람이 새로운 무덤을 파고 있었다. 둘 중 한 사람은 도시의 무덤 일꾼이었다. 그는 무덤덤하게 일을 했다. 마치 무심한 정원사가 잔가지와 돌들을 치우듯, 드러나 있는 유골들을 집어 던졌다. 반면 그 옆에 있는 사람은 안쓰러워 보일 정도로 일했다. 땀으로 범벅이 되어 연신 담배를 피우면서 침을 뱉었다. 그가 따갈로그어로 말했다.

"여기 좀 보시게나. 다른 곳을 파는 게 좋지 않겠나? 이건 얼마 안 된 무덤인 것 같은데."

"다른 곳도 마찬가지일 거요."

"난 더 이상 못 참겠소. 지금 당신이 부러뜨린 그 뼈를 보시게. 피가 보이는 것 같잖나. 심지어 머리카락도 보이고!"

"혼자 예민하게 굴긴. 누가 보면 당신이 사무실에서 펜대나 굴리는 사람인 줄 알겠네. 내가 이전에 무슨 경험을 했을지 상상이나 해본 적 있소? 비가 억수같이 내리는 어두운 밤중에 20일밖에 되지 않은 시체를 파낸 적도 있지."

그의 등 뒤로 오싹한 전율이 흘렀다.

"파낸 관이 쪼개지고 시체가 튀쳐나올 것만 같았소. 마침내 그 냄새나는 관을 어깨에 멘 우리 모두는 비 때문에 흠뻑 젖어 있었지."

"아니, 도대체 애초에 그 시체를 파낸 이유가 뭐요?"

"알게 뭐요? 그저 시키는 대로 했을 뿐이지."

"누가 그런 지시를 했소?"

무덤 일꾼은 한 걸음 물러나 그를 머리에서 발끝까지 훑어보았다.

"언젠가 어떤 스페인 사람이 당신이 방금 한 질문을 똑같이 한 적이 있다오. 나에게 아주 비밀스럽게 그 질문을 했지. 그래서 나는 '신부님이 지시한 것입니다'라고 대답했네."

"그렇군요. 그럼 그 시체는 어떻게 했소?"

"이런! 만약 둘이 서로 모르는 사이라면, 그 스페인 사람과 대면시키고 싶을 정도군. 어쩌면 그렇게 그 사람과 똑같은 질문을 하는 것인가? 아무튼 신부님은 나더러 그 시체를 중국인 묘지에 가져다 묻으라고 했지요. 당신도 중국인 묘지가 얼마나 멀리 있는지 알고 있지 않소. 그리고 그 관의 무게는 어떻고요. 당신한테만 하는 말이지만……."

무덤 일꾼의 말을 듣던 동료는 들고 있던 삽을 내던지고 튀쳐나왔다.

"그만, 됐소이다!"

"그 두개골을 좀 보시오. 방금 내가 쪼갠 것 같소. 아이고, 오늘 밤 잠은 다 잤네!"

무덤 일꾼이 웃음을 터뜨리자, 동료는 그를 가로질러 달아났다.

공동묘지에는 검은 옷을 입은 남자와 여자들로 가득했다. 일부는 그들이 찾는 무덤이 어디인지 몰라 어리둥절해하고, 서로들 이곳이니 저곳이니 하면서 언쟁을 했다. 그러곤 각자 갈라져서 편한 곳에 자리를 잡았다. 부모를 잘 정리된 무덤에 모신 이들은 그 앞 제단에 촛불을 밝히고 정성스럽게 기도를 올렸다. 한숨 쉬는 소리, 흐느끼는 소리가 동시에 들렸다. 과장되게 감정을 억누르면서 라틴어 기도문을 중얼거리는 소리도 들려왔다.

그때 한 나이 든 남자가 눈을 빛내며 공동묘지에 들어섰다. 머리에는 아무것도 쓰지 않은 상태였다. 여러 사람들이 그를 보며 웃었고, 일부 여성들은 얼굴을 찌푸리기도 했다. 그 노인은 주위를 아랑곳하지 않은 채 유골들이 쌓여 있는 곳으로 가더니, 무릎을 꿇고 오래된 뼈들을 뒤져 무언가를 찾았다. 조심스럽게 뼈들을 하나하나 살펴보았지만, 찾는 것을 발견하지 못한 듯 인상을 찌푸렸다. 그는 주위를 둘러보더니 이내 일어섰다. 그리고 무덤 일꾼을 불렀다.

"거기, 여보시오! 두개골 하나를 찾고 있소이다. 아주 사랑스럽고 코코넛 속살처럼 희고 모든 치아가 전부 그대로 있는 두개골이오. 내가 분명 십자가 아래에 나뭇잎으로 가려서 고이 두었는데…… 혹시 어디 있는지 아시오?"

무덤 일꾼은 모른다는 듯이 어깨를 으쓱했다. 그러자 노인은 주머니에서 은화를 꺼내 그에게 보여주었다.

"여보시오. 이게 지금 내가 가지고 있는 전부요. 만약 그대가 그 유골을 찾아주면 전부 다 드리겠소."

반짝거리는 은화를 보고 무덤 일꾼은 잠시 고민에 빠졌다. 그는 뼈들이 쌓여 있는 무더기를 바라보며 물었다.

"찾는 게 거기에 없소? 그렇다면 저도 어디에 있는지 모릅니다."

"여보시오, 내가 나중에 더 드릴 수도 있소. 그 두개골은 내 아내의 것이오. 아시겠소? 만약 그것을 찾아주면…….”

"만약 그것이 저 유골 더미에도 없다면, 저도 어디 있는지 알 길이 없습니다. 원하신다면 다른 두개골을 드릴 수는 있소."

"이것 보게나. 당신은 지금 자기가 파고 있는 무덤과 똑같은 자요!"

노인은 격앙된 목소리로 외쳤다.

"스스로가 무엇을 하는지도 모르는 사람 같으니! 말해보시오. 누구를 위해 지금 그 무덤을 파는 중이오?"

일꾼이 짜증스럽게 대꾸했다.

"내가 그것을 어떻게 알겠소? 아마도 죽은 이를 위해서겠지요."

노인이 울부짖었다.

"지금 당신이 파고 있는 그 무덤처럼! 당신은 무엇을 삼키는지 무엇을 토하는지도 모르는 사람이오! 그저 계속해서 땅만 파고 있을 뿐이오!"

그 말을 마치고 노인은 출입구로 나가버렸다.

무덤 일꾼은 작업을 모두 마쳤다. 두 무더기의 붉은 흙더미가 새로운 무덤 주위에 생겨났다. 그는 자신의 밀짚모자에서 빈랑나무 열매를 꺼내 씹기 시작했다. 그리고 우두커니 주위를 둘러보았다.

13
폭풍우 경보

그 노인이 떠나자마자 한 마차가 공동묘지로 들어오는 길목에 멈춰 섰다. 마차에 먼지가 잔뜩 묻어 있고, 말이 땀에 흠뻑 젖어 있는 것을 봐선 아주 먼 길을 달려온 것이 분명했다. 이베라가 한 늙은 하인과 함께 마차에서 내렸다. 마차를 보내고 그는 심란한 표정으로 공동묘지로 향했다. 하인이 겁먹은 목소리로 말했다.

"소인은 장사를 지내고 돌아왔을 때 묘지를 돌볼 수가 없었습니다. 몸도 아프고 또 바쁘기도 해서요. 카피탄 티아고가 제대로 된 무덤을 만들어주겠다고 했습니다. 그저 풀 몇 포기를 주위에 심고, 직접 만든 십자가를 묘지 앞에 꽂아두었습니다."

이베라는 아무런 대답도 하지 않았다. 늙은 하인은 공동묘지 정문을 통과하면서 묘지의 한 곳을 가리키며 말을 이었다.

"저기 보십시오. 큰 십자가가 보이시죠. 그 아래에 있습니다."

이베라는 깊은 상념에 잠겨, 그를 알아본 그곳의 많은 사람들이 그가 돌아왔다는 사실에 놀라는 것을 의식하지 못했다. 사람들은 잠시 기도를 멈추고 호기심이 가득 담긴 눈으로 흘긋거리며 늙은 하인을 따랐다. 이베라는 오래되어 약간 꺼진 무덤들을 밟지 않으려고 조심스럽게 걸음을 옮겼다. 이전의 그는 아무 거리낌 없이 묘지들을 밟고 다녔다. 그러나 지금은 죽은 이에 대해 많은 생각을 할 정도로 성장한 것이었다. 커다란 십자가를 지났을 때 그는 발길을 멈추고 주위를 둘러보았다. 늙은 하인은 자신이 무덤을 표시하기 위해 만들어놓은 흔적을 찾으려고 두리번거렸다. 그는 손수 만들어 꽂아 놓은 십자가가 없어진 것을 알고 혼잣말로 더듬더듬 중얼거렸다.

"여기가 분명 맞는데. 아니 조금 더 가서인가? 그런데 땅이 죄다 파헤쳐져 있잖아!"

이베라는 슬픔에 가득 찬 표정으로 그를 지켜보았다. 하인이 말을 이었다.

"맞아, 무덤 옆에 돌이 하나 놓여 있었고, 무덤이 약간 작았지요. 당시 무덤 일꾼이 병이 나는 바람에 들에서 일하는 사람들을 시켜 무덤을 파도록 했거든요. 아마도 그 사람들에게 물으면 십자가가 어찌 되었는지 말해줄 겁니다."

그들은 무덤 일꾼에게 다가갔다. 일꾼은 어리둥절한 표정으로 모자를 벗고 인사했다.

"이 근처에 십자가가 세워져 있던 무덤이 어디 있는지 아시오?"

"큰 십자가 말입니까?"

"그렇소, 큰 십자가 말입니다."

그 늙은 하인은 적극적으로 대답하며 의미심장한 표정으로 이베라를 바라보았다. 이베라의 얼굴에 약간의 생기가 돌았다.

"등나무로 엮어서 만든 십자가 말씀이오? 글씨도 새겨져 있고?"

늙은 하인은 땅바닥에 비잔틴 십자가 모양을 그리며 대답했다.

"맞네!"

"무덤 주위에 꽃들이 심어져 있었고요?"

"맞소!"

하인은 기뻐하며 그 꽃들의 이름까지 말하며 무덤 일꾼에게 담배 한 대를 권했다.

"그 무덤과 십자가가 있는 곳을 알려주시오."

무덤 일꾼은 귀를 후비면서 하품을 했다.

"그 십자가? 제가 불태웠습니다."

"불태우다니! 왜요?"

"큰 신부님께서 그렇게 하라고 했네요."

이베라가 물었다.

"큰 신부님이 누구시죠?"

"사람들을 마구 때리는 그 '몽둥이 신부님' 말입니다요."

이베라는 이마에 손을 대며 말했다.

"하지만 최소한 그 무덤이 어디에 있는지는 말해줄 수 있지 않나요. 당신은 그 장소를 분명히 기억하고 있는 것 같은데 말입니다."

무덤 일꾼의 얼굴에 웃음기가 번졌다. 그는 단호하게 대답했다.

"그 무덤은 더 이상 여기에 있지 않습니다요."

"그게 무슨 말이죠?"

그가 실실 웃으며 말했다.

"제가 일주일 전에 한 여인을 그 장소에다 묻었거든요!"

늙은 하인이 소리쳤다.

"당신 미쳤소? 대체 왜! 왜 그랬소. 묘지를 만든 지 1년도 되지 않았는데 말이오!"

"아무튼 그렇게 됐소이다. 몇 달 전에 제가 큰 신부님의 지시를 받아서 관을 파냈습죠. 신부님은 그것을 중국인 묘지에 가져가 묻으라고 했지만, 그게 너무 무겁고 또 그날 밤 비가 억수로 오는 바람에……."

그러다 그는 이베라의 표정을 보자 놀라 잠시 말을 멈추고 뒤로 한 걸음 물러섰다. 이베라가 목이 메어 그를 다그쳤다.

"당신이 그랬단 말입니까?"

"화내지 마십쇼!"

무덤 일꾼이 새파랗게 질려 떨리는 목소리로 답했다.

"중국인과 함께 묻지는 않았습니다요. 이교도와 함께 묻히는 것보다는 물에 던져지는 게 낫겠다고 생각해서 시체를 강에 던졌어요."

이베라는 그의 어깨를 움켜잡고 그를 뚫어지게 바라보았다. 잠시 후 그는 "이 불쌍하고 멍청한 놈아! 당신이 무슨 짓을 했는지 알기나 해!"라고 고함을 지르고 이리저리 주변의 무덤과 뼈들을 밟으며 몸을 제대로 가누지 못하고 비틀거렸다. 무덤 일꾼은 팔짱을 끼고 중얼거렸다.

'참나, 죽은 사람들 때문에 별일이 다 생기는군! 처음에는 큰 신부님이 그 시체를 이곳에 묻도록 내버려두었다고 나를 마구 때리더니 말이야. 결국 나는 몸져눕기까지 했는데. 이제는 웬 젊은이가 와서 그를 이곳에 묻지 않았다고 내 팔을 부러뜨리려 하다니. 스페인 사람들이 다 그렇지 뭐. 지나면 또 잠잠해지겠지.'

이베라는 서둘러 걸음을 옮겼다. 그의 눈은 먼 곳을 향해 달리고 있었다. 나이 든 하인은 홀쩍이며 그를 따랐다.

태양이 서쪽 산봉우리 너머로 사라졌다. 먹구름이 동쪽 하늘로부터 몰려왔다. 건조한 바람이 나뭇가지를 흔들고, 대나무 숲에서 서로 부딪치는 소리는 마치 고통으로 신음하는 소리처럼 들렸다. 눈물도 메마르고 한숨도 나오지 않는 이베라는 마치 아버지와의 기억 속을, 혹은 다가올 폭풍우 속을 비행하듯 걷고 있었다. 그는 시내를 가로질러 외곽에 위치한 낡은 담으로 둘러싸인 집으로 향했다. 그 집은 그가 수년간 떠나 있던 집이었다. 멀리서 바람이 창문을 여닫으며 그에게 손짓하고, 이에 꽃들은 몸까지 즐겁게 흔들어댔다. 정원에는 비둘기들이 자신들의 집 주위를 퍼덕거리며 날았다.

그러나 집에 돌아왔다는 즐거움을 만끽할 여유가 없었다. 그는 자신에게로 다가오는 한 성직자를 응시했다. 이 사람은 바로 산디에고의 교구 신부이며, 이 지역 부대장의 숙적인 프란시스코회 신부였다. 바람에 신부가 쓴 모자의 리본이 휘날렸다. 면으로 된 신부의 성의가 몸에 딱 달라붙어 가는 허리선이 그대로 드러났다. 그의 오른손에는 상아 손잡이로 된 지팡이가 쥐어져 있었다. 그들은 한 번도 서로 만난 적이 없었다. 이베라는 가던 길을 멈추고 그 신부를 살펴보았다. 살비 신부는 고개를 돌리고 모르는 체 외면했다. 잠시 머뭇거리던 이베라는 재빠르게 그에게 다가가 어깨를 와락 움켜쥐었다. 그리고 희미하고 낮은 목소리로 그에게 물었다.

"내 아버지에게 무슨 짓을 한 겁니까?"

소름 끼칠 정도로 불안정한 젊은이의 표정을 본 살비 신부는, 답변은커녕 얼어붙어 몸조차 움직이지 못했다.

"내 아버지에게 당신이 무슨 짓을 했냐는 말입니다!"

신부는 자신의 어깨를 짓누르는 손의 중압감 때문에 몸이 아래로 기울어지는 걸 느끼며 가까스로 대답했다.

"당신이 무언가 잘못 알고 있는 것 같소. 난 당신 아버지에게 아무 짓도 하지 않았소이다!"

"거짓말하지 마!"

이베라는 강한 어조로 윽박지르며 신부의 어깨를 눌러 무릎을 꿇렸다.

"아니오, 분명히 말하지만 그것은 나의 전임자가 한 일일 것이오. 바로 다마소 신부요!"

이베라는 소스라치게 놀라 소리를 질렀다. 그는 신부를 놓아주고 스스로 자신의 이마를 한 대 세게 쳤다. 그리고 살비 신부를 내버려 둔 채 자신의 집으로 달려가 버렸다. 늙은 하인이 살비 신부에게로 다가와 그가 일어서는 것을 도와주었다.

14

타시오

공동묘지를 떠난 뒤, 그 이상한 노인은 시내 거리를 하염없이 걷고 있었다.

그는 이전에 철학을 전공했으나. 어머니의 말에 복종하여 자신의 공부와 장래 희망을 포기한 사람이었다. 머리가 나빴거나 뒷받침할 여력이 부족해서가 아니었다. 오히려 뛰어난 재능을 지녔다는 소리를 많이 들었다. 어머니도 부자였다. 그러나 그의 신실한 어머니는 자신의 아들이 학문에 지나치게 심취하여 하느님을 잊을까 두려워했다. 그래서 아들에게 성직자가 되든지 대학을 관두든지 둘 중 하나를 선택하도록 했다. 그는 사랑하는 여인이 있었기에 후자를 선택했고, 곧 결혼했다. 하지만 1년도 채 지나지 않아서 부인은 세상을 떠났다. 그는 고아처럼 홀로 남겨졌다. 그는 슬픔과 무료함 그리고 세상과 단절된 생활 속에서 독서에 몰입했다. 곧 자신의 공부에서 새로운 즐거움을 찾게 되었다. 그는 많은 책들을 사들였다. 그러면서 재산 관리에 소홀한 탓에 점점 가난해지고 말았다. 예의가 있는 이들은 그를 이름인 돈 아나스 타시오, 또는 학자 타시오라고 불렀다. 그러나 대부분의 저속한 인간들은 그를 '궤변과 기행을 일삼는 바보 타시오'라고 불렀다.

지금 그는 사랑했던 이의 유골 따위는 잊은 것처럼 보였다. 그는 도시의 하늘에 모여들고 있는 어두운 구름을 보면서 미소를 지었다. 순간적으로 번개가 번쩍이며 회색빛 하늘을 밝힌다. 공기가 후덥지근하게 더운 것을 보니 곧 폭풍우가 쏟아질 것이 분명했다. 교회 근처에서 노인은, 알파카(긴 털을 가진 남미산 동물_옮긴이) 가죽으로 만든 옷을 입고 촛대와 수술이 달린 지휘봉을 들고 가는 한 남자를 만났다. 그는 따갈로그어로 타시오에게 인사했다.

"무언가 좋은 일이 있나 봅니다."

타시오가 답했다.

"그렇습니다. 시장님. 기대하고 있는 바가 있지요."

"그게 무엇입니까?"

"폭풍우입니다."

시장은 노인의 추레한 옷을 비웃듯이 바라보았다.

"폭풍우? 퍼붓는 비에 목욕이라도 하실 참인가요?"

"목욕이라고요? 나쁘지 않은 생각이네요. 특히 쓰레기 더미에 뒹군 뒤에는 말이죠."

타시오는 시장과 비슷한 어투로, 오히려 더 의미심장하게 말하며 눈을 마주했다.

"하지만 전 그것보다 더 좋은 무언가를 기대하고 있답니다!"

"아니, 그게 대체 무엇인가요?"

타시오는 진지하게 대답했다.

"한두 차례의 번개가 곧 내리쳐 모든 것을 죽이고 불사를 것입니다."

"대홍수라도 일어나 모두가 죽길 기대하시는 겁니까?"

"당신과 저는 물론이고, 우리 모두가 그래도 싸지요. 시장님 조심하세요. 지금 당신 손에는 중국인 상점에서 사 온 촛대가 있습니다. 저는 지난 10년간 줄곧 시장님께 피뢰침을 구입해 설치하시라고 권고드렸지만, 모두들 이를 묵살하고 오히려 폭죽과 종을 사는 데만 돈을 썼어요. 시장님은 한술 더 떠서 제가 그러한 요청을 드릴 때마다, 도리어 폭풍우로부터 보호해준다는 성 바비라를 위한 종을 주조하도록 중국인 대장간에 주문하시지 않았습니까. 폭풍우가 치는 날 종을 울리는 행위는 위험하다는 것이 과학적으로 증명되었음에도 불구하고 말이에요. 1870년대에 번개가 비낭 도시에 내리쳤을 때, 왜 특히 교회의 종탑을 쳐서 시계와 강단을 파괴했는지 모르시나요. 그때 성 바비라의 작은 종은 도대체 무엇을 했나요?"

순간 번갯불이 번쩍이자 시장은 얼굴이 사색이 되어 성호를 그으며 기도했다.

"예수님, 성모님, 요셉이시여! 성 바비라를 축복하소서!"

타시오가 웃음을 터뜨렸다.

"당신이 그토록 의지하는 분들의 이름을 부르는 모습이 꼴좋군요."

그는 교회로 향했다.

성구 관리인들은 교회 안에서 책상 두 개를 쌓아 관을 안치할 단을 만드는 중이었다. 단은 흰 줄무늬와 두개골 문양이 있는 검은 천으로 덮여 있고, 주위에는 긴 양초가 꽂힌 나뭇가지 모양의 촛대들이 둘러싸고 있었다. 그가 물었다.

"당신은 지금 죽은 사람의 영혼을 위하여 이 일을 하는 것이오? 아니면 그 양초에 돈을 낸 사람을 위해 일하는 것이오?"

그러다가 열에서 열한 살쯤 되어 보이는 소년들을 발견하자, 대답을 듣기도 전에 그들에게로 다가갔다. 그리고 그들에게 물었다.

"자, 나와 함께 집에 갈까? 너희 어머니가 너희들을 위해, 신부님께 대접해도 될 만큼 훌륭한 저녁을 준비하고 계신단다."

조금 더 나이 든 소년이 대답했다.

"성구 관리 책임자가 8시까지 집에 가지 말라고 했어요. 오늘 밤 어머니를 위해 급여를 받길 기대하고 있어요."

"아! 그렇구나. 지금 어딜 가려고 하니?"

"종탑에요. 연옥에 있는 영혼들을 위해 종을 울려야 해요."

"종탑에 간다고? 조심해라. 그리고 폭풍우가 시작되면 종에서 멀리 떨어져 있어야 할 게다."

타시오는 2층 성가대석 쪽으로 향하는 그들을 애처로운 눈으로 보았다가 교회 밖으로 나섰다. 교회를 나온 타시오는 눈을 부비고 하늘을 바라보았다. 그리고 중얼거렸다.

"지금 번개가 치면 안 될 텐데……."

그는 고개를 숙인 채 생각에 잠겨 시내 외곽으로 향하는 길을 걸었다. 길이 내려다보이는 한 창문에서 스페인어로 그를 부르는 소리가 들렸다. 타시오가 고개를 들어보니, 30세쯤 되어 보이는 남자가 그를 내려다보며 미소 짓고 있었다. 타시오는 그 남자의 손에 들려 있는 책을 가리키며 물었다.

"거기서 무슨 책을 읽고 있소?"

옆에 있던 누군가가 재치 있게 대답했다.

"이맘때에 읽기 아주 좋은 책이지요. 제목이 『연옥에 있는 축복받은 영혼들의 고통』이라지요."

"재미있는 사람이구먼."

타시오는 그 집에 들어서면서 목소리를 높여 말을 했다.

"그런 이야기를 쓸 수 있다니, 그 저자는 분명 똑똑한 사람일 게요."

계단을 오르자 그 집의 주인과 아내가 타시오를 맞이했다. 주인은 돈 필리포 리노이고, 그의 부인은 도냐 테오도라 비나이었다. 돈 필리포는 이 도시의 부시장이며, 만일 필리핀에서 자유주의 사상만 허용된다면 자유주의 정당의 대표가 되었을 사람이다.

"돌아가신 돈 라파엘의 아들이 유럽에서 돌아왔다고 하던데요. 공동묘지에서 그를 보았습니까?"

"예, 그가 마차에서 막 내리는 것을 봤습니다."

"자기 아버지 무덤을 찾는다던데, 무언가 불길한 일이 일어날 것만 같습니다."

타시오는 어깨를 으쓱해 보였다. 돈 필리포의 부인이 물었다.

"그의 불행에 대해 아무런 느낌도 없으세요?"

"부인, 돈 라파엘이 무덤에 묻히는 것을 목격한 사람은 오직 여섯 명뿐이라는 사실을 아시죠. 저도 그중의 한 명이라는 것도요. 시의 담당자와 함께 총독을 찾아가, 그의 무덤에 행한 충격적인 모독에 대해 고발한 것도 바로 접니다. 그럼에도 불구하고 저는 항상 죽은 사람보다는 산 사람을 더 중요하게 생각합니다."

"그래서요?"

"부인, 저는 군주제처럼 세습적인 지위를 믿지 않습니다. 아마도 제가 어머니로부터 약간의 중국인 피를 받았기 때문에 다소 중국인처럼 생각하는 듯합니다. 저는 아들을 훌륭하게 키운 아버지를 존경하지, 훌륭한 아버지를 둔 아들을 존경하지는 않습니다. 각자가 자신이 행한 일에 대한 보상이나 벌을 받는 것이지, 다른 사람의 행위로 인한 대가를 받아서는 안 되지요."

부인이 화제를 돌려 물었다.

"제가 어제 권유한 대로 돌아가신 부인을 위한 예배를 드리셨나요?"

타시오는 미소를 지으며 대답했다.

"아뇨."

그녀는 진정으로 슬픈 표정을 지으며 탄식했다.

"불쌍해라."

"내일 10시까지 죽은 영혼들이 자유롭게 돌아다니면서, 산 사람들이 그들을 연옥에서 꺼내달라고 기도해주길 기다린다고 합니다. 이때 미사를 드리면 다른 날 미사드리는 것보다 대여섯 배 정도 더 많은 효과가 있다고, 오늘 아침에 교구 신부님이 말씀하셨습니다."

"그럼 이 특별한 기간에 우리 모두 반드시 미사를 드려야겠네요, 그렇죠?"

돈 필리포가 끼어들었다.

"도라이! 당신도 알잖소. 돈 아나스타시오 씨는 연옥 같은 건 믿지도 않는다는 사실을."

타시오는 자리에서 거의 일어서다시피 하며 이의를 제기했다.

"제가 언제 연옥에 대해 믿지 않는다고 했습니까? 저는 그 역사까지도 알고 있는데!"

부부는 놀라서 말했다.

"연옥의 역사라고요? 저희에게 그 얘기 좀 해주세요."

"당신들은 그런 것도 모르면서 그저 영혼들을 위해 미사드리고 그들의 고통에 대해 말하고 있군요. 자, 이제 막 비가 내리기 시작했고 당분간 그칠 것 같지 않으니, 지루함을 달래기 위해 그 얘기나 해봅시다."

타시오가 생각을 정리하는 사이에 돈 필리포는 읽던 책을 덮었고 도라이는 그의 옆에 앉았다. 마치 지금부터 어떤 말을 들어도 믿지 않을 것이라고 다짐하는 듯한 표정이었다. 타시오가 이야기를 시작했다.

"연옥은, 우리 구주인 예수 그리스도께서 이 땅에 오시기 오래전부터 존재했습니다. 에스떼테 신부의 말에 따르면, 그곳은 지구의 정중앙에 위치해 있다고 합니다. 하지만 한편으로 기라드 신부가 인용한 어떤 수도사의 말로는, 클루니(프랑스 동부에 있는 도시로 유명한 베네딕토 수도원 유적이 있는 곳_옮긴이)의 유명한 수도원 주위에서 발견할 수 있다고도 하지요. 그러나 우리에게는 그곳이 어디든 상관없습니다. 자 그러면, 이 땅에 존재하는 그 연옥의 불길에서 고통을 당하는 자들은 누구입니까? 그들은 아마도 태초부터 존재했을 겁니다. 그리스도교 철학에 따르면, 하느님은 일곱째 날에 휴식을 취하신 후 아무것도 창조하지 않으셨다고 하니까요."

돈 필리포가 반론을 제기한다.

"하지만 연옥은 상상 속에만 있는 게 아닙니까? 결국 상상이 가능한 것이지 실제로 존재하는 것은 아니지요."

"중요한 지적입니다. 그럼에도 그것이 실제로 존재한다고 믿는 사람들이 있다는 것을 말하지 않을 수 없군요. 그들 중 한 명이 바로 차라투스트라, 혹은 조로아스터라고도 불리는 사람이지요. 그는 경전인 『아베스타』를 집필했고, 일면 그리스도교와 흡사한 종교를 창시했습니다. 학자들에 따르면, 차라투스트라는 예수님보다 최소한 800년 먼저 생존했다고 합니다. 철학자 플라톤, 소아시아 리디아의 크산투스, 박물학자 플리나우스, 천문학자 유독서스 등의 의견을 모두 참조한 역사가인 가파엘이, 차라투스트라가 2500년 전에 생존했다고 판단한 겁니다. 어쨌든 차라투스트라가 이미 그 시대에 연옥에 대해 말하고, 그로부터 벗어날 수 있는 방법을 가르쳤다는 것은 사실입니다. 그는 산 사람들이 경전인 『아베스타』를 외우고 선행을 베풀면, 죄를 짓고 죽은 사람들의 영혼을 구할 수 있다고 했습니다. 그러나 이러한 관념이 사람들 사이에 널리 퍼지게 되자, 성직자들은 이를 이용해 이익을 추구하게 된 것이지요. 차라투스트라의 말을 이용하여 '깊은 참회 속에 존재하는 알 수 없는 어둠의 감옥'을 이용하는 것입니다. 그들은 다음과 같은 원칙을 만들었지요. 동전 한 닢이 비록 작은 가치를 가지지만, 그것으로 영혼이 1년간의 고통을 감면받을 수 있다고요. 그러나 거짓말, 불신앙, 서약을 파기하는 것과 같은 종교 관련 죄로 연옥에서 받는 형벌은 300년에서 1000년간의 고통이라고 합니다. 결과적으로 그 악당들은 얼마나 많은 돈을 벌어들였겠습니까? 당신이 믿는 종교가 그것과 다르다고 해도, 오늘날 말하는 연옥과 어딘가 닮아 있다는 사실을 발견할 수 있을 것입니다."

번개가 치고 천둥소리가 이어졌다. 도라이가 벌떡 일어났다. 그녀는 성호를 그으며 '예수님, 성모님, 요셉!'을 외치고 방을 떠나려고 했다. 그녀는 성지주일(예수가 예루살렘에 입성한 기념일로 부활절 직전 일요일_옮긴이)에 축복받은 종려나무 잎을 태우려 간다는 것이었다. 그것이 그들을 폭풍우로부터 보호해주는 전통적인 방법이라며, 봉헌의 촛불을 밝히는 것도 잊지 말아야 한다고 설명했다. 비가 퍼붓듯 내리기 시작했고, 부인이 방을 떠나는 모습을 지켜본 타시오는 다시 말을 이었다.

"자 이제 부인도 떠났으니, 이 문제를 좀 더 철학적으로 이야기해봅시다. 도라이는 다소 미신적인 생각을 갖고 있긴 하지만 좋은 가톨릭 신자입니다. 저는 다른 사람의 신앙을 깨뜨리는 것을 좋아하지 않습니다. 순수하고 직관적으로 얻은 신념은 연기와 불, 혹은 단순한 소음과 음악이 다르듯이 맹목적인 신앙과는 구별됩니다. 이 둘을 구분하지 못하는 사람은 귀머거리나 마찬가지입니다. 우리들은 연옥에 대해, 도덕적 향상을 가져오며 유익하고 합리적이라고들 하지요. 사탄은 그 개념이 잘못 받아들여지는 곳에 존재하고요. 자 그럼 구약이나 신약 어디에도 언급되지 않는 연옥에 대한 관념이, 어떻게 가톨릭 교리가 되었는지 생각해봅시다. 모세도 예수도 연옥에 대해서는 한 마디 언급도 하지 않았습니다. 연옥이 성서에서 유일하게 인용하는 부분은 마카베오서 하권 12장의 죽은 자들을 위한 기도인 '그들의 죄를 용서하시고'라는 구절인데, 이것으로는 충분하지 않습니다. 게다가 마카베오서는 라아오디게아 회의에서 정경으로 인정받지 못한 것을 나중에 가톨릭교회가 성서에 포함시킨 것이지요. 이교도들조차 이러한 것을 믿지 않습니다. 자주 인용되는 로마 시인 비르질의 『아이네이드』 제6권 「죽은 자의 속죄」는 그러한 믿음에 대한 표현으로 보기 힘듭니다. 물론 이 구절이 위대한 성 그레고리오에게 '물에 빠진 영혼'이라 칭하는 배경을 제공했고, 단테의 『신곡』에서 이를 보다 발전시키는 원인이 되긴 했지요. 북유럽 사람들이 믿는 종교는 말할 것도 없고, 힌두교도나 불교, 혹은 그리스와 로마에 카론과 아베르누스의 관념을 심어준 이집트인들까지 그 누구도 연옥과 동일한 관념을 가진 자들은 없었습니다. 그러한 관념은 전사들이나 음유 시인, 혹은 사냥꾼들에게 적합한 것이지 철학자들에게는 설득력이 없지요. 그들의 신앙과 의례가 아직까지 그리스도교 안에 살아남아 있지만, 종교로서는 로마의 영향력을 극복하지 못하고 정체성을 상실해버렸지요. 이것들은 새벽의 연무 속에서 태어나 대낮의 태양 아래서 사라지는 종교와 같습니다.

아무튼 초기 그리스도교에서는 연옥을 믿지 않았습니다. 그들은 곧 하느님을 대면할 것이라는 희망에 가득 찬 확신을 가지고 죽어갔습니다. 대외적으로 연옥에 대해 언급한 최초의 신부들은 알렉산드리아의 성 클라멘트, 오리겐, 성 이리네우스이며, 이들은 아마도 조로아스터교에서 영향을 받은 것 같습니다. 이 종교는 그때 당시 동방 전역에서 활발하게 전파되었으니까요. 실제로 우리는 오리겐의 동방주의에 대한 비난을 종종 접하기도 합니다. 성 이리네우스는 예수께서 돌아가신 이후 3일 동안 무덤에 계셨는데, 그 기간 동안 연옥에 계셨다는 것이 바로 연옥 존재의 증거라고 주장합니다. 이를 통해 그는 모든 영혼이 몸의 부활이 있을 때까지 연옥에 머문다는 결론을 내렸지요. 하지만 그의 주장은 예수님께서 오른편에 함께 십자가에 못 박힌 강도에게 하신 약속과 상충됩니다. 예수님은 그 강도에게 말씀하시기를 '너는 오늘 나와 함께 낙원에 있으리라'라고 하셨으니까요. 성 아우구스티누스 또한 연옥에 대해 말한 바 있습니다. 그러나 그는 연옥의 존재를 확신하지는 않았으며, 그것이 가능하다고 믿지도 않았습니다. 그는 연옥의 개념이란 우리가 저지른 죄에 대해 이승에서 받게 될 형벌이 저승에서도 계속되리라는 가정에 근거한다고 보았습니다."

돈 필리포가 큰 소리로 말했다.

"사탄이 성 아우구스티누스를 굴복시킨 겁니다! 이승에서 당하는 우리의 고통이 그에게는 충분하지 않은가요? 왜 그 고통을 저승까지 연장해야 한다고 생각한 거죠?"

"좋습니다. 그것이 바로 문제의 본질입니다. 일부 사람들은 연옥의 존재를 믿고 다른 사람들은 이를 믿지 않지요. 비록 성 그레고리오가 '어떠한 경미한 죄도 연옥의 불 속에서 벌을 받게 된다는 것을 믿어야 합니다'라고 외쳤지만, 1439년까지 교회는 어떠한 조치도 취하지 않았습니다. 그 말을 한 후 800년이 지나서야 비로소 피렌체 공의회에서 '하느님의 자비 가운데 죽었지만 성스러운 정의를 완전히 충족하지 못하는 영혼을 위해 정화시키는 불이 존재한다'고 선언하게 된 것입니다. 그리고 마침내 피우스 5세의 지도

하에 1563년 트렌트 공의회 제25차 회의에서 다음과 같이 시작되는 연옥에 관한 선언문을 발표했지요. 그 선언문은 '가톨릭교회는 성령의 감화되어······'라고 시작됩니다. 이 내용은 살아 있는 사람들의 의지, 그들의 기도, 헌금, 다른 선행들이 연옥에서 영혼을 해방시키는 데 있어서 미사 다음으로 가장 효과적이라는 것입니다. 그러나 신교의 성직자들은 연옥을 인정하지 않았습니다. 그리스 정교회도 마찬가지고요. 그들은 연옥의 근거가 성경에 존재하지 않으며, 죽음으로써 한 사람이 스스로의 가치를 쌓을 수 있는 기회가 마감된다고 믿었습니다. 그리고 그들은 예수님께서 제자들에게 준 '이 땅에서 매는' 권한이 '연옥에서 매는' 권한을 포함하지 않는다고 주장했습니다. 물론 연옥이 이 땅의 중심부에 위치해 있고, 이는 자연적으로 성 베드로의 관할 아래 있다는 주장에 직면할 수도 있습니다. 하지만 이 주제에 관해 언급되었던 모든 이야기들을 여기에서 말한다면 끝이 나지 않을 겁니다. 언젠가 당신이 이 문제에 관해 저와 토론하고 싶을 때 저희 집으로 오십시오. 거기서 책들을 참고하면서 자유롭게 얘기를 나누면 보다 확실하게 문제를 이해할 수 있을 겁니다. 자, 이제 저는 가겠습니다."

"참! 저는 왜 이 경건한 전통이 대축일 전날에 강도를 용인하는 식으로 변질된 건지 모르겠습니다. 관료이신 당신마저도 용인하니 저는 책을 도둑맞을까 걱정입니다. 만약 그들이 읽고 싶어서 책을 훔친다면 다행이지만, 듣기로는 저들은 제 생각을 올바르게 바꾸어놓기 위해 제가 가진 책들을 불사르길 원한다고 합니다. 마치 이슬람의 칼리프 오마르가 알렉산드리아에 있는 유명한 도서관을 불사르는 행위 같다는 오싹한 기분이 듭니다. 일부 사람들은 저의 책들 때문에 제가 이미 지옥에 떨어졌다고 생각하기도 한다지요······."

한편 도라이 부인은 돌아오면서 마른 야자 잎과 작은 화로 하나를 가지고 왔다. 거기에서는 강하지만 상쾌한 향기가 뿜어져 나오고 있었다. 그녀는 웃으면서 물었다.

"당신도 지옥의 형벌을 믿으세요?"

타시오는 친절하게 대답했다.

"부인, 저는 정말로 하느님께서 저를 어떻게 하실지 모릅니다. 제가 죽을 때 저는 아무 두려움 없이 하느님의 손에 저를 맡길 것입니다. 그가 원하시는 대로 저를 처분하시도록. 하지만 저는 나름대로 생각하는 바가 있습니다."

"그게 무엇인가요?"

"만일 가톨릭 신도들만이 구원을 받는다면, 그리고 많은 신부들의 말처럼 그들 중 오직 5퍼센트에게만 구원이 허락된다면 얼마나 많은 사람들이 지옥에 떨어지겠습니까? 가톨릭 신도들은 지구 전체 인구의 12분의 1밖에 되지 않는다는 통계가 있던데 말입니다. 게다가 구세주이신 예수님께서 세상에 오시기 전의 무한한 시간 동안 살아갔던 수많은 사람들은 모두 어떻게 되었을까요? 하느님의 아들이 우리를 위해 십자가에 매달려 돌아가신 이후에도 오직 1200명 중에 5명만이 구원을 받을 수 있다는 말이지 않습니까! 저는 차라리 하느님께서 '떨어지는 낙엽 하나도 안타까워하시고, 지푸라기 하나라도 가볍게 보시지 않으신다'라고 한 욥의 말을 믿겠습니다. 하느님께서 그처럼 가혹한 형벌을 가하신다는 것은 있을 수 없는 일입니다. 만일 그렇게 믿는다면 오히려 신성모독의 죄를 범하는 것이지요!"

"궁극적으로 당신의 선택은 무엇입니까? 하느님의 정의, 아니면 하느님의 선한 성품……."

타시오는 전율이 올라오는 듯 떨리는 목소리로 답했다.

"정의롭고 선하신 하느님은 창조 이전에 미래의 일을 보실 수 있습니다."

"인간은 본질적으로 반드시 필요한 존재가 아니라 부수적인 존재입니다. 즉 인간 자체만으로는 충분한 존재 이유가 없기에, 하느님 없이는 존재할 수조차 없습니다. 만약 한 사람만이 행복해지고 나머지 수백 명은 물려받은 죄나 한순간의 실수로 인해 지옥에 가야 한다면, 차라리 신께서는 애초에 인간을 창조하지 않았을 것입니다. 정말 그것이 사실이라면, 당신은 차라리 잠들어 있는 아기의 목을 졸라 죽이는 편이 나을 것입니다. 진정 연옥에 대한 모든 주장이 지극히 선하신 하느님의 뜻에 반하는 게 아니라면, 오히려 페니키아의 몰록(아이를 제물로 바치고 섬기는 신_옮긴이)처럼 놋쇠로 된 배에 어미의 품에서 빼앗은 많은 아이들이 불타고 있는, 죄 없는 인간을 희생시키는 피에 굶주린 끔찍한 우상이 수줍은 처녀나 진실한 친구 혹은 숭고한 인간애보다 더 존중을 받겠지요!"

복잡한 생각들에 심란해진 늙고 바보스러운 학자 타시오는 집 밖으로 뛰쳐나와 비 내리는 어두운 거리를 걸어 내려갔다. 번쩍이는 번개와 천둥소리가 노인의 모습을 간헐적으로 비추었다. 그는 두 손을 하늘을 향해 뻗으며 울부짖는 목소리로 소리쳤다.

"하느님이여! 당신이 그처럼 잔인하지 않다는 사실을 저는 알고 있습니다. 그래서 저는 당신을 오직 지극히 선한 이로 부를 뿐입니다."

15
종치기

번개가 번쩍이며 천둥소리가 거듭 들려왔다. 하느님이 벌벌 떨고 있는 하늘에 불로 자신의 이름을 쓰시는 듯했다. 장대비가 내리며 거친 바람을 쫓아 이리저리 방향을 바꾸었다. 다소의 간격을 두고 장엄한 교회 종소리가 들려오는데, 마치 죽은 이를 위한 음울한 기도 소리 같았다.

늙은 학자 타시오가 말을 걸었던 두 소년이 교회 종탑 2층에 있었다. 그중에서 더 어린 나이인 크리스핀은 커다랗고 까만 눈을 가진 겁 많은 소년이었다. 그는 형인 바실리오에게 바짝 붙어 있었다. 바실리오는 크리스핀과 닮았지만, 눈매가 더욱 깊고 훨씬 단호한 표정을 띠고 있었다. 둘 다 천으로 덧대어 꿰매고 수선한 초라하고 낡은 옷차림이었다. 그들은 긴 통나무 목재 위에 앉아 어둡고 깊은 천장으로부터 내려온 밧줄 끝을 잡고 있었다. 거센 바람이 빗줄기의 방향을 바꾸고, 커다란 돌 위에 켜놓은 촛불의 불꽃을 흔들었다. 이 돌은 성금요일에 예수가 십자가에서 숨을 거둘 때 울린 천둥소리를 상징하는 것으로, 성가대가 있는 2층에 올려다 놓은 것이었다. 바실리오가 동생에게 소리쳤다.

"밧줄을 당겨! 크리스핀."

크리스핀은 온 힘을 다해 밧줄에 매달렸다. 그러나 종소리는 아주 미약하고, 그나마도 메아리처럼 울리는 천둥소리에 묻혀버렸다. 그는 한숨을 쉬며 형을 쳐다봤다.

"엄마랑 같이 집에 있으면 무섭지 않을 텐데……."

형은 아무 대답도 없이 걱정스런 눈으로 촛불이 타 촛농이 흐르는 모습을 지켜보았다. 크리스핀이 말을 이었다.

"집에선 아무도 나를 도둑이라고 부르지 않아! 그놈들이 나를 때린 것을 엄마가 알면 가만 두지 않을걸!"

바실리오는 촛불에서 눈을 떼고 고개를 들었다. 밧줄 끝을 이로 악물고 손으로 밧줄을 힘껏 당긴다. 머리 위의 종이 크고 명료하게 울렸다. 크리스핀이 물었다.

"우리가 이 일을 계속해야 하는 것은 아니지, 형? 차라리 집에서 앓아누웠으면 좋겠다. 그러면 엄마가 날 돌봐줄 것이고, 여기 다시 오지 않아도 되잖아. 게다가 저들이 나를 도둑이라고 놀리거나 때리지도 않을 거 아냐. 형도 같이 앓아눕자."

바실리오가 대답했다.

"안 돼. 그러면 우린 모두 죽을 거야. 먹을 것이 없어서 엄마는 마음 아파할 거고."

크리스핀은 아무런 말도 못했다. 잠시 후 그가 다시 물었다.

"형, 이번 달에는 돈을 얼마나 받을 것 같아?"

"2페소. 그놈들이 세 번이나 나한테 벌금을 물렸잖아."

"저 사람들이 내가 훔쳤다고 우기는 것도 지불해, 형."

"미쳤어, 크리스핀? 엄마 먹을 것도 없단 말이야."

"그 성구 관리 책임자는 네가 2온스를 훔쳤다고 하는데, 2온스면 32페소야!"

어린 크리스핀은 손가락으로 32페소를 헤아려봤다.

"손 여섯과 손가락 두 개"

그는 깊은 생각에 잠긴다.

"손가락 하나에 1페소, 1페소면 동전이 몇 개나 되는 거지?"

"160개지 뭐."

"160개의 동전! 160개를 세려면 얼마나 많은 손이 필요한 거야?"

바실리오가 말했다.

"서른두 개의 손이 필요해."

크리스핀이 자기 손가락을 바라보았다. '서른두 개의 손!' 그는 혼잣말을 되풀이했다.

"손 여섯 개와 손가락 두 개, 각 손가락마다 서른두 개의 손, 서른두 개 손의 각 손가락마다 동전 하나씩. 엄청 많은 동전이네! 사흘이 걸려도 다 세지 못할 거야. 만일 정말 그 돈이 있으면, 신발도 사고, 한낮에 쓸 모자도 사고, 비올 때 쓸 우산도 사고, 형과 엄마한테 좋은 옷도 사 줄 텐데……. 그런데 난 정말로 훔치지 않았단 말이야!"

형이 동생을 꾸짖었다.

"크리스핀!"

"화내지 마. 교구 신부님이 만약 그 돈을 찾지 못하면 나를 죽도록 때린다고 했어. 내가 정말로 그 돈을 훔쳤으면 돌려줄 수 있을까? 내가 돌려주지 않으면 아마 그들은 나를 죽일 거야. 하지만 적어도 형이랑 엄마는 그 돈으로 옷을 살 수 있겠지? 차라리 내가 그 돈을 훔친 거면 좋겠다."

바실리오는 조용히 밧줄을 당겼다. 그리고 한숨 섞인 소리로 대답했다.

"내가 걱정하는 건, 엄마가 이 얘기를 듣고 보이실 반응이야. 엄마가 너를 큰 소리로 야단치실 거야."

동생은 움찔해서 물었다.

"그렇게 생각해? 하지만 형이 엄마에게 내가 맞았다고 말하고, 나는 맞아서 난 상처를 보여주면 되지 않을까? 내 주머니 좀 봐! 구멍이 나서 너덜너덜하잖아. 나는 겨우 동전 하나밖에 없었어. 그것도 크리스마스 때에 쓰려고 가지고 있었던 거잖아. 그런데 어제 신부님이 그것을 빼앗아 갔어. 나는 이전에 그렇게 예쁜 동전을 본 적이 없어. 엄마는 내 말을 믿지 않을 거야! 분명 믿지 않을 거야!"

"만일 신부님이 엄마한테 내가 돈을 훔쳤다고 말하면……."

크리스핀은 울음을 터뜨리며 흐느꼈다.

"형, 혼자 집에 가. 난 가지 않을 거야. 엄마한테 내가 아프다고 해. 난 집에 안 갈래."

"울지 마, 크리스핀. 엄마는 신부님의 말을 믿지 않으실 거야. 그러니 울지 마. 타시오 할아버지가 맛있는 저녁밥이 우리를 기다리고 있다고 했잖아."

바실리오가 동생을 달랬다. 크리스핀이 고개를 들어 형을 바라보았다.

"맛있는 저녁! 나는 아직까지 아무것도 못 먹었어. 저들이 그 돈을 찾을 때까지 나에게 먹을 것을 주지 않을 거야. 엄마가 저들의 말을 믿으면 어쩌지? 형이 엄마한테 성구 관리인들이 거짓말을 하고 있다고 말해줘. 저들 모두 거짓말을 하고 있다고 말이야. 저들은 우리 아버지가 나쁜 사람이기 때문에 우리도 도둑이라고 말하고 있어."

그때 위쪽의 계단 꼭대기에서 머리 하나가 나타났다. 그 모습은 마치 메두사와 같아서 소년들의 입술은 얼음처럼 굳어버렸다. 그 얼굴은 길쭉했고, 긴 생머리에 색안경까지 끼고 있어 눈이 보이지 않았다. 그는 다름 아닌 성구 관리 책임자였다. 그는 자주 아무런 경고도 없이 조용히 이곳저곳을 살피곤 했다. 두 소년은 벌벌 떨었다. 그가 말했다. 흡사 저승사자와 같았다.

"바실리오, 넌 제때에 종을 치지 않았다. 벌금을 내야 한다. 그리고 크리스핀, 너는 네가 훔친 것을 찾을 때까지 아무 데도 갈 수 없어. 밤새도록 여기 있어야 할지도 모르지."

크리스핀은 애원하는 눈빛으로 형을 바라보았다. 바실리오가 겁에 질린 목소리로 이의를 제기했다.

"하지만 저희는 이미 가도 된다는 허락을 받았는데요. 엄마가 8시에 저희가 오기를 기다리고 계시고요."

"그래도 너희는 8시에는 집에 못 가. 10시면 몰라도."

"하지만 통금이 9시이고, 저희 집은 아주 멀리 있어서……."

성구 관리 책임자는 짜증을 내며 물었다. 그가 내려와 크리스핀의 팔을 움켜쥐고 끌고 갔다.

"지금 감히 나에게 따지는 거냐?"

바실리오가 동생을 잡으며 애원했다.

"제발요. 저희는 엄마를 본 지 벌써 일주일이나 되었어요."

성구 관리 책임자는 바실리오의 팔을 밀치며 크리스핀을 끌고 갔다. 바실리오가 바닥에 나뒹굴며 동생을 불렀다.

"형, 제발 가지 마. 저 사람들이 나를 죽일 거야!"

성구 관리 책임자는 눈 하나 깜빡하지 않고 그를 끌고 계단 아래로 내려가 어둠 속으로 사라졌다. 바실리오는 동생이 계단을 구르며 비명을 지르는 소리와 철썩 때리는 듯한 소리를 들으며 말없이 남아 있었다. 동생의 흐느끼는 소리는 차츰 잦아들었다. 그는 가까스로 숨을 쉬었다. 눈을 부릅뜨고 주먹을 불끈 쥐었다.

'내가 빨리 커서 들판에서 일할 수 있어야 하는데!'

그는 앙다문 이빨 사이로 중얼거리면서 계단을 뛰어 내려가, 성가대석이 있는 곳까지 갔다. 동생이 더욱 가냘프게 엄마와 형을 부르는 소리가 들렸다. 그리고 문이 닫혔다. 그는 잠시 부들부들 떨며 가만히 서 있었다. 몸은 온통 땀으로 뒤범벅되었고, 울음을 참으려고 주먹으로 입을 틀어막았다. 그의 눈은 교회 안의 어두운 곳에서 무언가를 찾고 있었다. 봉헌된 램프가 희미한 불빛을 내며 타고 있다. 장례식 때 시신을 안치할 단상이 신자석 중앙에 어렴풋이 보였다. 문은 모두 닫혔고, 창문들은 창살로 막혀 있었다. 그는 돌연히 방향을 바꿔 종탑 계단으로 뛰어 올라갔다. 촛불이 밝히고 있는 2층을 지나 위로 올라갔다. 그는 종의 추에 매여 있는 밧줄을 풀고 뒤로 물러섰다. 얼굴은 창백했고 눈이 빛났다. 이제는 눈물도 멈췄다.

비는 잦아들었고 하늘은 점차 맑아졌다. 바실리오는 밧줄을 묶어 매듭을 만들고, 한쪽 끝을 발코니 난간에 동여매었다. 촛불을 그대로 남겨둔 채 어둠 속으로 뛰어 내려갔다. 몇 분 후 도시의 한 거리에서 소동이 일어나고 두 발의 총성이 들렸다. 아무도 놀라지 않았다. 다시금 모든 것이 침묵 속에 잠겼다.

16
시사

어두운 밤, 시내 사람들은 고요히 잠들어 있었다. 죽은 자를 위한 세 차례의 특별 기도와 성령 강림을 위한 9일 기도, 성상 앞에 촛불을 밝히는 것까지 끝낸 부유한 자들은, 자신들에게 많은 재산으로 유복한 삶을 허락한 이들에게 의무를 다했다는 안도감으로 평안히 잠자리에 들었다. 다음 날 그들은 모든 위령들을 위해 신부가 집전하는 세 차례의 미사를 드릴 것이었다. 그들이 2페소의 추가 헌금을 내면서 한차례 더 미사를 집전해주길 원한다면 그렇게 할 수도 있었다. 그리고 자신들의 죄를 사하여주길 기원하며 추가로 헌물을 드릴 것이다. 그들에게는 인간의 정의보다도 신을 만족시키는 것이 더 쉬운 일이었다.

그러나 가난한 사람들은 자신들의 육신과 영혼조차 제대로 돌볼 여유가 없었다. 그들은 각종 관료와 사환 그리고 경비들에게까지 자신들을 그냥 내버려 두라고 뒷돈을 바쳐야 했다. 그들에게는 낭만적 시인들이 노래하는 평화로운 잠자리 같은 건 없었다. 아마 그러한 시인들은 가난을 경험해보지 못했음이 분명했다. 모든 성일 대축일 전날 밤이면 가난한 이들은 깊은 시름에 잠긴다. 그들은 마음속으로 기도를 드렸다. 또한 9일 기도, 헌금, 시편 암송 등에 참여하지 못했다는 사실에 괴로워했다. 이러한 괴로움은 신부들이 생각할 수 없는 사람들과 생각은 하더라도 이해할 수 없는 자들을 위해 만들어낸 신성한 공식이었다. 그들의 언어는 주문을 외우는 것처럼 들렸다. 그것은 그들 내면의 진정한 탄식과 불평 소리였다. 가난하고 고통 받던 자의 영혼이 자신의 초라한 무덤 앞에 놓인 볼품없는 등불과 단순한 기도로 만족할 수 있을까? 아마도 그들은 화려하게 꾸며놓은 십자가와 눈과 입술이 유리처럼 빛나는 성모상 앞에 놓인 촛불을 원하지 않을까? 그들은 소수의 신부들만이 집전하는 라틴어 미사를 받고 싶어 하지 않을까? 고통 받는 인간을 위해 만들어졌다는 교회가, 고통 받고 짓밟힌 이들을 위로하고 권세가들의 자랑을 부끄럽게 해야 하는 사명을 잊은 게 아닐까? 과연 교회가 베풀 수 있는 것은 오직 헌금을 바칠 수 있는 부자들만을 위한 것인가?

그날 밤 시내의 한 가난한 과부는 자신의 아이들이 잠든 모습을 바라보고 있었다. 그녀는 죽은 부모와 남편의 고통을 줄여줄 수 있는 면죄부를 살 돈이 없어 걱정하고 있었다. 그녀가 번 돈으로는 아이들이 한 주간 평안하고 즐겁게 생활하는 것만으로도 빠듯했다. 한 달을 열심히 아껴 모아도 하루가 다르게 성숙해지는 딸의 옷을 장만하기도 부족했다. 하지만 그렇다고 교회에 헌금을 드리는 일을 빼먹을 수는 없었다. 아무것도 바치지 않는다면 교회는 사랑하는 자녀들의 영혼을 구원해주지 않을 것이었다. 면죄부는 공짜가 아니었다. 반드시 돈을 지불해야만 했다. 그녀는 잠을 줄여 밤에도 일을 해야 했다. 필요하다면 아이들이 입는 옷과 먹는 음식까지 줄여야 했다. 구원의 비용이 아주 비싸기 때문이었다. 짚으로 만든 방석 위에 누운 그녀의 머릿속은 이러한 생각들로 가득했다. 들보에 매달아놓은 그물 침대에는 막내 아이가 잠들어 있었다. 아이는 새근새근 편안하게 숨을 쉬며 자다가도, 가끔씩 앓는 소리를 내고 입을 쩝쩝거렸다. 아마도 배가 고파서 그러는 듯했다. 형들이 먹고 남은 것으로는 부족해서 먹는 꿈을 꾸는 것만 같았다. 가난한 자가 천국에 들어가는 일이 진정 이토록 힘이 든다는 말인가!

한밤에 매미들이 단조롭게 노래를 불렀다. 그들의 한결같은 노랫소리에 가끔씩 풀숲의 귀뚜라미가 화음을 넣었다. 두더지는 땅굴에서 나와 먹이를 찾았다. 소나기가 지나간 것을 확인한 도마뱀이 썩은 나무 구멍에서 머리를 쑥 내밀며 숲속 콘서트에 불협화음으로 동참했다. 개들은 마치 귀신과 영혼이 나돌아 다닌다는 미신을 확인시켜주려는 듯 거리에서 짖어댔다. 그러나 개들이나 곤충, 그 무엇도 인간의 진정한 슬픔을 말하지 않았다.

바실리오와 크리스핀의 어머니인 시사는 시내에서 한 시간가량 떨어져 있는 외진 곳에 살고 있었다. 그녀는 닭싸움에 중독된 이기적이고 냉소적인 남자와 결혼했다. 역마살이 있는 그가 그녀를 떠나버린 후, 시사는 오직 아이들만을 위해 살아왔다. 아주 드물게 남편을 만나는 일은 언제나 고통스럽기만 했다. 남편은 그녀의 얼마 되지 않는 보석을 도박으로 날렸고, 시사가 더 이상 돈이 없다는 사실을 알자 그녀를 구타하는 습관마저 생겼다. 시사는 이성보다 감성에 치우치는 연약한 성격이기에, 그녀가 사랑하는 사람들을 위해 고작 눈물을 흘리는 일밖에는 할 수 없었다. 그녀에게 남편은 신과 같은 존재이며, 아이들은 천사나 다름없었다. 남편은 시사가 그를 얼마나 사랑하는지, 또 두려워하는지 알고 있었다. 그래서 모든 악신들처럼 더욱 잔인하고 변덕스럽게 그녀를 대했다.

바실리오가 교회에서 일하는 것에 대해 시사가 남편에게 물어봤을 때, 그는 별 고민도 없이 그저 돈을 많이 벌 수 있느냐고 되물었다. 그의 얼굴은 예전보다 더 어두웠고 손은 싸움닭을 쓰다듬는 행위를 멈추지 않았다. 그녀는 돈에 쪼들리더라도 아이들이 학교에 가서 읽고 쓰는 것을 배워야 한다고 생각했다. 그래서 그녀는 아이들을 학교에 보냈고, 남편은 그에 대해선 아무런 관심도 보이지 않았다.

대축일 전날 밤 10시, 11시쯤 되었을 때였다. 폭풍우가 지나간 후 하늘의 별들이 반짝였다. 시사는 쪼그리고 앉아, 돌 세 개를 세워 만들어놓은 화덕에서 나뭇가지가 타는 것을 지켜보고 있었다. 그 위에는 작은 밥솥이 놓여 있었고, 타다가 남은 숯불 위에는 동전 두 개로 살 수 있는 마른 정어리 세 마리가 구워졌다.

손바닥으로 턱을 괸 그녀의 얼굴에 우울한 미소가 번졌다. 두 눈은 노란 불꽃을 내뿜으면서 빠르게 타고 있는 대나무 가지를 응시했다. 그녀는 한때 아들 크리스핀이 그녀에게 냈던 밥솥과 불에 관한 재미있는 수수께끼를 떠올렸다.

검은 것이 안고, 붉은 것이 간지러움을 태우면, 웃겨서 거품을 내는 것은?

그녀는 여전히 젊었다. 한때는 분명 더 아름답고 사랑스러웠으리라. 아이들은 어머니의 성품과 그 아름다운 눈을 물려받았다. 그녀의 눈은 아름답고 깊으며, 긴 속눈썹을 지니고 있었다. 코는 적당히 균형이 잡혔고, 가냘픈 입술은 매력적인 그림과도 같았다. 피부는 투명한 금빛 갈색을 띠고 있었다. 젊은 나이에도 불구하고 슬픔과 굶주림으로 인해 양 볼은 핼쑥했다. 한때 가장 큰 자랑거리였던 풍성한 머리는, 여전히 잘 손질되어 뒤로 틀어 올려진 채 별다른 장식 없이 핀과 빗으로 고정되어 있었다. 여성적 매력을 표현하려는 목적보다는 그저 그녀의 습관이었다.

그녀는 가능한 한 빨리 마무리해달라는 고객의 옷을 만드느라, 벌써 며칠째 움막에서 거의 나오지 못하고 있었다. 아침 미사를 거를 정도로 간절히 돈이 필요했다. 교회가 있는 시내까지는 왕복 2시간이나 소요된다. 가난은 그렇게 사람들에게 죄를 짓게 했다. 그녀가 옷을 예정보다 빨리 만든다고 해도, 약속한 것 이상의 돈은 받지 못했다.

그녀는 하루 종일 밤에 아이들과 함께 보낼 즐거운 시간을 상상했다. 아이들에게 먹일 정어리를 샀고, 뒤뜰에서 크리스핀이 제일 좋아하는 잘 익은 토마토도 땄고, 집에서 500미터가량 떨어진 곳에 사는 타시오로부터 마른 멧돼지 고기와 오리 고기도 얻었다. 바실리오가 제일 좋아하는 음식들이었다. 그녀는 기대에 부푼 마음으로 마당에서 흰밥을 짓고 있었다. 오늘 저녁은 실로 교회 신부님들이 먹기에도 모자람이 없는 음식들이라 생각했다.

그때 불행히도 남편이 나타났다. 예상치 못한 일이었다. 그는 밥과 함께 마른 멧돼지 고기, 오리 다리, 다섯 개의 정어리, 그리고 토마토까지 마구 먹어 치웠다. 그의 먹는 모습을 보자 시사는 마치 자신의 살이 뜯겨 잡아먹히는 느낌이 들었다. 그러나 아무런 말도 하지 않았다. 그는 배를 가득 채운 후에야 아이들에 대해 물었다. 그러자 시사의 얼굴에 미소가 번졌다. 아버지가 자기 자녀들의 안부를 묻는 것이었다. 이는 그녀에게 먹는 행위 이상의 의미로 여겨졌다. 그녀는 행복한 기분으로 그날 밤 자신은 굶어도 좋다고 결심했다. 이미 세 명이 먹기에는 음식이 부족했다. 그녀가 떨리는 목소리로 물었다.

"아이들이 보고 싶지 않으세요? 타시오 할아버지가 아이들이 조금 늦을 거라고 하네요. 크리스핀은 이제 글을 읽을 줄 알고, 바실리오는 아마 오늘 급여를 받아 올 거예요."

그녀의 말을 듣고 그는 잠시 머뭇거리다가 나가버렸다. 시사의 눈에 눈물이 흘렀다. 그러나 그녀는 곧 아이들을 생각하곤 눈물을 훔쳤다. 그녀는 새로이 밥을 짓고, 남은 세 마리의 정어리는 맛있게 요리해서 아이들에게 각각 하나 반씩 나누어 먹이리라 생각했다.

'아이들이 많이 배고플 거야. 먼 길을 걸어서 올 테니, 아마 무엇이든 맛있게 먹을 거야.'

붉은부리코뿔새가 숲 속에서 두세 차례 울어댔다. 비가 그쳤는데 아이들은 아직 집에 돌아오지 않고 있었다. 그녀는 정어리를 밥솥 안에 넣어 식지 않게 해놓고, 대문 쪽으로 나가 아래로 길게 늘어진 길을 바라보았다. 즐거운 생각이 떠올라 노래가 저절로 흘러나왔다. 그녀의 목소리는 아름다웠다. 아이들은 자기 엄마가 따뜻하고 사랑스러운 노래를 부르면 자기도 모르게 눈물을 흘리곤 했다.

그러나 그날 밤에는 노래를 부르는 목소리가 떨렸다. 그녀는 노래를 멈추고 어둠 속의 길을 바라봤다. 도시로부터 불어오는 것은 오직 바람뿐이었고, 바람은 넓적한 바나나 잎을 흔들어 안에 고인 빗물을 떨어뜨렸다. 돌연히 나타난 검은 개 한 마리가 그녀의 눈에 들어왔다. 개는 무엇인가를 유심히 관찰하고 있었다. 시사는 겁이 나서 돌멩이를 하나 집어 들어 개를 향해 던졌다. 개는 크게 몇 차례 짖더니 이내 달아나 버렸다. 시사는 미신을 믿지는 않았지만, 그간 수없이 들어온 불길한 징조에 대한 소문과 검은 개에 대한 생각으로 두려움에 휩싸였다. 서둘러 대문을 닫고 불빛 근처에 쪼그리고 앉았다. 어둠은 상상을 낳았고, 빈 하늘은 유령들이 차지해버렸다.

그녀는 하느님과 성모에게 그녀의 아이들, 특히 어린 크리스핀을 보호해 달라고 기도했다. 그러나 곧 아이들에 대한 생각이 기도를 방해했다. 시사의 머릿속에는 꿈속에 자주 나타나 해맑게 웃으며 그녀의 밤을 지켜주던 아이들의 얼굴이 아른거렸다. 갑자기 오싹한 느낌이 들어 눈을 크게 떴다. 환상인가 현실인가. 그녀는 화덕 뒤에 앉아 있는 크리스핀을 보았다. 그녀가 크리스핀과 함께 자주 앉아 이야기를 나누던 곳이었다. 지금 아이는 아무 말도 없이 커다란 슬픈 눈으로 그녀를 바라보며 웃고 있었다. 밖에서 바실리오의 목소리가 들렸다.

"엄마, 문 열어줘! 문 열어줘, 엄마!"

시사는 오싹한 한기를 느끼며 환상에서 깨어났다.

17

바실리오
꿈같은 인생

바실리오가 비틀거리며 달려와 엄마의 품에 안겼다. 그녀는 바실리오가 혼
자라는 사실을 깨달았다. 불길한 예감으로 온몸이 전율했다. 입을 열려고
했지만 목소리가 나오지 않았다. 바실리오를 꼭 껴안아 주고 싶었지만 팔에
힘이 들어가지 않았다. 울음마저 나오지 않았다. 아이의 이마에서 핏자국
을 발견한 순간 그녀는 소스라치게 놀라 소리를 질렀다. 바실리오가 말했다.

"걱정 마, 엄마. 크리스핀은 아직 교구관사에 있어."

"관사에 머물러 있다고? 무슨 일이 있는 건 아니고?"

바실리오는 그녀를 안심시키려는 듯 고개를 들었다. 시사는 참았던 눈물
을 터뜨렸다. 극도의 긴장에서 벗어난 안도감으로 인한 눈물이었다. 그녀는
아들을 꼭 껴안고 핏자국이 있는 이마에 입맞춤했다.

"크리스핀은 아무 일 없이 그냥 교구관사에 머물러 있는 거지? 근데 너는
왜 다쳤니? 어디서 넘어지기라도 했어?"

그녀는 손으로 연신 그를 쓰다듬고 있었다.

"성구 관리 책임자가 크리스핀을 데리고 가면서 나더러 10시까지 집에
못 간다고 했어요. 하지만 10시면 너무 늦어서 집에 올 수 없잖아. 그래서 그
냥 도망쳤는데, 그런 나를 경비병이 발견하고 소리 지르면서 달려왔어. 내가
힘껏 달아나자 총을 쐈고, 그 총알이 내 이마를 스친 거야. 난 그들이 나를

잡아서 마구 때리고 경비병 막사 바닥을 청소시킬까 봐 겁이 났어. 전에 파블로가 그런 일을 당하는 바람에 아직까지도 아파서 누워 있거든."

시사는 아들을 안전하게 지켜주신 하느님께 감사하며, 이마의 상처를 닦아주기 위해 수건과 물, 식초와 왜가리 깃털을 준비했다.

"아주 조금이라도 아래에 맞았으면…… 그들이 너를 죽였을 거야! 그놈들이 내 아들을 죽일 뻔했다고! 경비병 놈들은 아이 엄마의 마음은 생각지도 않는 거야? 다른 사람들에겐 나무에서 떨어져 상처가 났다고 말하렴. 누구에게도 경비병이 너를 뒤쫓았다고 말하지 말거라."

시사는 바실리오의 상처를 닦아준 후, 왜 크리스핀이 관사에 남게 되었는지 물었다. 바실리오는 흠칫하며 어머니를 바라보더니, 이내 품에 안기면서 교회에서 돈을 잃어버린 사건에 관해 그녀에게 털어놓았다. 그러나 그는 동생이 매를 맞고 있다는 말은 하지 않으려고 조심했다. 시사는 애처롭게 소리쳤다.

"우리 착한 크리스핀! 어떻게 그놈들이 우리 착한 크리스핀을 의심하고 다그칠 수 있지? 우리가 가난하기 때문에 그러는 거야. 가난하기 때문에 그런 수모를 당하는 거라고."

두 모자는 잠시 말을 잇지 못했다.

"뭘 좀 먹었니? 못 먹었지? 밥과 말린 생선이 조금 있는데, 먹을래?"

"아무것도 먹고 싶지 않아. 물이나 조금 마실래. 그거면 돼."

"우리 아들은 마른 생선을 싫어하지. 엄마도 알아. 너를 위해 다른 것을 준비했었는데, 너희 아빠가 오는 바람에 그만…… 불쌍해서 어쩌나. 배가 고플 텐데!"

"아빠가 왔었다고?"

바실리오는 본능적으로 엄마의 얼굴과 팔을 살폈다. 걱정스러운 목소리로 되묻는 바실리오를 보자 시사는 마음이 아팠다. 아들이 무엇을 염려하는지 너무도 잘 알기 때문이었다. 그녀가 곧바로 답했다.

"그래, 너희 아빠가 집에 왔었어. 너희 둘이 어떻게 지내고 있느냐며 이것저것 물어봤단다. 아빠가 너희를 얼마나 보고 싶어 했는데. 그리고 아빠도 많이 배가 고프셨어. 너희가 지금처럼 잘 지내고 있으면, 곧 돌아와서 우리와 함께 살 거라고 했어."

바실리오가 얼굴을 찡그리자 시사는 속상한 표정을 지었다. 그는 침울한 표정으로 말했다.

"미안해, 엄마. 하지만 그냥 엄마하고 나, 크리스핀 셋이서 사는 게 더 행복하지 않을까? 엄마가 정 싫다면 하는 수 없지만…… 미안해."

시사는 한숨이 절로 나왔다. 등잔에 채워진 기름이 점점 바닥을 드러내고 있었다.

"정말 아무것도 먹지 않을래? 그러면 잠이나 자자. 시간이 많이 늦었어."

시사는 대문을 닫고, 타고 있는 숯불 한 움큼을 부엌 아궁이에 넣었다. 그리고 재를 퍼서 그 위에 덮었다. 마치 속에서 불타는 감정을 겉에서는 보이지 않게 감추어, 다른 사람들에게 드러내지 않으려는 것처럼 보였다. 바실리오는 기도를 마치고 엄마 곁에 누웠다. 그녀는 무릎을 꿇고 여전히 기도를 하고 있었다.

바실리오의 몸에 열이 올랐다 내리기를 반복했다. 눈을 감아보지만, 그토록 엄마 곁에서 잠들기를 원했던 동생 생각에 잠이 오질 않았다. 크리스핀은 지금 교구관사의 어두운 구석에서 두려움에 떨며 울고 있을 것이었다.

교회 종탑에서 들었던 동생의 우는 소리가 지금도 귀에 들리는 듯했다. 하지만 바실리오는 너무나 피곤한 나머지 곯아떨어졌다. 그리고 꿈을 꾸었다.

그는 두 개의 촛불이 밝혀진 방 하나를 본다. 지팡이를 들고 있는 교구 신부님이 성구 관리 책임자의 말을 심각하게 듣고 있다. 성구 관리 책임자는 바실리오가 이해할 수 없는 언어로 무서운 몸짓을 섞어가며 무언가를 설명하고 있다. 크리스핀은 그들 앞에 앉아 벌벌 떨고 있었다. 눈물을 글썽이며 주위를 두리번거리며 의지할 친구와 숨을 장소를 찾는 듯했다. 신부는 크리스핀을 바라보며 몹시 화가 난 표정으로 다그쳤다. 그는 지팡이를 휘두르기 시작했다. 크리스핀은 지팡이를 피하려고 성구 관리 책임자 뒤로 달려가 숨었다. 하지만 성구 관리 책임자는 그를 꽉 붙들고 화난 신부 앞으로 끌고 갔다. 불쌍한 소년은 저항하며 발을 버둥거리고, 소리를 지르며 바닥을 뒹굴었다. 다시 일어서서 도망치다 넘어지고, 내리치는 지팡이를 손으로 막고, 또 내리치려 할 때 숨을 곳을 찾아 도망가기를 거듭했다. 바실리오는 동생이 몸부림치다 바닥에 머리를 부딪치는 모습을 보았다. 신부가 지팡이를 휘두르는 소리를 들었다. 크리스핀은 고통에 악이 받쳐, 자신을 매질하는 신부에게 달려들어 팔을 물어뜯었다. 신부가 소리를 지르며 지팡이를 떨어뜨렸다. 성구 관리 책임자는 몽둥이 하나를 집어 들어 크리스핀의 머리를 가격하고 미친 듯이 발로 걷어찼다. 신부 역시 크리스핀을 수차례 걷어찼다. 그러나 소년은 더 이상 저항하지 않았다. 더 이상 소리를 지르지도 않았다. 그의 몸은 힘없이 바닥을 구르고, 자리는 물기로 흥건해졌다.

시사가 부르는 소리에 바실리오는 꿈에서 깨어났다.

"왜 그러니? 왜 울고 있는 거야?"

바실리오가 대답하며 몸을 일으켰다. 온몸에는 땀이 흥건했다.

"꿈을 꿨어. 아, 하느님, 제발 이게 그저 꿈이게 해주세요. 엄마, 이건 그냥 꿈이겠지?"

"무슨 꿈을 꾸었는데?"

바실리오는 차마 대답하지 못했다. 그는 일어나서 눈물과 땀을 닦았다. 움막에는 아직 어둠이 가시지 않고 있었다. 바실리오는 작은 목소리로 중얼 거렸다.

'꿈이야. 그냥 꿈이야.'

바실리오가 다시 자리에 눕자 엄마가 물었다.

"무슨 꿈을 꾸었는지 말해봐. 궁금해서 잠을 잘 수가 없잖아."

그는 낮은 목소리로 조용히 말했다.

"어…… 꿈에서 우리가 꽃이 활짝 핀 들판으로 추수를 하러 갔어. 여인들 의 바구니에는 곡식이 가득하고, 아이들의 바구니도 무언가로 가득 차 있 고…… 더 이상 기억이 나질 않아, 엄마. 정말 기억이 안 나."

시사는 더 이상 다그쳐 묻지 않았다. 그녀도 꿈같은 건 믿지 않았다. 잠시 후 바실리오가 침묵을 깨고 말했다.

"엄마. 지금 막 계획이 하나 떠올랐어."

"무슨 계획인데?"

모든 일에 있어서 자신감이 없었던 시사는, 그녀의 아이들조차 자신보다 영리하다고 생각했다.

"더 이상 교구 신부님을 위해 일하고 싶지 않아."

"뭐라고?"

"잘 들어봐, 엄마. 내가 생각한 걸 말해줄게. 돈 라파엘의 아드님이 스페 인에서 돌아왔잖아. 분명히 그 아버님만큼 좋은 사람일 거야. 그러니 엄마는 내일 교구관사로 가서 크리스핀을 데려오고, 내 급여도 받아 와. 그들에게는 내가 더 이상 거기에서 일하고 싶어 하지 않는다고 말해. 나는 몸이 좀 나아지면 돈 크리소스토모에게 가서 나를 목동으로 삼아달라고 부탁할 거야. 이제 나는 그의 가축들을 돌볼 수 있을 만큼 충분히 컸잖아. 크리스핀은 타시오 할아버지로부터 수업을 받을 수 있을 거야. 그분은 매질도 하지 않고, 교구 신부님이 하는 말과 달리 좋은 사람이니까. 대체 우리가 왜 신부님을 두려워해야 하는 거야? 그가 우리를 지금보다 더 가난하게 만들기라도 한대? 내 말을 믿어, 엄마. 타시오는 좋은 사람이야. 나는 교회에서 그를 여러 번 봤어. 교회에 아무도 없을 때 그는 무릎을 꿇고 기도하곤 했어. 사실이야, 엄마. 그렇게 하자. 나는 더 이상 신부님을 위해 일하러 가지 않을 거야. 급여는 얼마 되지도 않는데, 그마저도 벌금으로 다 빼앗아 가잖아. 모두들 불만에 가득 차 있어. 나는 차라리 목동이 될 거야. 가축들을 잘 돌봐서, 주인이 나를 좋아하도록 만들 거야. 아마 주인은 나더러 소의 젖을 짜도록 시키게 되겠지. 크리스핀은 우유를 무척이나 좋아하잖아. 누가 알아? 내가 열심히 일하면 주인이 나에게 송아지 한 마리라도 줄지. 그러면 우리가 그 송아지를 잘 돌봐서, 우리 닭처럼 살을 찌우는 거야. 나는 숲에서 과일도 따고 밭에서 채소도 거두어 함께 시내에 내다 팔아야지. 그러면 돈도 조금 벌 수 있을 거야. 덫과 올무를 설치해서 새도 잡고 산염소도 잡아야지. 강에 가서 물고기도 잡고, 좀 더 자라면 사냥도 갈 거야. 산에서 나무도 해다가 팔고, 내가 돌보는 가축 주인에게도 조금 나누어 줄 거야. 그렇게 해서 주인의 마음에 들도록 노력할 거야. 내가 밭을 갈 수 있을 정도로 자라면, 나는 주인에게 사탕수수나 콩을 재배할 땅을 조금 달라고 부탁할 거야. 그러면 엄마는 더 이상 자정이 넘도록 바느질하지 않아도 돼. 우리는 매년 축제일마다 새 옷도 장만하고 고기와 커다란 생선도 먹을 수 있을 거야. 그러다 보면 언젠가는 나도 남을 위해 일하지 않고, 나 자신의 일을 할 수 있는 날이 오겠지. 그러면 우리 가족 모두 매일같이 함께 식사하며 살 수 있을 거야. 타시오 할아버지는 크리스핀이 영리하다고 했어. 나중에 크리스핀을 마닐라로 보내서 공부를 시켜야지. 열심히 일해서 동생 뒷바라지를 할 거야. 좋은 생각이지, 엄마? 크리스핀은 나중에 의사가 될지도 몰라. 어떻게 생각해, 엄마?"

시사는 아들을 꼭 껴안으며 대답했다.

"어떻게 생각하느냐고? 전부 다 좋지, 우리 아들."

그러나 그녀는 바실리오가 자신의 미래에 아버지를 포함시키지 않았음을 깨닫고 조용히 눈물을 흘렸다. 바실리오는 자신의 계획에 대해 확신을 가지고, 그 나이에 꿈꿀 수 있는 모든 것까지 포함해 상세하게 늘어놓았다. 시사는 모든 질문에 긍정적인 대답을 했다. 그녀에게는 그 모든 이야기가 꿈처럼 여겨졌다. 바실리오의 눈꺼풀에 다시금 졸음이 찾아왔다. 이번에는 안데르센이 아이들에게 전해주었던 착한 요정이 찾아와서, 그를 위해 행복한 그림으로 가득 찬 파라솔을 펼쳤다. 바실리오는 벌써 동생과 함께 들에서 가축을 돌보고 있었다. 그들은 숲에서 과일을 따기 위해 여러 나무들을 기어올랐다. 몸이 마치 나비처럼 가벼웠다. 아이들은 벽면이 눈부시게 반짝이는 동굴로 들어갔다. 동굴 안에 있는 샘을 지나는데, 모래는 마치 금처럼 빛나고 돌은 성모상의 왕관에 장식하는 보석처럼 아름다웠다. 작은 물고기들이 그들에게 노래하며 웃었다. 돈과 과일이 주렁주렁 달린 나무 덤불은 아이들을 위해 줄기를 내려주었다. 잠시 후 바실리오는 나무에 달린 종 하나를 보았다. 긴 밧줄이 종에 매어 있었다. 그 밧줄에는 뿔 사이에 새집이 있는 거대한 황소가 묶여 있었다. 그리고 크리스핀이 종 안에 있었다. 바실리오의 꿈은 끊임없이 이어졌다.

하지만 바실리오처럼 어리지도 않고, 먼 거리를 한 시간 동안이나 달려오지도 않은 엄마는 잠이 오질 않았다.

18
신자의 영혼

살비 신부가 세번째 미사를 마쳤으니 아침 7시쯤 되었을 것이다. 신부들은 만성절에 세 번 미사를 드리도록 되어 있으며, 살비 신부는 세 번의 미사를 한 시간 안에 모두 마쳤다.

'신부님이 아프신 것 같아!'

신자들이 수군거리며 얘기를 나누었다. 평상시 그가 보여주던 신중함과 근엄함은 찾아볼 수 없었다. 성구 보관실로 돌아온 살비 신부는, 아무런 말 없이 누구에게도 눈길을 주지 않고 제의를 벗었다. 성구 관리인들이 서로 속삭였다.

"조심해. 분위기가 좋지 않아. 아마도 벌금을 내리실 거야. 이 모든 것이 그 조그만 형제 두 놈 때문이야."

살비 신부는 성구 보관실을 나와서 교구관사로 갔다. 교구관사 안뜰은 학교로 개조되어 있었다. 일고여덟 명의 여성들이 앉아서 그를 기다리고 있었고, 한 남자가 분주히 여기저기 돌아다녔다. 살비 신부가 오는 모습을 보고 한 여인이 자리에서 일어나 그의 손에 입맞춤하려고 했다. 그러나 신부가 짜증나는 표정을 지으며 손을 내젓자 그녀는 다가가던 걸음을 멈췄다. 인사를 거절당한 것에 대한 불쾌함에 그녀는 비웃듯 속삭였다.

"우리 구두쇠 신부님이 기분이 많이 상하셨나 보지?"

교회 선교회를 담당하는 루파 자매였다. 그녀가 신부로부터 손의 입맞춤을 거절당한 것은 이번이 처음이었다. 이가 다 빠진 늙은 시파 자매가 말했다.

"오늘 아침에 신부님은 고해성사도 받지 않으셨어. 오늘 고해성사를 하고 성체를 받아모시고 전대사를 받으려고 했는데."

한 젊은 자매가 순진무구한 표정으로 대답했다.

"정말 안됐네요."

"이번 주에 저는 세 번의 전대사를 받아서 모두 제 남편의 영혼을 위해 사용했습니다."

루파 자매가 약이 올라 말했다.

"어리석은 짓을 했군, 후아나 자매."

"한 번의 전대사로도 그를 연옥에서 구해내기 충분한데 말이야. 성스러운 면죄부를 그렇게 낭비해선 안 되지요. 내가 하는 것을 따라 해봐요."

후아나 자매가 미소를 지으며 대답했다.

"저는 많으면 많을수록 좋다고 생각해요."

"하지만 자매님이 어떻게 하시는지 말해주세요."

루파 자매는 즉시 대답을 하지는 않았다. 우선 빈랑나무 열매를 하나 집어서 씹으며 귀를 기울이는 사람들을 둘러본 뒤, 씹던 것을 뱉었다가 또 씹으면서 말을 시작했다.

"나는 하루도 낭비하지 않아요. 내가 선교회에 가입한 이래 총 157번의 전대사와 760,598년에 해당하는 면죄부를 받았어요. 나는 획득한 모든 면죄부를 기록해둡니다. 왜냐면 정확해야 하니까요. 나는 아무도 바보라고 조롱하지 않지만, 누구에게 조롱당하는 것도 싫어해요."

루파 자매는 잠시 말을 멈추고 다시 빈랑나무 열매를 씹었다. 주위의 여성들은 존경의 눈으로 그녀를 바라보았다. 그때 주변을 서성이던 어떤 남자가 걸음을 멈추더니 조금은 무례한 말투로 그녀에게 말했다.

"그런가요? 저는 올해 그리 많이 기도하지 않았음에도 불구하고 루파 자매보다 네 번의 전대사와 100년에 해당하는 면죄부를 더 받았는데요."

루파 자매가 되물었다.

"나보다 더 많이 받았다고요?"

목에 낡은 묵주를 걸고, 팔걸이 붕대를 한 남자가 답했다.

"정확히 말하면, 여덟 번의 전대사와 115년에 해당하는 면죄부를 더 받았죠. 그것도 불과 몇 달 만에요."

"별로 이상한 일은 아니죠!"

루파 자매는 패배를 인정했다.

"어쨌든, 당신이 선교회 단장이니 말이에요."

남자의 얼굴에는 우쭐대는 미소가 떠올랐다.

"맞아요. 제가 자매님보다 많은 면죄부를 받았다는 것은 전혀 이상한 일이 아니죠. 저는 거의 꿈속에서도 면죄부를 받을 정도였으니까요. 그리고 그것들을 제가 어디다 썼는지 아세요?"

네다섯 명이 동시에 "예"라고 대답했다. 남자는 비웃는 듯한 눈빛으로 코웃음을 치며 대답했다.

"다른 사람들에게 나누어 주었지요."

루파 자매가 도전하듯 말했다.

"그건 전혀 칭찬받을 일이 아니에요. 당신은 면죄부를 낭비한 대가로 연옥에 떨어질 거예요! 신부님이 하신 말씀을 기억해보세요. 쓸데없는 말 한마디를 할 때마다 불길 속에서 40일간의 형벌을 받고, 낭비한 한 뼘의 실마다 60일, 낭비한 물 한 방울마다 20일의 형벌을 받는다고 하셨습니다. 두말할 나위 없이 당신은 연옥에 떨어질 테죠!"

페드로 형제는 확신에 찬 상태로 대답했다.

"나는 그곳에서 어떻게 빠져나오는지 알고 있소. 그리고 수많은 영혼들을 그 불길 속에서 건져냈습니다. 나는 또한 수많은 성인들을 만들 수도 있습니다. 원한다면 죽을 자리에 누워서도 최소한 일곱 번의 전대사를 받을 수 있을 것이오. 그리고 내가 죽는 것만으로도 보다 많은 영혼을 구할 수 있을 겁니다."

이 말을 던지고 그는 으스대며 걸어갔다.

"저 사람이 무슨 말을 하든 상관 말고 여러분은 내가 하라는 대로 해야 합니다. 나는 하루도 낭비하지 않아요. 모두 정확하게 계산해둔다고요. 나는 누구를 속이거나 누가 나를 속이는 것을 아주 싫어하거든요." 루파 자매가 말했다.

"기록을 하면 뭐가 좋은 거죠?" 후아나 자매가 물었다.

"자, 예를 들어봅시다. 내가 1년의 면죄부를 받았다고 합시다. 그러면 내 공책에 이렇게 기록하지요. '복된 도미니코여, 성부와 성자시여. 더도 덜도 말고 1년을 더 연옥에 있어야 할 사람을 찾아주소서.' 그다음에 나는 동전을 하나 던지지. 만일 동전의 앞면이 나오면 아무도 없다는 것이고, 뒷면이 나오면 그런 영혼이 있다는 거지요. 자, 그럼 동전의 뒷면이 나왔다고 가정해봅시다. 그러면 공책에 '지불'이라고 기록합니다. 만약 동전의 앞면이 나오면, 그 면죄부는 내 장부에 기록하여 저축합니다. 100개씩 묶어서 잘 정리해두지요. 면죄부를 마치 돈처럼 조심스럽고 정확하게 취급하는 것이 중요합니다. 우리가 면죄부를 이자를 받고 누구에게 대여해줄 수 있다고 생각해보세요. 그게 왜 필요하냐고요? 그것으로 영혼을 구할 수 있으니까요. 날 믿어요. 그리고 내가 하라는 대로 해보세요."

곁에 있던 늙은 시파 자매가 끼어들었다.

"더 좋은 방법이 있어요."

루파 자매가 깜짝 놀라 소리쳤다.

"뭔데요? 더 좋은 방법이 있다고? 말도 안 돼. 내가 하는 방법보다 좋은 건 없을 거예요."

시파 자매가 언짢은 듯이 대답했다.

"자, 잠시만 들어봐요. 그러면 내 말을 믿게 될 것이오, 자매님들."

다른 사람들이 말했다.

"진정하고 들어봅시다."

우쭐대듯 헛기침을 하고 늙은 시파 자매가 말을 시작했다.

"우리가 하는 기도문을 모두들 기억할 것이오. '성모찬가', '주님께 바치는 기도', '천주찬미경' 등등, 매번 기도를 드릴 때 각 단어마다 면죄부 10년 치를 받는다는 것도 알고 있지요?"

그녀는 "20년이에요.", "아니 5년이에요." 하며 여기저기서 대꾸하는 소리에 잠시 말을 쉬었다.

"몇 년을 더하고 빼고 하는 것은 별 의미가 없어요. 자, 내 하인 중 한 명이 접시 하나, 큰 컵 혹은 작은 잔 하나를 깨뜨렸을 때, 나는 하인들로 하여금 깨진 조각 하나하나를 주우면서 '성모찬가', '주님께 바치는 기도', '천주찬미경' 등의 기도문을 외우도록 시키지요. 그리고 내가 획득한 모든 면죄부는 연옥에 있는 신자의 영혼을 위해 사용합니다. 우리 집에 있는 모든 사람들은 그것을 알고 있어요. 아마 고양이만 모를걸요."

루파 자매가 이의를 제기하며 나섰다.

"하지만 그 면죄부는 하인들이 얻은 것이지 자매님이 얻은 것이 아니잖아요!"

"그럼 그 깨진 컵과 접시는 누가 변상하게 되는지 아시나요? 하인들은 기꺼이 그런 방식으로 지불하고 싶어 하고, 나 또한 그래요. 저들은 매도 맞지 않는답니다. 그저 머리를 톡하고 가볍게 치거나 살짝 꼬집는 것은 예외로 하더라도 말이에요."

"나도 그렇게 해야겠어!"

"나도."

"나도 그래야지."

그러나 루파 자매는 고집스럽게 반대 의견을 제시했다.

"만일 접시가 겨우 두세 조각으로만 깨지면 어쩌실 거예요? 그러면 많은 면죄부를 받지 못할 텐데요."

"흠…… 그러면 하인들에게 아까의 방법으로 값을 치르게 하고, 나는 그 조각들을 붙여서 사용하면 손해볼 게 없지요."

루파 자매는 더 이상 반대할 근거를 찾을 수 없었다. 이때 젊은 후아나 자매가 조심스럽게 말을 꺼냈다.

"제가 한 가지 여쭤봐도 될까요? 좀 궁금한 것이 있어서요. 자매님들께서는 천국이나 연옥 그리고 지옥에 대해 많은 것을 알고 계신다는 생각이 듭니다. 하지만 저는 잘 모르겠거든요."

"그게 무슨 말이야?"

"9일 기도나 다른 기도문에서 수차례 그런 말들을 접하게 되는데요. 즉 주님의 기도 세 번, 성모송 세 번, 그리고 영광송 세 번 등으로 되어 있는

데…… 제가 알고 싶은 것은 어떻게 기도를 하는 것이 올바른가 하는 거예요. 주님의 기도 세 번을 하고, 다시 성모송 세 번, 마지막으로 영광송 세 번을 해야 하는 것인지, 아니면 각각 돌아가며 한 번씩 번갈아 세 번을 해야 하는 것인지요?"

"그건 말이지, 한 번씩 번갈아 하는 것이……."

"잠깐만요, 시파 자매님."

루파 자매가 즉시 끼어들었다.

"그 기도는 각각 세 번씩 드리는 것이 옳습니다. 남자와 여자가 함께 어울리는 것은 옳지 않아요. 주님의 기도는 남자이고, 성모송은 여자, 그리고 영광송은 아이와 같습니다."

"그게 무슨 말인가, 루파 자매. 주님의 기도, 성모송, 그리고 영광송은 마치 밥, 반찬, 음료처럼 천사들의 입 속에 동시에 있는 것과 마찬가지예요."

"그렇지 않습니다. 만약 그렇게 기도하면 원하는 것을 결코 얻지 못할 거예요."

시파 자매가 대꾸했다.

"자네야말로 그런 식으로 기도하면 9일 기도를 드려도 아무것도 얻지 못할 거야."

"제가 왜요?"

루파 자매가 자리에서 일어서며 따지듯 말했다.

"아까 전에 제가 작은 돼지 한 마리를 잃어버렸는데, 성 안토니오에게 기도했더니 금방 찾았어요. 게다가 바로 그곳에서 좋은 가격을 받고 팔기까지 했는데요."

"아, 그러셨수? 당신이 남의 돼지를 팔아먹었다는 이웃들의 수군거림이 바로 그 얘기였구먼."

"누가 그런 말을 해요? 몰염치한 거짓말쟁이 같은 사람! 내가 당신 같은 사람인 줄 아세요?"

모임의 회장이 끼어들어 중재에 나섰다. 잠시 동안 모든 이들이 주님의 기도에 대해 잊어버리고, 돼지에 관한 얘기를 나눴다.

"자자, 자매님들. 작은 돼지 얘기는 그만하시지요. 성경이 우리에게 정답을 제공하고 있습니다. 예수님께서 그들의 돼지 떼를 바다로 몰아넣었을 때, 그 이단자들과 반대파들도 예수님을 나무라지 않았지요. 하물며 그리스도인이자 선교회 회원인 우리가 작은 돼지 한 마리 때문에 이렇게 다퉈서야 되겠어요? 우리의 경쟁자인 제삼회 회원들이 우리를 뭐라고 생각하겠어요?"

회장의 지혜로운 조언에, 제삼회 회원들의 비판이 염려되어 모두들 잠잠해졌다. 다들 순응하는 분위기에 고무된 회장은 목소리를 가다듬으며 다시 말을 이었다.

"곧 우리 교구에 담당 신부님을 지명하기 위해 교단에서 신부님을 보내실 거예요. 어제 우리에게 제시된 세 분의 신부님들, 즉 다마소 신부님, 마르틴 신부님, 대리 신부님 중에서 선호하는 분을 정해서 말씀드려야 합니다. 제삼회는 누구를 선택할지 모르겠지만 우리는 지금 선택해야 해요."

후아나 자매가 소심하게 말을 어물거렸다.

"대리 신부님이요."

시파 자매가 이의를 제기했다.

"흠, 대리 신부님은 설교하는 방법을 잘 모르셔. 마르틴 신부님이 더 나을 거야."

다른 사람들이 냉소적으로 말했다.

"마르틴 신부님? 그는 아직 경력이 많이 부족해. 다마소 신부님이 가장 좋은 선택일 거야."

루파 자매가 소리쳤다.

"바로 그 신부님이야. 다마소 신부님이 강론을 가장 잘하셔. 그분은 마치 연기자 같아!"

후아나 자매가 중얼거렸다.

"하지만 그분의 말은 우리가 잘 이해할 수 없어서……."

"그것은 그분의 말씀이 심오하기 때문이야. 다마소 신부님이 말씀을 잘 하시는 한 그런 건 큰 문제가 되지 않아."

그때 시사가 머리에 바구니를 이고 들어왔다. 그녀는 모여 있는 여자들에게 인사를 하고 계단을 올랐다. 그들이 수군거렸다.

"만일 시사가 저 계단을 올라가 신부님을 만나는 게 가능하다면, 우리도 만날 수 있을 거야!"

계단을 오르며 시사는 가슴이 두근두근 뛰는 것을 느꼈다. 신부님에게 무슨 말을 해야 할지, 그의 분노를 누그러뜨릴 수는 있을지, 아이들을 위해 무슨 말을 해야 할지 아무 생각이 떠오르지 않았다. 그날 아침 새벽동이 트자마자 그녀는 텃밭에 나가 가장 잘 자란 야채를 뽑아 바나나 잎을 바닥에 깐 광주리에 담았다. 그 위에는 꽃잎을 따서 얹었다. 신부님이 샐러드에 미나리를 넣어 드시는 것을 좋아하신다는 소문을 들은 적이 있기에, 강가에 가서 미나리를 꺾어 바구니에 담기도 했다. 그녀는 가지고 있는 옷 중 가장 좋은 것으로 갈아입고 자는 아이를 그대로 둔 채 바구니를 머리에 이고 길을 나선 것이었다.

지금 그녀는 가능한 한 아무 소리도 내지 않기 위해 천천히 계단을 올랐다. 혹시나 그녀에게 있어 아주 친근한 아이의 목소리가 들려오지 않을까 귀를 기울였다. 하지만 그녀는 아무 소리도 듣지 못한 채 누구도 마주치지 않고 부엌으로 갔다. 그녀는 부엌의 구석구석을 살펴봤다. 그곳에는 그녀의 인사에 형식적으로 답하거나 아예 무시하는 하인들과 성구 관리인들 정도만 있었다. 그들의 태도에 개념치 않고 "이 야채들을 어디에 둘까요?"라고 물었다. 닭털을 뽑고 있는 요리사가 쳐다보지도 않은 채 대답했다.

"거기 아무 데나 두시오."

시사는 탁자 위에 가지고 온 야채들과 부드러운 미나리 새순을 가지런히 놓고, 그 위에 꽃잎을 얹었다. 얼굴에 어색한 미소를 머금고서 요리사보다 말 걸기 쉬워 보이는 하인에게 다가가 물었다.

"신부님과 잠시 얘기를 나눌 수 있을까요?"

그는 속삭이듯 답했다.

"신부님은 지금 편찮으세요."

"그렇다면 크리스핀은 어디에 있나요? 그 아이가 성구 보관실 어디에 있는지 아세요?"

하인은 놀라는 눈빛으로 쳐다봤다.

"크리스핀요?"

그는 얼굴을 찡그리며 말했다.

"집에 있지 않나요? 지금 그 애가 집에 없다고 말하는 건 아니겠죠?"

"바실리오는 집에 있고, 그 애가 크리스핀이 여기에 있다고 했어요. 지금 좀 봤으면 해서요."

"아, 이제 기억이 나네요! 그 애가 뒤에 남아 있었는데, 나중에 달아났어요. 그 애는 많은 것을 훔쳤어요. 신부님이 오늘 아침 일찍 부대로 저를 보내서 그 일을 신고하라고 했지요. 아마 그 사람들이 이미 그 애들을 잡으러 집에 갔을걸요."

시사는 자기도 모르게 손으로 귀를 막고 입을 크게 벌렸다. 그녀의 입술은 아무 소리도 내지 못하고 뻥긋거렸다.

"어째서 그런 맹랑한 아이들을 낳은 것이오."

요리사가 덧붙였다.

"당신은 성실한 사람인 것 같지만, 아이들은 당신 남편을 꼭 닮은 것 같소. 애들을 잘 살피시오. 아비보다 더 고약한 사람이 될 수도 있으니."

시사는 비통한 눈물을 흘리며 의자에 풀썩 주저앉았다. 요리사가 소리쳤다.

"여기서 그렇게 울고 있지 말고 나가시오. 신부님이 편찮으시다는 말 듣지 못했소? 밖에 나가서 길에서 울든지 하시오."

그들은 시사를 몰아내듯 쫓아냈다. 한편 선교회 자매들은 신부님에게 무슨 일이 있는지 궁금해 수군거렸다. 불쌍한 엄마 시사는 머리에 쓴 수건으로 얼굴을 가리고, 울음을 삼키며 들키지 않으려고 애썼다. 마침내 거리로 나왔을 때, 그녀는 어디로 향해야 할지 몰라 잠시 멍하니 서 있다가 무언가 결심한 듯 빠르게 걸음을 옮겼다.

19

교장 선생의 모험

어느 연극에서 ─ 모든 것이 준비되어 있다 ─
관객들은 환호를 해야 할지, 야유를 보내야 할지 모른다.
하지만 저들은 입장료를 지불하고 객석에 앉아 있다.
그대는 저들에게 무언가를 해주어야 한다.
농담이라도 던져야 하는 것이 아닌가.

─ 로뻬 데 베가

호수는 지난밤 폭풍우로 요동쳤던 적이 없었던 것처럼 산들과 같이 고요히 잠들어 있다. 새벽 미명이 밝아오자 물 위에 반짝이듯 불빛이 반사된다. 긴 그림자가 멀리 드리워진다. 걸쳐 있던 그물들을 거두고, 바지선과 배들이 운항을 시작한다.

검은 상복 차림의 두 사람이, 언덕 위에서 물 위를 바라보며 깊은 슬픔에 잠겨 있다. 그중 한 사람은 이베라다. 다른 한 명은 젊지만 차림은 남루했으며 얼굴에는 그림자가 드리워져 있다.

"바로 여기예요, 당신 아버지의 시신은 이곳에서 던져졌어요. 무덤 일꾼이 저와 게바라 중위님을 데리고 온 곳이 바로 여기예요."

이베라는 그의 손을 꼭 잡으며 감사의 뜻을 전했다. 교장 선생이 이베라에게 말했다.

"이건 전혀 감사하실 일이 아닙니다. 저는 당신 아버지에게 많은 은혜를 입었습니다. 하지만 제가 한 일이라고는 그의 무덤길 동반자가 된 것뿐이었어요. 저는 이곳에 별로 아는 사람도 없고, 누구의 추천이나 임명 혹은 물질적 대가를 바라고 온 것도 아닙니다. 그저 오늘도 그랬던 것처럼 제 스스로가 좋아서 아이들을 가르치고 있는 것입니다. 저의 선임자는 학교를 그만두고 담배 사업에 뛰어들었죠. 당신 아버님은 저에게 친절하게 대해주셨습니다. 집도 내주고 학생들을 보다 잘 가르치는 데 필요한 것들을 공급해주셨습니다. 그는 종종 학교에 들러 가난하지만 열심히 공부하는 학생들에게 용돈도 주고, 책과 공책도 나누어 주었습니다. 하지만 모든 좋은 것들은 쉽게 사라지듯이 그런 일들은 오래 가지 않았습니다."

이베라는 마음 깊은 곳에서 길고 긴 기도를 한 후 고개를 들었다. 그리고 얼굴을 돌려 물었다.

"아버님이 가난한 학생들을 도왔다고 말씀하셨는데, 그러면 지금 그 아이들은?"

"지금은 자기들이 할 수 있는 것을 하고 있지요. 시간이 날 때는 공부도 하고요."

"그게 무슨 뜻입니까?"

"애들은 옷이 낡아 해지면 그게 부끄러워 학교에 오지 않거든요."

이베라는 잠시 아무런 말이 없었다. 그리고 무엇인가 떠오른 듯 목소리 톤을 높여 그에게 물었다.

"지금 당신이 가르치는 학생들이 모두 몇 명이죠?"

"등록된 학생은 200명이 넘지만, 수업에는 25명 정도만 나옵니다."

"왜 그렇게 된 겁니까?"

교장의 얼굴에 슬픈 미소가 스쳐갔다.

"말하자면 길고 지루한 얘기입니다."

"제가 단지 호기심으로 이런 것을 묻는다고 생각하지 말아주십시오."

이베라가 멀리 지평선을 바라보며 진지하게 답했다.

"제게 좋은 생각이 있습니다. 저는 아버지가 하시고자 한 일들을 이루는 것이, 그를 위해 슬퍼하거나 혹은 복수를 하는 것보다 더 가치 있는 일이라고 믿습니다. 그의 무덤은 곧 자연입니다. 아버지의 원수들은 그의 죽음에 연관된 사람들과 한 신부님입니다. 하지만 저는 연관된 사람들은 용서하겠습니다. 저들은 아무것도 모르고 그 일을 했기 때문입니다. 그리고 그 신부님은 그의 직위 때문에 존중합니다. 저는 인간 사회를 문명화시킨 그 종교를 존중하고 싶습니다. 저는 오늘의 저를 있게 한 바로 그 사람에게서 영감을 찾고자 합니다. 이것이 제가 교육에 관심을 가지는 이유입니다. 그래서 이곳에서 교육하는 데 어떤 어려움이 있는지 알고 싶은 겁니다."

"이베라 씨, 만일 그대가 아버님의 숭고한 목적을 이어간다면, 이 나라는 그대를 축복할 것입니다. 이곳에서 교육하는 데 직면하는 어려움에 대해 알고 싶다고 하셨습니까? 그럼 무엇보다도 먼저, 이곳에서는 아주 힘 있는 사람의 도움 없이는 교육이 불가능하다는 사실을 아셔야 합니다. 그 이유 중 첫째는 아이들이 공부를 하게끔 이끄는 동기와 격려가 부족하다는 것입니다. 둘째는, 비록 동기가 부여되더라도 저들이 너무도 가난하기 때문에 공부하는 것보다 더 중요한 생계 문제에 직면해 있다는 현실입니다. 독일에서는 농부의 아들도 도시 학교에서 8년을 공부한다고 들었습니다. 교육을 받아봤자 그다지 얻을 것도 없는 이곳에서, 누가 그 절반만큼이라도 공부에

투자하겠습니까? 저들은 읽고 쓰는 것을 배우거나, 스페인어로 된 책의 문장들을 의미도 모른 채 외우고 있는데, 학교에서 이런 소년들에게 무슨 유익한 일을 해줄 수 있겠습니까?"

"당신은 문제가 무엇인지 알고 계시군요. 그렇다면 왜 그것들을 바로잡으려고 하지 않습니까?"

"아……."

교장 선생이 머리를 가로저으며 말했다.

"가난한 학교 선생 개인이 편견과 외압에 대항하여 맨손으로 맞서 싸울 수는 없지요. 무엇보다 학생들이 제대로 공부할 수 있는 학교 건물이 필요합니다. 지금은 교구 신부님 마차를 세워두는 교구관사 1층에서 수업을 하고 있지요. 아이들은 보통 큰 소리를 내며 책을 읽고 싶어 합니다. 그러면 그 소리가 교구 신부님의 심기를 불편하게 만들어요. 때때로 신부님이 화가 나서 뛰어 내려오기도 합니다. 특히 그가 기분이 좋지 않을 때면, 내려와서 아이들에게 소리를 지르고 저를 모욕하기도 하지요. 그런 환경에서는 가르치거나 배우는 것이 불가능하다는 것을 당신도 이해하실 겁니다. 아이들은 그런 취급을 당하면서도 어떤 권리도 주장하지 못하는 선생님에 대해 존경하는 마음이 들지 않을 테고요. 선생님의 말에 권위가 있으려면, 그에게 특권과 명성, 도덕적인 권위와 함께 명확한 자율권이 주어져야 합니다. 한 가지 슬픈 사실을 말씀드리지요. 제가 학교를 개혁하고 싶어 했을 때 저는 웃음거리가 되었습니다. 저는 우리 학교 체제가 가지고 있는 결함을 밝혔습니다. 그리고 학생들에게 스페인어를 가르치려고 했지요. 스페인어는 우리 나라의 공식적인 언어이기 때문에, 학생들 모두에게 유익하다고 판단했기 때문입니다. 저는 가장 단순한 방법을 사용했지요. 복잡한 규칙에 얽매이지 않고 단어들과 문장들을 가르쳤습니다. 그리고 저들이 그 언어에 좀 익숙해졌을 때 문법을 가르칠 계획이었습니다. 몇 주가 지나자 조금 똑똑한 학생들은 잘 따라왔습니다. 그리고 그들은 몇몇 문장을 스스로 만들 줄도 알게 되었습니다."

교장 선생이 잠시 머뭇거렸다. 그러다 마음을 다시 가다듬고 말을 이었다.

"저의 한계를 토로하는 것에 대해 부끄러워해서는 안 되겠지요. 제가 가르친 학생들은 모두 그 방법을 따랐습니다. 출발이 좋았지요. 하지만 며칠 후 당시 교구 신부님이셨던 다마소 신부님이 관사 사무실로 저를 불렀습니다. 저는 그 사람 성격을 잘 알고 있었기 때문에 그를 기다리게 할 수 없었습니다. 즉시 사무실로 올라가서 스페인어로 인사를 했습니다. 그는 인사 대신 자기 손을 내밀어 입맞춤을 하도록 하더군요. 제가 입맞춤을 하자 내민 손을 거두더니 아무 대답도 없이 갑자기 크게 웃음을 터뜨리는 것이었습니다. 저는 당황해서 어찌할 바를 몰랐습니다. 성구 관리 책임자도 거기에 있었지요. 순간 무슨 말을 꺼내야 할지 떠오르지 않았습니다. 그저 그 사람을 쳐다보았고, 그는 계속 웃기만 했지요. 저는 화가 났고, 점점 참을 수 없을 것 같았습니다. 좋은 그리스도교인이 되는 일과 자존심을 세우는 것이 양립할 수 없다는 사실을 알았습니다. 왜 그렇게 웃는지 물으려고 할 때, 갑자기 그가 웃음을 그치고 저에게 모욕적인 말을 퍼부었습니다. '부에노스 디아스? 부에노스 디아스!' 웃기지 않나, 그대가 스페인어를 한다고? 그렇게 비웃듯이 스페인어로 말하더니 다시 웃음을 터뜨렸지요."

이베라는 새어나오는 웃음을 참지 못했다. 교장 선생 자신도 웃으면서 말했다.

"지금 웃으시는 건가요. 그때는 정말 웃을 수 없었습니다. 저는 우두커니

서 있었고, 피가 역류해 머릿속이 하얘지는 것 같았습니다. 머릿속 여기저기서 번개가 치는 것만 같았지요. 그 신부님이 너무나 멀리 있는 것처럼 보였습니다. 그래서 뭐라고 말해야 할지는 몰라도 질문에는 답해야 할 것 같아서, 가까이 다가가려 했습니다. 그때 함께 있던 성구 관리 책임자가 저와 신부님 사이에 끼어들었지요. 그러자 신부님은 자리에서 일어서더니 따갈로그어로 저에게 심각하게 말했습니다. '옷을 빌려 입은 채 돌아다닐 생각은 말게나. 그대의 모국어를 사용하고, 그것으로 만족해. 스페인어를 망치지 말라고. 스페인어는 자네를 위한 언어가 아니야.' 그리고 그는 읽는 법도 모르는 바보 같은 선생이 학교를 운영하는 유명한 얘기를 인용했습니다. 그 사람이 말하는 걸 막고 싶었지만, 자기 방으로 들어가더니 문을 쾅 닫아버리더군요. 제가 무엇을 할 수 있었겠습니까? 저는 월급으로 생계를 꾸려야 하는 사람입니다. 돈을 받기 위해서는 신부님의 허락을 받아 멀리 떨어져 있는 도청 소재지로 가야만 했지요. 어떻게 제가 신부님의 말을 거스를 수 있겠어요? 그 사람은 이 지역의 도덕적, 정치적, 시민적 권위까지 대표하는데 말입니다.

그의 권위는 가톨릭 교단에서 비롯되었고, 관료나 부자 혹은 권력자들조차 모두 두려워합니다. 다들 언제나 그를 찾아가 상의하지요. 사람들이 믿고 따르는 존재란 말입니다. 제가 모욕을 당했다 해도 참는 수밖에 없었어요. 만약 제가 그 말에 대꾸했다면, 저는 당장 학교에서 쫓겨날 것이 분명했습니다. 그럼 제 경력이 영원히 저를 따라 다닐 것이고, 무엇보다도 더 이상 교육에서 희망을 찾을 수 없게 되는 것이죠. 게다가 모든 사람들이 교구 신부님의 편에 서서 저를 비난할 것입니다. 주제넘고 건방지며 천박한 그리스도교도로 낙인찍힐 것이고, 한술 더 떠서 저를 반 스페인 선동자로 몰아붙

일 것입니다. 학교 교장에게 요구하는 것은 가르침도 열정도 아니었습니다. 오직 체념과 굴욕, 수동적 자세만 강요했던 겁니다. 하느님! 제가 저의 양심과 이성을 배반했다면 용서하십시오. 하지만 저는 이런 나라에 태어났습니다. 저도 살아가야 하지 않겠습니까? 저에게도 부양할 어머니가 있습니다. 그저 물에 빠진 채 정처 없이 떠다니는 사람처럼, 그렇게 저의 운명을 받아들여야겠지요."

"그 사건 때문에 마음에 큰 상처를 받으셨군요. 그 후에는 어떻게 하셨죠?"

교장 선생이 말했다.

"저는 그 사건을 교훈으로 삼았지요. 제 그 불행은 사실 그다지 큰 게 아니었어요. 사실 그때부터 저는 제가 하는 일이 싫어졌습니다. 선임자들처럼 저도 다른 일을 찾고 싶었어요. 마지못해하면서 수치심까지 느껴야 하는 일은 정말 견디기 어려웠으니까요. 학교에서 보내는 하루하루가 수치스럽고 괴로웠습니다. 하지만 제가 무엇을 할 수 있었겠습니까? 저는 어머니를 실망시킬 수 없었습니다. 저는 어머니께 지난 3년간의 희생으로 제가 이렇게 교장이 되었고 행복해졌다고 말해야 했습니다. 제 직업이 가장 자랑스럽다고, 일은 정말 즐거우며 장밋빛 인생이 펼쳐져 있다고 믿어야만 했습니다. 은퇴 후에는 주위에 친구들이 많이 있을 것이고, 모두들 저를 존경할 것이라고 믿어야 했지요. 스스로 그렇게 믿고 행복해지지 않으면 어머니를 행복하게 해드릴 수 없었습니다. 그건 아들로서 도리가 아니니까요. 그래서 저는 제 자리를 떠나지 않았고, 또한 그 마음을 잃고 싶지도 않았습니다.

지독하게 모욕당한 그날부터 스스로에 대해 다시 생각하게 되었습니다. 그동안 미처 깨닫지 못했던 스스로의 모습들을 발견할 수 있었지요. 저는 밤낮으로 스페인어를 공부하면서 스스로에 대해 고민했습니다. 어떤 연로한 학자가 제게 책을 빌려주었지요. 저는 제가 구할 수 있는 모든 책들을 읽고 분석했습니다. 여기저기서 발견한 새로운 사상들이 제 시야를 확장시켰고, 많은 일들을 새로운 관점에서 바라보게 되었습니다. 이전에 진리라고 생각했던 것에서 오류를 발견했고, 전에 오류라고 생각했던 것에서 진리를 발견했습니다. 일례로 저는 오래전부터 회초리를 학교의 상징이라고 생각해왔습니다. 회초리가 학생들로 하여금 공부를 하게 만드는 유일하고 효율적인 수단이라고 배워왔던 겁니다. 지금은 그것이 아이들을 성장시키는 데 도움이 되기보다, 오히려 퇴보시킨다고 생각하게 되었습니다. 회초리와 채찍 앞에서는 제대로 생각하는 것이 불가능합니다. 단지 걱정과 공포, 불만처럼 가장 본능적인 요소만을 자극할 뿐이지요. 아이들의 상상력은 매우 생생하기 때문에 보다 쉽게 외부의 자극에 상처받는다는 것을 알게 되었습니다. 저는 아이들이 내적으로나 외적으로 평온해지기 위해서는, 정신적 고귀함과 물질적, 도덕적 평온함, 사상을 받아들이는 두뇌의 감수성이 필요하다고 봤습니다. 무엇보다도 아이들에게 자신감과 안정감을 불어넣어야만 합니다. 매일 거듭되는 매질은 타인을 연민할 수 있는 능력을 죽이고, 세상을 변화시킬 수 있는 개인의 자존감을 억누릅니다. 그걸 한 번 잃고 나면 회복하기 어렵습니다. 수치심마저 상실하게 되지요. 저는 매질을 당한 아이가 다른 아이들이 매질을 당하는 모습에서 위로를 받는다는 사실을 발견했습니다. 그 아이가 다른 애들이 매질을 당하여 고통으로 울부짖는 소리를 들으며 만족의 미소를 띠는 것을 보았습니다. 아이는 처음에는 반감을 품고 지시를 따르겠지만, 나중에는 그런 잘못된 행동을 습관화하여 마침내는 즐기게 될 것입니다.

과거는 저를 공포에 몰아넣었습니다. 저는 오래된 관행을 개선함으로써 과거로부터 현재를 구하려고 했습니다. 저는 공부가 즐겁고 유쾌하게 느껴지도록 하고자 노력했습니다. 기초 교과서가 아이들의 눈물로 얼룩지지 않고, 놀라운 비밀로 인도하는 친근한 안내자가 되기를 원했습니다. 학교가 학생들에게 고문실이 아니라 마음의 놀이터가 되기를 바랐습니다. 그래서 저는 아이들에게 매질하는 일을 점차 줄여나갔습니다. 회초리와 채찍을 집으로 가져갔고, 대신 선의의 경쟁과 자존심으로 이를 대체했습니다. 만일 학생이 수업을 제대로 이해하지 못하면, 저는 노력이 부족한 것을 나무랐지 아이의 머리가 부족하다고 꾸짖지 않았습니다. 아이들이 스스로가 생각하는 것보다 훨씬 많은 재능을 갖고 있다는 사실을 믿게 해주고, 신념이 영웅을 낳듯이 열심히 공부하여 재능을 펼칠 수 있도록 격려했습니다. 처음에 이 방법들은 제대로 실행되지 않는 것처럼 보였습니다. 많은 학생들이 학교를 그만두었지요. 그러나 저는 제 방침을 지속했습니다. 시간이 지나자 이런 정신들이 살아났습니다. 보다 많은 학생들이 자주 학교에 나왔습니다. 아이들 앞에서 칭찬을 받은 학생은 그다음 날 전보다 두 배나 열심히 공부해 왔습니다.

제가 학교에서 회초리를 들지 않는다는 소문은 곧 시내 전체에 퍼졌습니다. 그러자 교구 신부님이 저를 찾아왔습니다. 또다시 수모를 당할까 두려웠던 저는 따갈로그어로 인사를 건넸습니다. 그는 심각한 어조로, 제가 아이들을 버릇없게 만들고 시간을 낭비하고 있다고 말했습니다. '지식은 피로 물든 대문을 통해 들어간다'는 성령의 가르침을 인용하며, 회초리를 아끼는 아버지는 아이를 버릇없게 만든다면서 제가 선생으로서 의무를 다하고 있지 않다고 지적했습니다. 그는 저에게 선조들의 말로 충고하면서 그것이 마치 절대적 진리라도 되는 양 훈계했습니다. 그의 논리에 따르면, 우리는 궁전과 대성당의 장식물인 조각된 괴물들이 실제로 존재한다고 믿어야만 했습니다. 간단히 말하면, 제가 좀 더 부지런해져야 하고 이전의 교육 방식으로 돌아가야 한다는 것이었습니다. 그러지 않으면 시장에게 일러 조치를 취하겠다고 했습니다. 불운은 그게 전부가 아니었습니다. 며칠 후 한 학생의 부모가 교구관사에 나타났고 저는 필사적으로 화를 참아야만 했습니다. 그들은 자신들의 할아버지가 가르치던 방식과 같은, 이전 선생들의 교육 방식의 우수성을 과장되게 역설했습니다.

'그분들은 오늘날의 관점에서 봐도 현명한 분들입니다, 잘못된 것을 바로잡을 줄 알았고, 어린아이처럼 굴지 않고 성숙한 어른으로 처신했죠. 우리 학교의 설립자이자 교장 선생님이었던 돈 카탈리노는 하루에 최소 스물다섯 번은 회초리를 들었습니다. 그 교육 방식이 아이들을 현명하게 만들었고, 일부는 성직자가 되기도 한 겁니다. 어르신들이 우리보다 나았지요, 아무렴 지금보다 훨씬 낫고말고.'

다른 이들은 이처럼 돌려서 말하는 것으로 그치지 않았지요. 그들은 제가 지금의 교육 방식을 고수하면, 자기 아이들이 아무것도 배울 게 없으므로 데리고 가겠다고 대놓고 말했습니다. 그들과 논쟁하는 일은 무의미했습니다. 왜냐면 저는 그들보다 어렸고, 그들은 제 말을 들으려고도 하지 않았으니까요. 제가 백발이 성성한 선생이었으면 달랐을까 싶기도 하더군요. 저들은 교구 신부님인 존 도와 리차드 고를 존경한다고 선언했고, 그 신부님들조차 선생으로부터 회초리를 맞으며 공부했다고 말했습니다. 일부는 저를 불쌍히 여겨 비난의 수위를 낮추기도 했지요.

하지만 이러한 일들을 겪고 나자 저는 제 방식을 포기해야겠다고 마음먹었습니다. 이제야 겨우 제 교육 방식이 결실을 볼 순간이었는데 말이에요. 어쩔 수 없이 저는 다음 날 회초리와 채찍을 들고 학교에 가서 이전의 야만적인 교육을 다시 시작했습니다. 제 교육 방식을 좋아하게 된 학생들의 얼굴에서 평온함이 사라졌고, 다시금 슬픔으로 가득 찼습니다. 아이들은 저의 유일한 동지이자 친구들이었습니다. 저는 될 수 있는 한 매를 들지 않고 관대하게 학생들을 대했습니다. 하지만 학생들은 깊이 상처와 모욕을 받은 듯 슬프게 울었습니다. 그 모습에 제 마음이 움직였습니다. 비록 제가 그 어리석은 부모들에게 억울한 일을 당했더라도, 이를 무고한 희생양인 아이들에게 되돌려줄 수는 없었습니다. 그들의 눈물을 보자 제 마음이 칼로 에는 듯했습니다. 숨이 턱 막힐 것처럼 느껴져 수업을 마치기도 전에 집에 돌아가 혼자 울었던 적도 있습니다. 너무 감정적인 행동이라 이상하게 들릴 수도 있지만, 당신이 제 입장이었다면 이해하실 수 있을 겁니다. 연로하신 돈 아나스타시오는 저를 이렇게 꾸짖으셨습니다.

'학부모들이 당신더러 학생들에게 매를 들라고 했지요? 그런데 왜 당신은 매를 사용하지 않은 것이오?'

이 같은 상황들이 저를 병들게 했습니다. 겨우 몸을 추스르고 학교에 갔으나 학생들의 수는 5분의 1 정도로 줄어 있었습니다. 이전의 교육 방식으로 되돌아가자 가장 똑똑했던 학생이 그만두었습니다. 나머지 아이들은 그저 집안의 허드렛일을 피해서 온 학생들이었고, 이들 중 누구도 제가 다시 학교로 돌아왔다는 사실을 반기지 않았습니다. 제가 병들어 누워 있든 건강하게 학교에 나오든 그들에게는 별반 다를 바가 없었으니까요. 아마도 그들은 제가 계속 아파서 학교에 나오지 않는 것을 더 좋아했을지도 모릅니다. 제 대리 교사는 비록 학생들에게 자주 매질을 했지만, 수업을 하는 데는 별 관심이 없었거든요. 부모들이 자기 자녀들은 반드시 학교에 보내야 한다고 생각하고 있는 집안의 학생들도 무단으로 결석하곤 했습니다. 학부모들은 학생들이 그렇게 제멋대로 행동하는 것이 다 제 탓이라고 하면서 저를 비난했습니다. 제가 아파서 누워 있을 때 저를 찾아왔던 한 가난한 여인의 아들은, 교구 신부님을 위해 일을 해야 한다며 다시 올 수 없다고 하더군요. 성구 관리 책임자가 말하기를 교구관사에서 일하는 아이들은 학교에 갈 필요가 없다고 했습니다. 그 애들은 공부할 필요조차 없다고요."

이베라가 물었다.

"그렇다면 당신은 사직서를 썼습니까?"

그가 답했다.

"제가 무엇을 할 수 있었겠습니까? 그렇지만 제가 아파 누워 있는 동안에 많은 일이 일어났습니다. 교구 신부님이 바뀌었던 겁니다. 저는 새로운 희망을 품고 다시 학교에서 가르쳤습니다. 아이들이 시간을 낭비하지 않도록 최대한 회초리를 사용하여 가르쳤지요. 매 맞는 굴욕을 통해 저들이 어느 정도는 학습 효과를 얻을 수 있도록 했습니다. 더 이상 학생들은 저를 사랑하지 않았습니다. 저는 나중에라도 아이들이 아픈 기억만 남기지 않고, 학교에 다니면서 뭔가 유용한 것을 배웠다고 생각해주길 바랐습니다. 당신도 아시겠지만 대부분의 학교 교재는 스페인어로 되어 있습니다. 따갈로그어 교리문답은 예외로 하더라도 말입니다. 물론 교구를 관할하는 교단에 따라 다르긴 하겠지만요. 어쨌든 이 교재들은 보통 9일간의 기도, 3일간의 헌신, 교리문답 같은 것들입니다. 학생들이 이단적인 책들에 빠지지 않고, 신실함을 지킬 수 있도록 한 교재들이지요.

아이들에게 직접 스페인어를 가르치거나 모든 책을 따갈로그어로 번역하는 것이 불가능하다는 사실을 발견한 저는 유용한 부분들을 조금씩 발췌하여 하나하나 따갈로그어로 대체했습니다. 주로 올바른 예절과 행위, 농업에 관한 지침서들이었습니다. 때로는 저 스스로 바라네라 신부님이 쓰신 필리핀 역사 같은 짧은 글을 번역하기도 했지요. 그리고 이를 학생들에게 읽어주어 공책에 받아쓰게 했습니다. 어떤 때는 저의 생각을 약간 추가해서 학생들에게 가르치기도 했죠. 지리학을 가르칠 때 학생들에게 보여줄 지도가 없었기 때문에, 마닐라에서 본 한 지역의 지도를 모방해 거칠게 그린 그림으로 그들이 우리 나라가 어떻게 생겼는가에 대해 어렴풋하게 추측하도록 했습니다. 이 같은 무모한 시도에 남자들은 미소를 지으며 만족해했지만 여자들은 불만을 토로했습니다. 새로운 교구 신부님은 사람을 보내 저를 호출하셨습니다. 비록 저를 질책하지는 않았지만, 무엇보다도 종교에 관하여 조심하라고 주의를 주었습니다. 역사나 지리학 같은 것을 가르치기 전에 시험을 봐서, 학생들이 마리아의 15가지 신비, 성삼위일체의 발현, 그리스도교 교리문답서 등을 외우고 있는지를 확인해야 한다는 것이었습니다.

결국 저는 지금 학생들이 한 단어도 이해하지 못하는 수많은 글들을 앵무새처럼 암기하도록 강요하고 있습니다. 그전에도 마리아의 신비와 성삼위일체의 발현에 관해서는 많이 가르쳤지만, 교리문답을 학생들이 이해하는지는 의문입니다. 아직도 많은 학생들이 질문에 제대로 대답하지 못하면서 그 의미도 이해하지 못하는 것 같습니다. 아마 우리는 죽을 때까지, 아니 우리의 태어나지도 않은 후손들까지도 그 의미를 이해하려고 계속 노력할 겁니다. 그동안 유럽에서는 진보를 말하고 있겠지요!"

이베라가 일어서면서 대답했다.

"너무 비관적으로 생각하지는 마십시오. 부시장님이 저더러 회관에서 개최되는 주민총회에 참석해달라고 초대하셨습니다. 누가 압니까. 당신이 그 총회에서 무언가 해결책을 찾을 수도 있겠지요."

교장 선생도 함께 일어섰다. 하지만 그는 고개를 절레절레 흔들며 대답했다.

"당신도 저들이 하는 말을 들으면 저와 똑같이 생각하게 될 겁니다. 제가 옳은지 그른지 곧 아시게 되겠죠."

20
주민총회

회관의 크기는 적당히 아담하고, 흰색의 벽면은 숯으로 낙서된 추잡스러운 그림과 글, 수학 공식들로 가득했다. 열 자루의 화승총은 구석에서 벽면을 향하여 놓여 있었다. 옆에는 녹이 슨 사브르와 단검, 원주민 칼 몇 자루가 함께 있었다. 시청 경찰들이 범죄자나 노상강도를 체포하려고 출동할 때 사용하는 무기들이었다.

회관 안쪽에는 지저분해 보이는 붉은 커튼이 천장에서 바닥까지 쳐 있고, 스페인 국왕의 초상화가 걸려 있었다. 그 앞의 나무로 만든 단상에는 팔걸이가 있는 오래된 의자 하나와 커다란 책상이 있었다. 책상 위는 잉크 자국으로 얼룩져 있고, 어지러이 새겨진 낙서들도 보인다. 독일에서 학생들이 자주 드나드는 여관방 책상과 흡사했다. 곧 부러질 듯 낡은 긴 의자들도 회관 안을 가득 채우고 있었다.

이곳은 산디에고의 시민회관이자 법원이며 가끔은 취조실도 되는 장소였다. 시내와 주변 마을의 주요 인사들이 모여 있었다. 저들은 어울려 대화를 나누고 있지만, 나이 든 사람과 젊은이는 서로 소통하지 않았다. 그들은 서로 대화가 통하지 않는다고 생각했다. 각각 보수주의 정당과 자유주의 정당을 대표하는 듯한 모습이었다. 그들 간 적대감은 시내에서 멀리 떨어질수록 더 강하게 나타나는 것 같았다. 자유주의 파벌의 수장인 돈 필리포가 두

세 명의 동료들에게 말했다.

"저는 시장의 행동이 마음에 들지 않습니다. 예산에 대한 논의를 그냥 미루지 말고 뭔가 조치를 취해야 한다고 봅니다. 이제 겨우 11일도 채 남지 않았잖아요."

어떤 젊은이가 말을 거들었다.

"게다가 지금 그는 아파서 참석하지 못하는 교구 신부님에게 말도 못 꺼내고 있습니다."

다른 이가 답했다.

"우리가 철저히 준비하고 있는 한 그건 상관없는 일입니다. 노인네들의 의견이 다수의 지지를 획득하지만 않는다면 말이죠."

돈 필리포가 말했다.

"아마 그렇게 되진 않을 겁니다. 제가 그들을 지지할 테니까요."

곁에 있던 동료가 깜짝 놀라 물었다.

"그게 무슨 말입니까?"

"제가 먼저 단상에 올라가, 우리 반대파의 사업을 지지하는 발언을 할 겁니다."

"그럼 우리 사업은 어떻게 하고요?"

"자네가 그것을 지지하는 발언을 하면 되지."

부시장이 미소를 지으며 청년회장에게로 고개를 돌렸다. 듣고 있던 이가 의혹에 가득 찬 눈으로 그를 바라보며 말했다.

"잘 이해가 안 가는데요."

돈 필리포가 톤을 낮추어 두세 사람만이 들을 수 있는 소리로 말했다.

"잘 들어보세요, 오늘 아침에 저는 연로하신 학자 타시오를 만났습니다."

"그런데요?"

"그분이 제게 이렇게 조언해주셨죠. '당신의 적들은 당신이 생각하는 것보다 당신을 더욱 싫어한다오. 뭔가 반대하고 싶은 일이 있소? 그렇다면 그것을 앞장서서 먼저 제안하시오. 설사 그것이 주교가 의례를 행할 때 모자를 써야 한다는 사실만큼이나 필수적인 것이라고 해도 저들은 거부할 것이오. 그렇게 해서 일단 저들이 당신을 이기고 나면, 동료들 중 가장 변변치 못한 자를 시켜서 당신이 진정으로 원하는 제안을 하도록 하시오. 그렇게 하면 당신을 패배시킨 이들은 그 제안을 승인할 것이오.' 이 얘긴 비밀로 합시다."

"하지만……."

"이게 바로 제가 적들이 원하는 사업을 제안하려는 이유입니다. 저들이 그 사업을 어리석다고 생각하게 하려고 말이에요. 자, 이제 조용히 합시다, 지금 이베라 씨와 교장 선생님이 들어오고 계시네요."

두 사람은 곳곳에 모여 있는 사람들과 인사를 나눴지만, 그들의 대화에 끼어들지는 않았다. 몇 분 후 시장이 들어와서 잠시 주위를 둘러보았다. 이 시장은 바로 지난밤 촛대를 옮겼던 사람이다. 그가 입장하자 웅성거리던 회관 안은 조용해졌다. 모두들 각자의 자리에 앉아 조용히 진행을 기다렸다.

시장은 스페인 국왕의 초상화 앞에 놓인 낡고 고풍스런 의자에 앉으며, 네다섯 차례 기침을 했다. 그는 팔꿈치를 책상 위에 얹은 채 손으로 본인의 머리와 얼굴을 쓰다듬고는, 팔을 책상에서 내리며 바로 앉았다. 그러다 다시 기침을 하며 똑같은 행동을 반복했다. 그는 조용한 목소리로 말을 시작했다.

"신사 여러분, 제가 여러분께 이곳에 모여달라고 부탁드렸습니다. 에……

에…… 우리는 이달 12일에 우리의 수호성인이신 성 디에고 님을 기념하는 축제를 개최하려고 합니다. 에…… 에…… 이번이 두번째가 되겠네요. 에…… 에…….”

순간 그는 목이 간질거리며 마른기침이 나오려는 것을 참느라 말을 멈췄다. 그때 40세 정도의 약간 거만해 보이는 남자가 보수파들이 앉아 있는 자리에서 일어섰다. 그는 부유한 카피탄 바실리오이며 이전에는 돈 라파엘의 숙적이었다. 그는 세상이 성 토마스 아퀴나스가 사망한 이후에는 진보를 전혀 이루지 못했다고 생각하는 사람이다. 게다가 그가 마닐라의 도미니크회 대학인 산후안데레트란을 떠난 이후, 인도주의가 오히려 퇴보했다고 생각했다. 그가 말했다.

“의장님, 제가 이 흥미로운 주제에 대해 발언할 기회를 주시기 바랍니다. 물론 이곳에는 저보다 훌륭한 분들이 많으시지만, 그럼에도 제가 먼저 발언하고자 하는 이유는 이 문제의 최초 발언자가 반드시 탁월할 필요는 없다고 생각하기 때문입니다. 마치 맨 마지막에 발언하는 사람이 가장 별 볼일 없는 사람이라고 치부할 수 없는 것처럼 말입니다. 게다가 제가 말하려는 사항은 너무나 중요한 문제라서 나중으로 미룰 수 없다고 생각했습니다. 따라서 이 문제를 더욱 강조하기 위해 먼저 발언하고자 합니다. 의장님, 비록 이 자리에 현 시장님, 전 시장님이시며 저의 자랑스러운 친구이신 돈 발렌틴, 전 시장님이자 저의 어릴 적 친구이신 돈 멜코르, 그리고 시간 관계상 다 언급하지는 못했지만 수많은 중요한 분들이 계심에도 불구하고, 저에게 최초 발언의 기회를 주시면 감사하겠습니다. 미흡하게나마 저의 생각을 먼저 제안해도 되겠습니까?”

의장은 기대에 가득 찬 미소를 띠며 고개를 숙여 예의를 표했다.

"그렇게 하시죠. 우리는 그대가 무슨 말을 하려는지 몹시 궁금합니다."

주위에 있던 그의 친구들이 거들었다. 그들은 그를 탁월한 웅변가로 인정했다. 나이 많은 사람들이 기침으로 동의의 표시를 하며 연신 손을 비벼댔다. 카피탄 바실리오는 비단 손수건을 꺼내 얼굴의 땀을 닦은 후 말을 시작했다.

"존경하는 의장님께서 저같이 변변치 않은 사람에게 제일 먼저 발언할 수 있도록 배려해 주신 이상, 그 뜻에 어긋나지 않도록 최선을 다해 제 의견을 말씀드리겠습니다. 저는 제가 가장 존경하는 로마 상원의원인 파플루스 케 로마누스의 심정으로 발언하고자 합니다. 흔히들 우리는 아름다운 시대에 불행하게도 인간성이 다시 회복되지 않는다고들 합니다. 여기 모인 분들께 로마의 키케로가 지금 제 입장이라면 했을 법한 말을 하고자 합니다. 저희에게는 시간이 그리 충분하지 않습니다. 솔로몬이 말했듯 시간은 금입니다. 그러므로 이 중요한 문제에 관해, 여기에 계신 모든 분들께서 의견을 명료하고 간결하게 제시해주시기 바랍니다. 감사합니다."

본인의 발언이 만족스럽고, 모든 청중들이 자신에게 집중하는 상황에 들뜬 연사는 구석에 앉은 이베라에게 우쭐대는 표정을 지었다. 자신의 친구들에게는 마치 '봤어? 내가 제대로 말했잖아, 그렇지?'라고 말하는 것 같은 눈짓을 보내며 자리에 앉았다. 그의 친구들도 같은 눈빛으로 반대편의 젊은 이들을 바라보면서, 그들의 부러워하는 모습을 보고 즐기는 것 같았다.

"그럼 누가 다음 차례로 말을…… 에……."

시장은 말 한 마디를 채 맺기도 전에 기침이 쏟아지는 바람에 말을 잇지 못했다. 잠시 침묵이 흐르는 것으로 보아, 지금은 그 누구도 명료하게 자신의 의견을 제시할 만한 사람이 없는 듯했다. 그러자 돈 필리포는 자신의 차례가

왔다고 생각하고 자리에서 일어나 발언을 요청했다. 그러자 보수파 사람들은 서로 눈빛을 교환하며 의미 있는 사인을 보냈다. 돈 필리포가 말했다.

"저는 그 축제를 위한 예산안을 제안하고자 합니다."

병적으로 기침을 하던 극단적인 보수파 노인이 소리쳤다.

"터무니없는 말이요!"

다른 이들도 거들었다.

"우리도 반대요."

돈 필리포가 정색을 하고 말했다.

"신사 여러분, 저는 아직 우리 젊은이들이 제시하려는 의견에 대해 설명조차 하지 않았습니다. 반대파들은 생각조차 해내지 못할 이 위대한 계획을 듣는다면 모두가 동의할 거라고 확신합니다."

그 무례한 시작 발언은 보수파 사람들에게 더할 나위 없이 큰 적대감을 불러일으켰고, 그들이 완강한 반대의 결심을 굳히도록 했다. 돈 필리포는 말을 계속했다.

"우리는 현재 3500페소의 가용 예산이 있습니다. 그 돈이라면 우리는 주변 도시들을 포함해서 과거에 있었던 모든 축제들의 규모를 능가하는 화려한 축제를 개최할 수 있을 겁니다."

필리포가 어떠한 말을 하더라도 듣지 않겠다고 결심한 보수파 사람들이 소리쳤다.

"흥! 바로 이웃 도시에는 5000페소의 예산이 있고, 또 다른 도시에는 4000페소가 있다던데. 이 순 사기꾼 같은 놈!"

돈 필리포는 굴하지 않고 꿋꿋하게 말을 이었다.

"한번 들어보세요, 여러분. 제 말에 수긍이 갈 겁니다. 저는 도시 광장 중앙에 커다란 무대를 설치할 것을 제안합니다. 그 비용은 150페소 정도가 들 겁니다."

완고한 보수파 중 한 사람이 반대했다.

"그 돈으론 충분치 않아."

"160페소는 들여야지."

돈 필리포가 말했다.

"서기님, 무대 설치 비용으로 200페소를 기입해주세요. 저는 또한 톤도 공연단과 계약하여 7일 동안 밤마다 무대에 세울 것을 제안합니다. 200페소에 7일을 하면 1400페소가 듭니다. 서기님, 1400페소를 기입해주시기 바랍니다."

노인들이나 젊은이들 모두 어리둥절해서 서로를 바라보았다. 오직 돈 필리포의 계책을 알고 있는 사람들만이 동요하지 않았다.

"저는 또한 웅장한 불꽃놀이를 제안하는 바입니다. 겨우 하찮은 작은 불빛이나 로마 양초들로는 아이들과 소녀들을 만족시킬 수 없습니다. 우리는 커다란 폭죽과 웅장한 로켓을 원합니다. 그러므로 저는 각각 2페소씩 하는 폭죽 200개와, 같은 가격의 로켓 200개를 제안합니다. 말라본에 있는 폭죽 제조업자에게 주문하면 됩니다. 이웃들에게는 우리가 풍성하게 대접한다는 것을 느낄 수 있게 준비하고, 그럴 만한 돈이 있다는 것을 보여줘야 합니다."

돈 필리포는 목소리를 높여 보수파들의 눈치를 살피며 말을 계속했다.

"우선 저는 축제 기간에 이틀마다 네 명의 스폰서를 지명할 것을 제안합니다. 둘째로는 매일 암탉 200마리와 살찐 수탉 100마리, 통돼지 50마리를 호수에 던져 넣기를 제안합니다. 이는 로마의 장군이자 정치가였던 술라가

했던 것으로, 그는 카피탄 바실리오가 조금 전 언급한 키케로와 동시대 사람입니다."

"바로 그거야. 마치 술라처럼 말이지."

우쭐한 카피탄 바실리오가 그 말을 되풀이했다. 청중들의 놀람은 거기서 그치지 않았다.

"많은 부자들이 방문할 것이고, 그들은 엄청난 돈과 함께 그들이 가진 최상의 싸움닭, 카드놀이 도구, 크리스마스 때 즐기는 모든 물품들을 가지고 올 것입니다. 그래서 저는 15일 동안 닭싸움 경기와 모든 도박장을 열 수 있도록 허가할 것을 제안합니다……."

하지만 젊은 사람들이 자리에서 일어나면서 그의 말을 가로막았다. 그들은 부시장의 정신이 어떻게 된 것이 아닌가 생각했다. 나이 든 사람들은 서로 열띤 논쟁을 벌였다.

"그리고 마지막으로 우리가 죽은 사람들의 영혼을 즐겁게 하는 것을 등한시할 수 없으니……."

회관 내 여기저기서 들려오는 불평과 고함들로 인해 그의 목소리가 들리지 않았다. 거의 폭동이 일어난 수준이었다. 그때 아까의 극단적인 보수파 노인이 소리쳤다.

"반대요! 나는 저 사람이 자기가 축제를 혼자 준비하는 것처럼 우쭐대는 꼴을 두고 볼 수 없소. 절대 그럴 수 없지. 내게 발언할 기회를 주시오."

이에 더욱 기가 죽은 시장은 사람들을 전혀 진정시키지 못했다. 그는 사람들이 스스로 진정하도록 그저 기다릴 뿐이었다. 주둔군 부대장이 단상에서 발언할 수 있게 해달라고 요청했다. 그러나 정작 그에게 발언할 기회가 주어지자, 그는 당황해서 입도 제대로 떼지 못하고 어색한 표정으로 자기 자리로 돌아갔다. 다행히 보수파 중에서 가장 온건한 카피탄 발렌틴이 자리에서 일어나 말했다.

"우리는 지금 부시장께서 제안한 내용을 수용할 수 없습니다. 그 생각은 지나치게 사치스럽습니다. 몇 날 며칠을 쉬지 않고 귀가 먹을 정도의 소음을 즐기며 견딜 수 있는 부시장 같은 젊은이들이 그 많은 폭죽과 무대 공연을 원하는 것이지요. 제가 몇몇의 생각 있는 분들과 논의해본 결과 모두들 돈 필리포의 계획을 거부했습니다. 여러분들도 제 말에 동의하십니까?"

"찬성, 찬성이오."

젊은이와 노인 모두 한목소리로 말했다. 젊은이들은 그런 내용으로 말하는 그 노인에게 감탄하며 귀를 기울였다. 노인이 계속 말을 이었다.

"이 축제를 위해 후원자를 4명씩이나 지명한다는 게 가당키나 합니까? 호수에 그 많은 암탉과 수탉, 통돼지를 던진다는 건 또 무슨 말입니까? 이웃들은 아마 우리가 그저 남에게 보여주기 위해 모든 것을 써버리고, 이후 반년 동안 굶주릴 것이라고 놀려댈 게 틀림없습니다. 그 술라나 로마인들이 지금 우리에게 무슨 의미가 있습니까? 그들이 언제 우리를 그들의 축제에 초대한 적이 있습니까? 살 만큼 살았다고 생각하는 저도 그들로부터 초대를 받아본 적이 없습니다."

카피탄 바실리오가 낮은 목소리로 속삭인다.

"로마인들은 교황께서 계신 로마에 살고 있습니다."

노인은 약간 평정심을 잃은 채 말을 이었다.

"이제야 이해가 갑니다. 그들은 아마도 금식 기간에 축제를 개최하나 봅니다. 그래서 교황은 죄짓는 것을 피하기 위해 모든 음식을 호수에 던져 넣으라고 명령해야 하고요. 하지만 저들이 어쨌건 우리는 축제에 관한 부시장의 제안을 받아들일 수 없습니다. 불가능할 뿐 아니라 미친 짓입니다!"

맹렬한 반대에 직면하자 돈 필리포는 제안을 철회했다. 그러자 가장 비타협적인 보수파들은 가장 강력한 적을 물리쳤다는 사실에 대한 만족감으로 인해, 청년연합회 지도자가 발언을 요청했을 때 어떤 의구심도 품지 않았다.

"저처럼 경험이 부족한 젊은이가, 신중하고 사리 분별에 충분한 연륜을 갖춘 많은 존경하는 참석자 여러분 앞에서 발언하는 것에 대해 먼저 용서를 빕니다. 하지만 달변가이신 카피탄 바실리오께서 모든 사람이 자신들의 의견을 표할 것을 촉구하신 바 있어 부족하지만 용기를 내고자 합니다."

보수파들은 만족감에 고개를 끄덕였다. 그들은 서로 이렇게 말했다.

"저 젊은이 말 한번 잘하네. 온건파인 게로군. 합리적으로 생각하는 사람이야."

카피탄 바실리오가 그에 대해 이렇게 논평했다.

"다만 연설할 때 몸짓을 어떻게 해야 할지 잘 모른다는 점이 좀 아쉽군. 그는 아직 키케로에 대해 공부하지 않은 것이 분명해. 하지만 아직 많이 어려서 그럴 수 있지."

젊은이는 말을 이었다.

"제가 여러분께 제시하려는 프로젝트가, 모든 분들에게 곧바로 완벽한 평가를 받아 즉시 승인받으리라는 기대를 갖고 있진 않습니다. 하지만 이 총회에서 제 의견도 제시함으로써, 연로하신 분들께 저희가 언제나 그분들의 생각에 공감하고 있다는 사실을 증명하고자 합니다. 저희의 제안은 이미 카피탄 발렌틴이 아주 분명하게 설명하셨다고 생각합니다."

우쭐해진 보수파들이 말했다.

"거 말 참 잘하네, 잘해."

카피탄 바실리오는 그 젊은이에게 신호를 보내, 연설할 때 팔을 어떻게 움직이고 발은 또 어떻게 우아하게 앞으로 펼쳐야 하는지를 보여주었다. 오직 시장만이 다른 생각에 사로잡혀 별 관심을 보이지 않았다. 젊은이는 한층 고무되어 말을 이었다.

　　"신사 여러분, 저의 계획은 간단히 말해 이렇습니다. 우리는 평상시에 흔히 할 수 없는 뭔가 새로운 흥밋거리를 고안해내야 합니다. 그리고 축제를 위해 우리가 모은 돈을, 도시 밖에서 소비하거나 쓸데없이 불꽃놀이에 사용하지 말고 모두에게 유익한 방향으로 사용해야 합니다."

　　"바로 그거야. 그게 바로 우리가 원하는 것이지."

　　젊은이들이 동의했다.

　　"아주 좋아."

　　보수파들도 이를 인정했다.

　　"부시장님께서 제안하신 무대 공연으로 우리가 얻는 것이 무엇입니까? 딸들의 목을 베도록 명하거나, 대포의 위협을 앞세우는 잔인함으로 권좌를 유지했던 보헤미아와 그라나다의 왕들에 관한 이야기를 보면서 우리가 얻는 것은 또 무엇입니까? 우리는 왕도 아니고 야만인도 아닙니다. 우리에게는 대포도 없습니다. 우리가 저들의 전례를 따라야 한다면, 그저 바금바얀 나무에 목을 매다는 정도일 것입니다. 긴 칼을 들고 전쟁터에 나가 왕자들과 싸우거나 마법사의 주문에 걸려 산과 계곡을 하염없이 헤매는 공주들의 이야기가 우리에게 무슨 의미가 있습니까? 우리의 전통은 여성들의 다정함과 친절함을 가치 있게 생각합니다. 우리에게 있어 처녀의 손에 피를 묻히는 것은, 설사 그 피가 숙적인 무슬림이나 괴물의 피라고 할지라도 상상조차 할 수 없습니다. 우리 국민들은 왕자나 장교 혹은 이름 없는 농부일지라도 여자에게 매질하는 남자를 경멸하고 천시합니다. 차라리 우리의 오랜 전통을 보여주는 것이 수천 배는 더 낫지 않을까요? 그래서 우리의 잘못과 결점을 이해하고 바로잡으며 소중한 가치를 이어갈 수 있도록 말입니다."

'바로 그거야.' 자유파들은 다시금 동의했다. '저 친구 거참 옳은 말만 하네.' 일부 보수파들도 중얼거렸다. 카피탄 바실리오가 작은 목소리로 말했다.

"이건 내가 생각지도 못한 일인데."

오직 한 노인만이 동의하지 않는 듯했다. 그가 물었다.

"하지만 그대가 어떻게 그리 할 수 있겠소?"

"좋습니다."

젊은이가 대답했다.

"제가 이제부터 두 가지의 희극을 제안하겠습니다. 이 희극들은 훌륭하고 세련된 취향을 가진 어르신들께서도 분명히 좋아하고 또한 즐길 수 있는 내용입니다. 한 편의 제목은 「시장선거」로서, 여기에 계신 한 신사께서 쓰신 5장으로 편성된 희극입니다. 다른 하나는 9장으로 되어 있어 이틀 동안 공연이 가능한 내용입니다. 이는 「비뚤어진 마리아」라는 제목의 풍자적인 희극으로, 이 지역에서 가장 훌륭한 시인 중 한 분께서 쓰신 겁니다. 저희는 축제의 순서를 정하는 문제로 논의가 길어져 준비 시간이 부족할 것이라고 예상했습니다. 그래서 저희가 미리 배역을 선정하고 저들에게 역할을 연습하라고 일러두었습니다. 일주일 정도 모여서 연습하면 무대에 올리는 데에 별 지장이 없을 것이라 생각합니다. 신사 여러분, 이 계획은 새로울 뿐만 아니라 유용하고 합리적이며, 무엇보다 경제적이라는 사실을 잊지 말아주시기 바랍니다. 심지어 새로운 의상도 필요치 않고, 그저 평상시 입은 의상을 사용하면 됩니다."

카피탄 바실리오가 의욕적으로 제안했다.

"제가 무대를 위한 비용을 대겠습니다."

주둔군 부대장이 말했다.

"만일 그 연극에 군인이 필요하면 내가 그 배역을 맡겠소."

한 노인이 말을 더듬으며 힘들여 몸을 일으켰다.

"그럼 난…… 만약 노인이 필요한 부분이 있으면……."

"찬성이오, 찬성이오!" 회의의 분위기로 보아 모두가 찬성하는 듯했다. 부시장은 감동을 받아 얼굴색이 창백해졌다. 눈에는 눈물이 고여 있었다.

'저자는 억울해서 우는 것이야.' 극단적인 보수파 노인은 이렇게 생각했다. 그러곤 외쳤다.

"찬성이오, 찬성이오. 더 이상 논의가 필요치 않소이다."

복수를 했다는 만족감과 적을 완전히 굴복시킨 희열에 빠져 그는 젊은이의 계획을 극찬했다. 젊은이는 말을 계속 이었다.

"모인 예산의 5분의 1은 상금으로 쓰고자 합니다. 예를 들어 최고의 모범 학생, 최고의 목동, 농부, 어부 등등. 강이나 호수에서는 노 젓기 시합을 하고, 들판에서는 말 달리기 경주를 하고, 기름칠한 장대 오르기 경기 등 도시 사람들이 함께 즐길 수 있는 놀이를 하는 겁니다. 전통을 존중해서 불꽃놀이도 일부 허용하는 것이 좋겠습니다. 불 바퀴 모양의 조명으로도 충분히 분위기를 낼 수 있다고 생각합니다. 부시장님이 제안하신 로켓은 필요치 않다고 생각합니다. 악단 두 그룹이면 축제의 분위기를 띄우는 데 충분할 것입니다. 그렇게 되면 분위기를 살린다는 명목으로 수많은 악단들이 경쟁적으로 참여할 것이고, 인기 없는 악단의 단원들은 닭싸움에나 끼어들어 돈도 탕진하고 몸과 마음에 상처만 받고 집에 돌아가겠지요. 축제를 치르고 남은 예산으로는 학교로 사용할 수 있는 작은 건물 하나를 짓는 것이 어떨까 합니다. 하느님이 직접 우리 도시로 내려와서 학교를 지어줄 수는 없을 테니 말입니다. 우리 도시에 최상급의 닭싸움장은 있으면서, 아이들이 말 그대로 교구관사의 마구간 같은 데서 공부를 하는 현실은 부끄럽기 짝이 없습니다. 제가 이를 위한 구체적인 계획을 준비했습니다. 우리 모두 협력하여 이 일을 이루어냅시다."

만족스러운 동의의 소리가 회관 전체에 퍼졌다. 거의 모든 사람들이 젊은 이의 말에 동의했다. 사람들 중 일부는 이렇게 중얼거렸다. "새로운 것, 새로운 것! 우리가 젊었을 때는……." 누군가 말했다.

"일단 그 말에 동의하는 것으로 합시다. 그리고 시장님은 어떻게 생각하시는지 들어봅시다."

회의장이 진정을 찾았다. 모든 사람들이 끄덕였다. 오직 시장의 최종 승인만이 남아 있었다. 시장은 땀을 흘리며 안절부절못하는 것처럼 보였다. 그는 이마의 땀을 닦더니, 시선을 아래에 두고 더듬거리며 말했다.

"저 또한 동의합니다, 하지만…… 에……."

모인 사람들 모두가 조용히 경청했다. 카피탄 바실리오가 물었다.

"하지만?"

시장이 재차 말했다.

"전적으로 동의합니다. 제 말은 동의하지 않는다는 것이 아니라…… 찬성하지만, 그렇지만……."

시장은 손등으로 그의 눈을 닦았다. 시장은 어딘가 불편해 보였다.

"하지만 교구 신부님이…… 교구 신부님은 다른 것을 원하시는데요."

날카로운 목소리가 질문을 던졌다.

"축제의 비용을 대는 사람이 교구 신부님입니까, 우리입니까? 그가 단 한 푼이라도 낸 적이 있습니까?"

학자 타시오였다. 부시장은 몸을 움직이지 않았다. 시선은 시장에게 고정되어 있었다. 카피탄 바실리오가 물었다.

"그럼 교구 신부님이 원하시는 바는 무엇입니까?"

"그게…… 교구 신부님이 원하시는 것은 여섯 차례의 종교 행렬, 세 차례의 미사, 세 차례의 대미사…… 그리고 만약 남는 돈이 있으면, 이 순서들 사이에 톤도 악극단을 불러서 공연하는 게 어떻겠느냐고……."

"아뇨, 우린 그런 걸 원하지 않습니다."

한 젊은이와 일부 보수파가 대답했다. 시장이 재차 말했다.

"교구 신부님은 그렇게 하기를 원하십니다. 저는 그분이 원하는 대로 따를 것이라고 말씀드렸습니다."

"그렇다면 왜 이 총회를 주최한 겁니까?"

"여러분께 이 사실을 알리려고 한 겁니다."

"그렇다면 왜 처음부터 그렇게 말하지 않았습니까?"

"저는 말하려고 했는데, 카피탄 바실리오가 연단을 차지하는 바람에 말할 기회를 잃은 거죠. 교구 신부님의 말은 반드시 따라야 합니다."

"그렇고말고. 신부님의 말에 따라야지." 일부 노인들이 동의했다. 또 다른 노인이 넌지시 말을 던졌다.

"그분의 말에 따르지 않으면 시장이 우리를 모두 감옥에 가둘 것이오."

젊은이들이 소리를 지르며 자리를 박차고 일어섰다.

"그럼 그렇게 결정하고 축제를 준비하도록 합시다. 우리는 축제에 어떠한 기부도 하지 않을 것입니다!"

시장이 말했다.

"모든 예산은 이미 확보되었습니다."

돈 필리포가 그에게 다가가 쓴소리로 말했다.

"좋은 일을 위해 자존심을 버려야 합니다. 그런데 당신은 쓸모없는 일에 자존심을 버렸소. 당신이 이 일을 망친 것이오."

이베라가 교장 선생께 말했다.

"혹시 이 지방 주도州都에 볼일이 있으십니까? 저는 지금 떠나려고 하는데요."

21

엄마 이야기

알 수 없는 방황
끝없는 탐구에도
모든 길은 굽이치고
휴식이 없는 나날들

— 알레호스

시사는 자신과 아이들이 사람들 모두에게 버림받고, 희망마저 아득한 곳으로 떠나가 버릴 것만 같은 공포심에 사로잡힌 채 집으로 달려갔다. 어둠으로 가득한 곳에서 실낱같은 희망을 가지고, 멀리서 희미하게 비치는 불빛을 좇았다. 만약 그 불빛이 우리의 앞길을 깊은 수렁으로 인도한다 할지라도 그저 걸을 수밖에 없었다. 그녀는 아이들을 구하고 싶었다. 어머니란 자신의 피와 살 같은 자식을 위해서는 어떤 일도 마다하지 않는 법이었다. 시사는 그녀의 뒤를 쫓고 있는 두려움과 불길한 예감에 잡히지 않으려는 듯 안간힘을 다해 달렸다. 저들이 벌써 바실리오를 체포했을까? 크리스핀은 어디로 간 거야?

집 근처에 다다랐을 때, 그녀는 담장 위로 군인 두 명의 모자를 보았다. 지금 그녀의 심정은 어떤 말로도 형용할 수 없었다. 아무런 생각도 떠오르지 않았다. 그녀는 저들이 무자비한 사람이라는 사실을 알고 있었다. 저들은 이 도시에서 가장 부유한 사람들까지 가차 없이 대하는데, 하물며 이미 도둑으로 낙인찍힌 그녀의 아이들에게는 어떻겠는가? 저들은 사람도 아니다. 애원하는 소리에 귀도 기울이지 않고, 눈물조차 거들떠보지 않는 군인들일 뿐이었다.

시시는 본능적으로 하늘을 바라보았다. 하늘은 이해할 수 없는 미소를 보내는 듯했다. 흰 구름 조각들이 푸른 하늘을 떠다녔다. 그녀는 몸을 흔드는 떨림을 억눌렀다. 군인들은 이제 막 그녀의 집을 떠나고 있었는데, 그들의 손에는 아무도 붙들려 있지 않았다! 그 손에는 시시가 살찌워놓은 암탉 외에는 아무것도 없었다. 안도의 한숨을 쉬자 갑자기 기분이 하늘로 치솟는 듯했다.

"저들은 정말 좋은 사람들이야, 어쩌면 저토록 친절하단 말인가!"

그녀는 기쁨의 눈물을 흘리며 중얼거렸다. 저들이 집을 모두 불태웠더라도, 아이들만 무사하다면 그녀는 저들을 축복했을 것이다. 감사한 마음으로 그녀는 다시금 하늘을 봤다. 왜가리 무리가 하늘을 날고 있고, 햇빛이 구름을 통과하여 비췄다. 그녀는 마음을 가다듬고 발길을 옮겼다. 그들이 그녀의 곁을 지나갈 때 두려움이 엄습했지만 일부러 태연한 척 그들을 쳐다봤다. 소리치며 버둥대는 그녀의 암탉은 일부러 무시했다. 저들이 지나치자 왈칵 내달리고 싶었지만, 침착해야 한다는 생각이 그녀를 사로잡았다.

하지만 그리 멀리 가지 않았을 때 뒤에서 위압적으로 부르는 소리가 들렸다. 그녀는 소스라치게 놀랐지만 못 들은 체하고 계속 걸었다. 그들은 다시 그녀를 불렀다. 이번엔 거의 모욕적인 어투였다. 그녀는 새파랗게 질려 뒤를 돌아봤다. 군인 중 한 명이 손짓했다. 시시는 자기도 모르게 그들에게 다가

갔다. 두려움에 혀가 굳고 목이 바싹 마르는 것을 느꼈다. 위압적인 어조로 한 명이 말했다.

"사실대로 말해. 그러지 않으면 우리가 너를 저 나무에 매달고 쏴버릴 거야!"

그녀의 시선이 무의식중에 나무로 향했다. 다른 이가 물었다.

"네가 그 도둑들의 어미인가?"

"도둑들의 어미……." 시사는 기계적으로 그 말을 반복했다.

"네 아이들이 어젯밤에 훔쳐 온 돈은 어디 있어?"

'돈…….'

"시치미 떼지 마. 그럼 일이 더 악화될 수도 있어."

다른 이가 덧붙였다.

"우리는 네 아이들을 체포하러 왔어. 하지만 큰 아이가 우리를 보고 도망쳤어. 작은 아이는 어디 숨겨두었지?"

시사는 안도의 한숨을 쉬었다. 그녀가 답했다.

"저기요, 저는 벌써 며칠간 제 아들 크리스핀을 보지 못했어요. 오늘 아침에 그 애를 보려고 교구관사에 갔는데, 그들이 말하기를……."

두 군인은 서로 의미심장한 눈짓을 교환했다.

"알았어."

그들 중 하나가 말을 가로챘다.

"그 돈을 우리에게 주면 널 놔주지."

가련한 여인이 흐느꼈다.

"제 아이들은, 굶어 죽는 한이 있어도 남의 것을 훔치지는 않아요! 우리는 굶는 일에 이미 익숙해요. 바실리오는 저에게 동전 한 닢도 가져오지 않았습니다. 집을 샅샅이 찾아보세요. 만약 한 푼이라도 나오면 당신들이 원하시는 대로 저희를 처리하세요. 가난한 사람이라고 모두 도둑은 아니에요."

한 군인이 시사의 눈을 바라보며 천천히 답했다.

"아무튼 너는 우리와 함께 가야 해. 네 자식들이 자수해서 훔친 돈을 모두 돌려줘야 하니까 말이야. 자, 따라와."

그녀는 물러서 공포에 질린 눈으로 그들을 바라보았다.

"제가요? 같이 가야 한다고요?"

"당연히 같이 가야지."

그녀는 거의 무릎을 꿇다시피 하며 애원했다.

"제발 좀 봐주세요. 저는 너무나 가난해서 드릴 것이 없습니다. 제가 가진 유일한 것은 이미 가져가시지 않았습니까? 그 암탉은 제가 시장에 내다 팔려고 기르던 거예요. 저희 집에 있는 무엇이라도 가져가십시오. 하지만 저를 데려가지는 말아주세요. 차라리 여기서 죽는 게 낫겠습니다."

"떼쓰지 말고 순순히 따라오시지. 그러지 않으면 묶어서 끌고 갈 테니."

시사는 비통한 울음을 터뜨렸다. 그들의 마음을 돌릴 방법이 없다는 것을 알고 있었다. 그들이 거칠게 붙잡고 떠밀며 가려 하자 그녀가 간청했다.

"알겠어요, 그렇다면. 제가 스스로 앞장서 가겠습니다."

두 군인은 그녀에 대해 뭔가를 생각했는지 서로 속삭였다. 군인 중 하나가 말했다.

"좋아. 시내에 닿기 전에 도망치려 할지 모르니, 우리 둘 사이를 벗어나지 말고 걸어야 해. 하지만 일단 시내에 다다르면 20보 정도 앞서서 가도 돼. 상점이나 그 어느 곳에도 들르면 안 된다는 것 명심하고. 그럼 어서 가자."

그녀의 간청은 모두 철저히 무시되고 말았다. 하지만 군인들은 자신들이 양보할 만큼 했으며, 그녀의 처지를 봐줄 만큼 봐주었다고 주장했다. 그녀는 두 군인 사이에 서서 걷는 자신을 인식했다. 너무나 수치스러워 죽을 것만 같았다. 길에는 아무도 없었지만, 태양과 바람, 수많은 수줍은 눈들이 그 광경을 보고 있었다. 그녀는 수건으로 얼굴을 가렸다. 거의 앞이 보이지 않을 만큼 가리고 걸으며 처량한 처지를 한탄하며 조용히 통곡했다. 그녀는 지독하게 가난했고 남편을 포함해 모든 이들에게 버림받았지만, 오늘날까지도 자기를 보는 다른 사람들의 시선을 중요하게 의식해왔다. 그랬기에 요란스러운 치장을 한 채 군부대를 따라 다닌다고 온 도시에 소문이 난 여인들을 보면 가엾게 여기기도 했다. 그러나 이제는 자신이 그들보다 사회에서 더 수치스런 존재가 된 것만 같았다.

그녀의 귀에 익숙한 말발굽 소리가 들렸다. 그 소리는 시내로 물고기를 나르는 사람들이 내는 것이었다. 그들은 옆구리에 물고기를 담은 바구니를 걸친 조그만 얼룩무늬 조랑말을 몰고 가고 있었다. 그녀의 집을 지날 때면, 그들은 그녀에게 물 한잔을 청하고 대신에 물고기 몇 마리를 주곤 했다. 하지만 그들이 이런 그녀의 모습을 보면 욕하고 야유를 보낼 것이리라. 그들의 따가운 눈길이, 가린 수건을 뚫고 화살처럼 얼굴에 박히는 모습이 상상되었다. 그들이 앞서가자 시사는 한숨을 쉬었다. 가린 수건을 들어 시내가 얼마나 남았는지 가늠했다. 아직 경비 초소까지는 몇 개의 전봇대를 지나야 했다. 이 거리가 그토록 길어 보인 적이 없었다.

길 가장자리에는 잎이 무성한 대나무 숲이 있었다. 오래전 그녀가 그늘에서 연인과 함께 즐거운 대화를 나누며 쉬었던 곳이다. 그는 과일과 야채로 가득한 그녀의 바구니를 대신 들어주기도 했다. 아름다웠던 지난날들이 지금은 너무도 공허하게 느껴졌다. 그녀의 연인이었던 남자가 지금 그녀의 남편이었다. 세금 징수원인 그 남자가 그녀를 불행으로 이끈 장본인이었다.

태양 볕이 몹시도 따가웠다. 군인들은 그녀에게 잠시 쉬었다 가지 않겠냐고 물었다. 그녀는 몸서리를 치며 답했다.

"아니, 괜찮습니다."

그녀는 시내 근처에 다다르자 공포감에 휩싸였다. 그녀는 괴로운 마음으로 주위를 둘러보았다. 끝없이 넓게 펼쳐진 논, 나지막한 논두렁, 자그마한 나무들이 눈에 들어왔다. 깊은 구렁텅이가 있어서 그녀를 삼키거나, 그녀가 뛰어들어 자해할 수 있는 큰 바위가 있으면 좋겠다는 마음마저 들었다. 움막 옆으로 깊은 강이 흘렀다. 가파른 강둑에는 돌들이 촘촘히 쌓여 있었다. 그곳이라면 기꺼이 행복하게 죽을 수 있을 것 같다는 생각이 들었다. 하지만 아이들에 대한 생각이 어둠 속의 빛처럼 스쳐갔다. 크리스핀, 그 불쌍한 아이는 어쩌한단 말인가. 그녀는 탄식하며 결심했다.

"이 모든 일들이 마무리되면, 우리는 깊은 숲 속으로 들어가서 살 거야."

그녀는 스스로를 진정시키려 애쓰며 눈물을 삼켰다. 그녀가 낮은 목소리로 군인들에게 말했다.

"이제 시내에 다 왔습니다."

그 말투에는 불평, 치욕, 한탄, 기도, 비통이 모두 응축되어 있었다. 곁에 있던 병사들이 몸짓으로 답했다. 시사는 아무것도 개의치 않는 듯 재빨리 앞으로 나섰다. 이때 교회의 종이 울려 대미사를 마쳤음을 알렸다. 시사는 가능한 한 걸음을 재촉하여 교회에서 나오는 사람들과 마주치지 않고자 했다. 하지만 그 노력도 헛되게 결국 그들과 마주치고 말았다. 그녀는 아는 사람 두 명을 만나 인사를 건넸다. 하지만 그들은 의아해하는 눈빛으로 그녀를 바라보았다. 이후 그녀는 그런 괴로운 순간을 피하기 위해 땅만 바라보며 걸었다. 그러나 그날따라 불행하게도 그녀는 돌부리에 걸려 넘어지고 말았다. 사람들이 그녀를 쳐다보며 수군거렸다. 아무리 땅만 보며 걷고 있어도, 그들의 시선이 자신의 움직임을 좇아오고 있다는 사실을 느낄 수 있었다. 뒤에서 한 여인이 천박한 목소리로 외쳤다.

"어디서 저 여자를 잡았소? 잃어버린 돈은 되찾았나?"

그녀는 옅은 노란색 치마에 속이 훤히 비치는 푸른색 블라우스를 입고 있었다. 차림새로 추측하건대 주둔군을 따라다니며 생활하는 여성이 분명했다. 시사는 뺨을 한 대 얻어맞은 기분이었다. 마치 그 여자가 군중들 앞에서 그녀를 발가벗긴 것만 같았다. 그녀는 수치심에 어찌할 바를 모르며 잠깐 눈을 들어 주위를 바라보았다. 멀리서 그녀를 응시하는 많은 사람들의 눈동자들에서 차가움이 느껴졌다. 저들이 수군대는 소리가 들리는 듯했다. 천박한 목소리의 여인은 아무 일도 없었던 것처럼 걸음을 옮겼다. 군인 중 한 명이 불평하며 말했다.

"자, 이제 좀 갑시다!"

그녀는 걸음이 서툴러 금방이라도 넘어질 것 같은 기계인형처럼 움직였다. 아무것도 보이지 않고 아무 생각도 할 수 없는 상황에서 오직 어딘가로 빨리 가서 숨어버리고 싶다는 생각뿐이었다. 출입구 하나가 눈에 들어왔다. 그곳엔 경비가 지키고 있었으나, 그녀는 그냥 들어가려고 했다. 긴급한 목소리가 발길을 잡았다. 목소리를 찾아 비틀거리며 눈을 돌리는데 누군가 뒤에서 등을 밀치는 것이 느껴졌다. 눈이 감기고 몸이 앞으로 기우뚱하더니 갑자기 온몸에 힘이 빠져 바닥에 쓰러지듯 주저앉았다. 몸은 눈물도 없고 소리도 없는 흐느낌으로 떨고 있었다. 어느새 그녀는 군부대 관내에 들어와 있었다. 주위에 군인들과 그들의 여자들 그리고 돼지와 닭들이 보였다. 일부 군인들은 본인들의 제복을 손질하고 있고, 긴 의자에 앉은 남자의 허벅지를 베개 삼아 누운, 담배를 피우며 지루한 듯 천장을 바라보는 여자도 보였다. 그리고 긴 의자에 앉은 그 남자의 옷을 빨고 무기를 청소하는 또 다른 남자가 외설적인 곡조를 흥얼대고 있었다.

"애들은 달아나 버리고, 암탉 하나만 잡아 왔구먼."

어떤 여자가 막 들어오는 사람들에게 소리 질렀다. 저 여자가 말하는 암탉은 시사를 가리키는 것일까, 아니면 아직도 꿱꿱 소리를 지르는 그녀의 진짜 암탉을 가리키는 것일까? 시사를 데리고 온 군인들은 대답하지 않았다. 여자가 계속 말했다.

"하긴 그렇지. 암탉이 병아리보다야 낫지."

군인 중 한 명이 화난 목소리로 물었다.

"부대장님은 어디 계시지? 아직 보고도 올리지 않은 거야?"

여자는 아무런 말도 없이 어깨만 으쓱해 보였다. 아무도 시사를 어떻게 처리하는가에 관심을 보이지 않았다. 시사는 군부대 뜰에서 2시간을 보냈다. 절반은 정신이 나간 상태로 구석에 쪼그리고 앉아 기다렸다. 제멋대로 헝클어진 머리를 한 채 손으로 얼굴을 감싸 숨겼다. 부대장은 정오가 돼서야 이 사건에 관해 보고를 받았고 즉시 신부의 고소를 기각했다.

"그 탐욕스러운 인간이 무슨 일을 저지르려는 거야!"

그러더니 시사를 풀어주고 사건을 마무리하라고 명령을 내렸다. 부대장이 덧붙였다.

"만약 신부가 잃어버린 돈을 되찾고 싶다면 본인이 모시는 그 유명한 성 안토니오에게 물어보든지, 아니면 교황청 대사에게 청원을 넣든지 하라고

해. 이 사건은 여기서 종결해!"

시사는 부대 밖으로 내쫓기듯 나왔다. 그녀가 자리에서 꼼짝도 하지 않자, 군인들이 떼밀어 내보낸 것이었다. 그녀는 자신이 길 가운데 서 있다는 사실을 알아차리고 즉시 집을 향해 달렸다. 헝클어진 머리는 사방으로 날렸고, 시선은 먼 지평선을 향했다. 태양은 중천에 떠 있고 하늘에는 찌는 듯 내리쬐는 뙤약볕을 가릴 구름 한 점 없었다. 미세한 바람이 나뭇가지를 조금씩 흔들고 가지 사이의 그늘에서는 새들이 숨어서 쉬었다. 그녀는 먼지로 가득한 길을 달렸다.

집에 다다르자 시사는 조심스럽게 대문으로 들어가서 구석구석 샅샅이 살피고, 여기저기를 반복해서 둘러보았다. 그러곤 타시오 할아버지의 집으로 달려가 대문을 두드렸다. 그러나 아무런 대답이 없었다. 그녀는 다시 집으로 돌아왔다. 소리쳐 부르며 혹시나 대답이 들릴까 귀를 기울였다.

"바실리오, 크리스핀!"

하지만 들려오는 소리는 그녀가 외친 소리의 메아리와, 인근 시냇물이 흐르며 내는 달콤한 소리, 그리고 대나무 잎이 만들어내는 음악뿐이었다. 그녀는 다시 아이들의 이름을 소리쳐 부르며 주위의 산과 골짜기, 강가를 찾아 헤맸다. 이곳저곳을 향하는 그녀의 눈빛은 살기 가득한 빛을 발하다가 다시 폭풍 전야의 밤처럼 어둠에 휩싸였다. 이성의 불빛이 깜빡거리며 금방이라도 꺼질 것만 같았다.

그녀는 다시 한 번 움막의 계단을 올라가, 지난밤 그들이 함께 누워 있었던 자리에 웅크리고 앉았다. 눈을 들자, 움막 밖 낭떠러지 방향으로 걸려 있는 대나무의 날카로운 끝에 바실리오의 옷 조각이 붙어 있는 것이 보였다.

그녀는 벌떡 일어나서 그것을 집어 햇빛에 가져가 보았다. 피가 묻어 있었지만 그녀는 그것을 알아채지 못했다. 그녀는 움막에서 나와 그 옷 조각을 내리쬐는 태양빛 아래서 자세히 살폈다. 뚫어지게 바라보다가, 마치 어두운 밤에 빛이 모자라 잘 보이지 않는 양 번쩍 치켜들어 태양빛을 정면으로 마주하며 살폈다.

그녀는 이상한 울음소리를 내면서 하염없이 걸었다. 동물의 울음소리 같은 그 소리를 누군가 들었다면 그게 누구든 놀라 달아날 것이다. 바람이 보이지 않는 날개를 휘젓고 그림자처럼 지나가는 폭풍우가 부는 밤에는, 외딴집 폐허에서 신음과 곡하는 소리가 들렸다. 이성적으로 보면 이 소리는 단지 바람이 첨탑과 무너진 벽에 부딪쳐 나는 소리라고 생각할 수 있지만, 그 소리는 아무리 용감한 사람의 심장이라도 공포에 떨게 했다. 하지만 지금, 폭풍우가 치는 밤의 알 수 없는 탄식보다 그 어미가 내는 애달픈 통곡이 훨씬 더 음울하게 들렸다.

어느덧 밤이 그녀를 지배했다. 하늘이 그녀가 잠자는 동안에 천사를 보내어, 날개로 그녀의 창백한 얼굴을 쓰다듬으며 슬픈 기억들을 지우려는 것만 같았다. 뼈를 깎는 듯한 애통함은 차마 연약한 인간의 힘으로 견딜 수 없는 것이기에, 하느님은 아마도 어머니의 애정을 갖고 망각이라는 달콤한 처방을 주시는 것 같았다.

22
빛과 그림자

사흘이 지났다. 산디에고 사람들은 온통 축제 준비를 하느라 의견을 나누고 수군거리면서 사흘 밤낮을 보냈다.

즐거운 축제에 대한 기대에 부풀어 있으면서도 일부는 여전히 다른 사람들을 비난했다. 특히 시장과 부시장 그리고 젊은 자유파들은 비판의 대상이 되었다. 비판하는 이들 중에는 그저 모든 일을 남의 탓으로 돌리려는 사람도 적지 않았다.

그들은 마리아 클라라에 대해 얘기를 나누었다. 그녀는 이모 이사벨과 함께 산디에고에 도착했다. 사람들은 그녀를 어릴 때부터 귀여워했기 때문에 그녀가 왔다는 소식에 기뻐했다. 그들은 마리아의 아름다움에 관한 칭찬을 하다가도 어느새 살비 신부에게 일어나는 변화에 대한 수다로 빠지곤 했다.

"그분은 미사 도중에 종종 딴생각을 하시는 것 같아."

교구관사에서 일하는 신도가 말을 꺼냈다.

"요즘은 우리에게 별로 말씀도 하지 않으셔."

그가 체중도 줄고 영적인 능력도 감소한 것 같은 느낌이 든다고들 했다. 그의 요리사는 신부님이 점점 야위어간다고 하며 자신의 요리를 별로 좋아하지 않는 것 같다고 했다. 하지만 가장 흥미로운 소문은, 다름 아닌 살비 신부가 마리아 클라라의 집을 방문하는 밤 동안에 교구관사에 두 개 이상의 불빛이 보였다는 사실이다. 신앙심 깊은 여인들은 나름대로 입단속을 했지만 소문이 번져나가는 것을 막을 수 없었다.

후안 크리소스토모 이베라는 지방 주도州都에서 전보로 이모 이사벨과 그녀의 조카에게 안부를 전했다. 그렇지만 그가 산디에고를 떠나 있는 이유를 설명하지는 않았다. 많은 이들은 그가 대축일 밤에 살비 신부에게 행한 짓 때문에 체포되었을 것이라고 예상했다. 그러나 시내에 떠도는 소문에 흥미를 더하는 일이 벌어졌다. 세번째 날 오후에 이베라가 그의 약혼녀 집에 다다라, 마차에서 내리면서 한 성직자와 공손히 인사를 나누고 함께 안으로 들어갔다는 것이었다.

시내에 사는 사람 중 그 누구도 시사와 그녀의 아이들에 대해서는 신경도 쓰지 않았다.

오렌지나무와 튤립은 마리아 클라라의 집을 사랑스럽고 아늑해 보이게 했다. 오후 시간, 그녀와 이베라는 호수가 내려다보이는 창가에 함께 서 있었다. 창문은 꽃들과 담쟁이넝쿨로 장식되어 있었다. 꽃들은 대나무를 엮어 만든 선반 위의 화단 위를 장식했고 은은한 향을 풍겼다. 그렇지만 두 남녀가 속삭이는 대화는 넝쿨 잎들이 바스락거리는 소리보다 부드럽고 정원에서 풍기는 향기보다 달콤했다.

이베라가 마리아 클라라에게 말했다.

"새벽이 되기 전에 어떤 소원이라도 말하면 내가 오늘 밤이 되기 전에 모두 들어줄게."

"우리 친구들 모두에게 즉시 알리고 초대했으면 해. 다만 교구 신부님은 빼놓을 수 있다면 좋을 텐데."

"왜 그러는데?"

"그분이 나를 항상 감시한다는 느낌이 들어서. 깊고 슬퍼 보이는 그 눈도 계속 거슬리고, 좀 무섭기도 해. 게다가 나에게 말할 때는 목소리가 좀 이상하거든. 내가 알아들을 수 없는 이상한 말도 하고. 한번은 나한테, 엄마가 남긴 편지에 대한 꿈을 꾼 적이 있느냐고 물었어. 내 생각에 그분은 절반쯤 정신이 나간 것 같아. 시낭과 안뎅도 신부님이 조금 이상하다고 했거든. 요새는 먹지도 씻지도 않으면서 캄캄한 곳에서 시간을 보내곤 한대. 그분이 안 오는 편이 나을 것 같아."

이베라가 신중하게 답했다.

"신부님을 초대하지 않을 순 없어. 너한테 그분은 단지 손님일 뿐이겠지만, 내게는 무척이나 친절했던 소중한 분이거든. 시장이 내 계획에 대해서 그에게 말했을 때, 그냥 격려만 할 뿐 조금도 반대하지 않았어. 네가 난처해한다는 건 알겠는데, 걱정하지 마. 그분과 최대한 어울리지 않으면 되잖아."

그들은 가벼운 발자국 소리를 들었다. 바로 그때 살비 신부가 얼굴에 부자연스러운 미소를 띠고 다가왔다. 신부가 말했다.

"바람이 찬데요. 두 사람 다 감기에 걸릴까 염려되지 않나 보죠? 지금 감기에 걸리면 더운 여름이 올 때까지 떨어지지도 않을 텐데."

그의 목소리는 미세하게 떨렸다. 시선은 먼 지평선을 향해 있었다. 그는 그 젊은 한 쌍을 똑바로 바라볼 수 없었다. 이베라가 답했다.

"춥기는요. 오늘밤 날씨는 정말 좋은걸요. 산들바람이 아주 쾌적하고요. 요즘은 날씨가 봄, 가을 같습니다. 나뭇잎도 그리 많이 떨어지지 않고 꽃들도 만개하고요."

살비 신부가 한숨을 쉬었다. 이베라가 말을 이었다.

"저는 이 두 계절 사이에 추운 겨울이 끼어 있지 않다는 사실이 경이롭게 느껴집니다. 2월에는 과일나무들이 몽우리를 맺고, 3월이 되면 벌써 과일이 무르익지요. 여름이 오면 저희들은 더위를 피해 다른 곳으로 갑니다."

살비 신부가 미소를 지었다. 그들은 날씨와 시내 이야기, 축제에 관한 가벼운 이야기를 나눴다. 마리아 클라라가 잠시 자리를 비웠다.

"축제 이야기가 나왔으니까 말씀인데, 내일 저희가 준비하는 파티에 와 주셨으면 합니다. 저희는 친구들과 함께 조촐한 야외 파티를 준비했습니다."

"파티는 어디서 있을 예정이지요?"

"젊은 아가씨들은 거대한 발레테나무가 있는 숲의 시냇가에서 했으면 하더군요. 약간 일찍 떠나야 할 것 같아요. 아니면 날씨가 좀 더울 것 같아서요."

잠시 생각을 하더니 신부가 대답했다.

"정말 흥미로운 초대군요. 내가 그대에게 아무런 반감도 없다는 것을 보여주는 의미에서 초대를 받아들이지요. 하지만 나는 좀 늦게 참석하겠습니다. 처리해야 할 일이 있어서요. 아무런 일도 할 필요가 없는 당신이 부럽소!"

몇 분 후에 이베라는 내일의 야외 파티를 준비하기 위해 자리를 떠났다. 이미 밤이 찾아오고 있었다. 바깥 거리에서 누군가 그에게로 다가와 공손하게 인사했다. 이베라가 물었다.

"누구시오?"

들어본 적 없는 목소리가 답했다.

"나리, 제 이름을 들어보신 적 없을 겁니다. 저는 이틀 동안이나 나리를 기다렸습니다."

"아니, 왜 그러셨습니까?"

"저는 아이들을 잃어버렸습니다. 제 아내는 정신이 나갔고요. 모두들 제가 그런 일을 당해도 싸다고 얘기합니다. 그들은 저를 악한이라고 부르며 아무도 동정하지 않습니다."

그 사람을 잠시 살펴본 후 이베라가 말했다.

"무엇을 원하십니까?"

"제 아내와 아이들을 불쌍히 여겨주소서!"

이베라가 답했다.

"저는 여기서 더 이상 이렇게 머무를 시간이 없습니다. 괜찮으시면 저와 함께 걸으면서 무슨 일인지 말씀해주시겠습니까?"

남자는 감사를 표시하고, 곧 두 사람은 어두컴컴한 거리로 사라졌다.

23
낚시 여행

둥글게 펼쳐진 하늘에 별들이 영롱히 빛나고, 새들은 여전히 나무에서 잠을 자고 있을 무렵이었다. 한 흥겨운 무리가 축제 등불을 들고 시내 거리를 지나 호수로 향하고 있었다.

마차의 뒤를 다섯 명의 유쾌한 처녀들이 손을 마주 잡거나 옆 사람의 허리를 감싸면서 따르고 있었다. 그 뒤를 또 몇몇 나이 든 여인들이 따르고, 다음으로 각종 음식과 접시, 주방도구들을 바구니에 담아 머리에 이고 있는 하녀들이 좇아왔다. 그들의 얼굴에는 온갖 기대로 생기가 넘치고, 그들의 풍성하고 긴 머리와 차려입은 드레스 자락이 바람에 나풀거렸다. 마치 밝아오는 여명에 쫓기는 밤의 천사들인 것만 같았다. 그 속에서 마리아 클라라가 친구들 넷과 함께했다. 항상 명랑한 그녀의 사촌 시낭, 진지한 빅토리아, 사랑스러운 이다이, 생각이 깊은 네낭이었다. 다들 수줍고 수수한 아름다움을 지니고 있었다. 저들은 서로 수다를 떨며 꼬집기도 하고, 속삭이기도 하고, 웃음을 터뜨리기도 했다. 이모 이사벨이 그녀들을 나무랐다.

"쉬, 모두들 잠자리에 들어 있는 시간이야. 다른 사람들 깨겠다. 우리가 젊었을 때는 너희들이 떠드는 소리의 절반도 내지 않았어."

시낭이 대꾸했다.

"그때 이모는 우리처럼 이렇게 일찍 일어나지도 않았을걸요. 아니지, 옛

날 사람들은 그렇게 늦잠꾸러기가 아니라던데."

어찌되었든 그들은 수다를 잠시 멈췄다. 하지만 오래가지는 않았다. 소녀들은 목소리를 낮추어 수다를 떨더니 곧 이모의 경고를 잊은 듯 다시 목소리를 높였다. 신선한 젊은 목소리와 웃음소리가 거리를 따라 메아리처럼 울렸다. 시낭이 마리아 클라라에게 제안했다.

"그 사람한테 한번 화난 척하고 말도 걸지 말아봐. 시비라도 걸어봐. 그래야 그가 너를 만만하게 보지 않을 거야."

이다이가 말했다.

"그렇다고 너무 까다롭게 굴지는 마"

"아니야, 까다롭게 굴어야 해. 바보 같은 소리 같지만, 남자들은 결혼하기 전에는 친절하게 대해주다가 결혼하고 나면 제멋대로가 된다니까."

시낭이 조언했다. 사촌 빅토리아가 그녀를 다그쳤다.

"넌 그런 걸 어떻게 알았어?"

"쉬, 조용히들 해. 저들이 온다!"

정말로 한 무리의 청년들이 커다란 대나무 횃불을 들고 어색한 기타 소리에 맞추어 진지하게 걸어오고 있었다. 시낭이 웃음을 터뜨렸다.

"거지들의 기타 소리 같다, 안 그래?"

하지만 두 그룹이 막상 서로 마주치자, 오히려 여자들은 말도 못 하고 조신하게 처신했다. 조금 전 무엇 때문에 웃었는지조차 잊어버린 듯했다. 반면 남자들은 말을 걸며 인사했고 미소를 던지며 질문 공세를 펼쳤다. 남자들이 여섯 번 질문을 던지자 겨우 세 번 정도 대답이 돌아왔다. 함께 온 어머니들이 말했다.

"호수가 잔잔할까요? 오늘 날씨가 괜찮을까요?"

알비노라는 이름의 키 크고 마른 청년이 대답했다.

"걱정 마세요, 어머님들! 저는 수영을 아주 잘합니다."

이모 이사벨이 손뼉을 치며 탄식했다.

"미사를 먼저 드리고 왔어야 했는데!"

다른 청년이 답했다.

"이미 늦었습니다, 이모님. 마침 알비노가 이곳 신학교에서 공부했으니, 배에서 미사를 드릴 수 있을 겁니다."

알비노는 은근히 살비 신부처럼 경건한 체하며 근엄한 표정을 지었다. 이베라는 품위를 잃지 않으며 흥겨운 대화에 끼어들었다.

물가에 다다르자 여자들은 그 광경에 감격해서 소리를 질렀다. 커다란 배 두 척이 함께 묶여 있는 모습이 보이고, 그 배들은 꽃들과 각양각색의 천으로 그림처럼 장식되어 있었다. 배 위에 쳐놓은 천막 가장자리에는 장미, 카네이션과 함께 종이로 장식한 작은 등불이 매달려 있었다. 탁자 위에는 파인애플, 캐슈넛, 바나나, 구아바, 란쏘네스 등 각종 과일이 놓여 있었다. 게다가 여자들이 편안히 앉을 수 있는 안락의자들까지 비치되었다. 배를 젓는 노와 돛대에도 장식이 되어 있다. 이 배를 보다 화려하게 만드는 것은 그곳에 놓여 있는 하프, 기타, 아코디언, 물소뿔나팔 등 각종 악기들이었다. 그 외에도 원주민들이 사용하는 각종 조리도구와 차, 커피, 생강차 등이 아침 식사를 위해 준비되었다. 그들이 배에 도달하자 어떤 나이 든 여자가 명령조로 말했다.

"여자들은 여기에 그리고 남자들은 모두 저기에 자리 잡으세요. 돌아다니지 말고 가만히 앉아 있어요. 그러지 않으면 배가 뒤집어질 수도 있으니까."

"우선 성호를 그으며 기도부터 해야지."

이사벨 이모가 말하면서 앞서서 기도했다.

"여기에 우리들밖에 없는 거야."

시낭이 입을 삐죽거리며 말했다.

"우리들밖에…… 아야!"

시낭이 '아야' 하고 소리를 지른 이유는 그녀의 어머니가 눈치 있게 행동하라고 꼬집었기 때문이다. 배는 천천히 움직였다. 천막 가장자리에 달아놓은 종이 장식을 한 등불이 호수의 거울 같은 표면에 반사되어 반짝반짝 빛을 냈다. 동이 텄다.

파티의 분위기는 다소 가라앉았다. 젊은 남녀들이 눈치 없는 어머니들의 명령에 의해 서로가 떨어져 제각기 모여 있기 때문이었다. 신학생이었던 알비노가 큰 목소리로 옆의 친구에게 말했다.

"조심해. 발로 그 구멍의 마개를 잘 막고 있어야 하는 거 알지?"

"왜?"

"그 구멍으로 물이 들어올 수도 있거든. 이 배에는 여러 개의 구멍이 있어."

한 여자가 비명처럼 소리를 질렀다.

"그럼 우리가 가라앉겠네!"

"걱정 말아요, 아가씨들."

알비노가 그녀들을 안심시켰다.

"이 배는 아주 안전합니다. 구멍이 다섯 개밖에 없거든요. 그 구멍들도 그리 크지 않아요."

"구멍이 다섯 개나 된다고, 맙소사! 우리 모두 빠져 죽게 만들려는 거야?"

여자들은 두려워하며 소리쳤다.

"겨우 다섯 개밖에 없어요. 이 정도 크기로 말이에요."

알비노가 자기 손가락으로 둥근 모양을 만들어 보였다.

"단지 그 마개들을 단단히 막고 있으면 아무런 문제도 없어요."

자신의 몸에 이미 물이 스며들고 있다고 생각한 어떤 나이 든 여자가 소리쳤다.

"오, 주님! 성모님! 물이 벌써 배 안으로 들어오고 있네."

작은 소동이 일어났다. 일부 여자들은 비명을 지르고, 어떤 이들은 이미 배에서 호수로 뛰어들 자세까지 취했다. 알비노가 처녀들이 있는 곳을 가리키며 말했다.

"발로 거기 있는 마개를 꼭 누르고 있어요."

겁에 질린 여자들이 말했다.

"어디? 어딜 말하는 거예요? 떨려서 아무런 생각도 못하겠어요. ……이리로 와서 어딘지 알려주세요."

다섯 명의 총각들이 겁에 질린 어머니들을 안심시키기 위해 옆쪽의 배로 이동했다. 신기한 우연으로 때마침 처녀들이 각각 위험한 부분 바로 옆에 있었다. 더욱 신기한 것은 이베라가 마리아 클라라 옆에 자리하고 있고, 알비노는 빅토리아 옆에, 그리고…… 곧 어머니들이 있는 배에는 평온이 찾아왔지만, 젊은 처녀 총각들이 모여 있는 곳은 여전히 부산스러웠다.

호수는 더할 나위 없이 평온했다. 고기 잡는 어망들은 그리 멀리 있지 않고, 시간도 충분했다. 다들 잠시 멈추어서 아침 식사를 하기로 했다. 아침이 밝아오자 그간 밝히고 있던 등불들을 모두 소등했다. 유쾌한 시낭의 어머니 카피티나(카피탄의 부인을 지칭하는 말_옮긴이) 띠카가 말했다.

"아침 미사를 드리러 가기 전에 생강차 한 잔만큼 좋은 게 없지. 생강차를 떡과 함께 들어봐요, 알비노. 더욱 기도하고 싶다는 생각이 들걸."

그가 대답했다.

"제가 평상시에 하는 일과 똑같네요. 사실 지금 저는 고해성사를 하러 가고 싶은 생각이 듭니다."

시낭이 말했다.

"안 돼. 차라리 커피를 마셔. 그럼 행복한 기분이 들 거야."

"맞아, 사실 내가 약간 기분이 가라앉아 있거든."

이사벨 이모가 말했다.

"아니야. 차와 함께 비스킷을 들어. 차가 마음을 차분하게 만든다고들 하잖아."

알비노가 너그럽게 말했다.

"그럼 전 차와 비스킷을 들겠습니다. 다행스럽게도 그 어떤 음료도 가톨릭 신앙에서처럼 구원받을 수 있는 방법이 유일하게 하나뿐이라고 설파하지는 않거든요."

빅토리아가 물었다.

"네가 어떻게 그런 말을 다 할 수가 있어?"

"초콜릿도 권해봐. 그래도 난 똑같이 말할걸. 아직 점심이 되기까지는 시간이 있으니까 말이야."

아름다운 아침이었다. 하늘에서 내리쬐는 빛이 물에서 반사되는 빛과 함께 그늘진 데 없이 구석구석을 환하게 밝혔다. 모든 사물의 색과 경계가 뚜렷해 졌다. 호숫가는 청명하고 생기가 넘쳤다. 바다를 그린 풍경화에서 나올 법 한 풍경이었다.

모든 사람들이 흥겨운 시간을 보내고 있었다. 다들 가볍게 불어오는 산 들바람의 향기를 음미했다. 지적하고 경고를 주기에 바빴던 어머니들조차 이제는 서로 웃고 농담을 나누고 있었다. 그들 중 한 명이 카피티나 띠카에 게 물었다.

"우리 중 아무도 결혼하지 않았을 때 여기 수영하러 왔던 것 기억나? 떠 내려 온 바나나나무들로 작은 배를 만들어 놀곤 했잖아. 그 배에 각종 과일 과 꽃들을 담고, 각각에 우리 이름을 적은 작은 깃발을 꽂아놓기도 했고."

다른 어머니가 끼어들었다.

"그리고 길을 걷다가 말이야. 부러진 대나무 다리를 만났을 때, 우리는 가 끔 걸어서 강을 건너곤 했지…… 정말 악동들이 따로 없었어!"

카피티나 띠카가 맞장구쳤다.

"맞아, 그렇지만 난 치마를 적시는 한이 있어도 절대 내 다리를 드러내 보 이지는 않았어. 강둑을 따라 있는 숲에서 누군가 우리를 훔쳐보고 있다는 사실을 알고 있었거든."

이런 이야기를 듣고 있던 젊은이들은 서로 윙크와 미소를 주고받았다. 또 다른 젊은이들은 자신들의 이야기에 빠져 무슨 이야기가 들리든 관심이 없 었다.

오직 한 사람, 배의 노를 잡고 있는 사공만이 침묵하면서 이 모든 즐거움 에 주의를 기울이지 않았다. 운동선수같이 단단한 몸과 커다랗고 슬픈 눈, 근엄한 입이 흥미롭게 조화를 이룬 얼굴을 가진 젊은이였다. 다듬지 않은 긴 머리는 강인해 보이는 그의 목을 따라 늘어뜨려져 있었다. 낡고 주름진 옷 밑에 숨은 몸은 근육이 탄탄할 것이라 짐작할 수 있었다. 옷 위로 드러난 근육질의 팔은 두 배를 움직이는 커다란 노를 깃털 정도로 보이게 할 정도였다.

마리아 클라라는 그녀를 수차례 자세히 관찰하는 그를 놀리곤 했다. 그러면 그는 얼굴을 돌려 시선을 먼 곳의 산과 호수로 옮겼다. 그녀는 외롭게 혼자 있는 그를 가엾게 여겨 과자를 가져다주었다. 뱃사람은 놀란 눈으로 그녀를 바라보다가, 이내 과자를 받아들고 거의 들리지도 않는 작은 목소리로 감사의 말을 했다.

그 후에는 누구도 그에게 관심을 두지 않았다. 젊은이들의 웃음소리와 기지 넘치는 말들에도 그의 얼굴 표정은 미동도 없었다. 명랑한 시낭이 누군가 꼬집을 때마다 인상을 찌푸려 모든 이들이 폭소하는데도 그는 웃지 않았다.

아침 식사 후 이들은 고기를 잡기 위해 어망을 쳐놓은 곳으로 갔다.

어망은 두 군데에 서로 약간 간격을 두고 설치되어 있었다. 이 어망들은 카피탄 티아고의 소유물이었다. 멀리 어망을 매어놓은 대나무 기둥에 몇 마리 왜가리가 관조하듯 앉아 있었다. 한편에서는 따갈로그어로 깔라와이라고 부르는 흰 새들도 여기저기 날고 있었다. 그것들의 날개는 호수의 표면을 스치며 지나가고, 귀에 거슬리는 울음소리가 사방에 가득했다.

배들이 어망 가까이에 다다르자 왜가리는 훌쩍 날아서 인근의 산으로 향했다. 마리아 클라라의 시선은 날아가는 왜가리를 쫓고 있었다. 그녀가 사공에게 물었다.

"저 새들은 산에 둥지를 트나요?"

정말 궁금해서라기보다는 그에게 말을 시키려는 의도였다. 사공이 대답했다.

"아마 그럴 겁니다. 하지만 새들의 둥지를 본 사람은 아무도 없습니다."

"그럼 둥지가 어디에도 없단 말이에요?"

"아마 있을 겁니다. 없다면 저들이 무척 불행하겠지요."

그 목소리에 담긴 슬픔을 마리아 클라라는 눈치채지 못했다.

"그래서요?"

"사람들이 말하기를 저 새들의 둥지는 볼 수가 없고, 그 소유물들도 역시 보이지 않는다고 합니다. 맑은 거울 같은 눈에만 보이는 영혼처럼, 새둥지는 오직 거울처럼 맑은 물에서만 보인답니다."

마리아 클라라는 생각에 잠겼다.

잠시 후 그들은 어망에 도착했다. 다른 늙은 사공이 배들을 대나무 기둥에 동여맸다.

"잠깐만!"

이사벨 이모가 대나무 기둥 끝에 달린 물고기를 건져 올릴 도구를 준비하는 늙은 사공의 아들을 말렸다.

"시니강(신맛이 나는 국의 일종_옮긴이)을 먼저 준비한 후에 고기를 건져 올려야 해. 그래야 싱싱한 고기를 바로 국에 넣을 수 있으니까."

"현명하신 이사벨 이모님!"

국거리의 맛을 미리 염려하는 모습에 알비노가 감탄하며 말했다.

"이모님은 물고기가 잠시라도 물 밖에 있는 것을 원하지 않으시네요."

마리아 클라라의 젖자매인 안뎅은 밝고 유쾌한 얼굴과 달리 훌륭한 요리 솜씨로 소문이 나 있었다. 그녀는 밥 지을 물과 토마토 그리고 까미아스(시니강 국에 넣는 열매의 일종_옮긴이)를 준비하면서, 도와주려는 사람들에게 이 것저것을 지시했다. 다른 처녀들은 호박의 껍질을 까고, 콩깍지를 벗기고, 파를 담배 정도 크기로 잘랐다.

사랑스러운 이다이가, 물고기가 어서 잡히기를 애타게 바라는 사람들을 위해 하프를 잡았다. 그녀는 하프를 훌륭하게 연주할 뿐만 아니라 누구에게 나 자랑할 수 있을 만큼 손이 아름다웠다.

이다이의 연주가 끝났을 때, 모든 젊은이들이 손뼉을 치고 마리아 클라 라는 그녀의 볼에 입맞춤해주었다. 하프는 도시에서 가장 인기 있는 악기이 면서 이런 분위기에 가장 어울리는 악기이기도 하다. 어머니들의 요청이 이 어졌다.

"빅토리아, 결혼식 노래 좀 불러주렴."

남자들은 이의를 제기했고, 아름다운 목소리를 가진 빅토리아는 목 상 태가 좋지 않다고 불평했다. 결혼식 노래는 아름다운 따갈로그어 애가이 다. 그 노래는 현실의 어떠한 즐거움도 묘사하지 않고 단지 비참한 신세와 슬픔만을 표현하는 것이었다. 그러자 이번에는 사람들이 마리아 클라라에 게 노래를 불러달라 요청했다.

"내가 아는 노래는 모두 슬픈 노래들뿐이에요."

"걱정하지 마. 우린 어떤 곡이든 다 괜찮으니까."

그녀는 더 이상 주저하지 않고 하프를 들었다. 잠시 동안 목을 가다듬은 뒤, 감성이 풍부하게 실린 애교스럽고 설레는 목소리로 노래를 불렀다.

고향에서 보내는 시간들이 어찌 그리 달콤한지

세상의 모든 것들이 친근하게 다가오네,

들녘에서 불어오는 산들바람이 어찌 그리 달콤한지
죽음도 모질지 않고 사랑은 더욱 강해지네,
엄마의 품에서 달콤한 잠이 깬 아이가
아무런 가식 없이 엄마의 눈을 바라보며
따스한 입맞춤과 포옹을 기다림과 같네,
태양 아래 있는 모든 것이 사랑스러운
고향에서는 죽음도 달콤함이여,
고향, 어머니, 그리고 진실한 사랑이 없는
이들에게는 산들바람도 매섭구나!

목소리가 잦아들며 노래가 끝났다. 하프도 연주를 마쳤지만, 관객들은 박수를 치는 것도 잊은 채 여전히 멍한 상태였다. 처녀들의 눈에는 눈물이 고였다. 이베라는 솟구치는 감정을 애써 억눌렀다. 무정한 사공만이 먼 곳을 바라보고 있었다.

갑자기 천둥 같은 소리가 들려왔다. 여자들은 비명을 지르며 귀를 막았다. 신학생이었던 알비노가 온힘을 다해 물소뿔 트럼펫을 부는 소리였다. 흥겨움이 되살아났다. 눈물이 고였던 눈들에는 다시금 생기가 가득 차올랐다.

이사벨 이모가 소리쳤다.

"무슨 짓이야, 이 이단아야! 우리 고막을 찢어놓을 작정이야?"

알비노가 신중하게 답했다.

"부인, 저는 라인 강가에 사는 한 가난한 트럼펫 연주자의 얘기를 들은 적이 있습니다. 그는 트럼펫을 잘 불어서 아주 부유하고 고상한 여인의 마음을 얻었다고 합니다."

흥겨운 대화가 다시 시작되자 이베라가 끼어들었다.

"사실입니다. 그는 사킨젠에 사는 트럼펫 연주자였다지요."

알비노가 물었다.

"너도 그 얘기를 들은 적이 있어? 어쨌든 나도 그 친구처럼 행운이 찾아올지 한번 시험해보고 싶어서 그래."

그는 더욱더 힘껏 고막이 터질 것 같은 소리로 나팔을 불었다. 특히 이번 나팔은 마리아 클라라의 노래에 감명을 받은 처녀들을 향해 불었다. 자연히 한바탕 소동이 일었다. 슬리퍼를 들어 그를 때리려는 시늉을 하면서 쫓는 어머니들의 만류로 알비노는 결국 나팔 불기를 멈췄다.

그가 소리쳤다.

"라인 강변과 이곳 필리핀 사이에 그토록 많은 차이가 있단 말인가! 오 템포라, 오 모레스, 이 슬픈 시대여, 진부한 관습이여!"

그리고 좋고 나쁜 운수에 관한 유명한 문구를 인용했다.

"일부는 특권을 누리고, 다른 이들은 매를 맞는구나!'

그러자 모든 이들이 웃음을 터뜨렸다. 빅토리아까지도 한바탕 웃음에 참여하는 동안, 유쾌한 눈을 가진 시냥은 마리아 클라라에게 작게 속삭였다. "넌 정말 운이 좋아! 너 같은 목소리를 가졌으면 소원이 없겠다."

안뎅이 드디어 솥에 각종 음식 재료를 넣을 준비가 되었다고 말했다.

늙은 사공의 아들은 어망이 고정되어 있는 나무 기둥으로 다가갔다. 단테의 유명한 경구가 쓰여 있을 법한 기둥이었다. '이곳으로 들어온 자여, 모든 희망을 버려라.' 만약 이 불쌍한 물고기들이 읽을 줄 알아서 이탈리아어를 이해한다면 들어오는 즉시 자신들이 죽을 운명을 알았으리라. 어망은 둥근 모양으로 설치되어 있고 직경은 대략 1미터 정도였다. 사람들은 그 가장 자리에 서서 작은 뜰채로 안에 있는 물고기를 건져내어 잡았다.

시낭이 흥분으로 몸을 떨며 말했다.

"여긴 낚시를 하는 데 전혀 지루하지 않은 거의 유일한 장소지."

모든 사람들이 거기로 시선을 집중했다. 어떤 이들은 이미 어망 안에서 몸부림치는 물고기의 반짝이는 은빛 비늘을 보았다. 하지만 막상 젊은이가 뜰채를 어망에 담그자 어떤 물고기도 보이지 않았다.

알비노가 중얼거렸다.

"뜰채가 가득 차야 할 텐데. 이 어망은 쳐놓은 지 아직 5일도 안 되어서 좀 걱정되긴 하지만 말이다."

젊은이가 뜰채 자루를 끌어 올렸다. 그러나 물고기는 없었다. 태양빛에 반짝이는 물은 사람들을 조롱이라도 하듯 경쾌한 소리를 내며 그물 사이로 빠져나갔다. 놀라움과 실망, 곤혹스러움의 탄성이 여기저기서 쏟아졌다.

뜰채를 뜨는 작업은 동일한 방식으로 계속 이어졌다. 그러나 여전히 물고기는 잡히지 않았다.

"당신은 물고기 잡는 데 서투른 것 같소."

알비노가 끼어들었다. 그는 어망의 가장자리로 가서 젊은이의 손에 있는 뜰채를 가로챘다. "자, 잘들 보라고! 안뎅, 솥을 준비시키시오!"

그러나 알비노도 뜰채를 어떻게 뜨는지 잘 몰랐다. 뜰채는 여전히 텅 빈 채로 올라왔고, 모두들 알비노를 야유하며 비웃었다.

"너무 큰 소리 내지들 마요. 고기들이 소리를 듣고 달아나겠네. 어망에 구멍이 난 게 틀림없어."

하지만 어망을 살펴보아도 구멍 난 곳은 없었다. 이다이의 마음을 사로잡고 있는 네론이 말했다.

"내가 한번 해볼게"

어망이 제대로 설치되어 있는지 확인하고, 구멍이 있는지도 꼼꼼히 확인한 후 그가 물었다.

"이 어망을 설치해놓은 지 5일이 됐다는 게 정말이야?"

"정말이고말고! 대축일 전날 밤에 설치했어."

"그럼 이 호수에 무슨 사악한 주문이라도 걸린 건가. 그게 아니라면 내가 분명 무언가는 건져 올릴 거야."

네론은 뜰채를 물속에 넣다가 잠시 멈추고 뜰채로 물속을 휘저으며 관찰했다. 그러더니 뜰채를 물에서 건져내지 않고 조용히 속삭였다.

"악어가 있다."

"악어라고?"

이 말이 입에서 입으로 전달되자 모두들 소스라치게 놀랐다. 사람들이 네론에게 물었다.

"지금 뭐라고 한 거야?"

네론이 뜰채를 깊숙이 담그며 말했다.

"악어 한 마리가 그물 안에 갇혀 있다고 했어. 저기 좀 봐. 모래 위에 드러나 있는 등을 보라고. 움직이는 모습이 보이지 않아? 발버둥 치는데 그물에 둘둘 감겼어. 잠시만, 엄청나게 큰 놈이다. 몸통 둘레가 거의 1미터는 될 거야."

"어떻게 할까?"

누군가 말했다.

"당연히 잡아야지."

"맙소사, 대체 누가 악어를 잡는단 말이야?"

수심이 매우 깊었다. 아무도 물에 뛰어들려고 하지 않았다. 시낭이 말했다.

"우리가 저놈을 배에 동여매서 끌고 가는 게 좋겠다. 저놈이 우리 물고기들을 모두 먹어 치운 거야."

마리아 클라라가 말했다.

"지금껏 살아 있는 악어를 본 적은 한 번도 없는데."

젊은 사공이 일어서더니 긴 밧줄을 들고 능숙하게 배의 갑판대로 올랐다. 네론이 그에게 자리를 비켜주었다.

지금까지는 오직 마리아 클라라만이 그 사람의 존재를 인식하고 있었다. 그러나 이제 모든 이들이 그의 멋진 모습에 감탄했다.

배에 있는 모든 사람들의 조심하라는 경고를 뒤로 한 채, 그는 그물 안으로 뛰어 들어갔다. 크리소스토모가 커다란 스페인산 톨레도 검을 내밀며 말했다.

"이 칼을 가져가!"

그러나 이미 물을 튀기며 물속으로 첨벙 뛰어든 뒤였다. 그물에 둘러싸여 모습이 잘 보이지 않았다. 여자들이 소리쳤다.

"예수님, 성모님, 요셉! 무시무시한 일이 벌어질 것 같아! 예수님, 성모님, 요셉!"

늙은 사공이 말했다.

"여러분, 걱정 마십시오. 저이는 이 도시에서 누구보다 이런 일에 뛰어난 사람입니다."

"저 사람이 누군데요?"

"우린 저이를 키잡이라고 부릅니다. 여태까지 본 사람들 중에 저이가 최고예요. 하지만 이 일을 딱히 좋아하지는 않는 것 같습니다."

물에서 부글부글 거품이 올라왔다. 깊은 물속에서 무슨 일이 벌어지고 있는 것이었다. 어망을 지지하던 장대가 흔들렸다. 모두들 조용히 이 광경을 지켜보고 있었다. 이베라는 떨리는 손으로 날카로운 칼을 쥐고 있었다.

물속에서의 싸움은 끝이 난 듯했다. 잠시 후 젊은 사공이 물 위로 솟아오르자 모두들 환호를 질렀다. 여자들의 눈에는 감동의 눈물이 고였다.

젊은 키잡이는 밧줄 끝을 부여잡고 갑판대로 올랐다. 그리고 밧줄을 당겨 악어를 끌어 올렸다. 악어의 목과 앞발은 밧줄에 동여매어져 있다. 네론의 짐작대로 엄청난 크기였다. 등에는 이끼가 자라고 있어서, 사람으로 치자면 흰머리가 가득한 노인과 같았다. 악어는 황소처럼 울부짖으며 꼬리를 휘저어 대나무로 엮은 어망의 기둥을 부수고, 긴 이빨을 드러내며 거대한 입을 쩍 벌렸다.

키잡이 혼자서 그 악어를 끌어 올리고 있다. 아무도 감히 그를 도와줄 엄두를 내지 못했다.

악어는 물 밖으로 끌어 올려져 배의 갑판에 놓였고, 키잡이는 이를 제압하기 위해 그 위에 걸터앉아 강인한 팔로 악어의 입을 닫았다. 그가 악어의 입을 묶으려고 할 때, 악어는 온힘을 다해 몸을 비틀면서 꼬리로 배의 갑판을 내리쳤다. 그 바람에 악어는 배에서 어망 밖의 호수로 튕겨져 나갔다. 악어가 호수에 다시 빠지면서 키잡이도 같이 끌려 들어갔다. 키잡이는 죽은 것이나 다름없었다. 공포에 질린 외마디 외침이 들렸다.

순간 빛의 속도로 또 다른 사람이 물속으로 첨벙하며 들어갔다. 너무 갑작스럽게 일어난 일이라 사람들은 그가 이베라는 사실조차 알지 못했다. 마리아 클라라는 어찌할 바를 몰랐지만 보통의 필리핀 여자들처럼 정신만은 또렷했다.

물속에서 붉은 피가 번져 나왔다. 늙은 사공의 아들이 원주민 칼을 들고 호수에 뛰어들자 그의 아버지가 뒤를 따랐다. 하지만 그들이 뛰어들자마자 크리소스토모와 키잡이가 거대한 파충류의 죽은 몸을 붙잡고 물 위로 떠올랐다. 악어의 흰 배가 찢겨 있었고, 칼이 목을 자른 자국이 보였다.

그 기쁨은 말로 다할 수 없었다. 모두들 손을 내밀어 그들을 호수에서 건져냈다. 나이 든 여자들은 기뻐서 연신 소리를 질러댔다. 안뎅은 자신의 솥에서 국이 끓고 있다는 것마저 잊어버렸다. 이미 고깃국은 망쳤고 불도 꺼져버렸다. 오직 마리아 클라라만이 아무런 말이 없었다.

이베라는 아무 상처도 없었지만 키잡이의 팔에는 약간 긁힌 상처가 있었다. 그는 담요로 자신의 몸을 감싸주는 이베라에게 말했다.

"제 목숨을 구해주셨습니다."

키잡이의 목소리에는 약간의 후회가 묻어났다. 이베라가 대답했다.

"자네는 무모할 정도로 용감했네. 다음번에는 좀 더 조심하시게."

여전히 창백한 얼굴로 떨고 있던 마리아 클라라가 속삭였다.

"만약 당신이 돌아오지 않았다면……."

"만일 내가 돌아오지 않았다면, 너도 내 뒤를 따랐을 거라고?"

이베라가 그녀의 말을 가로챘다.

"내가 호수 바닥에서 우리 가족들과 함께 널 기다리고 있었어야 했는데."

이베라는 자신의 아버지 시신이 이 호수 어딘가에 있을 거라는 걸 잊지 않고 있었다.

나이 든 여자들은 더 이상 다른 어망으로 가길 원하지 않았다. 그저 집으로 돌아가기를 바랐다. 아침부터 좋지 않은 일이 일어났으니, 또 다른 불행한 사건들이 기다릴지도 모른다는 이유에서였다. 그들 중 하나가 한숨을 쉬며 말했다.

"이 모든 것은 우리가 제대로 미사를 드리지 않았기 때문에 일어난 일이야."

이베라가 물었다.

"그렇지만 우린 불행한 일을 당하지 않았잖아요?"

"운이 없었던 것은 저 악어지요."

알비노가 이렇게 정리했다.

"결국 저 사악한 파충류는 일생 동안 한 번도 미사를 드리지 않은 모양이네요. 저도 이 악어를 성당에서 종종 보던 악어 무리에서 본 적이 없으니 말이에요."

그렇게 해서 배는 다른 어망으로 향하게 되었고, 안뎅은 새로이 또 다른 시니강 국을 준비했다.

시간이 흐르자, 산들바람이 가볍게 불어오고 호수의 잔잔한 물결이 악어의 시신 주위에서 작은 파문을 일으켰다. 이 광경은 한 필리핀 시인의 시 한 구절을 떠오르게 했다. '명료하게 빛나는 거품 같은 산들이 작열하는 태양 아래 더욱 풍성하구나.' 다시금 음악 소리가 들려왔다. 이다이는 하프를 연주하고 남자들은 제법 능숙하게 아코디언과 기타를 연주했다. 그중에도 분위기를 더욱 살리는 것은, 자신의 기타 소리에 몰입해 있는 알비노의 모습이었다. 그는 음을 틀리기도 하고, 종종 박자를 놓치기도 하며, 때로는 다른 이들과 전혀 다른 멜로디를 연주하기도 했다.

또 악어를 만나지 않을까 하는 모두의 우려 속에 다른 어망이 있는 곳에 도착했다. 그러나 자연이란 예측 불가능한 것이다. 뜰채를 건질 때마다 물고기들이 한가득 담겨서 나왔다.

이사벨 이모는 이것저것 지시하면서 다양한 종류의 물고기들로 여러 종류의 원주민 음식을 만들었다.

"은빛 민어는 시니강에 넣으면 제격이야. 새치는 튀김을 만들면 좋으니 거기 두고, 달라그와 부완부완은 신선해서 약간 익혀 먹으면 좋으니 망에 넣어 물에 담가둬. 게는 프라이팬에 넣고 튀겨야 돼. 바낙은 배에 토마토를 넣고 바나나 잎으로 싸서 구워야 하고. 나머지 작은 물고기들은 그냥 어망 속에 넣어둬. 그래야 또다시 큰 고기들을 유인하지."

그들은 어느새 호숫가의 원시림에 다다랐다. 이 원시림은 이베라 가족의 소유였다. 큰 나무들 아래 시원하게 그늘이 져 있고, 주위에는 꽃들이 만개했다. 개울에는 유리처럼 투명한 물이 흘렀다. 그들은 그곳에서 점심을 할 계획이었다.

흥겨운 음악이 흐르고, 흙으로 만들어놓은 화덕에서는 연기가 모락모락 피어올랐다. 끓는 솥은 불쌍한 물고기를 향한 위로의 노래처럼 들리는 소리를 냈다. 어쩌면 그저 그들을 비웃고 조롱하는 소리인지도 몰랐다. 배에 묶인 악어는 물살에 따라 몸을 움직이며, 때로는 흰 배 쪽으로 뒤집었다가 다시 이끼가 낀 등을 보이기도 했다. 그러나 이 모든 상황에서도 자연이 가장 편애하는 인간은 브라만교도나 채식주의자들이 형제처럼 여기는 동물을 잡아먹는 행위에 대해 아무런 죄책감도 느끼지 않았다.

24
숲 속에서

살비 신부는 아침 일찍 미사를 인도하고, 십여 명의 고해성사를 몇 분 만에
들었다. 평상시 그의 습관과는 달랐다. 그 후에는 밀랍으로 조심스럽게 밀
봉되어 전달된 편지 몇 통을 읽었다. 살비 신부가 식욕을 잃은 탓에, 아침에
즐겨 먹던 따뜻한 초콜릿 스프는 이미 돌처럼 단단하게 굳었다.

요리사가 초콜릿을 다시 끓이며 말했다.

"신부님이 어디 편찮으신 모양이야. 지난 며칠 동안 음식도 잘 드시지 않
던데. 내가 여섯 접시를 만들어드리면 겨우 두 접시만 드시는 정도니까 말
이야."

하인이 말했다.

"그건 잠을 잘 못 주무시는 탓이야. 침대를 바꾼 다음부터 악몽을 꾸시
는 것 같아. 눈이 점점 파이고, 체중도 줄고, 얼굴빛은 더욱 노래지고 있잖
아."

실제로 살비 신부는 몹시 초췌해 보였다. 그는 다시 마련된 따뜻한 초콜
릿 스프와 세부에서 만들어 보낸 쿠키를 한 구석으로 밀쳐놓았다. 살비 신
부는 커다란 홀을 바라보며 깊은 생각에 잠겼다. 앙상한 손에는 그가 종종
꺼내 읽는 편지 몇 장이 들려 있었다. 그는 마차를 준비하라고 명하더니 말
쑥하게 몸단장을 했다. 마차는 소풍을 즐기는 숲의 귀신이 나온다는 나무

근처로 달렸다.

숲 근처에 도달하자 그는 마차를 보내고 혼자서 숲으로 들어갔다. 빽빽한 나무들 틈 사이로 힘겹게 낸 오솔길이 제법 음침해 보였다. 길은 마킬링 산 비탈에서나 나올 법한 온천수가 있는 시내로 이어졌다. 시냇가에는 야생의 꽃들이 가득했다. 그 꽃들 중 많은 종류가 아직 라틴어로 학명이 지어지지 않았다. 하지만 숲 속에 사는 금빛 곤충들과 각양각색의 파랑, 노랑, 검정, 흰색, 진홍색이 조화를 이룬 날개가 마치 루비와 에메랄드처럼 보이는 온갖 크기의 나비들, 에나멜이나 순금처럼 빛나는 갑옷을 입은 수천 마리의 딱정벌레들에게는 그 모든 꽃들이 너무나 친숙한 것이었다.

숲 속에는 오직 곤충들의 윙윙거리는 소리와 밤낮으로 찌르릉거리는 귀뚜라미 소리, 새 소리, 간혹 썩은 나뭇가지가 부러져 아래로 떨어지는 소리만이 으스스한 숲 속의 고요함을 깨뜨렸다. 살비 신부는 가득 들어찬 넝쿨들 사이를 헤쳐나가느라 애를 먹었다. 간혹 넝쿨의 가시가 옷에 걸리는 바람에 그는 마치 뒤에서 누군가 그를 붙드는 것 같은 느낌을 받았다. 뿌리를 드러낸 채 쓰러져 있는 나무들이 그가 가는 길을 계속 가로막았다. 신부는 갑자기 걸음을 멈추고 가까운 시냇가에서 들려오는 유쾌한 웃음소리와 신선한 목소리에 귀를 기울였다.

"내가 이 왜가리들의 둥지를 찾을 수 있는지 한번 봐야겠다."

그에게 너무나도 익숙한 감미로운 목소리가 들려왔다.

"그분에게 들키지 않고 조심스럽게 뒤따라 가야 하는데 말이지."

살비 신부는 커다란 나무 뒤에 몸을 숨기고 들려오는 소리에 집중했다.

"다시 말하면, 신부님이 네가 어디를 가든지 지켜보는 것처럼 너도 신부님께 똑같이 하고 싶다는 말이야?"

놀려대는 어조의 질문이 들려왔다.

"조심하는 게 좋을걸. 질투는 사람을 피폐하게 만들 수 있거든."

"아니, 이건 절대 질투가 아니야. 그냥 호기심일 뿐이지."

누군가 낭랑한 목소리로 대꾸했다. 하지만 처음의 들뜬 목소리의 주인공이 다시 한 번 주장했다.

"그건 말할 것도 없이 질투야, 질투!"

그러곤 웃음을 터뜨렸다.

"만일 내가 정말 질투를 한다면, 그런 감정을 숨김없이 다 드러낼 거야. 그래서 그 누구도 그에게 접근하지 못하게 할 거라고."

"하지만 그렇게 하면 너도 그를 사랑할 수는 없을 텐데. 좋을 게 없는 일이잖아? 왜가리의 둥지를 발견하면 우리가 할 수 있는 최선은 신부님께 드리는 거야. 그러면 그분이 우리 모두를 돌봐주겠지만, 우리가 그분에게 나서서 돌봐달라고 할 수는 없지. 그렇게 생각하지 않아?"

"나는 그 왜가리 둥지 이야기를 믿지 않아."

제삼의 목소리가 끼어들었다.

"하지만 만약 내가 누군가를 선망하게 되면, 어떻게 지켜보고 어떻게 숨겨야 할지 정도는 알 수 있을걸."

"어떻게? 어떻게 그렇게 할 수 있다는 거야? 남의 비밀이나 엿듣는 수녀처럼 굴 거라는 말이야?"

모두들 학창 시절에 대한 추억을 떠올리며 한바탕 웃음을 터뜨렸다.

"그 엿듣기 좋아하는 수녀님이 어떻게 자기 꾀에 넘어갔는지 너도 잘 알고 있잖아."

숨어 있는 살비 신부의 눈에, 시냇물에 발을 담그고 걷는 마리아 클라라, 빅토리아, 시낭이 들어왔다. 세 소녀는 신비로운 왜가리 둥지를 찾으려는 듯 거울 같은 물 표면에 눈을 고정시키고 천천히 움직였다. 소녀들의 다리는 무릎까지 물에 잠겨 있었다. 속치마를 접어서 걷어 올린 자리에 아름다운 다리가 드러났다. 머리는 풀려 있고, 소녀들은 소매가 없는 옅은 색 블라우스를 입었다. 답이 나올 수 없는 질문을 계속하며 시냇가에 자라고 있는 꽃과 뿌리들을 캐는 중이었다.

엿보기를 좋아하는 신부는 창백한 얼굴로 미동도 내지 않고 있었다. 그의 움푹 들어가고 빛나는 눈은, 마리아 클라라의 희고 곱게 빚어진 팔과 가슴으로 이어지는 우아한 목을 훑고 있었다. 물속에서 뛰놀고 있는 작은 분홍빛 발이 신부의 굶주린 육체를 자극했다. 그의 뜨거운 가슴에 알 수 없는 생각과 환상이 오갔다.

소녀들이 굽어진 개울을 따라 발길을 옮기자, 무성한 대나무 덤불이 그녀들의 모습을 가리고 농담을 주고받는 목소리도 희미해졌다. 살비 신부는 숨어 있던 자리에서 무언가에 홀리기라도 한 듯 불안하게 발길을 옮겼다. 온몸은 땀으로 흠뻑 젖어 있었다. 그는 사라진 그녀들의 모습이 보이는 곳으로 몇 발자국 옮기더니, 잠시 주저하다가 그냥 걸음을 반대로 돌려 다른 사람들을 찾아 개울가를 따라 걸었다.

멀리 시냇물 가운데 나무로 빽빽하게 엮어 만든 탈의실이 그의 눈에 들어왔다. 그곳에서 남녀 여럿의 목소리가 들려왔다. 무성한 대나무 덤불이 지붕 역할을 하고 있고, 야자나무 잎과 꽃들, 천 조각들이 걸려 있었다. 그 너머로 대나무로 만든 다리와 물놀이 하는 남자들이 보였다. 한편 한 무리의 남녀 하인들이 화덕에 불을 지피고, 닭의 털을 뽑고, 쌀을 씻고, 통돼지 바비큐를 만들고 있었다. 식사 준비를 하느라 분주해 보였다.

개울 건너편에 준비된 널찍한 장소에는 많은 남자와 여자들이 모여 있었다. 그들은 오래된 나뭇가지들과 새로 세운 말뚝들 위에 묶어 쳐놓은 천막 아래 있다. 주둔군 부대장, 대리 신부, 시장, 부시장, 교장 선생, 한 무리의 전 시장과 전 부시장들이었다. 그중에는 시낭의 아버지이자 죽은 돈 라파엘과 오랜 법정 공방을 벌였던 카피탄 바실리오도 있었다. 이베라는 그를 이번 야유회에 초대하면서 이렇게 말했다. '우리가 법정에서는 반대편에 섰지만, 그렇다고 서로 원수는 아니지요!' 이에 그 유명한 보수파의 대변인은 젊은 이베라의 초대에 흔쾌히 응하면서 칠면조 세 마리와 몇 명의 하인들을 딸려 보냈다.

부대장을 포함한 모든 이들은 살비 신부가 도착하자 경의를 표하는 인사로 맞이했다.

"그런데 신부님은 어디에서 오시는 겁니까?"

얼굴에는 온통 긁힌 상처가 있고, 의복에는 마른 잎과 가지들이 붙어 있는 신부의 몰골에 부대장이 물었다.

"오다가 넘어지기라도 하셨습니까, 신부님?"

살비 신부가 아래를 보고 옷을 살피며 대답했다.

"아닙니다, 길을 좀 잘못 들어섰습니다."

주변에는 레모네이드 병들이 열려 있고, 어린 코코넛 열매도 쪼개져 있었다. 물놀이 하는 사람들이 시원하게 코코넛 과즙을 마시고, 우유보다 더 흰 코코넛 과육을 먹을 수 있도록 놓아둔 것이다. 모든 처녀들은 삼빠기따와 장미, 일랑일랑을 번갈아 엮어 만든 꽃목걸이를 하나씩 받아 하늘거리는 머리에 향기를 더했다. 그들은 앉아 있거나, 나무에 걸려 있는 해먹에 기

대 누워 있거나, 주위의 납작한 돌에 앉아 게임을 즐겼다. 거기다 카드놀이
와 체스게임, 조가비와 조약돌로 하는 원주민 게임 등으로 즐거운 시간을
보내고 있었다.

그들은 신부에게 아까 잡은 악어를 보여주었다. 하지만 신부의 마음은
다른 곳에 있는 듯했다. 그는 단지 악어를 잡을 때 배에 일격을 가한 이베라
의 무용담을 들을 때만 잠깐 흥미를 보일 뿐이었다. 그들의 이야기 속에 등
장하는 젊은 사공은 어디에도 보이지 않았다. 이미 부대장이 도착하기 전
에 사라진 탓이었다.

탈의실에서 드디어 마리아 클라라가 친구들과 함께 나타났다. 그녀는 다
이아몬드 같은 이슬이 맺힌 채 아침에 피어난 장미처럼 싱싱하고 아름다웠
다. 그녀는 나오자마자 크리소스토모에게 미소를 보냈지만, 살비 신부를
보고는 인상을 찌푸렸다. 살비 신부는 이 사실을 눈치챘지만 짐짓 태연한
척했다.

점심이 준비되자 교구 신부, 대리 신부, 주둔군 부대장, 시장, 부시장, 이전
시장들과 부시장들은 이베라가 안내하는 자리에 앉았다. 어머니들은 여자
들의 테이블에 남자가 절대 끼어 앉지 못하도록 단속했다. 레온이 말했다.

"알비노, 자네도 테이블에다가는 차마 구멍을 만들지 못했구먼."

나이 든 여자들이 물었다.

"그게 무슨 말이야? 무슨 얘기를 하는 거야, 지금?"

레온이 설명했다.

"이번엔 배에서처럼 여자들 사이에 끼어드는 데 실패했다는 뜻입니다."

이사벨 이모가 낄낄거렸다.

"맙소사, 이 악당 같으니라고!"

살비 신부가 물었다.

"부대장님, 다마소 신부님을 괴롭혔던 극악무도한 범죄자에 대한 소식은 없습니까?"

방금 마신 와인잔 사이로 신부를 바라보며 부대장이 되물었다.

"신부님, 범죄자라니요?"

"누구겠어요? 엊그제 거리에서 다마소 신부님을 구타하고 대들었던 사람 말입니다."

여기저기서 놀란 목소리가 들려왔다.

"다마소 신부님을 구타했다고요?"

대리 신부의 얼굴에 미소가 떠오르는 듯했다.

"그래요. 지금 다마소 신부님은 몸져누워 계세요. 들리는 말로는 그 사람이 부대장님을 진흙탕 속으로 밀쳐 넣었던 불한당과 같은 사람이라고 하던데요."

부대장은 부끄러움에 얼굴이 붉어졌다. 혹은 방금 마신 와인 때문일지도 몰랐다. 살비 신부가 다소 빈정대는 어투로 말했다.

"글쎄요, 전 부대장님이 그 사건을 잊지 않고 기억하실 것이라 생각했습니다. 제 말은 부대장님이……."

부대장은 엉덩이를 들썩이면서 더듬거리며 변명을 늘어놓았다.

그때 사람들의 시선이 한 여인에게로 쏠렸다. 창백한 얼굴에 가냘픈 몸매, 헝클어진 머리의 그녀는 너무나도 조용하게 다가왔기 때문에 아무도 알아차리지 못했다. 어찌나 아무 소리 없이 다가왔는지 밤이었더라면 귀신으로 착각했을 것이 틀림없다. 나이 든 여자 하나가 말했다.

"저 불쌍한 여인에게 먹을 것을 좀 줘요."

"이보시오, 이리 오시오."

그러나 그 여인은 신부가 앉아 있는 테이블로 향했다. 신부는 몸을 돌려 그녀를 발견하더니, 놀라서 들고 있던 나이프를 떨어뜨리고 말았다. 이베라가 하인들에게 명했다.

"그녀에게 먹을 것을 좀 주시오."

거지 여인이 중얼거렸다.

"밤은 어둡고 아이들은 사라졌어요."

부대장이 그녀에게 말을 걸려고 하자, 그녀는 공포에 질려 숲 속으로 달아났다. 이베라가 물었다.

"저 여인은 누굽니까?"

돈 필리포가 대답했다.

"충격과 슬픔으로 정신이 나간 불쌍한 여인이지요. 벌써 나흘째 저 상태로 돌아다니고 있답니다."

"저 여자 이름이 시사 아닙니까?"

부시장이 부대장에게 쏘아대듯 말했다.

"당신 부하들이 그녀를 체포했지요. 그들이 그녀를 연행하면서 보란 듯이 시내를 지나갔어요. 아들들 때문이라고 하던데, 이유는 잘 모르겠습니다. 아직 밝혀지지 않은 것 같습니다."

부대장이 살비 신부에게 몸을 돌리며 물었다.

"뭐라고요? 그럼, 그녀가 교구관사에서 일하는 그 두 아이들의 엄마란 말입니까?"

살비 신부가 고개를 끄덕였다. 돈 필리포가 눈을 아래로 내린 시장을 바라보며 단호한 어조로 말했다.

"그 아이들은 사라졌어요. 애들이 지금 어디 있는지 아무도 모릅니다."

크리소스토모가 하인들에게 명령했다.

"그녀를 따라가시오. 내가 그녀의 아이들을 찾아주겠다고 약속했는데……"

부대장이 물었다.

"사라졌다고 말했습니까? 그 아이들이 사라졌다고요, 신부님?"

살비 신부는 와인을 한 모금 마시고 잔을 내려놓으며 고개를 끄덕였다. 부대장이 의자 등받이에 기대며 조롱하듯 웃으며 소리쳤다.

"그럼 그렇지, 신부님! 고귀하신 신부님께서는 고작 몇 페소를 잃어버리셨고, 내 부하들은 아침 일찍부터 그 돈을 찾아 돌아다닌 거로군요. 그러면서 신부님은 아이 두 명이 사라진 것에 대해서는 아무 말도 없으셨나 봅니다. 그리고 시장님…… 당신이 인정해야만 하는 것은……"

그는 말을 잇지 못하고 들고 있던 숟가락을 야생 파파야의 붉은 과육에 꽂으며 다시 웃음을 터뜨렸다. 교구 신부가 흥분하여 불쑥 말을 내뱉었다.

"하지만 그 돈은 내 관할하에 있는 것이오!"

입 안에 뭔가 가득한 부대장이 빈정대며 끼어들었다.

"영혼의 인도자이신 신부님의 훌륭한 답변입니다. 종교인다운 정말 고귀한 답변입니다!"

이베라가 끼어들려 할 때에 살비 신부가 감정을 억누르고 어색한 미소를 지으며 말했다. "그건 아시오 부대장님? 아이들이 사라진 이유가 무엇 때문이라고들 하는지요. 모르시지요? 그럼 먼저 부하들에게 물어나 보시오."

부대장이 정색을 하고 물었다.

"뭐라고요?"

"저들이 사라지던 날 밤, 여러 차례의 총성이 들렸다고들 합니다."

"총성이 들렸다고요?"

그렇다는 뜻으로 머리를 끄덕이는 주위 사람들을 바라보며 부대장이 신부의 말을 되풀이했다. 그러자 살비 신부는 날카로우면서도 빈정대는 말을 천천히 던졌다.

"아하, 그렇군요! 이제 보니 당신은 범죄자를 체포하는 의무를 다하지 못할 뿐 아니라, 당신의 부하들이 무슨 짓을 하는지도 모르고 있군요. 그러면서 당신은 거드름을 피우며 남들에게 훈계까지 하려고 들어요. 당신도 이 속담을 알겠죠. '아무리 바보라도 자신의 집안 사정에 대해서는 현명한 사람이 이웃 사정을 아는 것보다 많이 알고 있다.'"

크리소스토모가 부대장의 얼굴이 창백해지는 것을 보고 끼어들었다.

"여러분, 지금 막 떠오른 생각인데요. 제가 여러분들의 도움과 조언을 받아 저 여인을 좋은 의사에게 치료받게 하고, 아이들을 찾아주는 것에 대해 어떻게 생각하십니까?"

정신 나간 여인을 찾지 못하고 하인들이 되돌아오자, 논쟁은 그쳤고 대화는 다른 주제들로 넘어갔다.

식사를 마치고 차와 커피가 제공되자 젊은이들과 나이 든 사람들이 여러 그룹으로 갈렸다. 일부는 체스 도구를 챙기고, 또 일부는 카드놀이를 준비했다. 젊은 여인들은 운명의 바퀴라 불리는 도구를 통해 자신들의 운명을 점치는 놀이를 선택했다.

조금 떨어진 곳에 자리를 잡은 카피탄 바실리오가 소리쳤다.

"이베라 씨, 이쪽으로 오시오. 우리 사이에는 15년이나 끌어온 소송이 있지 않소. 하지만 대법원의 판사들조차 결정을 내리지 못하고 있으니, 차라리 체스게임으로 결론을 내는 것이 어떻겠소?"

이베라가 대답했다.

"기꺼이 응하지요. 다만 부대장님이 지금 떠나려고 하시는데, 인사드리고 곧 돌아오겠습니다."

체스게임의 결과로 소송을 마무리한다는 얘기를 들은 나이 든 사람들은 체스판 주위로 모였다. 게임은 흥미진진하게 진행되었고, 체스를 잘 모르는 사람들까지 몰두시켰다. 반면 여인들은 신부님 주위에 둘러앉아 영적인 문제에 대해 얘기를 나눴다. 살비 신부는 그 자리가 불편한 것처럼 보였다. 그는 모호한 대답들을 늘어놓은 뒤, 다소 슬프면서도 귀찮다는 눈길로 대화를 나누는 여인들을 지켜보았다.

체스게임은 신중하게 시작되었다. 이베라가 다짐을 받듯이 말했다.

"만약 게임이 무승부로 끝나면, 현재의 소송을 각하시키기로 약속한 것입니다."

게임이 진행되는 도중 이베라는 전보 하나를 전달받았다. 얼굴색이 약간 변했지만, 체스게임에 몰두해 소리치며 웃고 있는 젊은이들을 보더니 이내 그 전보를 펴보지도 않고 지갑에 넣었다. 젊은이들이 소리쳤다.

"체크요."

카피탄 바실리오는 하는 수 없이 체스판 위의 킹을 퀸의 뒤로 옮겼다. 이베라가 폰을 막고 퀸에게 룩으로 위협하며 응대했다.

"퀸에게 체크요."

퀸을 보호할 수도 없고, 킹 때문에 뒤로 물러설 수도 없는 처지가 되자 바실리오는 이베라에게 잠시 생각할 시간을 청했다.

이베라는 잠시 자리를 일어서면서 카피탄 바실리오에게 생각할 시간을

15분 주었다.

이다이는 48가지의 질문이 적혀 있는 마분지 원판을 들고, 신학생이었던 알비노는 그 질문의 답이 적혀 있는 책자를 가지고 있었다.

"거짓말, 그건 사실이 아니야."

시낭은 거의 울 것 같은 표정이었다. 마리아 클라라가 물었다.

"무슨 일이야?"

"생각해봐. '내가 어느 세월에 성장해서 보다 현명해질까?'라는 질문에 대해 주사위를 던졌는데, 저 신부의 올빼미가 책 속에서 찾은 해답은 '개구리에게 머리카락이 자라날 때'래. 이 답에 대해 넌 어떻게 생각해?"

시낭은 웃음을 참지 못하는 알비노를 노려보았다. 그녀의 사촌인 빅토리아가 물었다.

"애초에 왜 그런 질문을 하고 그러니? 정말로 너다운 질문이다."

그들은 마분지 원판을 이베라에게 내밀었다.

"네 차례야. 가장 훌륭한 대답을 얻어내는 사람이 다른 사람들로부터 선물을 하나씩 받기로 내기했어. 우리는 벌써 다들 질문을 끝냈고, 너만 남았어."

"누가 가장 훌륭한 대답을 얻었는데?"

시낭이 대답했다.

"마리아 클라라, 마리아 클라라. 우리는 마리아에게 싫든 좋든 이렇게 질문을 하라고 강요했거든. '그가 진정으로 나에게 충성할 진실된 사람인가?' 그랬더니 책에서 대답이 뭐라고 나왔냐면……."

마리아 클라라는 얼굴이 붉어져 시낭이 더 이상의 말을 하지 못하도록 입을 손으로 막았다. 크리소스토모가 미소를 지었다.

"자, 그럼 내가 하도록 하지. 내 질문은 바로, '지금 내가 하고 있는 일이 성공할 수 있을까?' 이거야."

시낭이 불평을 터트렸다.

"정말 재미없는 질문이네."

이베라는 주사위를 던지고, 나온 숫자가 가리키는 해답책의 페이지를 살폈다. 알비노가 답을 읽었다.

"꿈은 단지 꿈일 뿐이다."

이베라는 지갑에 넣어 두었던 전보를 꺼내서 펼쳐 보았다. 잠시 후 그의 손이 심하게 떨렸다.

"이번엔 네 책이 틀렸어!"

그가 행복한 함성을 질렀다.

"이걸 읽어봐. 학교 프로젝트가 그대의 제안대로 승인되었음."

"그게 무슨 말이야?"

"가장 훌륭한 대답을 얻은 사람에게 상을 주기로 하지 않았나?"

그는 감정에 벅차 떨리는 목소리로 물으면서, 조심스럽게 전보 용지를 잘라 이등분했다.

"그래, 우리가 해낸 거야."

이베라는 이렇게 말하고 마리아 클라라에게 전보 용지의 반쪽을 건넸다.

"이게 내 선물이야. 나는 이 지역 아이들을 위한 학교를 지을 거야. 그 학교가 바로 나의 선물이야."

"그럼 나머지 반쪽은 뭐야?"

"이건 최악의 해답을 얻은 사람에게 주려고 해."

"그럼, 그건 내 거야."

시낭이 소리쳤다. 이베라는 그녀에게 나머지 용지를 주고 급히 자리를 떠났다.

"이게 다 무슨 뜻이야?"

이베라는 행복으로 마음이 가득 차서 이미 그곳에서 멀어져 있었다. 그는 체스게임이 벌어지는 곳으로 돌아갔다. 마리아 클라라는 기쁨의 눈물을 애써 감추려 하고 있었다.

살비 신부는 조심스럽게 그 유쾌한 젊은이들의 자리에 끼어들었다. 그가 들어오자 쾌활했던 웃음과 잡담이 수그러들었다. 그는 젊은이들을 쳐다보았지만, 적당한 말이 떠오르지는 않는다. 다들 조용히 그가 무슨 말을 할지 기다리고 있었다. 신부가 책을 들고 내용을 살펴보면서 물었다.

"이게 뭐하는 물건이지?"

레온이 답했다.

"운명의 바퀴라는 게임을 위한 책입니다."

신부가 소리를 지르며 화난 듯이 책장을 찢었다.

"이런 걸 믿는 행위가 곧 죄를 짓는 것이라는 사실을 모르나?"

경악과 성난 소리가 터져 나왔다.

알비노가 일어서면서 대꾸했다.

"남의 것을 허락도 없이 훼손하는 것이 더 큰 죄입니다. 존경하는 신부님, 그것은 강도 행위나 마찬가지며, 하느님과 인간에 의해 금지된 행위입니다."

마리아 클라라는 양손을 꼭 잡고, 방금 전까지 그녀를 그토록 행복하게 만들었던 책이 찢겨져 나간 모습을 당황스럽게 쳐다보았다.

무언가 반응을 보이길 기다렸으나, 살비 신부는 알비노에게 아무런 대꾸도 하지 않았다. 그는 찢겨져 나간 페이지들이 바람에 날려 숲으로 물가로 흩어지는 것을 바라보았다. 그러더니 손으로 머리를 감싼 채 비틀거리듯 자리를 떠났다. 그는 잠시 동안 이베라와 얘기를 나누고는, 그의 안내를 받아 손님들을 태워 보내기 위해 준비된 마차로 향했다.

시낭이 중얼거렸다.

"저 인간은 흥을 다 깨놓더니, 그나마 최소한 자기가 떠나야 할 때는 아는군. 표정이 마치 이렇게 말하고 있는 것 같아. '너무 많이 웃지들 마. 내가 너희의 모든 죄를 알고 있단 말이야.'"

자신의 약혼녀에게 선물을 전달해준 후, 이베라는 너무나 행복한 나머지 체스게임에 집중하지 못하고 부주의하게 말들을 움직이기 시작했다.

결국 방금 전까지만 해도 희망조차 없이 패색이 짙던 카피탄 바실리오는 이베라의 거듭되는 실수로 인해 게임의 흐름을 되살려 무승부로 마무리했다. 카피탄 바실리오가 기쁘게 외쳤다.

"소송은 이제 철회된 거야, 철회되었다고!"

이베라가 응답했다.

"예, 판사들의 판결이 어찌 나오든, 그 소송을 철회하도록 요구하겠습니다."

두 사람은 감격스러운 듯 약간 과장되게 악수를 나누었다.

모인 사람들도 함께 양측 모두를 지치게 만들었던 법정 다툼의 마감을 축하하고 있던 중, 상사 한 명이 이끄는 총검으로 무장한 군인 네 명이 갑자기 나타나 흥을 깨뜨리더니 여자들을 공포로 몰아갔다. 상사가 소리쳤다.

"모두들 꼼짝 마시오! 누구든 움직이면 쏠 것이오."

의기충천한 그들의 기세를 무시한 채, 이베라는 일어서서 상사에게로 다가갔다.

"무슨 일입니까?"

위협하는 어조로 상사가 대답했다.

"지금 당장 엘리아스라는 범죄자를 우리에게 인도하시오. 그가 오늘 아침에 당신들이 탄 배의 키잡이였다는 것을 알고 있소."

이베라가 대답했다.

"범죄자라고? 그 키잡이가? 아마 당신이 잘못 안 것 같소."

"그렇지 않소. 그 엘리아스라는 사람은 최근에 한 신부님을 구타한 죄를 지었다오."

"그럼, 젊은 사공이 바로 그 사람이란 말이오?"

"보고에 따르면, 바로 그 젊은 사공입니다. 이베라 씨, 당신들 중에 그자가 있다는 사실을 인정하시오."

이베라는 상사를 머리부터 발끝까지 훑어보았다.

상사는 아랫입술을 움직여 콧수염을 더듬었다. 그러고는 자신의 기세가 약하다고 판단하고, 군인들에게 명령하여 주변을 모두 수색해 인상착의가 비슷한 사람을 찾도록 했다.

돈 필리포가 그에게 경고했다.

"이것 보시오. 지금 말한 인상착의라면 원주민 중 열에 아홉은 해당될 것이오. 당신 지금 크게 실수하고 있는 거요."

그의 부하들이 돌아와서 비슷하게 생긴 사람이나 의심스러운 배를 찾지 못했다고 보고했다. 상사는 잠시 혼잣말을 하더니 자신이 왔던 길을 되돌아갔다.

이런저런 질문과 의견이 오가면서 파티장은 점차 이전처럼 생기 있는 분위기를 되찾았다.

레온이 신중하게 말했다.

"그럼 엘리아스가 바로 부대장을 진흙탕 속에 처넣은 그 사람이겠군."

"어떻게 그런 일이 있을 수 있어?"

"들어봐. 9월에 비가 많이 오던 날, 부대장이 큰 나뭇단을 지고 가는 사람을 만났대. 거리는 온통 진흙탕으로 가득했고, 가장자리로 겨우 한 사람이 지나갈 정도의 좁은 길이 나 있었다지. 말을 타고 있던 부대장은 멈추지 않고, 맞은편에 오고 있는 남자에게 길을 비키라고 명령을 했나 봐. 그런데 그 남자는 무거운 나뭇단을 맨 채 오던 길을 되돌아가거나 옆의 진흙탕으로 비켜설 생각이 없었던 거야. 그는 그냥 계속 앞으로 걸어갔대. 화가 난 부대장은 말에게 시켜 그를 밀쳐버리려고 했는데, 그 남자가 나무 막대기 하나를 빼들어 말의 머리통을 세게 내리쳤다지. 그러자 말이 중심을 잃어서 등에 타고 있던 부대장은 진흙탕에 내동댕이쳐졌지. 소문에 따르면 그 남자는 진흙탕에서 부대장이 그를 향해 총을 다섯 발이나 쐈는데도 아랑곳하지 않고 유유히 제 갈 길을 갔다고 하더군. 부대장은 그 남자를 이전에 본 적이 없어서 혹여 그가 몇 달 전에 이 지역에 나타났다고 하는 그 유명한 엘리아스가 아닐까 생각했다지. 아무도 그가 어디서 왔는지도 모르고 주변 도시에 있는 군인들에게도 비슷한 행동을 한 것으로 유명하다네."

빅토리아가 몸을 떨면서 물었다.

"그 사람 혹시 산적일까?"

"그렇지 않을 거야. 들리는 말에 따르면, 한번은 그가 집에 침입한 강도들과 싸운 적도 있다더군."

시낭이 말했다.

"그 사람, 전혀 범죄자처럼 생기지는 않았던데."

"그래, 범죄자의 얼굴이 아니었어."

마리아 클라라가 신중하게 대답했다.

"생각이 많아 보이는 사람이었어. 아침 내내 그가 웃는 모습을 본 적이 없어."

오후가 지나 이제 시내로 돌아갈 시간이었다. 해가 서산 너머로 지자 그들은 숲을 떠났다. 이베라의 조상들 무덤이 있는 으스스한 곳을 지날 때는 모두들 아무런 말도 하지 않았다. 그러나 곧 그들은 활기 넘치는 수다에 다시 몰두했다. 머리 위로 펼쳐져 있는 나뭇가지들과, 가지들 위에서 자라고 있는 기생식물들의 뿌리가 바람에 흔들렸다. 빠르게 흘러가는 젊음과 그때의 꿈들을 안타까워하기라도 하는 듯이.

무리들은 숲 속 나무들도 뒤로하고 커다란 횃불을 밝히고, 서투른 기타 소리에 맞추어 집으로 향했다. 시내에 다다르자 무리는 뿔뿔이 흩어졌다. 불빛도 노랫소리도 점점 사라져갔다. 그대여, 마스크를 다시 쓰라! 그대는 세상의 무대에 다시 오른 것이다!

25

엘리아스와 살로메

만일 그 살벌한 군인들이 야유회를 엉망으로 만든 다음에 저녁 무렵까지 추격을 계속했더라면 호숫가 근처의 작지만 그림같이 아름다운 움막에서 그를 발견했으리라. 작은 움막은 울창한 대나무 수풀과 빽빽이 들어찬 야자나무 숲 속에 있었다. 약간 언덕진 곳에 있었기 때문에 홍수에도 안전해 보였다. 움막에서 호숫가까지는 거친 돌들을 다듬어 만든 계단 형태의 길이 나 있고, 주변의 거칠고 소박한 담장 아래에는 붉은색 꽃이 만발한 관목들이 자랐다. 움막의 벽은 야자나무 잎과 나뭇가지들을 쪼갠 대나무를 엮어 지은 것이었다. 벽면은 성지주일을 기념하고자 중국 조화로 만든 화관으로 장식되어 있었다. 움막 인근에서 자라는 일랑일랑나무는 호기심을 참을 수 없었는지 열린 창문 가까이까지 가지를 뻗어 주위를 향기로 가득 채웠다. 몇몇 암탉과 수탉들은 지붕 위에서 자태를 뽐냈고, 땅에 머물러 있는 닭들은 오리와 칠면조, 비둘기들과 함께 좁은 마당에 흩어진 쌀과 옥수수 알갱이를 차지하려고 경쟁했다.

움막 앞에 놓여 있는 대나무 의자에는 한 소녀가 앉아서 석양빛을 받아 화려하게 빛나는 투명한 블라우스를 손질하고 있었다. 그녀가 입고 있는 블라우스와 치마는 수수하지만 단정하고 깨끗했다. 그녀는 머리를 단정하게 정리하여 거북 껍질로 만든 빗으로 고정했고, 목에 걸어 블라우스 위로 늘어뜨린 검은 구슬 염주 외에는 다른 어떤 장신구나 보석으로도 치장하지 않았다.

여러모로 매력적인 생김새였다. 커다랗고 순수한 눈에 예쁜 코, 작은 입. 이목구비는 조화를 이루고, 달콤한 표정은 이에 활기를 더했다. 첫눈에 사람을 사로잡을 만한 미모는 아니었다. 그녀는 마치, 쉽게 사람들의 발에 밟히는 연약하고 향기도 유별나지 않은 야생의 꽃과 같았다. 그러한 아름다움은 미세한 향기를 지닌 이름 없는 꽃들처럼, 세밀하게 관찰한 후에야 진가가 드러나는 것이었다.

이따금씩 그녀는 물결이 출렁이는 호수를 바라보았다. 그녀는 잠시 바느질을 멈추고 무엇인가에 귀를 기울였다. 그러나 아무런 소리도 들리지 않자, 가벼운 한숨을 내쉬고 다시 바느질을 시작했다.

잠시 후 분명한 발자국 소리가 들려오자 얼굴에 화색이 돌았다. 그녀는 바느질 도구를 내려놓고 일어서서 옷매무새를 가다듬고, 움막으로 오르는 작은 대나무 사다리 옆에서 미소를 지으며 기다렸다.

푸드덕거리는 비둘기와 한바탕 소동을 피우는 오리와 암탉들 사이로 과묵한 키잡이가 나타났다. 그는 아무 말 없이 한 묶음의 장작과 바나나 한 송이를 마루 위에 놓고, 아직 꿈틀거리며 꼬리를 휘젓는 물고기 한 마리를 그녀에게 건넸다.

그녀는 걱정스러운 눈길로 그를 바라보곤 대야에 물을 가득 채워 물고기를 넣었다. 그리고 여전히 아무런 말이 없는 엘리아스의 옆에 앉아 바느질을 다시 시작했다.

그녀가 어렵게 대화를 유도했다.

"호숫가에 있는 길로 올 줄 알았어."

엘리아스가 조용히 대답했다.

"살로메, 그럴 수가 없었어. 군인들이 호수를 수색 중이었거든. 배에 탄 사람들 중에 누군가 나를 알아본 것 같았어."

살로메는 걱정스러웠으면서도 한편으로는 안도한 한숨을 쉬었다.

"오…… 주여, 주여."

엘리아스는 이리저리 흔들리며 창끝 모양의 잎을 휘젓고 있는 대나무 숲을 조용히 바라보았다. 살로메가 물었다.

"물놀이는 즐거웠어?"

"그들에겐 그랬겠지. 그 사람들은 굉장히 즐거워 보였어."

"오늘 하루 무슨 일이 있었는지 말해줘. 재미있는 이야깃거리가 많았을 것 같아."

"글쎄, 그들이 호수로 나아갔고…… 물고기를 잡았고…… 노래도 부르더라. 그들이 그렇게 즐겼어."

그렇게 말하는 그의 마음은 다른 생각에 빠진 듯했다. 살로메는 호기심으로 안달이 난 눈으로 그를 바라보며 소리쳤다.

"엘리아스, 왜 그렇게 침울해졌어?"

"침울해졌다고?"

그녀가 소리쳤다.

"그랬잖아! 언제나 그렇게 침울해하고 있었지. 군인들에게 붙잡히는 게 그렇게나 무서운 거야?"

그는 빙그레 입가에 미소를 지었다. 그녀가 말을 이었다.

"뭐가 부족해서 그러는데?"

그가 답했다.

"내가 언제나 네 곁에 있잖아, 그렇지? 그리고 우린 가난하지만 서로 의지하면서 살고 있잖아."

"그럼 뭐가 문젠데?"

"살로메, 넌 대화하는 걸 좋아하지만 내가 그렇게 말이 많은 사람이 아닌 거 알잖아."

그녀는 고개를 숙이고 다시 바느질을 계속했다. 그녀가 무심한 척 질문을 던졌다.

"거기 사람들이 많았어?"

"그럼, 많은 사람들이 있었지."

"여자들도 많았어?"

"많았지."

"젊고…… 예쁜…… 그런 여자들도 많았어?"

엘리아스가 희미하게 대답했다.

"모든 여자가 예쁜지는 잘 모르겠는데, 최근에 유럽에서 돌아온 한 부유한 젊은이의 약혼녀는 예뻤던 것 같아."

"아, 카피탄 티아고의 그 부유한 따님! 사람들 말로는 그녀가 정말로 아름답게 자랐다고 하던데!"

"그래, 아주 아름답고 친절했어."

어딘가 갑갑한 듯 한숨 섞인 대답이었다. 살로메는 그를 힐끗 쳐다보곤 고개를 숙였다.

엘리아스는 구름이 석양에 물든 환상적인 광경을 보느라 살로메가 조용히 우는 모습을 보지 못했다. 그녀의 양 볼에서는 눈물이 흘러 바느질하는 손으로 떨어졌다.

이번에는 엘리아스가 일어서면서 말을 꺼냈다.

"잘 있어, 살로메. 해가 지고 있다. 네 말대로 이웃들한테 내가 여기서 밤을 지새웠다는 소문이 나면 안 되지. 그런데……."

그는 목소리의 톤을 바꾸고 얼굴을 찡그리며 말을 이었다.

"계속 그렇게 울고 있었던 거야? 억지로 웃으면서 아닌 척하지 마."

"그래, 울고 있었어."

그녀는 눈물을 흘리며 동시에 미소를 지었다.

"나도 우울해서 그랬어."

"이 아가씨야, 뭐가 그렇게 우울한데?"

그녀는 눈물을 닦으며 말했다.

"왜냐고? 곧 내가 태어나고 자란 이곳을 떠나야 하기 때문이야."

"왜 떠나야 하는데?"

"내가 여기서 이렇게 혼자 사는 건 옳지 않은 것 같아서, 민도로에 있는 친척집으로 가려고 해. 엄마가 돌아가시면서 남긴 빚도 빨리 갚아야 하고 말이야. 조만간 도시 축제가 열릴 테니, 내가 키우는 닭과 칠면조도 살이 올라 내다 팔 수 있을 거야. 내가 나고 자란 이곳의 꽃들과 정원, 비둘기들을 두고 떠나는 건 내 반쪽을 남기고 가는 것이나 다름없어! 호수에 내리치는 폭풍우와 홍수도 전부 잊히겠지."

엘리아스는 잠시 생각에 깊이 잠기더니 그녀의 팔을 붙잡고 눈을 바라보며 말했다.

"내가 너에게 심한 말을 한 적이 있나? 없지? 내가 너를 이용하려고 한 적이 있어? 그렇지 않다는 걸 너도 잘 알 거야. 그럼 네가 떠나려는 이유는, 우리의 우정이 시들해져 나를 피하려고 하는 것이겠구나……."

그녀가 그의 말에 끼어들었다.

"그런 소리 하지 마! 만일 우리 우정이 시들해져서 떠나려는 것이라면…… 오 예수님, 성모님! 내가 밤낮으로 오후에 네가 올 때만을 기다리고 있는 걸 알기나 해? 우리 불쌍한 엄마가 살아계실 때, 나는 아침과 저녁이 하느님이 만드신 최고의 시간이라고 생각했어. 내가 아침을 좋아하는 이유는 떠오르는 태양이 우리 아버지가 잠들어 있는 호수를 밝게 빛나게 하기 때문이었어. 또 아침에 꽃들이 생기를 되찾고, 전날 시들했던 잎들이 어느 때보다도 푸르른 모습을 보는 것도 좋아했지. 비둘기들과 암탉들은 마치 아침 인사라도 하듯 기쁘게 나를 반겼어. 아침에 집 안 청소를 마무리하고 나면, 호수로 배를 저어 나아가 어부들에게 새참을 팔기도 했어. 그러면 저들은 나에게 잡은 생선을 주기도 하고, 어망에 있는 물고기를 나더러 필요한 만큼 가져가게 해줬지. 그리고 내가 저녁을 좋아했던 이유는, 하루의 일을 끝내고 쉴 수 있었기 때문이었어. 조용한 대나무 수풀 아래서 흔들리는 잎들의 음악 소리는, 나를 어두운 현실에서 벗어나 아득한 꿈속으로 인도했지. 또 저녁이면 시내에 나가 온종일 놀음에 빠져 있던 엄마가 나에게로 돌아왔어. 하지만 너를 알게 된 다음부터, 더 이상 나에겐 아침과 저녁이 가장 매혹적인 시간이 아니야. 오직 오후 시간만이 나에게 아름다운 시간이 되었어. 때때로 아침은 오로지 오후의 즐거운 순간을 준비하기 위한 시간처럼 느껴졌고, 저녁은 너와 함께 있으면서 받았던 알 수 없는 감정을 되짚으며 꿈꾸는 시간으로 여기게 됐어. 이렇게 평생을 살 수 있다면 얼마나 좋을까! 내가 지금 얼마나 행복한지 아무도 모를 거야. 요즘처럼 사는 것보다 더 좋은 날은 바라지도 않아. 부잣집 여자들이 누리는 그런 호사도 부럽지 않고. 하지만……."

"하지만 뭐?"

"우리의 사랑이 지속되는 한, 그 누구도 그 무엇도 부럽지 않아."

"살로메."

엘리아스의 목소리는 쓸쓸했다.

"넌 내 불행한 과거를 알고 있고, 또 그 불행이 나 스스로 자초한 것이 아니라는 사실도 알고 있어. 만일 내 아버지와 어머니가 서로 사랑하지 않으셨더라면, 그런 불행한 일은 없었을 텐데 하는 생각이 들기도 해. 내 여동생과 내가 겪어야 했고 지금도 겪고 있는 이 고통을 나의 아이들에게까지 물려주고 싶지 않아. 이렇게 생각하지 않았더라면 나는 벌써 몇 달 전에 하느님 앞에서 너와 결혼 서약을 하고, 지금쯤 사람들로부터 멀리 떨어진 숲 속 깊은 곳에 가서 함께 살고 있었을 거야. 하지만 나는 아버지로부터 물려받은 이 불행한 운명을, 사랑하는 너와 장차 있을 가족에게 대물림시키지 않으리라고 맹세했어. 반드시 그렇게 할 거야. 너도 그렇겠지만, 나도 우리의 아이들이 비참한 모습으로 우리의 사랑을 간절히 바라며 울부짖길 바라지 않아. 네가 친척집에 가기로 한 건 잘한 일이야. 나를 잊어버려. 어리석고 쓸모없는 사랑 같은 건 잊는 게 좋아. 아마 그곳에서 나와는 다른 사람을 만나게 될 거야……."

그녀는 원망하듯 소리쳤다.

"엘리아스!"

"오해하지 말고 들어봐. 내 여동생이 살아 있었다면, 너한테 한 것처럼 똑같은 말을 했을 거야. 너에게 어떤 불만도 없어. 숨기는 것도 없고. 내가 왜 공연히 불만을 늘어놓아서 너를 괴롭게 하겠어? 내 말대로 해. 친척집에 가서 나 같은 건 잊어버려. 네가 나를 잊는 것이 나를 덜 불행하게 만드는 거야. 여기서 너를 돌봐줄 사람은 나밖에 없잖아. 만약 내가 나를 추적하는 사람들에게 잡히기라도 하면, 넌 여기 혼자 남게 될 거야. 게다가 혹시라도 네가 엘리아스와 친분이 있었다는 소문이라도 나면, 넌 평생 누구도 만나지 못하고 혼자 살아야 할지도 몰라. 지금 너의 젊음과 아름다움으로 좋은 남편을 만나도록 해. 너는 그런 남편을 만날 자격이 충분하니까. 세상에서 홀로 산다는 것이 어떤 것인지, 넌 아직 몰라."

"나는 네가 나와 함께 가기를 바랐어!"

"아니, 그건 불가능한 일이야."

엘리아스가 고개를 가로저었다.

"지금은 더욱 그럴 수 없어. 나는 아직 이곳에 와서 찾고자 했던 걸 발견하지 못했어. 심지어 오늘부터는 더 이상 자유롭게 다닐 수도 없게 됐어."

그는 그녀에게 아침에 어떤 일이 있었는지를 간략하게 설명했다.

"나는 그에게 구해달라고 요청하지 않았어. 난 그가 한 행동에 대해서가 아니라, 그를 움직인 그 정신을 감사하게 생각해. 그리고 여기서 그 빚을 갚아야만 한다는 생각이 들어. 민도로든 그 어디에서든 나의 과거는 여전히 나를 따라 다닐 테고, 언젠가는 드러나게 될 거야."

살로메가 사랑스러운 목소리로 그에게 말했다.

"적어도 내가 떠난 후에 여기 이 움막에서 살아줘. 그럼 나를 잊지 않을 수 있잖아. 멀리 있는 나도 내 집이 바람과 물결에 휩쓸려 사라질까 염려하지 않아도 되고 말이야. 내가 이 장소를 기억할 때마다 너와 이 움막에 대한 추억이 함께 떠오를 테니까. 내가 잠자고 꿈꿨던 이곳에서 지내. 그럼 마치 내가 너의 곁에 함께 있는 것처럼 생각될 거야……".

엘리아스는 팔로 몸을 휘감으며 절규하듯 소리쳤다.

"아, 너는 나를 망각 속으로 빠져들게 하는구나!"

그의 눈이 잠시 번뜩이더니, 이내 그녀의 손을 뿌리치고 달아나 숲 속의 어둠으로 사라졌다.

살로메는 엘리아스가 달려간 방향을 응시하며 꼼짝 않고 서서 멀어져가는 그의 발자국 소리에 귀를 기울였다.

26
학자의 집에서

다음 날 아침, 이베라는 자신의 농장을 대강 둘러본 뒤 타시오 노인의 집으로 갔다.

정원은 너무나도 조용했다. 처마 끝에 달린 차양 구멍에서 나는 소리가 이따금씩 들려왔다. 오래된 우물에는 이끼가 잔뜩 끼어 있고, 담쟁이넝쿨이 창문 주위를 둘러싸고 있었다. 침묵의 성소와도 같은 집이었다.

이베라는 타고 온 말을 주의를 기울여 기둥에 묶어두었다. 그리고 발자국 소리도 나지 않도록 조용하게 말끔히 정돈된 정원을 가로질렀다. 현관 계단을 올라가 문이 열려 있는 것을 발견하고 안으로 들어갔다.

가장 먼저 눈에 들어온 것은 다름 아닌 늙은 타시오였다. 그는 책에 몰두하며 뭔가를 쓰고 있는 것처럼 보였다. 곤충과 나뭇잎을 수집해 커다란 지도 위에 표시해놓은 것이 벽에 걸려 있다. 오래된 책장에는 책과 원고들이 빽빽이 꽂혀 있었다.

자기 일에 너무 몰두한 나머지 타시오는 이베라가 도착한 것을 알아채지 못했다. 이베라가 그를 방해하지 않으려고 돌아서려는 순간, 타시오가 고개를 들었다.

그는 호기심 가득한 눈으로 이베라를 바라보면서 물었다.

"오, 자네 지금 왔나?"

"실례했습니다. 선생님이 너무 바쁘신 것 같아서 돌아가려 했는데."

"그래, 뭘 좀 쓰고 있었네. 하지만 급한 건 아니야. 어쨌든 지금 좀 쉬려고 했어. 내가 뭔가 도울 일이라도 있는가?"

이베라가 가까이 다가서며 말했다.

"무척 많습니다!"

이베라의 눈길이 책상 위에 펼쳐져 있는 공책에 닿았다.

"이게 뭐죠? 상형문자를 해석하고 계신 건가요?"

타시오는 이베라에게 의자를 내주며 대답했다.

"아니, 나는 이집트어는 물론 콥트어도 이해하지 못하지만, 문자 체계에 대해선 지식이 약간 있다네. 그래서 내가 만든 상징을 이용해서 뭔가를 쓰고 있는 중이지."

이베라가 깜짝 놀라서 물었다.

"왜 이런 상징을 이용하여 글을 쓰시는 거죠?"

"그래야 아무도 내가 쓴 글을 알아보지 못하잖나."

이베라는 저 연로한 학자를 바라보면서, 그가 정말 미친 것인지 아니면 진실을 말하고 있는지 의문이 들었다. 그가 책장을 넘기자 아주 잘 그려진 동물, 원들과 반원들, 꽃들, 발과 손, 팔들, 다른 기호들이 눈에 들어왔다.

"하지만 어째서 아무도 읽지 않길 바라는 글을 쓰고 계신 겁니까?"

"나는 지금 세대가 아니라 다가올 미래 세대를 위해서 글을 쓰고 있는 중이라네. 만일 현 세대가 이 글을 읽는다면, 그들은 이 책은 물론 내 생애의 모든 저작물을 태워버릴 거야. 하지만 이 기호들을 해석할 미래 세대는 학식이 있는 사람들일 테지. 그 세대는 날 이해하고 이렇게 말할 거야. '우리 조상의 세대에도 모든 이들이 다 잠들어 침묵했던 것만은 아니었구나!' 이 이상한 상징들이 의미하는 비밀스러운 내용은, 무지한 사람들로부터 나의 저작을 지켜줄 게야. 마치 옛날부터 드러나지 않는 전례와 무명작가의 정신들이 수많은 진리를 보호해왔던 것처럼 말이지. 바로 가톨릭 성직자들의 파괴로부터 말이야."

잠시 침묵하던 이베라가 물었다.

"무슨 언어로 쓰고 계신 중인가요?"

"우리말인 따갈로그어로 쓰고 있다네."

"상형문자로 따갈로그어를 표현할 수 있나요?"

"그림 그리기는 시간과 인내가 많이 요구되지. 만일 작업의 어려움만 없다면, 오히려 라틴어의 알파벳보다 훨씬 유용하다고 감히 말할 수 있다네. 고대 이집트인들은 우리가 따갈로그어에서 사용하는 것과 같은 모음을 사용했어. 한 예로 'o'라는 음은 오직 한 단어의 끝에만 사용했지. 이건 스페인어의 'o'와 발음이 같지 않고, 'o'와 'u' 사이 중간 정도 발음을 가지고 있다네. 또한 우리처럼 고대 이집트인들은 스페인어에 있는 'e'라는 발음을 가지고 있지 않지만, 스페인어에서 사용하는 라틴 알파벳으로는 제대로 기록할 수 없는 'ha'나 'kha'와 같은 발음을 가지고 있지. '묵카mukha'라는 단어를 생각해보게."

그가 공책을 가리키며 말했다.

"나는 'ha'라는 음절을 라틴어의 'h'보다 더 정확하게 이 물고기 그림으로 표기할 수 있다네. 일례로 하인hain이란 단어처럼 그리 강하지 않은 기음 氣音(숨을 내쉴 때 나는 소리_옮긴이)은 모음의 강도에 따라서 사자의 몸통이나 연꽃 세 개를 이용하여 문자화 혹은 기호화할 수 있지. 한 가지 덧붙이자면, 나는 라틴 알파벳에는 존재하지 않는 콧소리 또한 문자화할 수 있다네. 거듭 말하지만, 온전하게 상징들을 그려야 한다는 어려움만 없다면, 따갈로그어를 표기하는 데 이 상형문자를 사용하는 것이 더 편리할 수도 있지. 그런 어려움 덕분에 쓰고자 하는 내용을 필요한 것만 간략하게 요약하게 되었네. 이 작업은 함께 있던 중국, 일본에서 온 방문객들이 돌아간 뒤에도 내가 즐겁게 시간을 보낼 수 있는 소일거리이기도 하다네."

"방문객들이라고요?"

"저들이 말하는 소리가 들리지 않는가? 나의 방문객들은 바로 저 제비들이라네. 올해에는 한 마리가 사라졌지. 아마 중국이나 일본의 개구쟁이 아이들에게 붙잡혔을 거야."

'어떻게 저 제비들이 중국이나 일본에서 왔다는 걸 아십니까?'

"그건 말이야, 나는 몇 년 전에 막 떠나려는 제비들의 다리에 영어로 쓴 작은 편지를 써서 동여매 보냈다네. 제비들이 그리 멀리는 못 갈 것이라 생각했고, 영어로 쓴 이유는 주변의 모든 지역에서 이해할 수 있는 언어였기 때문이지. 몇 년 동안 아무런 답신도 없었는데, 최근에 중국어로 된 답신 하나가 왔지. 그리고 이듬해 11월에 제비들이 또 다른 편지를 발에 매달고 왔다네. 나는 중국인을 시켜서 그 편지를 해석했는데, 하나는 중국의 황하 강변에서 보내온 인사 편지였고, 다른 하나는 일본에서 온 것처럼 보인다네. 아무튼 공연히 이런 이야기로 자네의 귀한 시간을 빼앗은 것 같군. 내가 어떻게 자네를 도와주었으면 하는지 말해보게."

이베라가 대답했다.

"제가 온 것은 몇 가지 중요한 문제에 대해 상의드리고자 해서입니다. 어제 오후에……."

타시오가 호기심 가득한 목소리로 끼어들었다.

"그들이 그 불행한 남자를 체포했는가?"

"엘리아스라는 사람 말입니까? 그런데 그것을 어떻게 아셨나요?"

"군부대의 앵무새를 만났지."

"그게 누구입니까?"

"다름 아닌 부대장의 부인이라네. 자네가 그녀를 야유회에 초대하지 않았는데도, 시내 사람 대부분은 어제 아침에 있었던 악어 사건을 알고 있지. 그 여자는 비열한 만큼이나 영리하거든. 직감적으로 그 키잡이처럼 저돌적인 사람이라면 그녀의 남편을 진흙탕에 내동댕이치고, 다마소 신부님을 욕보인 사람이 분명하다고 생각했을 거야. 그래서 그녀는 남편의 공문서들과 지시 서류들을 꼼꼼히 살펴보고, 그가 술에 잔뜩 취해서 돌아오자 지체 없이 상사와 부하들을 자네의 야유회 장소로 파송해서 흥을 깬 거지. 가능하기만 했다면 자네도 체포하려고 했을 거야. 조심하는 게 좋겠네. 이브는 본래 좋은 여자였지, 신께서 친히 만드신 여자이기도 하고 말이야. 하지만 도냐 콘솔라시온은 못된 여자야. 어떻게 그런 사악한 여자가 나타났는지 모를 일이야! 여자들이란 그래도 최소한 처녀나 어머니가 되면 선량해진다고 하던데."

이베라는 빙그레 웃으면서 지갑에서 편지 하나를 꺼냈다.

"저의 돌아가신 아버지께서도 뭔가 중요한 일이 있을 때면 선생님의 조언을 구하곤 하셨죠. 그리고 조언을 받은 것에 대해 언제나 흡족해하셨던 것이 기억납니다. 저는 지금 꼭 성공시키고 싶은 작은 계획이 하나 있습니다."

이베라는 자신의 약혼녀에게 선물로 바칠 학교에 관한 계획을 간략하게 설명했다. 그리고 놀란 학자 타시오에게, 마닐라에서 보내온 건물 설계도를 내밀었다.

"자, 선생님께서 생각하시기에 우리 지역에서 누가 이 계획을 성공적으로 수행할 수 있을 거라고 생각하시나요? 선생님은 이 지역의 모든 사람들을 잘 알고 계시잖습니까. 저는 이제 돌아온 지 얼마 되지 않아서 타지 사람이나 마찬가지입니다."

앞에 놓인 건물 설계도를 살펴보는 타시오의 눈에 눈물이 고였다. 그는 너무나 감격하여 소리쳤다.

"내가 한때 꿈꾸었던 일을 자네가 하게 되는군. 이 가난한 미치광이의 꿈을 말이야! 내가 무엇보다도 먼저 해주고 싶은 말은, 나의 조언을 구하지 말라는 것이라네."

이베라는 놀란 표정을 지었다. 그가 쓸쓸한 어조로 말을 이었다.

"분별력 있는 사람들이 자네까지 미친 사람으로 취급할 걸세. 사람들은 자기와 다른 생각을 하는 이들을 정신 나간 사람으로 생각하지. 그게 바로 저들이 나를 미친 사람으로 생각하는 이유이기도 하고. 나는 그것 또한 감사한다네. 저들이 나를 이성적인 사람으로 생각한다면, 내가 미친 사람이라는 말을 들으면서 얻게 된 이 작은 자유마저 빼앗아 갈 테니 말이야. 누가 알겠어? 저들이 옳을지도 모르지. 나는 저들의 법에 따라 생각하거나 생활하고 있지 않으니까 말일세. 내 원칙과 생각은 저들과 달라. 저들은 현 시장을 현명한 사람이라고 생각하지. 그놈은 교구 신부님들에게 초콜릿을 대접하는 일 이외에 아무것도 모르고, 언제나 다마소 신부의 혈기에 시달리고 있는데도 말이야. 하지만 시장 놈은 누구보다 부유하고, 시민들의 작은 꿈을 짓밟으면서도 때로는 정의를 언급하곤 하지. '저기 현명한 사람이 있다!' 그렇게 대중들은 말한다네. '봐라, 그가 무일푼에서 출발하여 지금처럼 훌륭한 사람이 되지 않았는가!' 하지만 나를 보게. 나는 부와 좋은 신분을 모두 물려받았지. 하지만 공부하는 일에 인생을 허비했어. 그리고 지금은 이처럼 가난한 사람이 되어, 사무실의 그 어떤 하찮은 일자리에도 맞지 않는 사람이 되었다네. 그들은 모두 이렇게 말하지. '바보 같은 사람이야. 세상이 어떻게 돌아가는지도 모르지.' 그 성직자는 나에게 짝퉁 지식인이라는 별명을 붙여주더구먼. 내가 대학에서 배운 얕은 지식을 공연히 떠벌리고 다니는 사기꾼이라고 비꼬는 말이라네. 사실 나는 대학 공부를 가장 쓸모없는 것으로 취급하고 있는데도 말이야. 정말로 내가 미친 것이고, 그들이 온전한 사람들인지 누가 알겠어?"

타시오 노인은 생각을 떨쳐버리려는 듯 머리를 휘젓고 얘기를 계속했다.

"나의 두번째 조언은, 교구 신부와 시장, 그리고 높은 지위에 있는 모든 사람들에게 조언을 구하라는 것일세. 저들은 자네에게 엉뚱하고, 어리석고, 아무 가치도 없는 조언들을 늘어놓을 거야. 물론 자네가 그 조언들을 따를 필요는 없다네. 단지 조언을 구한 것뿐이니까 말이야. 가능한 범위 내에서 그들의 말을 따르는 척하고, 그들이 원하는 일을 하고 있다는 믿음을 심어주면 되는 거야."

잠시 생각하더니 이베라가 대답했다.

"선생님의 조언은 훌륭하지만 따르기가 쉽지 않네요. 제 계획을 비밀리에 수행해야 한다는 말씀이십니까? 좋은 의도로 하는 일은 그 어떤 어려움에도 불구하고 이루어질 수 있는 게 아닌가요? 진리는 사이비처럼 스스로를 내세우기 위해 과장할 필요가 없지 않습니까?"

"하지만, 누구도 온전한 진리를 사랑하진 않지!"

타시오가 소리쳤다.

"자네의 말은 원론적으로는 옳지만, 현실적으로는 오로지 젊은 시절의 꿈속에서나 가능한 말일세. 교장 선생님을 생각해보게나. 그 사람은 아무 것도 없는 상황에서 싸웠지. 진심으로 아이들을 위해 좋은 일을 하고자 했다네. 하지만 그에게 돌아온 것은 야유와 비웃음뿐이었어. 자네는 이곳이 고향인데도 이방인 같은 느낌이 든다고 말하지 않았나. 나는 그 말을 믿네. 자네는 도착하는 첫날부터 잘못된 길로 접어들었지. 자네는 사람들에게 거룩한 존경을 받고 있으며, 동료들에게 현명한 사람이라고 칭찬 받는 성직자를 욕보였네. 나는 자네의 미래가 위험에 처하지 않기를 하느님께 기도하네! 도미니크회나 아우구스티누스회 수도사들이 프란시스코회 수도사들의 남루한 의복, 즉 그들의 밧줄 같은 허리띠와 샌들을 천하게 생각한다고 해서, 혹은 교황 이노센트 3세가 '프란시스코회의 규율은 사람보다는 돼지에게 더 잘 어울린다'고 말했다고 해서, 또한 그의 말을 산토토마스 대학의 한 유명한 교수가 거듭 환기시킨다고 해서 저들 모두가 한통속은 아닐 거라고 생각지는 말게. 저들은 가톨릭교회의 대변인이 '가장 낮은 평신도 형제가 모든 군대를 보유한 정부보다 힘이 있다'라고 선언할 때 결코 이견을 표시하는 법이 없다네. 조심하게. 그러지 않으면 무너질 거야! 돈이 곧 힘일세. 모세가 살아 있던 시대에조차 금송아지 신상이 하느님을 제단에서 몰아낸 일이 여러 번 있지 않았는가."

"저는 그렇게 부정적으로만 생각하지 않습니다. 그리고 제 조국에서의 삶이 저에게 그토록 위험하다고 생각하지도 않고요."

이베라는 미소를 지으며 말했다.

"선생님의 염려는 다소 과장된 것처럼 들립니다. 저는 교회로부터 큰 반대에 직면하지 않으면서 모든 계획을 성취할 수 있기를 바라고 있습니다."

"그럴 수 있을 걸세. 다만 성직자들이 돕는다면 말이지. 만일 저들이 돕지 않는다면, 자네도 그 계획을 이룰 수 없을 거야. 자네가 교구관사의 벽에 머리를 박으며 애원하도록 만드는 것은 성직자에겐 밧줄 모양의 띠를 허리에 매거나 옷에 붙은 먼지를 흔들어 터는 것만큼이나 쉬운 일이라네. 그가 한 마디 구실이라도 대면, 시장은 오늘 자네에게 허가했던 것을 내일 거절할 거야. 어떤 엄마들도 아이들을 학교에 보내지 않을 수도 있겠지. 그 모든 노력에도 불구하고 자네는 결국 아무것도 이룰 수 없을 테고, 더불어 장래 자네와 같이 의미 있는 일을 하려는 사람들의 의욕까지도 위축시킬 것일세."

이베라가 반론을 제기했다.

"방금 하신 말씀처럼 저는 선생님이 생각하시는 것처럼 성직자들의 권력이 강하다고 믿지 않습니다. 선생님이 하신 말씀이 전부 옳다고 치더라도, 제 주위에는 많은 합리적인 사람들과 정부가 있지 않습니까? 그들은 좋은 의도와 최상의 목표를 가지고 필리핀을 위해 열심히 노력하고 있지요."

"정부! 정부라고!"

타시오가 중얼거리며 시선을 천장으로 돌렸다.

"아무리 이 나라와 모국 스페인의 번영을 희망한다고 해도, 설령 공직자들이 스페인의 페르디난드와 이사벨라 왕실의 너그러운 마음과 약속을 전부 기억한다고 하더라도, 이 정부는 그 모든 것에 눈을 감고 귀를 막고 있지. 정부는 교구 성직자와 교단의 대표들이 보고 듣고 결정하라고 하는 것 이외에는 아무것도 하지 않을 걸세. 모든 것들은 다 성직자들의 손에 달려 있어서, 그들이 지지하는 것만이 존재할 수 있고 저들이 허락한 것만이 살아남을 수 있지. 성직자들이 사라지는 날이 온다면, 마치 꼭두각시 인형극에서 조종하는 실을 놓아버린 것처럼 모든 것들이 허물어질 거야. 정부는 사람들이 반란을 일으킬 수 있다는 우려에 언제나 위축되어 있어서, 군대를 동원해 사람들을 강압적으로 다루고 있지. 아주 단순하고 초보적인 전략이지만, 마치 공동묘지에 있는 겁쟁이가 자기 그림자를 귀신으로 착각하고, 자기 목소리의 메아리를 망자가 내는 소리로 착각하는 것과 같은 이치야. 정부는 국민들과 직접 대면하지 않는 이상 계속해서 현실을 모를 것이고, 그저 국민들을 감시하는 성직자들의 목소리를 듣고 그들의 비위를 맞추는 일만 지속하게 될 거야. 정부는 보다 나은 미래에 대한 계획도 없이, 단지 두뇌 역할인 수도회의 지시를 따르는 팔에 불과하다네. 이런 특성 때문에 대부분의 정부 계획들은 실패하고, 성직자들은 어두운 그림자처럼 따라다니면서 정부의 정체성을 약하게 만들어 사적인 이해 관계가 침투하도록 만들기도 하지. 만일 자네가 내 말을 믿을 수 없다면, 우리 정부 체제와 자네가 다녀본 국가들의 정부 체제를 비교해보면⋯⋯."

이베라가 끼어들었다.

"그건 지나친 주장입니다! 우리 국민들이 다른 나라 국민들처럼 고통을 당하거나 불평을 토로하지 않는 건 사실입니다. 이는 바로 교회와 우리의 통치자들 덕분이 아니겠습니까."

"국민들이 불평하지 않는 것은 별다른 수가 없기 때문이고, 그들이 움직이지 않는 것은 혼수상태에 있기 때문이지. 자네는 심장을 도려내는 저들의 아픔을 보지 않았기 때문에 저들이 고통을 당하지 않는다고 확신하는 것일세. 하지만 조만간 자네도 보고 듣게 될 거야. 그러면 무지와 광신에 의존해 힘을 얻는 사람들, 국민들을 속이는 일에서 즐거움을 찾는 사람들, 모두들 잠들어 있다고 확신하며 어둠 속에서 일을 도모하는 사람들이 원망스러울 걸세! 대낮의 밝은 빛이 어둠 속에서 활동하던 괴물의 모습을 비추는 날이면, 그 반응은 엄청날 거야. 수 세기 동안 억눌렸던 에너지와 한 방울 한 방울씩 떨어져 쌓인 원한들, 그리고 모든 짓눌렸던 감정이 거대한 폭발과 함께 백일하에 드러나겠지. 인류가 종종 역사의 기록에 남긴 것과 같은 피로 얼룩진 혁명을, 감히 누가 감당할 수 있겠는가?"

"맙소사, 정부와 교회가 그런 일이 일어나도록 내버려 두지 않을 겁니다!"

이베라가 충격을 받은 듯 대꾸했다.

"필리핀 국민들은 신앙심이 깊고 스페인을 사랑합니다. 저들은 모국 스페인이 진정으로 자신들을 보살피고 있음을 알고 있을 거예요. 물론 다소 불미스러운 폐해도 있겠지요. 단점이 있음을 부인하는 것은 아닙니다. 하지만 스페인은 단점을 개선하려고 노력하고 있으며, 새로운 계획을 준비하고 있습니다. 스페인은 그렇게 이기적인 나라가 아닙니다."

"나도 알고 있다네. 그리고 바로 그게 최악의 사실이라는 거야. 위로부터 내려오는 개혁들은, 아래로 올수록 벼락부자를 꿈꾸는 사람들이나 무심하고 무지한 사람들에 의해 무용지물이 되어버리지. 당국이 강력하게 개혁의 실행 여부를 감시하지 않는 한 이런 폐해는 단지 왕실 명령만으로는 바로잡을 수 없다네. 더군다나 지방의 작은 폭군이 행사하는 권력 남용은 자유롭게 말할 수 있는 환경이 아니기에 더욱 그렇지. 결국 계획은 단지 계획으로만 남을 뿐이고, 폐해는 계속되는 거야. 하지만 마드리드에 있는 각료들은 여전히 자신들의 의무를 다한 사람처럼 편안히 잠자리에 들겠지. 게다가 만일 어떤 고위 관료가 정말 훌륭하고 관대한 계획을 생각해낸다면, 주위 사람들이 뒤에서는 그를 바보라고 놀려댈 테고, 앞에서는 이런 충고를 늘어놓을 거야. '각하께서는 그 나라와 국민들에 대해 잘 모르시는 것 같습니다.

그런 조처가 혹여 저들을 버릇없게 만들지나 않을까 우려됩니다. 여러 사실들을 잘 고려하시는 것이 좋을 것 같습니다.' 아마 그 고위 관료는 필리핀을 마치 미주 대륙의 어느 한 귀퉁이에 있는 나라쯤으로 생각할 만큼 무지할 테니, 자신이 가진 한계와 약점을 인정하고 그들의 말에 수긍하게 될 거야. 그 고위 관료는 자신이 그 자리까지 오르기 위해 얼마나 많은 노력을 들였으며, 앞으로 남은 임기는 3년에 불과하다는 사실 때문에 돈키호테식의 사업 추진보다는 본인의 미래에 더 신경을 쓰겠지. 마드리드에 안락한 집 한 채, 시골의 작은 별장, 사교 클럽에 드나들 수 있는 안정된 수입 등이 그가 필리핀에서 준비해야 할 것들이겠지. 기적을 바라지는 말게나. 그저 개인의 이익을 위해 이곳에 왔다가 돌아가는 외국인들이 이 나라의 번영에 관심을 가질 것이라 기대하지 말게. 이 나라에 대해 잘 알지도 못하고, 어떤 추억도 애정도 없는 저들이 우리의 미래에 대해 무슨 관심이 있겠는가? 영광의 찬가는 오직 사랑하는 이들의 귓전에, 우리 집 담장 안에, 그리고 우리가 장차 죽어 안식하게 될 조국의 하늘에서만 울려 퍼져야 하는 법이네. 영광의 찬가가 우리의 무덤에 따뜻하게 울려 퍼지길 바라네. 그래서 우리가 아무런 의미 없이 살다간 존재가 아니라 무언가를 남기고 간 사람으로 기억되길 원하지. 이런 일들은 우리의 운명을 좌우하고 있는 사람들에게 결코 기대할 수 없다네. 더구나 저들은 자신들의 임무가 무엇인지 깨닫게 될 즈음이면, 떠날 때가 다가오지. 하지만 우리는 우리 자신들의 문제들에 대해서 모른 체 외면하고 있어."

"그 문제로 넘어가기 전에 한 가지 분명히 해둘 것이 있습니다."

이베라가 흥분하여 말을 가로챘다.

"정부가 우리 국민들을 잘 이해하지 못한다는 말에는 동의합니다. 하지만 그보다 더 심각한 것은, 국민들이 정부를 제대로 이해하지 못한다는 사실입니다. 선생님이 말씀하시는 것처럼 쓸모없고 사악한 관료들도 있지만, 훌륭한 관료들도 있다는 사실을 인정해야 합니다. 만약 훌륭한 관료가 제대로 일을 하지 못한다면, 이는 자신들의 문제에 대해서도 무관심한 국민들 때문입니다. 그러나 제가 이곳에 온 이유는 이러한 문제로 다투기 위해서가 아닙니다. 저는 선생님의 조언을 구하기 위해 왔습니다. 선생님께서는 제가 기괴한 우상들 앞에 머리를 조아려야 한다고 하셨습니다……"

"그렇다네. 거듭 말하지만 이 나라에서는 자네가 머리를 숙여야 해. 그러지 않으면 자네 머리를 잃게 될 것일세."

아베라가 신중하게 그 말을 되풀이했다.

"머리를 숙이지 않는다면 잃게 된다……. 딜레마에 빠지게 되네요. 하지만 왜 그래야만 하는 겁니까? 저의 조국을 향한 사랑과 스페인을 향한 사랑이 공존할 수는 없는 겁니까? 좋은 그리스도교인이 되기 위해서는 반드시 오욕을 감내해야만 하는 것입니까? 그리고 훌륭한 목표를 달성하기 위해서는 반드시 자신의 양심을 팔아야만 하는 건가요? 저는 조국 필리핀을 사랑합니다. 이곳에는 저의 생명과 행복이 있기 때문이며, 누구라도 자신의 조국을 사랑해야 하기 때문입니다. 동시에 저는 제 선조의 나라인 스페인도 사랑합니다. 결국 필리핀은 스페인에게 자신의 행복과 미래 모두를 빚지고 있기 때문입니다. 저는 가톨릭 신자이고 조상들의 신념을 순수하게 지키고 있습니다. 제 스스로 이렇게 확고한 신념을 갖고 있는데, 어째서 머리를 조아려야 하는지 모르겠습니다. 더구나 제가 승리할 수 있는 적에게 왜 제 운명을 맡겨야 하는지도 모르겠습니다."

"그 이유는 자네가 일하고 싶어 하는 그 땅이 적의 수중에 있기 때문이라네. 그리고 자네는 저들에게 대항하여 이길 수가 없지. 자네는 먼저 저들의 손에 키스를 해야 하고……."

"키스라니요!"

이베라는 격렬하게 반발했다.

"저들이 제 아버지를 죽이고, 무덤까지 파헤쳐 시신을 내동댕이친 사실을 선생님께서는 벌써 잊으신 것 같네요. 저는 아들로서 그 사실을 결코 잊지 않았습니다. 제가 그에게 복수하지 않는 이유는, 단지 교회의 명예를 보호하기 위해서입니다."

늙은 학자 타시오는 고개를 숙였다. 그는 천천히 말을 이었다.

"이베라 군, 자네는 그 일을 기억하고 있고, 나도 자네에게 그 일을 잊으라고 결코 충고할 수 없다네. 그렇다면 자네는 계획하고 있는 그 일을 포기하고, 다른 길을 통해 국민들의 복리를 증진시킬 방법을 찾는 게 좋을 것 같다는 생각이 드네. 지금 하려는 계획이 제대로 이루어지려면 자네의 돈과 선의만 가지고는 충분치 않아. 누군가의 도움이 필요하지. 이 나라에서 무슨 일을 성취하려면, 절제는 물론이고 불굴의 의지와 신념이 있어야만 해. 이 나라의 토양은 씨를 뿌릴 준비가 되어 있지 않고, 온통 잡초로 가득하기 때문이야."

이베라는 그 충고의 의미를 깨달았다. 그러나 미리부터 좌절할 수는 없었다. 마리아 클라라에게 했던 서약을 떠올리며, 그는 약속을 꼭 지키겠다고 결심했다. 이베라는 가라앉은 목소리로 물었다.

"선생님이 경험하신 걸 떠올려서, 어찌해야 이 궁지를 조금이라도 덜 고통스럽게 헤쳐나갈 수 있는지 알려주실 수는 없나요?"

늙은 타시오는 이베라의 팔을 잡고 창가로 인도했다. 북쪽에서는 선선한 바람이 불고 있었다. 창밖에는 나무로 가득한 정원이 펼쳐져 있어서, 집이 마치 공원 한가운데 있는 듯했다. 타시오는 아름다운 장미 넝쿨을 가리키 며 물었다.

"왜 우리는 저 연약한 가지처럼 꽃과 몽우리들을 품을 수 없을까? 바람 이 불어 가지를 흔들면, 마치 자신의 소중한 책임을 감싸 안기라도 하듯 고 개를 깊숙이 숙이지. 만일 그 가지가 꼿꼿이 서 있다면, 바람이 저 꽃들을 흔들어 떨어뜨릴 거야. 저 봉우리들은 펴보지도 못하고 죽어버릴 걸세. 하 지만 바람이 지나고 나면, 가지는 다시 꼿꼿한 제 모습으로 돌아와서 자신 이 품은 소중한 것들을 자랑하지. 누가 가지더러 바람이 불 때 머리를 숙였 다고 나무랄 수 있겠는가? 저 커다란 나무를 보게나. 당당하게 펼쳐져 있는 가지 위에 독수리가 둥지를 틀고 있는 것이 보이지. 저 나무가 작은 묘목일 때에 내가 숲에서 옮겨 심은 것이라네. 몇 달 동안은 대나무로 버팀목을 만 들어 세워두었어. 하지만 만약 내가 아주 큰 나무를 옮겨 심었더라면 분명 저렇게 생존하지 못했을 거야. 미처 나무가 뿌리를 단단하게 내리고 주위 토 양이 나무의 크기와 무게를 지탱해줄 정도로 튼튼해지기도 전에, 바람이 먼저 쓰러뜨렸을 테니까. 자네가 유럽에서 가져왔다는 그 나무를 이 거친 토양에서 살아남게 하려거든, 버팀목처럼 남들의 도움이 필요하고, 묘목처 럼 스스로 작아져야만 한다네. 지금 자네는 그리 좋지 않은 상황에 홀로 서 있고, 게다가 키도 이미 크게 자라나 있잖나. 땅이 흔들리고 폭풍의 기운이 하늘에 가득하다네. 그리고 자네 가족의 나무들은 번개를 잘 맞는 것으로 유명해. 이런 세상과 맞서 홀로 싸우는 것은 용기라기보다는 무모함인 거 지. 아무도 폭풍우가 내리칠 때 항구에 피신해 있는 배의 선장을 나무라지 않는다네. 총탄이 날아올 때 머리를 숙이는 것은 겁쟁이의 모습이 아니야.

잘못된 것은 이에 정면으로 맞서 쓰러지고, 다시 일어나지 못하는 것이야."

"하지만 그런 굴욕을 겪는다고 제가 바라는 결과를 얻을 수 있을까요?"

이베라가 물었다.

"그 성직자가 자신의 불편한 심기를 가라앉히고 제 말을 믿어 주겠습니까? 저들이 진정으로 교육의 가치를 전파하는 이 일에 도움을 줄까요? 이일이 바로 나라의 온갖 부를 좌지우지하고 있는 수도원 사업과 경쟁하는 일임에도 불구하고요? 저들이 선의를 가장해 저를 돕는 척하면서 한편으로는 뒤에서 헐뜯고 약한 부분을 공격해 상처를 입혀, 종국에는 저를 넘어뜨리지는 않을까요? 선생님께서 언급하신 선례를 생각하면, 이 모든 일들이 일어날 것만 같습니다."

"만일 그런 일이 벌어져서 사업이 실패한다면, 자네는 자네가 할 수 있는 일을 다했다는 생각에 편안해질 수 있을 걸세. 결국 뭐가 됐든 자네는 무언가를 성취한 셈이 될 것이야. 초석은 놓여지고, 씨앗은 뿌려졌을 테니 말일세. 사나운 비바람이 지나고, 몇몇 씨앗들은 그 모진 시련을 넘어 싹을 피우고 종자를 보전하겠지. 씨를 뿌린 자는 사라져도 후손들은 살아남아 다시 그 씨를 뿌리겠지. 이 이야기는 시작하기를 두려워하는 사람들에게 용기가 될 수 있다고 보네."

지금까지의 논쟁을 곰곰이 되새겨보자 이베라는 자신이 처한 곤경이 눈에 들어왔다. 그러나 그 모든 비관적인 생각에도 불구하고 타시오의 말이 전부 옳다는 것을 깨달았다.

"선생님의 말을 믿습니다!"

그가 악수를 청하며 말했다.

"좋은 충고가 헛되지 않도록 하겠습니다. 지금부터 저의 모든 계획을 그 수도회 신부에게 맡기겠습니다. 어쨌든 그는 아직까지 저에게 아무런 해악을 저지르지는 않았으니까요. 아마 좋은 사람일지도 모르겠군요. 물론 모든 사람들이 저의 아버지를 고발한 사람처럼 사악하지는 않겠지요. 게다가 저는 그 불쌍한 여인과 그녀의 아이들을 위해서라도 그의 환심을 사야만 합니다."

이베라는 타시오의 집을 나서 말을 타고 길을 떠났다.

"어디 한번 지켜보자."

염세주의자 타시오는 젊은이가 가는 모습을 지켜보며 중얼거렸다.

"공동묘지에서 시작된 이 작은 연극이, 어떠한 운명으로 전개될 것인지 말이야."

이번에는 타시오가 틀렸다. 연극은 이미 오래전에 시작되었다.

27

축제 전날

오늘은 11월 10일, 축제가 시작되기 바로 전날이었다. 일상적인 생활 패턴에서 벗어난 시내 사람들은 집과 거리, 교회, 닭싸움장, 들판에서 분주하게 움직이며 뭔가에 몰두하고 있었다. 깃발들과 다채로운 천들이 창문 밖에 걸렸고, 음악과 폭죽 터지는 소리가 시내의 분위기를 들뜨게 했다.

소녀들은 집 안에서 화려한 색상의 접시에 손수 만든 사탕을 담아, 흰 자수를 놓은 식탁보 위에 가지런히 늘어놓았다. 집 밖의 뜰에서는 사람들의 흥겨운 움직임에 놀라 병아리들이 삐악삐악 소리를 냈고, 암탉들은 꼬꼬댁 울었으며, 돼지들은 꿀꿀대면서 어찌할 바를 몰라 했다. 하인들은 금빛 무늬가 새겨진 접시와 은빛으로 반짝이는 식기류를 위층 아래층으로 분주하게 옮겼다. 한쪽에서는 접시 깨지는 소리와 야단치는 소리가 들리고, 다른 한쪽에서는 순진한 시골 소녀의 웃음소리가 들렸다. 여기저기에서 지시하는 소리, 잡담하는 소리, 야단치는 소리, 불평하는 소리, 추측하는 소리, 격려하는 소리 등 다양한 소음들이 활발한 움직임과 섞였다. 그 모든 열정과 수고는 집을 찾아올 손님들을 위한 것이었다. 손님들 중에는 물론 아는 사람도 있겠지만, 인심 좋은 주인이 이전에 한 번도 만난 적이 없는 사람들도 있었을 것이다. 아마도 그중에는 장차 주인과 다시 만날 일이 없을 타지인, 외국인, 친구와 적, 필리핀인과 스페인인, 가난한 사람과 부자 등도 있었으리라. 집주인은 아무런 대가 없이 그저 이들을 행복하게 해주는 것으로 만족했다. 찾아온 손님들에게 어떤 것도 기대하지 않으며, 풍성하게 차려진 음식을 먹기 전후에 손님들이 주인과 가족들의 안부를 묻는 일마저도 바라지 않았다.

부자거나 마닐라에 살며 세상을 조금 경험해본 이들은 맥주, 샴페인, 독주, 와인, 유럽산 과자 등 이전에 맛보지 못한 술과 안주에 흠뻑 빠졌다. 그들의 테이블은 우아하게 꾸며졌다. 테이블의 중앙에는 보통 커다란 모조 파인애플이 이쑤시개와 나무로 섬세하게 만든 장식품들과 함께 놓였다. 이는 부채, 꽃다발, 새, 장미, 야자나무 잎, 사슴 모양의 장식 등이었다. 이 장식품들은 감옥에 있는 죄수들이 동일한 나무를 깎아서 만든 것들이었다. 예술가는 중죄인들이었고, 도구는 무딘 칼이었으며, 그들이 일하는 유일한 동기는 매섭게 몰아세우는 간수들의 명령뿐인 셈이었다. 파인애플 주위엔 오렌지를 포함한 란조네스, 아티스, 치코스 등 다양한 과일들이 유리 쟁반에 피라미드 모양으로 쌓여 있었다. 11월인데 제철 과일이 아닌 망고도 보였다. 옆에는 유럽풍과 중국풍으로 절여서 만든 햄, 성경의 인물과 상징을 본떠 만든 고기 파이, 거대한 칠면조 고기가 화려한 색상의 장식용 종이로 덮인 접시에 담겼다. 커다란 대접에는 꽃 모양의 디자인으로 기발하게 장식한 절인 야채가 담겨 있고, 채소와 과일들을 예술적으로 잘라 장식한 유리컵은 시럽과 함께 있었다.

집 한쪽에서는 집안 대대로 내려온 유리 램프의 갓을 손질하고, 동으로 만든 테두리를 닦아 광택을 내는 일이 한참이었다. 등유 램프에 파리와 모기의 접근을 막고자 씌워둔 붉은 덮개를 떼어낸 다음에 사용할 수 있도록 잘 보관했다. 샹들리에의 먼지를 털자 유리구슬과 막대들이 서로 부딪쳐 청아한 음악 소리를 내고, 흰 벽면에 화려한 무지갯빛 향연을 펼쳤다. 아이들은 벽에 반사되는 빛을 쫓아 즐겁게 뛰기도 뒹굴기도 하면서 놀았다. 간혹 아이들이 뛰놀다가 유리 램프의 등피 하나를 깨뜨려도 축제의 흥겨움이 가라앉지는 않았다. 평상시 같았으면 아이들의 크고 동그란 눈에 눈물이 쏙 빠질 일이겠지만 말이다. 집안의 여성들이 램프만큼이나 소중하게 간직하는 갖가지 모양의 바느질 장식물들도 진열되었다. 손뜨개질로 만든 베일과 비단에 수놓아 만든 벽걸이 장식, 예쁘게 꾸민 조화들도 있다. 탁자 위에 놓인 오래된 유리 재떨이 속에는 호수가 그려져 있고, 작은 물고기와 악어, 연체동물과 해초, 산호와 바위 등이 반짝이는 모양으로 새겨져 있다. 그 위에는 시가와 담배꽁초, 씹던 빈랑 조각이 어린 소녀의 손가락처럼 서로 얽혀 담겼다. 집 안의 마룻바닥은 유리처럼 빛이 난다. 삼이나 파인애플 천을 걸어 문을 장식하고, 창문 밖으로는 유리나 종이로 만든 각양각색의 색등을 걸었다. 도자기 받침대 위에는 온갖 꽃들로 장식된 화분들이 가득하다. 집 안에 모셔둔 성상들도 화려한 천으로 장식하고, 먼지 낀 성물함도 꺼내 깨끗이 닦아 예쁘게 꽃다발을 걸어두었다.

시내 거리에 일정한 간격으로 세운 대나무 아치문은 모양이 다양한 데다, 대패질에서 나온 꾸불꾸불한 나무 조각들로 화려하게 장식되었다. 아치문 광경만 봐도 어린아이들의 마음은 설렘으로 부풀어 올랐다. 교회 앞마당 근처에는 크고 값비싼 천막이 대나무 기둥들 위에 세워져, 지나가는 행렬에게 그늘을 제공했다.

도시의 소년들은 천막 아래서 뛰놀거나 기둥에 매달리다가, 축제날을 위해 소중히 다뤄야 할 새 옷을 찢어먹기도 했다.

시내 광장에는 대나무와 야자나무, 일반 목재를 사용한 커다란 무대가 세워졌다. 무대에서는 톤도의 악극단이 경이로운 연주를 하면서 신들과 함께 불가능한 기적이라도 일으킬 듯 흥분을 자아내리라. 마닐라에서 온 가장 유명한 연예인들이 노래하고 춤을 출 예정이었다. 당시 필리핀 사람들은 무대극을 좋아했고, 특히 드라마에 흠뻑 빠져 있었다. 하지만 음악을 듣고 춤과 연기에 감탄할지라도 정작 청중들은 환호하거나 박수를 치지 않고 조용히 있었다. 무대의 주인공들이 그들을 지루하게 만든 것이었을까? 그들은 조용히 빈랑을 씹으면서 주위 사람들에게 방해가 되지 않게 조용히 자리를 떴다. 간혹 일부 시골뜨기가 무대에서 남자 배우가 여자 배우에게 키스하고 포옹할 때 괴성을 지른 게 반응의 전부였다. 이전에는 오직 연극만이 무대에 올랐었다. 도시의 시인이 무대극에 필수적인 광대 한 명과 2분마다 벌어지는 칼싸움, 극적인 신분 전환과 같은 내용을 넣어 극본을 준비했었다. 하지만 톤도의 악극단은 15초마다 칼싸움을 벌이고, 두 명의 광대를 등장시켜서 훨씬 더 자극적인 상황을 연출함으로써 지방의 연극계를 초토화시켰다. 도시 시장은 연극 관람을 아주 좋아했다. 그는 교구 신부의 동의를 얻어 마술과 폭죽이 동원되는 빌라르도 왕자나 악명 높은 지하 동굴에서 건져낸 노예 중 하나를 선택했다.

한편 교회의 종들이 이따금씩 흥겹게 울렸다. 열흘 전만 해도 그토록 우울하게 울렸던 종들이다. 회전 불꽃과 폭죽이 공중에서 폭발음을 냈다. 비밀스러운 스승에게 배운 필리핀인 꽃불 제작자가 곧 솜씨를 뽐낼 계획이었다. 그는 아름다운 채색 불꽃으로 만든 탑, 더운 공기를 주입시켜 띄우는 종이 기구, 회전 불꽃, 거대한 폭죽과 로켓 등을 준비하느라 바빴다.

멀리서 악단의 연주 소리가 들려오면 아이들은 황급히 시내 어귀로 달려가 취주 악단을 맞이했다. 5개의 악단과 3개의 오케스트라가 축제를 위해 참가했다. 관청 사무원들로 구성된 꽝가시난 밴드가 빠지지 않고 참가했고, 당시에 오스트리아인 교수가 지휘하는 것으로 유명했던 산페드로의 투나산에서 온 밴드, 화려한 지휘와 조화를 이루는 것으로 명성을 얻은 마리아노 군악대도 참가했다. 음악가들은 장례 행렬 때에 연주하는 곡인 "실연"을 듣고 찬사를 보냈다. 그리고 자신들이 정식으로 음악 교육을 받지 못한 사실을 한탄했다. 만약 그처럼 천재성이 있는 원주민이 제대로 된 음악 교육을 받았더라면, 이 나라에 틀림없이 큰 영광을 가져다주었으리라.

브라스 밴드가 힘찬 행진곡을 연주하며 시내에 들어섰고, 그 뒤로 누더기 옷을 입은 아이들, 웃옷은 입지도 않은 아이들, 형의 셔츠를 입은 아이들, 아버지의 바지를 입은 아이들이 뒤따랐다. 새로운 연주곡이 시작되면 저들은 이미 그 선율을 모두 알고 입소리로 흉내를 냈다. 어떤 이는 휘파람으로 아주 정확하게 곡을 따라 하고, 또 어떤 이는 연주의 수준을 평가하기도 했다. 계속해서 다양한 종류와 모양의 마차들이 친척들과 친구들, 모르는 사람들을 실어 날랐다. 싸움닭과 두둑한 주머니를 가지고 오는 사람들은 닭싸움과 카드게임에서 자신들의 행운을 시험해볼 것이었다.

작고 뚱뚱한 남자가 이제 막 도착한 사람들의 귀에 대고 말했다.

"주둔군 부대장은 하룻밤 사이에 50페소를 벌었다고 들었어. 저기 카피탄 티아고가 온다. 분명히 카드게임을 할 거야. 카피탄 요킨은 1만 8000페소나 가지고 왔다고 하던데. 중국인 카를로스는 1만 페소를 가지고 와서 돈놀이를 할 모양이야. 거물급 노름꾼들이 타나완, 리파, 바탕가스, 멀리 산타크루즈 지방에서 모두 몰려들고 있다네. 확신하건대 이번 축제엔 정말 볼 만한 큰 노름판이 벌어질 거야. 자, 여기 초콜릿 하나 먹어봐. 올해에는 카피탄 티아고가 작년처럼 우리 돈을 몽땅 휩쓸어 가지는 못할 거야. 올해 세 번밖에 교회 미사를 지원하지 않았다고 하더라고. 나는 카카오로 만든 행운의 부적을 지니고 있어. 그건 그렇고, 자네 가족들은 모두 잘 있지?"

방문객이 답했다.

"그럼, 잘 있지. 고맙네. 다마소 신부님은 어떻게 지내시지?"

"다마소 신부님은 아침 미사를 집전하시고, 밤에는 주로 카드놀이를 하셔."

"그렇다면 다행이고. 무슨 특별한 일은 없어?"

"아니, 우리는 잘 지내고 있어. 자네도 알다시피 카를로스가 좀 욕을 보긴 했지."

작고 뚱뚱한 남자는 손가락으로 돈 세는 흉내를 냈다.

시내 인근 지역의 소작인들은 자신들이 가진 제일 좋은 옷을 차려입고, 살찐 암탉과 산돼지 고기, 들에서 잡은 들짐승과 새를 자신들의 지주 집으로 실어 날랐다. 일부는 무거운 수레에 장작을 가득 싣거나, 일부는 과일과 야생의 희귀한 난초를 싣고 또 다른 이들은 대문을 장식할 때 쓰는 잎이 넓은 비가biga와 불꽃 색깔의 꽃이 피어 있는 띠카스-띠카스tikas-tikas를 실었다.

하지만 가장 흥미로운 일은 이베라의 집에서 멀리 떨어지지 않은, 다소 높은 지대의 평원에서 벌어졌다. 그곳에서는 도르래 돌아가는 소리와 고함치는 소리가 돌을 쪼는 쇳소리, 못을 박는 망치 소리, 도끼질 소리 등과 뒤섞였다. 많은 사람들이 땅을 파서 깊고 넓은 웅덩이를 만들고 있었다. 또 다른 이들은 인근 채석장에서 가져온 돌들을 도르래 기계를 이용해 수레에서 내린 뒤 옆에 가지런히 쌓아두었다.

"그건 이쪽으로, 저건 그쪽으로! 힘차게 하게!"

괄괄하면서도 지적인 얼굴을 가진 작고 나이 든 남자가 소리쳤다. 그는 수직을 맞추는 긴 끈에 추가 달린 굽은 모양의 커다란 자에 얼굴을 대고 있었다. 이 건설 현장의 관리자이자 설계자였다. 그가 바로 건축가 후안이었다. 목수, 도장공, 자물쇠 제조공, 페인트공, 석공에 가끔은 조각가 역할도 하는 그 사람.

"오늘 안에 이 일을 끝내야 해. 내일은 공식적인 공휴일이고, 모레가 바로 기공 기념식이 있는 날이라고. 좀 더 힘을 내!"

그는 커다란 돌판을 다듬고 있는 석공들을 향해 소리쳤다.

"기둥을 제대로 세울 수 있게 구멍을 정확하게 만들어야 해. 우리들의 이름이 그곳에 남겨질 거야."

그는 이곳을 찾아오는 모든 방문객들에게 수차례 같은 말을 했다.

"우리가 무슨 건물을 짓고 있는지 아세요? 다름 아닌 학교입니다. 이건 하나의 본보기가 될 겁니다. 독일에 있는 학교와 비슷할 거예요. 아니, 그보다 더 훌륭할 겁니다. 유명한 건축가가 설계 도면을 담당했고, 저는 건설 현장을 책임지고 있습니다. 이 건물은 마치 궁전과 같을 거예요. 양쪽에 날개 건물이 있어서 하나는 남자, 또 하나는 여자들이 사용할 겁니다. 중앙에는 커다란 정원이 있고, 세 개의 분수를 놓고 그 주변을 따라 줄지어 나무를 심을 예정입니다. 작은 난초들을 가꾸어 아이들이 여가 시간에 나와서 돌볼 수 있게 할 거고요. 자 여길 보십시오. 4미터나 되는 튼튼한 기초를 쌓고 있습니다. 이 건물에는 창고와 지하실, 불량한 아이들에게 벌을 주기 위한 방도 만들 것입니다. 바로 옆에는 놀이터와 체육관을 두어서 다른 아이들이 재미있게 뛰노는 소리가 들리도록 할 겁니다. 저기 넓은 공터가 보이시죠? 저게 운동장이 될 거예요. 아이들이 탁 트인 공간에서 힘껏 뛰놀 수 있도록 할 겁니다. 여자 아이들을 위한 정원도 조성하여 벤치와 그네, 뜀틀, 분수,

새둥지 등 다양한 것들을 만들어놓을 거예요. 정말 굉장한 건물이 될 겁니다!"

건축가 후안은 손을 비벼대면서 자신이 곧 유명 인사가 되는 모습을 상상했다. 외국인들이 찾아와 학교를 관람한 후 이런 질문을 할 것이다. 어느 위대한 건축가가 이 학교 건물을 지었나요? 그러면 사람들은 이렇게 대답하겠지. 아니, 정말 모른단 말이에요? 건축가 후안의 이름을 들어본 적이 없다니 믿을 수가 없군요. 당신은 분명 아주 먼 곳에서 온 게 틀림없어요. 후안은 이런 생각에 잠긴 채 여기저기 돌아다니며, 마지막으로 건축 현장을 꼼꼼히 점검했다.

그는 한 무리의 일꾼을 담당하는 핼쑥한 얼굴의 남자에게 말했다.

"깃대 하나를 세우는 데 너무 많은 목재를 사용하는 것 같다. 삼각대를 세우는 데 세 개의 커다란 목재와 그들을 하나로 고정시키는 데 필요한 세 개를 더하면 될 것 같은데."

핼쑥한 얼굴의 남자가 묘한 미소를 지으며 대답했다.

"한번 보세요. 더 많은 공을 들여 만들면 더 훌륭한 작품이 나오는 겁니다. 이것들은 더 보기 좋고 인상적인 깃대를 만들 거예요. 사람들이 이렇게 말할 걸요. '저 깃대를 만드느라 공을 엄청 들였군!' 곧 제가 만든 멋진 깃대를 보시게 될 겁니다. 나중에는 삼각기와 꽃다발로 장식도 달아둘 거예요. 그러면 당신은 분명 저와 우리 일꾼들을 사용하길 잘했구나 하는 생각이 드실 겁니다. 이베라 씨도 아주 만족해할 것이 분명하고요."

그는 이를 드러내며 소리 내어 웃었다. 건축가 후안은 할 수 없이 따라 웃으며 고개를 끄덕였다.

약간 떨어져 있는 곳에서는 교장 선생과 약 서른 명의 학생들이 바나나

잎을 둘러서 만든 두 개의 정자를 꽃으로 장식하고, 정자를 지탱하는 긴 대나무 장대에 다양한 글귀가 쓰인 깃발을 달고 있었다. 교장 선생이 깃발에 글씨를 쓰고 있는 학생에게 말했다.

"글씨들을 좀 더 예쁘게 쓰렴. 이곳에 주지사님과 많은 신부님들이 오실 거야. 총독께서 직접 오실지도 모르겠다. 그분이 우리 지역 근처에 와 계신다는 말을 들었거든. 만일 그분들이 자네 글씨가 훌륭하다고 생각하면 칭찬을 많이 해주실 거야!"

"그분들이 여기에 칠판 하나 정도는 기증하지 않을까요?"

"누가 알겠니? 어쨌든 이베라 씨가 마닐라에서 하나를 이미 주문해두시긴 했지. 다른 물건들 일부는 내일 들어오는데, 너희들에게 상으로 줄 거야. 자, 꽃들을 물에 담가두자. 내일 우리가 꽃다발을 만들 거야. 너희들이 내일 더 많은 꽃들을 가져와서 저 탁자를 가득 메워줘야 해. 꽃들이 분위기를 더 좋게 할 거야."

"우리 아버지가 내일 수련과 삼빠기따 꽃바구니를 가져오실 거야."

"우리 아버지는 모래를 세 수레나 공짜로 가져오셨어."

카피탄 바실리오의 조카가 이어서 말했다.

"우리 삼촌은 선생님들의 봉급을 지불해주신다고 약속했어."

이베라의 계획은 사실상 모든 이들로부터 호응을 얻었다. 교구 신부에게 사업을 지원해줄 것을 요청했고, 축제 마지막 날의 주춧돌을 놓는 기공식 행사에 귀빈으로 참석해 축복 기도를 해줄 것도 요청했다. 대리 신부는 직접 이베라를 찾아와 건축 공사가 마무리 될 때까지 신도들이 바치는 모든 헌금을 주겠다고 제안했다. 부자이지만 인색한 루파 자매도 만약 자금이 부족하면 자신이 직접 이웃 지역을 돌아다니며 모금을 하겠다고 자원했다.

물론 자신의 여행 비용을 지불해달라는 조건도 잊지 않았다.

이베라는 그녀에게 먼저 감사의 뜻을 전하고 이렇게 대답했다.

"그런 방식으로는 많은 자금을 모으기가 힘들 겁니다. 저는 그렇게 큰 부자가 아니라서 자매님의 여행 비용을 댈 수 있을지 모르겠습니다. 그리고 이 건물은 교회 건물이 아니니 너무 신경 쓰지 않으셔도 됩니다. 게다가 저는 다른 사람의 비용으로 이 건물을 지을 생각은 아니니까요."

축제에 참석하기 위해 마닐라에서 온 젊은 학생들은 이베라를 존경의 눈으로 바라보고 그와 같은 사람이 되고 싶었다. 하지만 많은 경우에, 사람들은 어떤 훌륭한 사람을 닮기를 원할 때 그저 그 사람의 아주 일부분만을 따라하곤 하는 법이었다. 대부분 능력이 부족하기 때문이었다. 게다가 어떤 이들은 그 훌륭한 이의 부족한 부분만을 따라 하기도 했다. 그를 존경하는 많은 사람들 중 일부는 그저 이베라가 넥타이를 어떻게 매는지, 어떤 칼라의 셔츠를 입는지에 신경을 더 많이 썼다. 또 다수의 사람들은 그의 재킷과 조끼에 단추가 몇 개 달렸는지에만 관심을 두었다. 어쨌든 늙은 타시오의 불길한 예상은 완전히 빗나간 듯 보였다. 이베라가 그렇게 말하자 그 부정적인 노인은 이렇게 답했다. "우리의 위대한 따갈로그어 시인이자 훌륭한 사상가인 발타자르의 말을 명심하게나.

만일 누군가 미소 짓는 얼굴과 사랑스러운 눈으로 인사를 해오면,
그의 숨겨진 악의에 대한 경계심을 더욱 높여야 함을 명심하라.

그가 이렇게 말했지."

그의 경고와 관련된 사건이 축제일 전야에 일어나고 있었다.

28
해질녘에

카피탄 티아고의 집에서는 굉장한 준비가 이루어지고 있었다. 마닐라 사람으로서 그가 지닌 과시욕과 자부심은, 그로 하여금 지역의 어떤 사람들보다 더 사치를 부리게 할 것이 분명했다. 하지만 그가 지나치게 자신의 부를 과시하는 데에는 또 다른 이유가 있었다. 그의 딸 마리아 클라라가 그와 함께 있었고, 사람들이 자주 거론하는 장차 그의 사위가 될 이베라도 지금 이 지역에 있었기 때문이다.

실제로 마닐라에서 가장 영향력 있는 신문 중의 하나는 '그를 닮아라'는 제목으로 1면에 이베라에 관한 기사를 게재하면서 조언과 칭찬을 늘어놓았다. 기사에서는 이베라를 '수양을 쌓은 젊은이이자 사업가'로 묘사하고, 두 줄 아래에는 '이름난 자선가'로, 그다음 문단에서는 '진정한 학문의 본향을 찾아 떠났던 미네르바(그리스·로마 신화에 등장하는 지혜의 여신_옮긴이)의 제자'로, 그리고 마지막에는 '필리핀인이자 스페인 사람'으로 묘사해놓았다. 카피탄 티아고는 이베라의 성공을 질투하지 않았지만, 그의 업적을 능가하는 일을 해야겠다는 열망이 있었다. 그는 자신의 재산으로 무언가를 지을 수 있을지 고민하다가, 수녀원을 지을까 생각하는 중이었다.

축제가 시작되기 얼마 전, 마리아 클라라와 이모 이사벨이 있는 집으로 수많은 커다란 상자들이 도착했다. 이는 유럽에서 온 음식과 음료, 거대한 거울들, 그림들과 피아노였다.

카피탄 티아고는 축제일 바로 전날에 도착했다. 딸 마리아 클라라가 그의 손에 입맞춤을 하고 반기자, 그는 그녀에게 다이아몬드와 에메랄드로 장식된 금으로 만든 진귀한 성물함을 선물했다. 함에는 성 베드로의 고깃배 조각이 하나 들어 있었는데, 이는 바로 예수님이 직접 올라타 제자들의 그물을 물고기로 가득 채웠던 그 배였다.

카피탄 티아고와 미래 사윗감의 만남은 더할 나위 없이 흐뭇한 순간이었다. 자연스럽게 그들은 학교에 대한 얘기를 나누었고, 카피탄 티아고는 학교의 이름을 '성 프란시스코 학교'라 짓기를 원했다.

"내 말을 믿게나. 성 프란시스코는 정말 훌륭한 보호자잖나. 그런데 학교를 '초등학교'라고 부르려는 생각은 어디에서 나온 것이지? '초등'이란 사람은 도대체 누구란 말이야?"

그때 마리아 클라라의 친구 몇 명이 찾아와 그녀에게 산책을 가자고 했다. 카피탄 티아고가 허락을 구하는 딸에게 말했다.

"너무 오래 나다니지는 말아라. 다마소 신부님이 돌아오신 것 알고 있지? 오늘밤에 우리와 함께 저녁 식사를 하기로 했으니 잊지 마."

그는 몸을 돌려 무언가 생각에 잠겨 있는 이베라에게도 말했다.

"자네도 오늘 저녁 식사를 우리와 함께하는 것이 어떻겠나? 어차피 혼자 집에 있을 테니."

이베라는 말을 더듬으며 마리아 클라라의 눈길을 피했다.

"가고는 싶지만 저를 찾아올 사람이 있어서 집에 있어야 할 것 같습니다."

"그 친구도 함께 데리고 오게."

카피탄 티아고가 태연하게 대답했다.

"우리 집에는 항상 충분한 음식이 있으니까 말이야. 게다가 나는 자네와 다마소 신부님이 서로 통하는 모습을 보고 싶어."

"그 일이라면 다음에도 또 기회가 있을 겁니다."

이베라는 억지로 얼굴에 미소를 지으며 대답했다. 그리고 마리아 클라라와 친구들을 안내하며 나섰다.

그들은 집 밖으로 나왔다. 빅토리아와 이다이 사이에 마리아 클라라가 있었고, 그 뒤를 이모 이사벨이 따라왔다.

거리의 사람들이 그들을 위해 길을 비켜주었다. 마리아 클라라는 모든 이를 놀라게 할 정도로 아름다웠다. 늘 창백하던 표정은 자취를 감추었고, 눈은 우수에 잠겨 있었지만 입가엔 언제나 미소가 피어올랐다. 그녀는 거리에서 어릴 때 알던 사람들을 만날 때마다 유쾌하고 행복한 인사를 건넸다. 이제 더 이상 상냥한 소녀가 아니라, 젊고 아름다운 여인으로 보였다. 수녀원을 나온 지 15일도 채 되지 않아 이전의 솔직함과 자신감, 수다스러움을 되찾았다. 이러한 특성들이 그동안 수녀원 학교의 담장 안에서 억눌려 있었던 듯했다. 지금 그녀는 유충의 단계를 넘어 꽃들과 친구하며 노는 나비와도 같았다. 잠시 동안의 비행과 따사로운 태양의 온기는, 그녀를 싸매고 있던 피막을 벗어 던지기에 충분했다. 새로운 생명의 감각이 소녀의 가슴을 온통 채웠다. 눈에 들어오는 모든 것들이 아름답고 선하게만 보였다. 그녀는 아름답고 순수한 생각만을 할 것 같은 우아한 모습으로 모든 이들을 친근하게 대했다. 이따금씩 알 수 없는 이유로 얼굴을 붉히기도 했다. 누군가 그녀를 놀릴 때면, 부채로 얼굴을 가렸다. 하지만 눈은 미소를 짓고 있었으며, 즐거운 떨림이 몸을 타고 흐르는 것을 알 수 있었다.

길가의 집들에는 이미 등불이 켜져 있었다. 브라스 밴드가 연주하며 다니는 거리에는 교회에 있는 것과 흡사한 대나무와, 목재로 만든 화려한 등의 불빛이 빛났다.

거리에서 창문을 통해 집 안을 들여다보면, 불빛과 향기, 피아노, 하프, 오케스트라 소리가 뒤섞여 있는 분위기 속에 분주히 돌아다니는 사람들이 보였다. 거리에도 사람들로 가득해서 중국인, 스페인인, 유럽식 복장을 한 필리핀인과 원주민 복장을 한 필리핀인들이 서로 뒤엉켜 어깨와 팔꿈치를 밀치며 다녔다. 음식을 나르는 하인들과 흰 교복 차림의 학생들은 물론, 길을 피하라고 고함을 지르는 마부의 소리에도 아랑곳없이 위험하게 마차 곁을 달리는 사람들 모두가 거리에서 복잡한 흐름을 형성했다.

마리아 클라라 일행은 카피탄 바실리오의 집 앞에서 그들을 부르는 남자들의 인사 소리를 들었다. 이어 아래층으로 내려오는 시낭의 유쾌한 목소리가 들려왔다.

"잠시 들어왔다가 가. 그럼 나도 같이 갈 수 있을 거야."

그녀가 애원했다.

"우리 집 손님들은 계속 닭싸움과 카드게임 얘기만 하고 있어서 정말 심심하단 말이야."

그들은 집 안으로 들어갔다.

집 안은 사람들로 가득했다. 일부 사람들은 그들에게 다가와 유명해진 이베라에게 인사를 건넸다. 사람들은 마리아 클라라의 눈부신 미모에 현혹되어 한참을 바라보았다. 노파 한둘이 빈랑을 씹으면서 중얼거렸다. "저 여인은 마치 성모 마리아처럼 생겼군!"

그들은 잠시 머물면서 코코아 한 잔을 마셨다. 카피탄 바실리오는 야유회가 있던 날 이후 이베라의 각별한 친구이자 후원자가 되었다. 그는 딸 시낭에게, 이베라가 모든 판결이 자신에게 유리하다는 사실을 이미 알고 있었다는 것을 들었다. 그래서 카피탄 바실리오는 체스게임 무승부로 인해 소송을 취하하자고 했던 이베라와의 약속을 번복하려고 했다. 그러나 이베라가 동의하지 않자, 바실리오는 이후 소송에 들어갈 모든 비용을 새로 지을 학교의 선생님 봉급으로 사용하겠다고 약속했다. 그 후 유명한 달변가인 카피탄 바실리오는, 자신의 웅변술을 이용하여 자신에게 소송을 건 사람들에게 과도한 요구를 포기하라고 설득했다.

"내 말을 믿으세요."

그는 그들을 이렇게 설득했다.

"비록 재판에서 승리한다 할지라도, 결국은 모두가 손해 보는 일이라니까요."

하지만 그는 자신을 포함해 그 누구도 설득하지 못했다. 그는 평소처럼 로마에 있는 교황청에까지 상고하기를 멈추지 않았다.

코코아 한 잔을 마신 마리아 클라라 일행들은 시내 오르간 연주자의 피아노 연주를 감상해야만 했다. 시낭이 손가락으로 건반 치는 시늉을 하며 말했다.

"교회에서 그가 오르간 치는 소리를 들으면 난 춤을 추고 싶어져. 하지만 그가 피아노를 치는 지금은…… 기도를 하고 싶어지네. 내가 너희들과 함께 떠나고 싶어 하는 이유를 알겠지?"

카피탄 바실리오가 막 떠나려는 이베라의 귀에 대고 말했다.

"자네 오늘 밤 우리와 함께 카드게임 한판 하겠나? 다마소 신부님이 오늘 밤 카드게임의 물주를 하실 걸세."

이베라는 미소를 지으며 머리를 살짝 저었다. 이는 해석하기에 따라 긍정적일 수도 혹은 부정적일 수도 있는 대답이었다. 마리아 클라라가 자신들을 뒤쫓아 오는 한 젊은 남자를 가리키며 빅토리아에게 물었다.

"저 사람은 누구야?"

빅토리아가 주저하면서 답했다.

"아, 내 사촌이야."

"그럼 저기 또 다른 남자는 누구?"

시낭이 태평스레 대답했다.

"그는 내 친사촌이 아니야. 우리 이모의 아들이지."

그들은 현재 도시에서 가장 생기가 없는 교구관사 옆을 지나갔다. 시낭은 관사 대문에 있는 오래된 램프가 켜져 있는 것을 보고 화들짝 놀랐다. 그 램프는 살비 신부가 기름을 아끼려고 켜지 못하게 하는 것이었다. 그런데 지금은 밝게 빛나고 있었다. 안에서는 큰 웃음소리가 들려오고, 성직자들은 묵직한 손을 리듬에 맞추어 어색하게 뒤집었다 펼쳤다 했다. 그들의 손에는 커다란 시가가 들려 있었다. 함께 있는 평신도들은 훌륭한 성직자들이 하는 행동을 흉내 내기 위해 최선을 다했다. 유럽인의 옷을 입은 것으로 보아 그들은 이 지역 정부의 관료들과 직원들임에 틀림없었다.

마리아 클라라의 눈에 살비 신부의 옆모습과 다마소 신부의 앞모습이 들어왔다. 신비스럽고 말수가 적은 살비 신부는 자기 자리에서 꼼짝도 하지 않았다. 시낭이 말했다.

"살비 신부님 기분이 별로 좋지 않아 보이는데. 지금 저렇게 많은 손님들을 맞이하기 위해 얼마나 많은 돈을 써야 하는지 계산하고 있을 거야. 하지만 두고 보라지. 결국은 그가 지불하지 않을 거야. 또 후원자를 찾겠지. 그의 손님들은 언제나 다른 사람의 돈으로 대접을 받는 셈이야."

빅토리아가 그녀를 꾸짖었다.

"시낭!"

"나는 우리가 가지고 놀던 운명의 바퀴 책을 그가 찢은 사실에 대해 아직 분이 안 풀렸다고. 그 후에 나는 고해성사를 가지 않고 있지."

거리의 모든 집들 가운데 불이 꺼져 있는 유일한 집이 보였다. 창문마저 닫힌 그곳은 다름 아닌 주둔군 부대장의 집이었다. 마리아 클라라는 의아했다. 성미가 급한 시낭이 소리쳤다.

"아, 저것 봐! 부대의 뮤즈 여신(그리스 신화에 나오는 아홉 명의 여신_옮긴이)이야. 늙은 학자 타시오가 그녀를 그렇게 불렀지. 흥겨워하는 우리에게 또 무슨 짓을 하려나? 그녀는 분명 화가 나 있을 거야. 하지만 콜레라라도 발생했단 봐, 저 여자는 분명 파티라도 열겠지."

그녀의 사촌이 꾸짖듯 말했다.

"괜한 소리 하지 마, 시낭!"

"난 저 여자가 전부터 마음에 안 들었지만, 지난번에 멍청한 군인들을 보내서 우리 야유회를 망친 이후에는 더 싫어졌어. 내가 추기경이라면 그녀를 살비 신부님과 결혼시켰을 거야. 그 두 사람의 아이들이라니 정말 볼 만하겠다! 우리를 위해 물속까지 뛰어들었던 그 가여운 키잡이를 체포하려고 하다니……."

그녀의 말은 다른 사건 때문에 급하게 마무리되었다. 광장 한 모퉁이에서 맹인 한 명이 기타 음에 맞추어 어부의 노래를 부르고 있었다. 처음 보는 광경이었다. 맹인은 야자나무 잎으로 거칠게 엮어 만든 원주민 농부들의 모자를 쓰고, 초라하게 낡은 연미복에 여기저기 구멍이 난 중국풍 바지를 입었다. 샌들은 낡아서 다 떨어진 상태였다. 얼굴은 모자의 넓은 챙 그림자에 가려졌다. 그러나 어둠 속에서 그의 두 눈빛이 가끔 섬광처럼 빛나다가 곧 사라졌다. 키가 크고 움직임으로 봐서는 젊은 사람임에 틀림없었다. 그는 바닥에 바구니 하나를 내려놓고는 알 수 없는 소리를 내며 자리를 떠났다. 그리고 멀리 떨어져 홀로 서성였다. 마치 다른 사람들과 마주치지 않으려고 피하는 듯 보였다. 잠시 후 여러 여인들이 바구니로 다가와 과일, 물고기, 쌀, 그 외 다른 음식들을 담았다. 더 이상 아무도 다가오지 않자 또 다른 소리가 어둠 속에서 들려왔다. 소리는 더욱 구슬펐지만 덜 불쌍하게 들렸다. 이 소리는 감사의 뜻인 것 같았다. 그 후 남자는 바구니를 들고 다른 곳으로 옮겨 똑같은 행동을 했다.

마리아 클라라는 뭔가 비극적인 사실을 감지하고, 그 이상하고 불쌍한 사람에 대해 물었다. 이다이가 대답했다.

"문둥병 환자야. 4년 전에 병에 걸렸는데 자기 엄마한테서 옮았다고들 하더군. 엄마를 돌보고 있었대. 어떤 이들은 습기로 가득 찬 감옥에 너무 오랫동안 있어서 문둥병에 걸렸다고 하기도 해. 그는 중국인 공동묘지 근처 들판에서 살고 있어. 아무하고도 대화하지 않고 말이야. 사람들은 자기한테 병이 옮을까 봐 무서워 달아나지. 저 모자를 봐! 바람과 비, 햇빛이 마치 옷감에 바늘이 들어가는 것처럼 드나들잖아. 그는 다른 사람들의 어떤 물건도 만지지 못하게 되어 있대. 하루는 어린 소년이 그리 깊지 않은 물웅덩이에 빠졌는데 그곳을 지나가던 저 사람이 아이를 꺼내주었어. 하지만 소년의 아버지는 그 사실을 알고 시장에게 신고를 했지. 시장은 문둥병자를 거리에서 여섯 번 매를 때리고, 매는 불태워버리라고 명령했어. 정말로 끔찍한 장면이었어! 문둥병자는 달아나고, 매를 때리려는 사람은 쫓아가고, 시장은 이렇게 소리를 질렀지. '저자에게 본때를 보여줘야 해! 병에 옮느니 차라리 물웅덩이에 빠져 죽는 게 낫겠다!'"

마리아 클라라가 속삭이듯 말했다.

"그 말은 맞아."

그녀는 자기도 모르게 그 가엾은 사람의 바구니에 다가가, 방금 그녀의 아버지가 준 성물함을 던져 넣었다. 친구들이 소리쳤다.

"지금 뭐 하는 거야?"

그녀는 애써 미소 지어 눈물을 감추면서 말했다.

"지금 내가 줄 수 있는 것은 저것밖에 없어서."

빅토리아가 물었다.

"하지만 저 작은 금합을 가지고 뭘 할 수 있겠어? 하루는 누군가 그에게 돈을 주었는데, 그가 막대기로 밀쳐냈대. 그가 성물함을 어디에 쓰겠니? 아무도 그로부터 물건을 사지 않을 텐데. 너의 금합이 차라리 먹을 수 있는 거라면 좋았을 거야."

마리아 클라라는 음식을 팔고 있는 여자들을 부럽다는 듯이 쳐다보곤 어깨를 으쓱했다. 하지만 그 문둥병자는 자신의 바구니에 다가와 반짝이는 금합을 손에 들고, 땅에 무릎을 꿇더니 금합에 키스를 했다. 그리고 모자를 벗어 잠시 얼굴을 드러냈다. 하지만 곁을 지나가던 한 소녀 때문에 얼굴이 보이지 않았다. 마리아 클라라는 부채로 얼굴을 가리고 손수건으로 눈가에 흐른 눈물을 닦았다. 그때 한 여인이 기도를 하고 있는 그 불쌍한 남자에게 다가갔다. 그녀의 긴 머리는 흐트러져 있다. 램프 불빛에 드러난 몹시 야윈 얼굴의 주인은 다름 아닌 시사였다. 그는 그녀의 손길을 느끼고 소리 지르며 벌떡 일어섰다. 하지만 이 미친 여인은 놀랍게도 그의 팔을 움켜잡고 이렇게 말했다. 함께 기도해요, 우리 함께 기도해요! 오늘은 모든 성인 대축일이에요! 저 불빛들이 바로 사람들의 생명이에요! 제 아이들을 위해 함께 기도해주세요.

"저들을 떨어뜨려 봐! 여인에게까지 문둥병이 옮겠어!"

주위의 무리 속에서 소리가 들렸다. 하지만 누구도 그들에게 다가가지 못했다.

"저기 종탑에 불빛이 보이세요? 줄을 타고 내려오는 내 아들 바실리오예요. 그리고 저기 교구관사에 있는 또 다른 불빛도 보이세요? 바로 내 아들 크리스핀이에요. 하지만 교구 신부님이 아프시기 때문에 나는 아들들을 보러 갈 수가 없어요. 신부님은 금화를 많이 가지고 계신데, 자꾸만 하나씩 없어지고 있어요. 우리 함께 기도해요. 교구 신부님의 영혼을 위해 함께 기도해요! 한때는 우리 과수원에서 내가 과일을 따다 드렸어요. 정원에는 꽃들이 가득해요. 그리고 나에게는 두 아들이 있어요. 나는 정원에 꽃도 기르고, 예쁜 두 아들도 있어요."

그녀는 문둥병자의 팔을 놓더니 노래를 부르며 다시 걸었다.

"나는 꽃이 가득한 정원이 있어요. 나는 두 아들과 꽃이 가득한 정원이 있어요……."

마리아 클라라가 이베라에게 물었다.

"저 불쌍한 여인을 돕겠다더니 지금까지 뭘 한 거야?"

"아무것도. 최근에 그녀가 우리 시내에 나타나지 않았어."

이베라는 약간 당황해서 대답했다.

"게다가 내가 요즘 좀 바빴잖아. 하지만 너무 걱정하지 마. 교구 신부님이 도와주시기로 약속했으니까. 그분도 저 여인에게 많은 관심을 가지고 계셔.

아마 비밀스럽게 군대를 움직이고 있을 거야."

"부대장이 그 소년들을 찾으라는 명령을 내리겠다고 하지 않았나?"

"하지만, 그 말을 했을 때에는 조금 취해 있었던 것 같은데……."

말이 끝나자마자 그 여인이 군인에게 질질 끌려가는 모습이 눈에 들어왔다. 이베라가 군인에게 물었다.

"왜 그녀를 체포하는 것이오? 그녀가 무슨 짓을 했기에?"

"보면 몰라요? 지금 이 여자가 소동을 일으키고 있지 않습니까?"

거리의 질서를 책임지는 군인이 대답했다. 곁에 있던 문둥병자는 자신의 바구니를 집어 들고는 황급히 달아났다. 마리아 클라라는 집에 가고 싶어졌다. 들뜬 기분도 사라지고 더 이상 산책할 기분이 아니었다. 그녀는 한숨을 내쉬며 말했다.

"모든 이가 다 행복한 것은 아니야."

우울한 기분은 집 앞에 도착했을 때 더욱 심해졌다. 그녀의 약혼자 이베라가 집에 들어가지 못하고 가야겠다고 했기 때문이다. 이베라가 말했다.

"어쩔 수 없이 지금 가야만 해."

마리아 클라라는 계단을 오르면서, 공휴일에 누군가 자신을 찾아오지나 않을까 하고 지루하게 기다리는 것 같은 느낌을 받았다.

29
편지

> 모든 이들은 언제나 자신이 대접받는 것이
> 정당하다고 말한다.

축제일을 전후해서 중요하지는 않아도 다양한 일들이 일어났다. 그래도 이런 일들은 그 당시 필리핀 사람들이 어떻게 축제를 개최하는지 알아보는 데에 유용할 수 있었다. 그중의 하나로 정론을 게재하기로 유명한 마닐라의 한 신문사 특파원이 쓴 편지가 있었다. 이 편지는 문장의 스타일이나 흐트러짐 없는 표현의 고귀함을 보아 존경받을 만했다. 부주의로 인한 약간의 사소한 실수는 너그럽게 넘어갈 수 있었다.

그 유명한 신문사의 존경할 만한 특파원은 축제에 관하여 다음과 같이 썼다.

산디에고에서, 11월 11일

편집자 외

존경하는 친구들에게.

나는 지금까지 이 도시에서처럼 엄숙하고 장대하며 감동적인 종교 축제를 경험한 적이 없으며, 앞으로도 경험할 수 없을 듯하다. 이 축제는 지극히 존경스럽고 고귀한 프란시스코회 수도사들에 의해 마을에서 개최되는 것 같다.

무엇보다 축제 참가자들의 면모가 인상적이다. 이 지역에 있는 스페인 사람들 거의 대부분을 만나는 행복한 기회를 가질 수 있었다. 또한 바탕가스 지역에서 존경하는 아우구스티누스회 수도사님 세 분과, 존경하는 도미니크회 수도사님 두 분이 오셨는데, 그중 한분은 너무나도 유명하신 헤르난도 델라 시빌라 신부님이시다. 이 신부님의 방문은 도시 사람들이 두고두고 기념할 만한 일이었다. 나는 또한 카비테와 팜팡가 지역에서 온 수많은 유력 인사들과 마닐라에서 온 다수의 부유층 인사들을 만날 수 있었다. 수많은 브라스 밴드가 참석했고, 가장 눈에 띄는 것은 팍상한에서 온 왕실 관료 돈 미구엘 게바라가 이끄는 밴드였다. 속을 알 수 없는 중국인들과 깊은 신앙심을 가진 원주민들의 수많은 무리가 운집해 있는 모습도 대단히 인상적이다. 그들은 모두 축제가 시작되기를 기다리고 있으며, 시내 광장 중앙의 무대에서 펼쳐질 각종 희극과 연주, 춤, 드라마를 관람할 기대에 부풀어 있다.

축제일 전날인 10일 밤 9시에는 축제의 후원자들이 축제에 온 우리 스페인 사람들과 교구관사에 있는 성직자들을 위해 준비한 성대한 저녁 식사를 마치고, 브라스 밴드의 음악에 맞추어 시내를 행진했다. 그 뒤를 도시의 주요 인사들이 이끄는 수많은 사람들이 따랐다. 폭죽과 로켓 소리가 무리를 이끌어 무대가 준비된 광장으로 인도했다.

우리는 이웃 도시의 시장이 제공한 덜컹거리는 마차를 타고 왔기 때문에 무척 피곤한 상태였다. 그래서 잠의 신인 모페우스의 품에 안겨 지친 육신의 피로를 풀까 했는데, 이곳 사람들이 너무나 정중하고 간곡하게 우리를 초대하는 바람에 거절할 수가 없었다.

하는 수 없이 초대에 응했고, 스페인 동료들과 한 무리가 되어 저녁 식사를 했다. 저녁 식사는 신앙심이 깊고 부유한 돈 산티아고 데 로스 산토스가 자신의 집에서 대접한 것이었다. 도시의 교구 신부이신 존경하는 베르나르도 살비 신부님, 존경하는 다마소 베르돌라가스 신부님(이분은 하느님의 특별하신 은총으로 어느 불경스러운 사람에 의해 받은 상처에서 이제 막 회복되셨음), 존경하는 헤르난도 데 라 시빌라 신부님, 고결하신 타나완의 교구 신부님, 그 외 다른 스페인 사람들 모두가 이 필리핀 부자의 손님들이었다. 그곳에서 우리는 주인의 호사스럽고 유쾌한 감각뿐만 아니라(원주민들에게는 일반적이지 않음), 그 집의 아름답고 부유한 상속녀의 고상한 자태까지 감상하며 즐길 수 있었다. 마치 라 갈베즈를 연상케 할 정도로 독일과 이태리 작곡가들의 명작을 우아하게 연주하는 모습으로 보아 그녀는 분명 성 세실리아에서 공부한 학생이 틀림없었다. 흠이라곤 조금도 찾아볼 수 없는 여인이 그토록 부끄러워하며 자신의 가치를 숨기려고만 하다니 안타까운 일이 아닐 수 없다. 그녀가 세상에 조금이라도 자신을 드러낸다면, 모든 사람들의 찬사를 한 몸에 받을 것이 틀림없다. 끝으로 언급하지 않을 수 없는 것은, 우리를 초대한 주인이 내놓은 최고급의 샴페인과 넉넉한 술이다. 이것은 그가 얼마나 성공한 사업가인지를 여실히 보여주었다.

이제 무대 공연을 소개할 차례이다. 이미 우리에게 너무나 잘 알려진 라티아와 카르바할, 페르난데스 같은 연예인들이 무대에 등장했다. 그들의 재치 있는 농담은 오직 우리들만 이해할 수 있는 것이었다. 그 무지한 사람들은 연예인들이 던지는 익살스러운 농담을 전혀 이해하지 못했다. 차나나이와 발비노는 훌륭하긴 하지만 왠지 목소리가 거칠게 들렸다. 특히 발비노의 목청에 약간 이상이 있는 듯했다. 그래도 전체적으로는 무난하다는 평가를 받을 만했다. 원주민들, 그중 특히 시장은 따갈로그어 연극을 무척이나 좋아하는 듯 보였다. 시장은 양손을 비벼대면서 우리에게 말했다. "저 공주가 자신을 납치한 거인과 맞서 제대로 싸우지 못해서 정말 안타깝습니다. 그 거인은 『12명의 기사 이야기』에 나오는 페랑귀스처럼 오직 배꼽만이 치명적인 약점인데 말이에요." 너그럽기로 널리 알려진 존경하는 다마소 신부님은 그의 얘기에 공감하면서 한마디 거들었다. "그런 상황에서 공주는 거인의 배꼽을 드러낼 방법을 모색해서 치명타를 날렸어야 했어."

물론 필리핀 부자들은 무대 공연이 진행되는 동안에도 우리에게 아무런 부족함이 없도록 준비를 했다. 과일 주스와 탄산음료, 과자와 사탕, 각종 술 등이 우리에게 넘치도록 제공되었다. 특이한 것은 그 유명하고도 학식 있는 젊은이 돈 후안 크리소스토모 이베라가 보이지 않았다는 사실이다. 아마도 우리 모두가 아는 바와 같이, 그의 자선 사업인 위대한 건축물의 초석을 놓을 내일 기념식을 준비하느라 바빠서일 테다. 그 훌륭한 펠라요와 엘카노의 후손은(내가 듣기로 그의 선조 중 한 분은 우리의 자랑스러운 북부 스페인 지방에서 오셨다고 함) 하루 종일 모습을 드러내지 않았다. 그의 명성은 입에서 입으로 전해지고 있으며, 아무리 피가 좀 섞였다고 하더라도 우리 같은 진정한 스페인 사람들의 영광을 여지없이 드러낸다고 볼 수 있다.

오전 11시에 우리는 아주 감동적인 장면을 목격했다. 우리 모두가 잘 알고 있는 바와 같이 오늘은 도미니크회의 한 단체가 후원하여 기념하는 '평화의 성모 마리아 축제일'이다. 내일은 프란시스코회를 따르는 제3교구 평신도 단체의 회원들이 중심이 되어 주관하는 이 도시 수호성인 '알칼레의 성 디에고의 축제일'이다. 이 두 단체들은 하느님께 봉사하는 일에 있어서 서로 경쟁심이 대단하다. 종종 이들은 종교적 문제를 두고 치열하게 논쟁을 벌이기도 한다. 최근에는 존경하는 다마소 신부님에 관해 열띤 논쟁이 벌어졌다고 한다. 내일은 모두들 기대하는 바와 같이 교회에서 다마소 신부님이 성스럽고도 문학적인 설교 말씀을 전하실 예정이다.

어쨌든 다시 말하지만 오늘 우리는 아주 감동적이고 품위 있는 광경을 목격했다. 여섯 명의 젊은 신도들이 성물 보관소에서 나와 제단 앞에서 찬송을 부르며 엎드린다. 그리고 사제이신 존경하는 시빌라 신부님은 성스럽고 웅장한 목소리로 교회로 들어감을 알리는 입당의 노래를 불렀다. 그의 목소리는 그를 유명하게 만들었고, 많은 사람들의 찬사를 받기에 충분했다. 입당의 노래가 끝나자 정장 차림의 시장이 커다란 은십자가를 들고 앞으로 나아갔다. 그 뒤를 네 명의 복사들이 향로를 흔들며 따랐다. 은으로 만든 가지 촛대와 성 도미니코 성상, 성 디에고 성상, 성모상을 든 사람들도 뒤를 따라 들어왔다. 성모상은 반짝이는 은박으로 장식된 푸른 망토를 두르고 있었는데, 이는 덕망은 높지만 이름이 자주 언급되지는 않는 돈 산티아고 데 로스 산토스가 봉헌한 것이었다. 모든 성상들은 은으로 만들어져 있었다. 성모상 뒤를 우리 스페인 사람들과 다른 성직자들이 따랐다. 유명 인사들은 긴 망토를 입고 있었으며 원주민 시종들이 망토자락을 들고 그들을 따랐다. 이 주요 행렬은 부대의 젊은 군인들이 마지막으로 들어오면서 끝났다. 말할 것도 없이 수많은 원주민들이 두 줄로

서서 행렬을 뒤따랐고, 그들은 놀랍도록 경건한 모습으로 손에 양초를 들고 있었다. 밴드가 종교 음악을 연주했고, 거듭해서 로켓 발사하는 소리와 회전 불꽃 돌아가는 소리가 들렸다. 미사와 성모상을 모시는, 검소하면서도 감동적이며 순수한 신앙심은 정말 감탄할 만했다. 예배의 장엄함과 신자들의 열정은 보는 이들로 하여금 신성하고 변함없는 스페인의 깃발 아래 태어났다는 행복감을 느끼게 했다.

입장이 마무리 되자 신자들은 오케스트라와 무대 공연자들로 구성된 성가대와 함께 찬송을 불렀다. 찬송이 끝나자 성 아우구스티누스 교구에서 오신 존경하는 마누엘 마르틴 신부님이 설교단에 올랐다. 그는 이를 위하여 바탕가스 지방에서 이곳까지 오신 것이다. 모든 이들이 그의 말 한 마디 한 마디에 집중했다. 특히 설교의 서론 부분은(그가 스페인어로 말했음) 너무도 예리하고 통렬해서, 우리 스페인 사람들의 마음을 흥분과 열정으로 가득 채웠다. 열정이란 말은 성모님과 조국 스페인에 대한 우리들의 생각을 잘 표현하고 있다. 무엇보다도 이처럼 우리의 감정을 적절하게 표현하는 말이 나올 때면, 모든 스페인 사람들과 교회 대표이신 모네실로 추기경은 깊은 공감을 표한다. 모네실로 추기경은 스페인 헌법에서 모든 종교를 허용해야 한다는 제안에 적극적으로 반대하는 사람이다.

미사가 끝나고 우리는 도시 관료들과 다른 주요 인사들과 함께 교구관사로 갔다. 그곳에서 우리는 정중하면서도 인정에 넘치는 융숭한 대접을 받았다. 이는 살비 신부의 성격을 잘 드러낸다. 우리에게는 잘 차려진 뷔페와 시가가 함께 제공되었는데, 이는 축제의 후원자들이 교구관사 1층에 마련한 것으로 모든 이들이 배불리 먹는 데 부족함이 없었다.

온종일 축제의 들뜬 분위기가 유지되었다. 이런 장소에서는 끊임없이 춤추고 노래하고, 또한 여타의 오락을 즐기는 것이 스페인 사람들의 고유한 특징이다. 그들의 특성은 너무도 강하고 고귀해서 어떤 슬픔도 그들을 침묵하게 만들 수 없다. 세 명의 스페인 사람이 모이면 어떤 슬픔과 우울함도 날려버릴 수 있다.

대부분의 집에서 노래와 춤의 뮤즈 여신인 테르프시코레는 크게 환영을 받았다. 특히 저녁에 우리를 초대한 교양 있고 부유한 필리핀인의 집에서는 더욱 그러했다. 연회에서 제공되는 술과 음식의 고급스러운 풍미는, 성경에 나오는 '가나의 혼인 잔치'와 『돈키호테』의 '카마초의 결혼식'을 재연하는 것보다도 화려했다. 마닐라의 유명 레스토랑 요리사가 만든 음식들을 사람들이 즐기는 동안, 다른 한쪽에 마련된 오케스트라는 감미로운 음악을 연주했다. 필리핀 전통의상에 다이아몬드 목걸이를 한, 이 집에서 가장 아름다운 젊은 여인이 그 파티의 여왕이었다. 그녀의 아름다운 발목이 약간 삐어서 춤을 출 수 없다는 사실을 우리 모두 진심으로 유감스럽게 생각했다. 그렇지 않았더라면 그녀는 아름다운 자태를 뽐내며 요정처럼 춤추었을 것이다.

이 지방의 주지사가 내일 있을 기념식에 참석해 자리를 빛내기 위해 오늘 오후에 도착했다. 그는 이곳 출신의 유명 인사인 이베라 씨가 몸이 다소 불편하다는 소식을 들었다며 유감의 뜻을 전했다. 그러나 이베라 씨는 다행히 이미 회복되었다는 사실을 우리는 알고 있었다.

오늘 밤 또 다른 장엄한 행렬이 있었지만 그 이야기는 내일 편지에 써야겠다. 불꽃놀이를 하는 소리가 천지를 진동하여 귀가 먹을 지경이기 때문이다. 나도 너무 피곤하고 졸려서 머리를 들고 있기조차 힘들다. 교구관사

에 마련된 방에서 잠의 신인 모르페우스의 팔에 안겨 기력을 회복해야겠
다. 그럼 내일 또 무슨 놀라운 일이 일어날지 기대하며, 존경하는 모든 친
구들에게 안녕을 고한다.

그대의 가장 사랑하는 친구로부터

이어지는 편지는 카피탄 마르틴이 그의 친구 루이스 치퀴토에게 쓴 내용이다.

친애하는 초이에게,

할 수 있으면 서둘러 이곳에 오길 바란다. 여기 축제는 정말로 흥겹기 그
지없어. 카피탄 호아킨은 돈을 거의 다 잃었고, 카피탄 티아고는 판돈을
세 배나 올려서 초반에 세 번이나 이겼다네. 카드게임이 벌어지는 집의 주
인인 마뉴엘은 자릿값으로 얻은 팁이 쌓여가는 일이 즐거워 살이 빠질 지
경이야. 다마소 신부님은 아직 게임에 한 번도 이기지 못해 분을 참지 못
하고 주먹으로 램프 하나를 깨뜨렸지. 영사님은 닭싸움장과 카드게임에
서 계속해서 돈을 잃어, 비낭 축제와 산타 크루즈의 필라르 성모 축제에
서 우리에게 딴 돈을 모두 탕진했고.

우리는 카피탄 티아고가 그의 장래 사윗감이자 돈 라파엘의 부유한 상
속자를 데려와서 만날 수 있기를 기대했다네. 하지만 그는 자신의 아버지
가 그랬던 것처럼 전혀 모습을 나타내지 않았어. 유감스럽게도 그는 우리
에게 그리 유익한 사람은 아닌 듯하네.

중국인 카를로스는 리암뽀(필리핀식 돼지고기 바비큐_옮긴이)로 많은 돈
을 벌었다고 하네. 그는 좀 이상하게 행동하는 것 같았어. 아무래도 내가

보기엔 뭔가 숨기고 있는 것 같은데, 아마도 자석을 숨기고 있었지 않나 싶더군. 머리에 통증이 있다고 하면서 붕대로 머리를 감고 있었거든. 주 사위가 멈출 때면 마치 자세히 보려는 것처럼 몸을 숙여 거의 주사위를 건드릴 만큼 머리를 가까이 대는 거야. 난 그를 믿을 수 없어. 전에도 이와 유사한 얘기를 들은 적이 있기 때문이기도 해.

그럼 안녕 초이. 나의 싸움닭은 잘하고 있어. 내 아내도 행복하게 즐기 고 있고.

친구로부터
마르틴 아리스토레나스

이베라 역시 편지 한 통을 받았다. 향기 나는 종이에 적힌 이 편지는 축제 첫 날에 마리아 클라라의 젖자매 안뎅이 전해준 것이었다. 내용은 다음과 같 았다.

크리소스토모,

오늘 하루가 다 가도록 자기는 나타나지 않았어. 몸이 좀 불편하다고 들 었는데 지금은 좀 어떤지 궁금해. 아버지께서 크게 걱정하지 않아도 된다 고 하셨지만, 그래도 자기의 회복을 기원하며 촛불 두 개를 켜놓고 기도 를 올렸어. 지난밤과 오늘 하루는 정말 지루한 시간이었어. 손님들이 계 속해서 나에게 피아노를 치고 춤을 추라고 애원하는 거야. 그렇게 따분한 사람들이 세상에 이토록 많다는 사실을 처음 알았어! 재미난 이야기와 농담으로 나를 즐겁게 해주신 다마소 신부님이 아니었다면 나는 내 방에 틀어박혀 잠이나 잤을 거야. 무슨 문제가 있으면 나에게 말해줘. 아버지를 졸라서 함께 널 보러 가자고 할 거야. 어쨌든 안뎅을 먼저 보낼게. 그녀가 널 위해 따뜻한 차라도 끓여줄 거야. 차를 잘 끓이거든. 아마 네 하인들보다 더 나을걸.

마리아 클라라

추신. 만일 내일도 오지 않으면, 난 그 기념식에 가지 않을 거야. 그럼 안녕.

30
축제일

새벽 미명이 밝아오자 밴드가 활기찬 기상나팔을 불어 피로에 지쳐 잠든 시내 사람들을 일깨웠다. 생기와 들뜬 기분이 되살아났다. 교회 종소리와 폭죽 터지는 소리가 다시 울리기 시작했다.

오늘은 축제의 마지막 날이었다. 사실 이날은 공휴일로써 어떤 날보다 가장 기다렸던 날이다. 유서 깊은 제삼회 회원들은 수적으로 성모회 회원들보다 많았다. 그들은 말쑥하게 차려입은 채 미소를 띠고 다니면서 경쟁자들을 비웃었다. 이유 중 한 가지는 저들이 다른 경쟁자들보다 많은 양초를 축제에 기부했기 때문이다. 중국인 양초 제조업자들은 그렇게 많은 양초를 팔아주는 것이 고마워 스스로 세례를 받기도 했다. 일부 사람들은 몇몇 중국인들이 세례를 받는 이유는 가톨릭을 사랑해서가 아니라 그리스도교도 여성을 사랑해 결혼하기 위한 목적이라고 했다. 이런 말에 대해 신앙심 깊은 여성은 이렇게 대답했다.

"이유야 어쨌든 그토록 많은 중국인들이 결혼하는 것은 기적 같은 일이야. 결국 그 아내들의 수만큼 많은 중국인들이 가톨릭으로 개종하는 것이니까."

사람들은 가지고 있는 중에 가장 좋은 옷을 입고, 보석함을 열어 온갖 보석으로 몸치장을 했다. 노름꾼들과 닭싸움꾼들조차도 수를 놓은 셔츠에 커다란 다이아몬드 장식용 단추를 달고, 무거운 금목걸이에 흰 밀짚모자도 썼다. 오직 늙은 학자 타시오만이 평상시처럼 거친 옷감으로 짠 줄무늬 셔츠를 입고 단추는 목까지 잠근 채, 느슨해 보이는 신발과 챙이 넓은 잿빛 중절모를 걸치고 있다. 부시장이 그에게 말했다.

"전보다 더 우울해 보이십니다. 선생님은 저희들이 가끔 이렇게 좋은 시간을 보내는 것도 못마땅하신가요? 1년 대부분의 날들을 슬퍼하고 애통해하며 보내고 있는데 말이에요."

타시오가 대답했다.

"좋은 시간을 갖는 게 우리를 어리석은 사람으로 만들지는 않지요! 이것은 매년 반복되는 무분별하고 흥청망청한 행사입니다. 이 모든 것은 전부 무엇을 위한 겁니까? 비참하고 굶주린 사람들이 그토록 많은데도 불구하고, 많은 돈을 쓸모없이 낭비하다니요! 물론 그 왁자지껄한 술잔치가 비통한 현실을 잊는 데 일조한다는 사실은 이해하지만 말이죠."

돈 필리포가 진담인지 농담인지 알 수 없는 미소를 지으며 말했다.

"저도 당신과 같은 의견이랍니다. 제 자신이 이 축제를 주창했으니까요. 하지만 제가 시장님과 교구 신부님께 대항해서 뭘 할 수 있었겠습니까?"

타시오는 이렇게 말하고 자리를 떠났다.

"사임하시지요."

당황한 돈 필리포는 떠나가는 그를 한참 동안 바라보았다.

"사임하라고?" 그가 중얼거리며 교회 쪽으로 발길을 돌렸다.

"사임하라고! 그럼요, 이 자리가 부담스러운 짐이 아니라 명예였다면 진작 사임했을 것입니다."

교회 마당은 사람들로 가득했다. 남자와 여자, 젊은이와 늙은이, 모두가 자신들이 가진 최고의 옷으로 차려입어 누가 누군지 구분이 가지 않았다. 저들은 분주히 교회의 좁은 문을 들락거렸다. 화약 냄새가 꽃 냄새, 향료 냄새, 향수 냄새 등과 뒤섞여 공기 중에 가득했다. 폭죽과 로켓이 하늘에서 끊임없이 터졌다. 개구쟁이 아이들이 폭약을 땅에 던져 터뜨리면 그 소리에 화들짝 놀란 여자들이 비명을 지르며 달아났고, 아이들의 킥킥대는 웃음이 뒤를 따랐다. 한 브라스 밴드는 교구관사 앞에서 연주를 했다. 어떤 밴드는 도시 관리들의 뒤를 따르고 있고, 또 다른 밴드들은 수많은 깃발과 함께 거리를 행진했다. 태양 아래 빛나는 다양한 색상들이 눈을 어지럽게 만들고, 음악 소리와 폭죽 소리에 귀가 멍멍할 정도였다. 교회의 종소리는 멈추지 않고 계속해서 울렸다. 각종 마차들이 분주히 돌아다녔고, 소리에 놀란 말들이 앞발을 치켜세워 허공에 발길질을 했다. 프로그램에 없는 또 다른 흥미로운 구경거리였다.

그날 축제의 후원자는 하인들을 거리로 보내 손님들을 모셔 오도록 했다. 이는 마치 성서에 나오는 손님을 초청하는 부자의 이야기 같았다. 사람들은 거의 강제로 초대를 받아 초콜릿과 차, 사탕을 대접받았다. 가끔 이러한 강제적 초대는 논쟁을 낳기도 했다.

엄숙하게 부제복을 차려입은 집전 신부가 등장하면서 정오 미사가 막 시작되려고 했다. 어제 미사의 광고 시간에 공지된 오늘의 특별한 미사는 신문사 특파원들에 의해 이미 보도되었다. 오늘 미사에는 예전과 달리 살비 신부도 사제로서 참석했다. 신도석에는 이 지역 주지사와 많은 스페인 사람들, 학식 있는 여러 사람들이 참석하여 지역의 위대한 설교자로 알려진 다마소 신부의 설교를 듣고자 기다리고 있었다. 살비 신부의 설교 기법으로 인해 설교 때에 잠시도 한눈을 팔지 못했던 주둔군 부대장도 참석했다. 이렇게 선의를 표시함으로써 그는 가능하면 이전 교구 신부와의 껄끄러운 관계를 해소할 수 있기를 바랐다. 다마소 신부의 높은 명성 때문에 신문사 특파원들은 이 미사를 특별히 기다렸고, 편집자에게 다음과 같은 글을 써서 전달하려고 했다.

어제의 기사에서 알려드렸던 바로 그 미사가 이제 막 시작되었다. 이전에 이 도시의 교구 신부였으며, 놀라운 업적으로 인해 지금은 더 큰 교구를 맡고 계신 존경하는 다마소 베르돌라가스 신부님의 설교를 듣는 것은 특별한 즐거움이 아닐 수 없다. 이 저명하고 성스러운 설교자는 신도들 앞에 서서 너무나 유창하고 깊이 있는 설교를 전달했다. 설교 말씀은 그의 비옥한 입에서 나와 영생의 샘물을 갈구하는 모든 신도들을 감동시켰다. 사상의 극치, 상상의 대담함, 문장의 신선함, 어조의 우아함, 몸짓의 자연스러움, 연설의 품위, 생각의 고귀함 등. 모든 부분에서 불후의 명설교가인 프랑스인 보쉬에 주교에 견줄 만한 자질을 갖춘 스페인 설교가임을 입증했다. 그의 높은 명성은 교양 있는 스페인사람들뿐 아니라 무지한 원주민들과 영민한 중국인 후손들에게도 널리 퍼져 있다.

그러나 의욕이 넘치는 이 특파원은 그가 방금 작성한 기사를 찢어버려야 하나 하는 고민에 휩싸였다. 다마소 신부는 지난밤에 약간의 감기 기운이 있다고 불편함을 토로했었다. 그는 지난밤 안달루시아 지역의 유명한 노래를 몇 곡 부른 후, 차가운 음료를 몇 잔 마시고 한참 동안 무대 공연을 관람하기 위해 야외에 머물렀다. 결국 다마소 신부는 인간에게 하느님의 뜻을 전달해주는 사도로서의 의무를 포기해야 하는 지경에까지 이른 것이었다.

하지만 성 디에고의 생애와 기적에 대해 알고 있는 사람은 없었고, (물론 교구 신부는 그것을 알고 있지만 그에게는 미사에서 다른 역할이 있었다) 함께한 모든 성직자들이 다마소 신부의 목소리가 전보다 훨씬 좋다고 칭찬했다. 더불어 만일 그가 이미 외워둔 그 설교를 전하지 않는다면 너무도 안타까운 일이라고 했다.

신부의 늙은 하인은 많은 양의 레몬수를 만들어 그에게 마시게 했고, 온갖 종류의 기름과 연고를 그의 가슴과 목에 발랐다. 따뜻한 타월을 두르고 온몸을 마사지하는 등 가능한 모든 수단을 동원하여 그를 회복시키고자 노력했다. 아침에 다마소 신부는 말을 한 마디도 하지 않았다. 와인에 날계란 하나를 넣어 마시는 것 외에는 거의 아무것도 먹지 않았다. 겨우 우유 한 잔과 코코아 한 잔, 몇 개의 비스킷 정도를 맛보았을 뿐이다. 매일 아침마다 먹던 튀긴 닭고기와 라구나에서 온 코티지치즈 반 조각도 과감하게 포기했다. 관리인 중 한 명이 그에게 닭고기와 치즈에는 소금과 기름기가 있어 기침을 더욱 악화시킨다고 했기 때문이다.

다마소 신부의 이런 희생적인 행동을 알게 된 제삼회 여성 회원들은 깊은 감동을 받아 한목소리로 이렇게 말했다.

"이 모든 것이 하늘의 영광과 우리의 구원을 위한 것입니다!"

한편 자기 경쟁자들의 편에 선 다마소 신부를 결코 용서할 수 없었던 성모회 여성 회원들은 이렇게 중얼거렸다.

'성모 마리아께서 그에게 벌을 내리신 거야.'

아침 8시 30분에 천막이 쳐진 곳에서 행렬이 시작되었다. 이 행렬은 전날과 동일했지만 오늘은 제삼회에서 주관한다는 점이 달랐다. 나이 든 남자와 여자들, 다수의 늙은 하인들이 긴 복장을 걸치고 있었다. 가난한 사람들은 남루한 면제품 의복을 입었고, 부자들은 '프란시스코 면화'로 불리는 실크 의상을 입었다. '프란시스코 면화'라고 부르는 이유는 이를 프란시스코 성직자들이 즐겨 입었기 때문이다. 그 모든 의상들은 진품으로 마닐라에 있는 프란시스코 수도원에서 일정한 돈을 헌금으로 지불하고 얻은 것이었다. 물론 이를 상업적 행위라고 표현하지는 않았다. 이 일정한 금액이라는 것은 오르면 올랐지 결코 떨어지는 법이 없었다. 이외에 다른 의상들도 같은 수도원에서 구입할 수 있었다. 성 클라라 수도원에서는 죽은 이들에게 입히면 면죄를 받을 수 있는 효과를 지닌 수의를 판매할 뿐 아니라, 더 오래되고 낡아서 입을 수 없을 정도가 된 것일수록 값어치가 나가는 특별한 수의도 팔았다. 유품에서 성스러운 감동을 읽을 수 있는 신실한 신도들을 위한 것이고, 또한 많은 양의 낡은 옷을 필리핀으로 가져와 돈을 벌려고 하는 유럽 장사꾼들의 농간이기도 했다. 그들은 옷의 상태에 따라 16페소 정도면 한 배 가득히 또는 그 이상을 가져올 수 있다.

알칼라의 성 디에고 상이 돈을 새김된 은판으로 장식한 마차에 실려 등장했다. 얼굴은 핼쑥해 보였고 머리와 어깨는 상아로 꾸며졌다. 머리의 위쪽 중심 부분을 둥그렇게 삭발하여 만들어진 두터운 원형 테는 흑인의 고수머리처럼 비비꼬였다. 그럼에도 표정은 진중하고 위엄 있어 보였다. 그의 의상은 금실로 수를 놓은 벨벳 천으로 만든 것이었다.

존경하는 신부 성 프란시스코 상과 성모 마리아상이 어제의 행렬과 마찬가지로 뒤를 따랐다. 그러나 오늘 커다란 외투를 두르고 나타난 사람은 남다르게 우아한 매너를 지닌 시빌라 신부가 아니라, 특별히 살비 신부였다. 그는 시빌라 신부만큼 훌륭한 외모를 가지지는 못했지만 신앙적 헌신에 있어서는 누구에게도 뒤지지 않아 보였다. 살비 신부는 신비스러운 자세로 두 손을 모으고, 두 눈은 아래로 보고 어깨를 조금 굽힌 채 걸어갔다. 그의 외투 자락을 들고 뒤를 따르는 원주민들은 얼굴이 땀으로 젖어 있지만, 자신들이 성구 관리인이나 세금 관리인처럼 비치는 것에 대해 행복해하는 표정을 지었다. 예수님은 그들처럼 불쌍하고 저급한 인간들의 죄를 위해서도 동일한 피를 흘리셨으리라. 중백의를 입은 부시장이 향로를 이리저리 흔들며 그 뒤를 따랐고, 가끔 향로의 연기가 교구 신부의 코끝에 닿을 때면 그의 표정은 더욱 심각하고 침통해 보였다. 그렇게 행렬은 천천히 진행됐다. 마치 의도한 것처럼 폭죽과 찬송 소리, 성상을 실은 마차 뒤를 따르는 브라스 밴드의 종교 음악까지 어우러져 온 하늘에 울려 퍼졌다. 한편 오늘 축제의 후원자는 행렬에 참석한 사람들에게 부지런히 양초를 나누어 주었다. 아마도 사흘 밤 정도는 불을 밝히며 놀기에 충분한 양이었을 것이다. 성모 마리아상을 실은 마차가 지나가면, 구경꾼들은 무릎을 꿇고 열정적으로 사도행전을 외우며 고귀한 여왕 성모 마리아를 찬양했다.

주름진 휘장으로 사치스럽게 창문을 장식한 집 앞에서 주지사와 카피탄 티아고, 마리아 클라라, 이베라, 다수의 스페인 사람들과 젊은 여인들이 나란히 서 있었다. 마차가 멈추자 살비 신부는 눈을 들었다. 하지만 그는 그들에게 어떤 인사의 몸짓도 하지 않았다. 그는 단지 어깨에 걸친 망토를 보다 우아하고 기품 있게 보이려고 몸을 곧게 세웠다.

창문 아래 거리에서 젊은 여인이 화려한 옷을 입고 즐거운 표정을 지으며 어린아이의 손을 잡고 서 있었다. 아마도 그녀는 아이를 돌봐주는 유모일 테다. 아이의 머리는 고운 금발이고 여인의 머리는 흑연보다 더 새까만 것을 보아 이를 짐작할 수 있었다.

교구 신부가 나타나자 아이는 작은 손을 내밀면서 천진난만한 웃음소리

를 냈다. 잠시 주위가 조용해진 사이 아기가 내는 "아빠!, 아빠!" 하는 소리
가 들렸다.

젊은 여인은 어찌할 줄 몰라 당황하며 손으로 아이의 입을 막고는 황급
히 자리를 떠났다. 이내 아이의 울음소리가 들려왔다. 음흉한 사람들은 뭔
가 알 것 같다는 표정으로 서로 윙크를 나눴다. 그 짧은 광경을 목격한 스페
인 사람들은 미소를 지었다. 살비 신부의 창백한 얼굴이 새빨갛게 변했다.
그러나 사람들이 상상하는 것은 사실이 아니었다. 교구 신부는 다른 도시
에서 온 그 여인이 누구인지조차 몰랐다.

31

교회에서

천지만물을 창조하신 하느님께 인간들이 지어서 바친 창고 같은 건물에는
사람들이 가득하다. 들어오는 이들과 나가는 이들이 서로 뒤엉켜서 밀치고
짓누르고 뭉개져 여기저기서 비명과 신음 소리가 들려왔다. 사람들은 각자
팔을 힘껏 뻗쳐 성당 출입문 앞에 비치된 성수에 손가락을 담갔다. 계속해
서 들어오는 사람들로 인해 성수에 닿은 손들은 자동적으로 밀려났다. 투
덜대는 소리도 들리고, 누군가 자신의 발을 밟았다고 꾸짖는 여자의 목소
리도 들렸다. 하지만 밀고 밀치는 사람들의 물결은 계속되었다. 성수에 가까
스로 손가락을 담근 일부 나이 든 사람들은 경건하게 그 성수를 자신의 몸
구석구석에 가져다 댔다. 목덜미, 머리, 이마, 코, 턱, 가슴, 배꼽에 성수를 문
혔다. 그들은 이렇게 하면 온몸의 죄를 씻고 더 이상 목관절염, 두통, 폐렴,
소화 불량과 같은 병으로부터 안전하게 보호받는다고 믿었다. 이미 온 도시
사람들과 방문객들의 손이 닿은 성수는 진흙탕처럼 뿌연 색을 띠고 있었
다. 젊은이들은 몸이 건강해서 그런지 혹은 병으로부터 몸을 보호해준다
는 성수의 효능을 믿지 못하기 때문인지 굳이 성수에 손가락을 담그려 애쓰
지 않았다. 그저 들어오면서 손끝이 닿지 않게 이마에 성호를 그을 뿐이었
다. 일부 젊은 여자들은 이렇게 생각했을 것이다.

'아마 저 물이 성스러운 물이겠지. 하지만 저렇게 더러운 물이 과연……?'

성당 안은 찜통더위와 인간이라는 동물로부터 나는 악취로 인해 숨 쉬기조차 어려웠다. 하지만 설교자는 이 모든 괴로움을 견딜 충분한 동기가 있었다. 이 도시는 그의 설교에 대한 대가로 250페소를 지불했을 것이다.

늙은 타시오는 한때 이렇게 말하곤 했다.

"설교 한 번에 250페소라니! 한 사람에게 딱 한 번 듣는 건데 말이지! 무대 공연을 펼치는 단원 전원이 사흘 밤을 공연해서 얻을 수 있는 대가가 그 금액의 3분의 1밖에 안 되는데 말이야. 신부들이 왜 그렇게 부유한지 이제야 알 것 같군."

잔뜩 화가 난 성스러운 제삼회 회장이 그에게 따졌다.

"무대 공연이 설교와 무슨 상관이 있습니까? 무대 공연은 우리의 영혼을 지옥으로 인도하지만, 설교는 우리를 천국으로 인도합니다. 만일 신부님이 1000페소를 요구하신다 해도 우리는 기꺼이 지불할 것이고, 여전히 그에게 감사한 마음을 가질 겁니다."

"그대 말이 맞는 것도 같소."

타시오가 대꾸했다.

"최소한 나는 그 설교가 무대 공연보다 훨씬 더 재미있으니 말이오."

다른 이가 화난 목소리로 소리쳤다.

"저는 그 무대 공연이 전혀 재미가 없었습니다."

"아마 당신은 설교만큼이나 무대 공연을 전혀 이해하지 못한 게 틀림없군요."

늙고 불경한 타시오는 온갖 모욕과 자신의 미래에 대해 퍼붓는 불길한 예언들을 뒤로하고 자리를 떠났다. 사람들은 온몸에 땀을 흘리고 하품을 하면서까지 주지사가 도착하기를 기다렸다. 부채와 모자, 손수건을 흔들어 조금이라도 바람을 일으키려 애를 썼다. 성당 관리인들은 소리 지르고 우는 아이들을 밖으로 내보내느라 분주히 돌아다녔다.

신실하고도 냉정한 성모 마리아회 회장은, 이러한 관리인들의 행동을 보면서 성서의 말씀 한 구절을 생각했다.

'우리의 구주이신 예수님께서 어린아이들이 내게로 오는 것을 금하지 말라고 말씀하셨을 때, 그 아이들은 분명 소리 지르고 우는 애들은 아니었을 게 분명해. 따라서 저런 관리인들의 행동은 이해해야지.'

정숙한 복장을 하고 있는 늙은 자매 뿌뜨는 옆에 무릎을 꿇고 앉아 있는 여섯 살가량 된 그녀의 손녀에게 말했다.

"가여운 아이야 잘 들어라. 이제 곧 성금요일에나 들을 수 있는 설교를 듣게 될 거야."

그러곤 얼굴을 찡그린 아이에게 경건함을 불어넣기라도 하듯 꼬집었다. 아이는 입을 삐죽이며 오만상을 찌푸렸다.

웅크리고 앉아 참회하고 있는 사람들 중 많은 이들이 꾸벅꾸벅 졸고 있다. 열심히 중얼중얼 기도하면서 손가락으로 묵주를 넘기고 있는 뿌뜨의 곁에 앉은 한 노인은 연신 고개를 끄덕끄덕거렸다. 결국 뿌뜨도 하느님의 뜻을 받드는 데에는 그 노인의 방식이 더 낫겠다는 생각을 하며 그의 행동을 따라했다.

이베라는 교회당 구석에 자리하고 있었다. 마리아 클라라는 맨 앞 제단 근처에 무릎을 꿇고 있었다. 교구 신부가 관리인들을 시켜 그녀를 위한 자리를 예약해두라고 한 것이었다. 점잖게 정장을 차려입은 카피탄 티아고는 공식 인사들을 위해 마련된 신자석에 앉았다. 그를 모르는 소년들은 그가 시장이라고 착각하고 감히 가까이 가지도 못했다.

오랜 기다림 끝에 마침내 주지사가 수하들을 대동하고 교회 성물실에서 나와 커다란 양탄자 위에 놓인 안락의자에 앉았다. 그는 찰스 3세의 대십자가 문양이 그려진 허리띠와 너댓 개의 다른 장식들로 치장한 완벽한 축제 의상을 입었다. 마을 사람들은 도대체 그가 누구인지 알 턱이 없었다. 한 농부가 말했다.

"저것 봐, 저 군인이 마치 무대 공연자 같은 옷을 입고 있어."

그의 이웃이 대답했다,

"바보야. 저 사람은 어젯밤 우리가 무대 연극에서 봤던 빌라르도 왕자 야."

주지사는 그가 바로 거인을 물리친 동화 속의 왕자일 것이라는 군중들의 상상력을 불러일으켰다.

미사가 시작되었다. 앉아 있던 사람들은 일어서고, 졸고 있던 사람들도 미사의 시작을 알리는 종소리와 성가대에서 울려 퍼지는 경쾌한 찬송소리에 깨어났다. 진중한 자태를 뽐내고 있는 살비 신부는 아우구스티누스 교단에 뒤지지 않는 부제와 부부제의 보좌를 받으며 스스로 대단히 만족하는 것 같았다. 부제와 부부제는 비음에 가까운 잘 들리지 않을 정도의 목소리로 찬송을 따라 불렀다. 사제의 목소리는 우렁찼고, 종종 그를 아는 사람들이 놀랄 만큼 틀린 음정으로 소리내기도 했다. 하지만 그의 움직임은 정확하고 우아했다. 그는 머리를 약간 아래로 숙이고, 두 눈은 천장을 향해 바라보며 웅장한 목소리로 "도미누스 보비스꿈"(주께서 여러분과 함께_옮긴이)이라고 인사했다. 그가 향로에서 흘러나오는 연기를 들이마시는 모습을 본 사람이라면, 누구나 유명한 고대 의사 겔른의 말에 공감을 표했을 것이다. 그는 '연기가 코의 뿌리에 있는 벌집 모양의 체를 통해 콧구멍으로 들어가

두뇌에 닿을 수 있다'고 말한 바 있었다. 살비 신부는 자신의 몸을 들어 올리더니 다시 머리를 원상태로 돌리고, 잠시 후 중앙에 있는 연단을 향해 거만하면서도 진중한 자태로 걸어갔다. 카피탄 티아고의 눈에 비친 그는 지난밤 무대에서 과도한 화장을 하고, 깃발을 등에 꽂고, 말총 같은 수염을 하고, 굽이 높은 슬리퍼를 신은 중국 황제의 역할을 연기한 사람보다 더 감동적으로 보였다. 그는 자기 자신에게 말했다,

'그럼 그렇지, 우리 교구의 어떤 신부님이든 황제들을 모두 모아놓은 것보다 더 감동적이지.'

드디어 그토록 오래 기다렸던 다마소 신부의 설교 시간이 되었다. 세 신부들은 품위 있는 자세로 안락의자에 앉았다. 그 모습에 대해 유명한 신문사 특파원은 지팡이나 지휘봉을 들고 다니는 주지사나 다른 고위 관료들이 바로 그 신부님들을 흉내 내는 것이라고 말할 것이었다. 이제 음악 소리도 멈췄다.

갑자기 주위가 조용해지자 음악 소리에 취해 졸고 있던 늙은 자매 뿌뜨가 정신을 차리고 일어났다. 일어선 뿌뜨는 가장 먼저 옆에서 여전히 졸고 있는 손녀의 목덜미를 두들겨 깨웠다. 아이는 잠에서 깨면서 우는 소리를 냈지만, 이내 옆에서 가슴을 두드리며 참회하는 한 여성의 모습에 마음을 빼앗겼다. 이제 모두들 편안한 자세로 자리를 잡았다. 신도석에 자리를 잡지 못한 여자들은 바닥에 웅크리고 앉았다.

다마소 신부는 성구 관리인 두 명의 안내를 받아 신도들 사이를 걸어 설교단으로 나왔고, 그 뒤에 커다란 공책을 든 또 다른 성직자가 따랐다. 교회당 정면 좌측에 위치한 설교단에 오르기 위해 나선형으로 된 계단으로 들어서자 다마소 신부의 모습이 잠시 사라졌다. 하지만 곧 그의 둥근 머리가

다시 나타났고, 이어 두터운 목과 나머지 몸체가 드러났다. 그는 헛기침을 하며 자신 있게 주위를 둘러봤다. 이베라가 눈에 들어오자 어떤 생각이 스쳐 지나가며 기억 속의 그가 되살아났다. 그러곤 시빌라 신부를 약간 경멸하는 눈으로 보았다. 주변에 대한 탐색을 마친 다마소 신부는 공책을 든 신부에게 은밀히 속삭였다. "준비하게." 그러자 그가 공책을 펼쳤다.

　그 설교 내용은 종이 한 장을 모두 할애할 만한 가치가 있다. 다행히 속기술을 배운 한 젊은이가 위대한 이 연설가에 흠뻑 빠져 그의 설교 내용을 모두 기록했다. 덕분에 그 당시 필리핀에서 있었던 한 유명한 설교의 내용이 지금도 남아 있다.

32
설교

다마소 신부는 쉰 목소리로 천천히 성경 구절을 낭독했다.

"당신의 선한 영을 내리시어 그들을 가르치시고 그들에게 당신의 만나를 끊지 않으셨으며 그들의 목마름을 보시고 그들에게 물을 주셨습니다. 구약 성경 느헤미야기 제9장 20절에서 하느님께서 느헤미야의 입을 통해 하신 말씀입니다."

시빌라 신부는 놀란 눈으로 다마소 신부를 바라봤다. 마누엘 마르틴 신부도 얼굴이 창백해지며 침을 꿀꺽 삼켰다. 성서의 말씀이 그가 설교한 내용보다 좋아 보였기 때문이다. 다마소 신부는 자신이 저들에게 깊은 인상을 주었다는 것을 알아채서인지, 아니면 쉰 목이 여전히 불편해서인지 여러 차례 헛기침을 했다. 그의 손은 설교단 양쪽 모서리를 굳게 잡고 있었다. 그의 머리 위에는 장밋빛 작은 입술과 발을 가진 성령의 형상이 흰색으로 깔끔하게 그려져 있었다.

"존경하는 주지사님, 고귀하신 성직자 여러분, 그리고 예수 그리스도 안에서 형제 된 자들이여!"

여기에서 그는 잠시 말을 멈추었다. 그리고 잠시 청중들을 돌아보면서 모두들 자신에게 집중하고 있는 모습에 만족했다.

설교의 첫 부분은 스페인어로, 나머지 부분은 따갈로그어로 전달되었다.

이는 마치 예수께서 사도들에게 말씀하신 것처럼 '너희는 모든 언어로 말할 지어다'라는 말을 실천하는 듯했다.

인사말이 끝나고 잠시 말을 멈추었던 다마소 신부는 주지사를 빤히 응시하면서 오른손을 들어 제단을 가리켰다. 그러고는 한 마디 말도 없이 천천히 팔을 모아 팔짱을 꼈다. 침묵이 흐르는 가운데 그는 머리를 뒤로 조금 젖히고 성당의 출입구를 바라보며 팔을 앞뒤로 거칠게 움직였다. 성구 관리인은 그의 행동을 출입문을 닫으라는 것으로 해석하고 그렇게 했다. 한편 주둔군 부대장인 중위는 심기가 불편해 자리를 떠날지 말지를 고민하고 있었다. 하지만 이미 설교자는 강한 열정과 울림 있는 목소리로 설교를 시작했다. 과연 지난밤의 그 늙은 하인은 훌륭한 의사였음이 분명했다.

"찬란한 광채가 빛을 발하는 이 제단과 저 거대한 출입문 사이의 공간에는 나의 입술에서 퍼져 나오는 성스러운 메시지가 전달될 것입니다. 자, 그럼 영혼과 가슴의 문을 열고 들어보십시오. 그럼 우리 주님의 말씀이 자갈밭에 떨어지지 않고, 지옥의 새들에게 먹히지도 않을 것이며, 우리의 존경스럽고 거룩하신 신부 성 프란시스코의 밭에 있는 성령의 씨앗처럼 싹이 나서 잘 자랄 것입니다. 어찌할 수 없는 죄인들이여! 그대들의 영혼은 모로(스페인 사람들이 필리핀 무슬림들을 지칭한 말_옮긴이) 해적들에게 사로잡혀서 육신과 세상이라는 거대한 배에 갇혀 영원의 바다를 헤매노라. 그리고 욕정과 욕망의 족쇄를 차고 있는 그대는 지옥의 사탄이 지휘하는 군함에서 노를 젓고 있구나. 저 사탄의 속박에서 영혼들을 구한 위대한 참회자인 두려움 없는 기드온, 용맹스러운 다윗, 승리의 화신 롤랑(샤를마뉴 황제의 충신인 12명의 용사 중 최고의 용장_옮긴이), 그리고 모든 군인들을 다 합쳐놓은 것보다 더 용감한 저 천국의 용사들을 보아라(이 대목에서 다마소 신부는 주둔군 부대장의 인상이 찌푸려지는 것을 알아차렸다). 물론 오늘날 더욱더 용감하고 강인하신 우리의 부대장님은 아무런 주저함 없이 총을 대신하여 나무 십자가 하나로 어둠 속의 도적들과 루시퍼의 군단을 용감히 물리치고, 만일 그들이 불멸의 존재만 아니었다면 영원히 소멸시켰을 것입니다! 이 상상을 초월하는 신성하고 경이로운 창조물은 축복받은 스페인 사람 디에고이시며, 일부에서 말하기를 그는 비교할 대상이 없고, 불가능한 것을 이해하는 데 큰 도움이 되는 바로 그 위대한 분이노니. 그러나 그도 우리의 거룩하신 성 프란시스코 신부께서 하늘에서 지휘하는 군대의 병사이자 청지기에 불과하며, 저 자신도 하느님의 은혜로 그 군대의 선임관이 되었습니다."

특파원은 무지한 원주민들이 그 설교 내용 중에서 오직 '군대, 도적, 성 디에고, 그리고 성 프란시스코 등'과 같은 몇몇 단어들만 알아들었을 것이라고 기록했고, 부대장의 불쾌한 표정과 설교자의 호전적인 몸짓에 대해 논평하면서 설교자가 군인들이 도적들을 제대로 통제하지 못하는 것을 꾸짖었다고 결론지었다. 한편 마닐라에 있는 수도회 그림에서는 성 디에고와 성 프란시스코가 그런 문제를 실제로 잘 해결했다는 사실을 찾아볼 수 있었다. 그 그림 속에서 성 프란시스코는 자신의 허리끈 하나로 스페인이 필리핀을 정복한 첫해에 침략한 중국인들을 물리쳤다. 신도들은 물론 도움의 손길을 내밀어 주신 하느님께 감사하며, 도적을 물리친 성 프란시스코가 능히 어떤 군대라도 격퇴시킬 수 있다는 사실을 믿어 의심치 않았다. 다마소 신부는 설교를 계속하면서 두 번이나 사람들의 이목을 주둔군 부대장에게 쏠리게 했다.

"존경하는 귀빈 여러분, 위대한 것은 아무리 작더라도 위대하고, 하찮은 것은 아무리 크더라도 하찮은 것입니다. 역사가 그것을 기록하지만, 키케로가 한 말처럼 역사도 잘못을 저지르는 경향이 있는 인간에 의해 기록된지라 100가지 중에 오직 하나 정도만 의미를 가질 수 있습니다. 결론적으로 역사 속에 나와 있는 사실보다 더 심오한 진리가 존재한다는 것입니다. 이 진리는 고대 종교 철학자 세네카나 아리스토텔레스 시대부터 죄로 가득한 오늘날까지 인간의 지성으로 이해된 적이 없었습니다. 그 진리란 바로 작은 것은 언제나 작은 것이 아니고 위대하기도 하며, 위대한 것은 하찮은 것들과 나란히 있을 뿐만 아니라, 이 땅과 하늘, 공기와 구름, 바다와 우주, 그리고 삶과 죽음과 같은 세상만사 중에서 가장 위대한 것들과도 함께 존재한다는 것입니다."

"아멘!" 제삼회 회장이 크게 외치고 성호를 그으며 화답했다. 마닐라에 있는 유명한 설교자로부터 배운 현학적인 말들로 다마소 신부는 청중들을 깜짝 놀라게 할 계획이었다. 그리고 실제로 수많은 진리의 말로 가득한 설교 노트가 그의 연설을 이끌었다.

"너의 눈에 특권을 부여하라……"

설교 노트의 내용을 알려주는 영혼의 목소리가 아래로부터 들려왔다.

"너의 눈에 특권을 부여하라는 말은 이 불변의 철학에 있어서 결정적이고도 강력한 증거입니다. 너의 눈에 특권을 부여하라는 말은 태양과 같은 최고의 미덕입니다. 여기서 달이 아닌 태양에 비유한 이유는, 밤에 빛나는 달은 그다지 큰 가치가 없기 때문입니다. 이는 마치 장님의 왕국에서 외눈을 가진 사람이 임금이 되는 것이나 다름없습니다. 밤에는 작은 별 하나도 빛을 내지만 태양이 빛나고 있는 대낮에 그런 것들이 무슨 소용이 있으리오! 우리의 형제 디에고는 모든 위대한 성인들 중에서도 태양처럼 빛나는 성인입니다! 당신의 눈, 당신의 그 사악한 의구심, 세상에서 가장 위대한 것들을 뒤흔들 지존자의 최고 걸작, 이 모든 것들에 특권을 부여하십시오!"

한 사람이 창백한 얼굴로 벌벌 떨면서 일어서더니 어딘가 숨을 곳을 찾았다. 그는 술 도매상을 하는 사람으로, 약간 술에 취해서 비몽사몽간에 특권이란 말을 전매특권 혹은 면허라는 말로 착각한 것이다. 그는 면허도 없이 영업을 하고 있었던 것이다. 그는 설교가 다 끝날 때까지 숨은 장소에서 나오지 않았다고 한다.

"겸허하고 수줍은 성인, 나무 십자가(실제로는 은으로 되어 있었다), 겸손한 의복 등 우리가 따르고 닮고자 하는 위대한 프란시스코에게 영광을 돌리시오. 우리가 그의 신성한 자손들을 세상 구석구석으로 증식시켜나가야 합니다. 도시에도, 마을에도 그들이 희든 검든(이 대목에서 주지사가 움찔하며 마른침을 삼켰다), 굶주림이나 고초에 시달리든, 그대의 모든 신성한 형제들과 군인들이(이 대목에서 주지사는 안도의 한숨을 쉬었다) 이 세상을 안전하게 유지하며 지옥의 나락으로 떨어지는 것을 예방할 것입니다."

카피탄 티아고를 포함한 신도들은 하품을 하기 시작했다. 마리아 클리라는 설교를 귀담아 듣지 않고 있다. 그녀는 이베라가 근처에 있다는 생각에 온 마음이 그에게 가 있었다. 그녀는 부채질을 하면서 복음 전도자들 중 한 명을 상징하는 황소 그림을 바라봤다. 그녀의 눈에는 그들이 모두 작은 물소로 보였다.

"우리는 성경과 성인들의 삶에 관해 모두 외워야 합니다. 만약 그대들처럼 죄 많은 사람들이 그렇게 행하였다면, 내가 이 자리에서 설교를 할 필요도 없었을 것입니다. 그대는 주님의 기도만큼이나 중요한 이 사실을 알아야 합니다. 그대들 중 많은 사람들이 벌써 이 사실을 잊고 있습니다. 그들은 마치 신교도나 이교도들처럼 행동하고, 하느님의 사도들을 존경하지 않는 중국인처럼 행동합니다. 그들은 단언컨대 지옥에 떨어질 것입니다!"

중국인 카를로스가 임기응변식이며 발음도 점점 부정확해져가는 설교자를 보며 성난 표정으로 투덜댔다.

"다마소 신부한테 무슨 문제라도 있는 거 아니야?"

"이 이단의 종족이여, 그대는 참회도 없이 죽을지어다. 이미 신께서 그대를 이 세상의 지하 감옥과 구치소에서 벌하고 있소이다. 그대의 가족과 여인은 그대로부터 달아날 것이고, 그대의 통치자는 그대들 모두를 교수대로 보낼 것입니다. 그래서 사탄의 씨앗이 하느님의 포도밭에 싹트지 못할 것입니다. 예수께서 말씀하시기를 '만약 그대의 신체 중 일부가 죄를 짓거든, 그것을 잘라내어 불에 던지라……'고 하였습니다."

다마소 신부는 너무나 흥분하여 설교 내용조차 잊어버렸다. 마닐라에서 온 젊은 학생이 친구에게 말했다.

"지금 한 말 들었어? 그럼, 너는 거길 잘라내야겠네?"

"어림도 없는 소리, 저 사람이나 먼저 자르라고 해."

이베라는 점점 거북해졌다. 그는 주위를 둘러보며 좀 한적한 곳이 있는지 찾았다. 그러나 교회 안은 신자들로 가득 차 있었다. 마리아 클라라는 아무것도 보지도 듣지도 않았다. 그녀는 연옥에 있는 성령들을 그려놓은 그림을 감상하고 있었다. 아무런 옷도 걸치지 않은 남자와 여자 모습의 영혼들, 주교와 추기경 혹은 수도사의 모자를 쓴 사람들이 불구덩이에서 고통 받으면서 성 프란시스코의 허리끈에 애타게 매달려 있었다. 그렇게 많은 사람들이 매달려 있음에도 불구하고 허리끈은 끊어지지 않고 온전했다.

즉흥 연설이 길어지면서 몰래 신부에게 설교의 흐름을 알려주는 사람도 순서를 잊어버렸다. 다마소 신부가 숨을 돌리고 계속 준비된 설교를 이어가려고 할 때, 그 사람은 준비된 설교 내용 중 세 문단을 뛰어넘어 알려주었다.

"여기서 내 설교를 듣는 당신들 같은 죄인 중에 누가 가난한 사람들과 누더기를 걸친 거지들의 눈물을 닦아주겠습니까? 그 누가 말입니까? 그럴 사람이 있으면 손을 들어보시오. 아무도 없군요! 그럴 줄 알았습니다. 오직 알칼라의 디에고 같은 성인만이 그렇게 하실 수 있습니다. 그는 그들의 더러운 곳을 씻어주면서 놀라는 저들에게 이렇게 말할 것입니다. '이 사람의 병을 치유해주소서.' 오, 진정한 그리스도인의 정신이여! 오, 비교할 수 없는 연민의 정이여! 오, 지고의 선하심이여! 오, 흉내조차 낼 수 없는 모범이여! 오, 흠이 없는 놀라운 주의 종이여!"

그리고 그는 팔을 들어 성호를 그으며 긴 감탄사를 늘어놓았다. 그가 손을 흔드는 모습은 마치 스스로 하늘을 날려고 날갯짓을 하는 것 같기도, 혹은 새들을 겁주어 쫓아버리려는 것 같기도 했다.

"죽기 전에 그는 라틴어를 배우지도 않았는데 라틴어로 말했습니다. 경이롭지 않습니까? 그대 죄인들이여! 그대들이 가진 모든 책들과 공부에 쏟은 모든 노력에도 불구하고 라틴어를 한 마디라도 할 수 있는가? 죽을 때까지 결코 한 마디도 하지 못할 것입니다. 라틴어를 말하는 것은 오직 하느님의 은혜이므로 교회의 성직자들만이 할 수 있습니다. 나도 라틴어를 할 수 있습니다. 하느님께서 그 은혜를 그의 사랑하는 디에고에게 주시지 않으셨겠습니까? 하느님께서 그가 라틴어를 말하지도 못한 채 죽도록 내버려 두셨겠습니까? 있을 수 없는 일입니다! 만일 하느님이 정의롭지 않다면 그는 하느님이 아닙니다. 디에고는 라틴어를 말했고, 그 시대의 작가들이 그 사실을 기록하고 있습니다."

그리고 다마소 신부는 위대한 작가 시니발도 데 마스의 구절을 표절하며 설교의 도입부를 겨우 마무리했다.

"우리의 존경하는 디에고와 그의 뜻을 따르는 우리 선교회에 경의를 표합니다. 그대는 선행의 본보기며, 수수하지만 고귀하고, 겸허하지만 당당하고, 순종적이지만 강직하고, 공명심을 삼갈 줄 알며, 적들에게조차도 믿음을 주며, 연민과 용서의 미덕을 갖추고, 열정적이지만 신중하고, 신념과 헌신이 조화를 이루고, 순수하여 남의 말을 잘 믿고, 정숙하지만 사랑스럽고, 은밀한 분별력이 있고, 오랜 고통에도 참으며, 용감하지만 신중하고, 적절히 포용력이 있고, 대담하고 결연하며, 권위에 복종하고, 명예에 민감하며, 이해관계를 명확히 하지만 일정한 거리를 두며, 은혜와 능력이 충만하며, 딱딱하지만 예의바르고, 영민하고 앞을 내다볼 줄 알며, 인간에 대한 사랑이 넘치고, 겸허하게 조심스럽고, 잘못을 바로잡는 데에 두려움이 없고, 끊임없이 노력하면서도 쉴 줄을 알고, 스스로 아끼며 남에게는 후하고, 부지런하면서도 여유가 있고, 검소하지만 인색하지 않고, 단순하지만 예리하고, 정도를 벗어나지 않은 개혁주의자이며, 지식을 추구하지만 그 모든 것 위에 하느님께서 정신적 사랑으로 기쁨을 누릴 수 있도록 우리를 창조하셨다는 사실을 인정하는 바로 그런 분이십니다! 이제 그대의 영광을 노래하고, 별들보다 더 높고 태양보다 더 빛나는 그대의 이름을 찬양하노라! 그대 형제들이여 성모님께 부르짖어 하느님의 은혜를 간절히 기원하시오."

모두들 무릎을 꿇고 수천 마리의 호박벌들이 날듯 중얼거리는 소리를 냈다. 주지사는 힘들게 한 발로 무릎을 꿇고 성가신 듯 머리를 가로저었다. 부대장의 얼굴은 창백해져 있었으며 스스로 깊이 뉘우치는 듯 보였다.

"사탄의 하수인 같은 성직자."

마닐라에서 온 젊은이가 중얼거렸다.

"조용히 해."

옆에 있던 다른 이가 말했다.

"그의 여자들이 주위에 있을지도 몰라."

한편 다마소 신부는 신도들이 성모 마리아를 외치는 사이에, 그에게 몰래 설교 줄거리를 알려주는 사람에게 가장 훌륭한 세 문단을 넘겨버렸다고 꾸짖었다. 그리고 달콤한 계란과자와 말라야 와인 한 잔을 마셨다. 그것들이 다마소 신부에게는 하늘의 그 무엇보다 더 많은 영감을 주는 것 같았다. 늙은 자매 뿌뜨가 다시 한 번 손녀 아이의 목덜미를 손바닥으로 때렸다. 눈을 뜬 아이가 졸린 목소리로 물었다.

"이제 울어야 하는 시간이야?"

아이의 할머니가 대답했다.

"아직 아니야. 하지만 잠들면 안 돼!"

둘째 부분의 설교 내용 중 따갈로그어로 말하는 부분은 몇 마디도 되지 않았다. 다마소 신부의 따갈로그어 실력은 조금 나아진 것 같았다. 이는 그가 따갈로그어에 능숙해져서가 아니라, 그가 이 지역의 필리핀인들이 화려한 수사에 무지하다고 생각해 틀린 말을 하는 것에 아무런 두려움이 없었기 때문이다. 하지만 스페인 사람들에 대해서는 그렇게 생각하지 않는 듯했다. 그는 설교의 원칙을 배웠고, 청중 중에도 그것을 알고 있는 사람이 있을지 모른다는 생각에 미리 설교문을 작성하여 수정하고, 가다듬고, 외우고, 이틀 동안 연습까지 한 것이었다.

청중들 중에서 따갈로그어 설교 내용을 모두 이해하는 사람은 한 명도 없다는 사실을 모두 알고 있었다. 청중들은 너무나 많고, 루파 자매가 하는 말처럼 설교자는 굉장히 심오한 말을 하기 때문이었다. 결국 저들은 그토록 기대했던 참회의 눈물을 흘릴 기회를 잡지 못했다. 그리고 신앙심 깊은 늙은 자매 뿌뜨의 가여운 아이는 졸음을 이기지 못하고 다시 잠에 빠졌다.

그럼에도 불구하고 이 부분의 설교에는, 나중에야 알게 되겠지만, 최소한 몇몇 사람들에게는 첫 부분보다 의미 있는 내용이 있었다. 다마소 신부는 묵직한 스페인 어투에 쉽게 알아들을 수 없는 따갈로그어로 '예수 그리스도 안에서 사랑하는 형제들이여'라고 필리핀 원주민들을 호칭하며 설교를 시작했다. 그 호칭에 이어 그는 통역이 불가능한 문장들을 쏟아냈다. 영혼에 관해 말하는 듯했고, 죄 많은 원주민이 지옥에 간다는 말을 하는 듯했고, 또한 고결한 프란시스코회 신부들에 대해 말하는 듯했다. 두 불경스러운 마닐라 사람 중 한 명이 다른 이에게 말했다.

"저게 도대체 무슨 말인지 모르겠네."

"난 가야겠다."

교회의 출입문이 잠겨 있는 것을 알고 그는 모두가 보는 가운데 대담하게도 앞쪽의 성물 보관실을 통해 걸어 나갔다. 교회 안의 모든 사람들은 물론이고 설교자까지 놀라서 얼굴이 창백해지며 설교를 잠시 멈췄다. 일부 사람들은 그를 꾸짖는 고함 소리를 기대했지만, 다마소 신부는 단지 눈으로 그가 나가는 것을 지켜보곤 설교를 계속했다.

그는 이 시대에 대하여, 존경의 결핍에 대하여, 증가하는 반종교적인 행태에 대하여 맹렬한 비판을 늘어놓았다. 이 주제를 말할 때 다마소 신부는 자신감이 넘쳐서 강렬하고도 명확하게 자신이 생각하는 바를 표현했다. 그는 고해성사를 하지 않은 죄인이면서 병자성사도 하지 않은 채 감옥에서 죽은 사람에 대한 말을 꺼내면서 그의 가족들까지 비난했다. 특히 이 부분에서 젊고 오만한 혼혈아, 사이비 지식인, 사이비 변호사, 사이비 학생 등등의 폭언을 쏟아냈다. 많은 이들은 자신의 적들을 조롱할 때 사이비라는 말을 붙였다. 그들의 머리에서는 다른 어떤 유형의 모욕적인 언사도 떠오르지 않으며, 이 말로써 스스로 위안을 삼았다.

이베라는 이 모든 것을 듣고 그것이 암시하는 바가 무엇인지 이해했다. 겉으로는 침착했지만 그의 눈길은 감정을 억누를 수 있도록 하느님과 권위자로부터의 도움을 찾고 있었다. 하지만 그의 눈에 들어오는 것은 성상들과 고개를 끄덕이는 주지사뿐이었다.

한편 다마소 신부의 열정적 설교는 도를 더해갔다. 그는 오래전에 모든 필리핀인들이 성직자를 만나면 모자를 벗고 땅에 무릎을 꿇었으며, 성직자의 손에 키스를 했던 사실을 상기시켰다. 그가 말을 이었다.

"하지만 지금은 머리가 헝클어질까 봐 모자를 벗기는커녕 손으로 시늉만 하면서 '안녕, 신부님' 하고 말할 뿐입니다. 또한 마닐라나 유럽에서 공부했다고 우쭐대는 일부 지식인들은 성직자의 손에 키스하는 대신 악수를 해도 된다고 생각합니다. 아, 심판의 날이 멀지 않았습니다. 세상의 종말이 곧 오려나 봅니다. 많은 성인들이 예언했듯이 불과 돌과 분진이 떨어져 그대들의 오만함을 징벌할 것입니다!"

그리고 그는 신도들에게 그런 야만인들을 따라 하지 말고, 대신에 그들로부터 멀리 떨어져서 그들을 혐오하고 멸시하라고 권고했다.

"공의회에서 선포한 규율을 들어보시오."

그가 설교를 계속했다.

"원주민이 길에서 성직자를 만나면, 그는 고개를 숙이고 목 부분을 내밀어 신부님이 거기에 기댈 수 있도록 해야 한다. '만약 성직자와 원주민이 모두 말에 타고 있을 때에는 원주민이 말을 멈추고 공손하게 모자를 벗어 존경의 뜻을 표해야 한다.' 그리고 마지막으로 원주민이 말에 타고 있고 성직자가 길을 걷고 있으면, 말에서 내려 신부님이 그에게 가라고 할 때까지, 혹은 신부님 자신이 떠나 그의 시야에서 사라질 때까지 말에 올라서는 안 된다. 이것이 공의회에서 선포한 규율들입니다. 이 규율을 지키지 않는 사람은 교단에서 파문을 당할 것입니다."

한 양심적인 농부가 옆에 있는 사람에게 물었다.

"원주민이 물소를 타고 있을 때는 어떻게 해야 하지?"

그가 익살스럽게 대답했다.

"그럼 최대한 빨리 달아나면 되겠지."

설교자의 고함 소리와 성난 몸짓에도 불구하고, 대부분의 사람들은 졸거나 설교 내용에 신경도 쓰지 않고 있었다. 이런 설교 내용은 모든 성직자들이 너무나 자주하는 통속적인 내용이었기 때문이다. 몇몇 신실한 여자 성도들이 스스로 저지른 불경스러운 죄를 탄식하면서 흐느끼려 해도 주위 대부분의 사람들이 졸고 있어 그럴 기분이 나지 않았다. 하지만 늙은 자매 뿌뜨는 남들과 좀 달랐다. 그녀의 옆에 앉은 한 남자가 자느라 그녀에게 기대어 옷을 구기자, 그녀는 신고 있던 나무 슬리퍼를 집어 들어 그 사람을 힘껏 내리치며 말했다.

"떨어져, 이 야만인, 짐승, 사탄, 물소, 개, 빌어먹을 녀석아!"

설교자는 깜짝 놀라 말을 멈추고, 무슨 일인가 해서 눈살을 찌푸렸다. 분노의 욕설이 목구멍까지 올라온 것을 억지로 삼키고, 그저 크게 고함을 지르며 설교단 손잡이를 주먹으로 내리쳤다. 그의 행동은 즉시 효과를 발휘했다. 늙은 뿌뜨는 투덜거리면서 자신의 슬리퍼를 내려놓고는 무릎을 꿇고 거듭 성호를 그었다.

"아아……! 아아……!"

신부는 놀라서 겨우 목소리를 냈다. 그는 팔로 성호를 그은 뒤 머리를 흔들었다.

"이게 내가 오늘 아침 내내 그대들에게 설교한 결과란 말이오, 이 야만인 같으니! 이곳 하느님의 집에서 그대가 감히 싸움을 하고 불경스러운 욕설을 퍼붓는단 말이오? 그대는 정녕 부끄러움도 없단 말이오? 그대에게는 더 이상 남을 존중하는 마음이 없단 말이오? 그렇다면 늙은이의 탐욕과 부절제의 소치가 틀림없소!"

그리고 그는 그 주제로 30분 동안 설교를 이어갔다. 주지사는 아예 코를 골며 잤고, 마리아 클라라도 더 이상 주변의 어떤 성상과 그림들에게도 호기심을 갖지 못하고 꾸벅꾸벅 졸기 시작했다. 설교자의 어떠한 말이나 암시도 더 이상 이베라의 관심을 끌지 못했다. 그는 산꼭대기의 작은 집에 관한 꿈을 꾸고 있었다. 그 집의 정원에는 마리아 클라라가 보였다. 인간들은 계곡 저 아래의 비참한 마을에서 힘겹게 살아가고 있구나!

살비 신부는 제단의 종을 두 번 울리도록 시켰다. 그러나 이는 오히려 타는 불에 기름을 부은 꼴이 되었다. 황소고집을 가진 다마소 신부는 설교를 더욱 질질 끌었다. 살비 신부는 입술을 깨물면서 손으로 자신의 금테 안경을 만지작거렸다. 오직 마누엘 마르틴 신부만이 입가에 미소를 지으며 만족스럽게 설교를 경청하고 있었다.

드디어 하느님의 뜻이 충분히 전달됐는지, 기진맥진한 다마소 신부가 설교를 끝내고 설교단에서 내려왔다.

모두들 무릎을 꿇고 하느님께 감사했다. 주지사는 눈을 부비고 팔을 펼쳐 기지개를 켜면서 깊은 한숨과 함께 하품을 했다.

미사는 계속되었다.

모든 신도들이 무릎을 꿇고, 성직자들은 성육신 미사곡에 맞추어 머리를 숙였을 때였다. 한 남자가 이베라의 귀에 대고 속삭였다.

"축복 의식을 할 때에 교구 신부님 곁에 가까이 있으시오. 웅덩이가 있는 쪽이나 초석이 놓인 곳에 가까이 있지 마시오. 그대의 생명과 관련된 일입니다."

이베라는 말을 마치고 군중들 사이로 사라지는 엘리아스를 바라보았다.

33
기중기

공사 현장의 핼쑥한 남자는 자신이 입으로 떠든 것보다도 훌륭하게 일을 진행하고 있었다. 그는 무거운 화강암 초석을 깊은 웅덩이 속으로 내리기 위해, 단순한 기중기나 현장 책임자 후안이 요구한 삼각 도르래 장치보다 더 효과적인 장비를 동원했다. 공사 현장의 그 어떤 훌륭한 기계 못지않게 눈길을 끄는 장비였다.

이 복잡하게 뒤엉킨 비계(건축 공사 때에 높은 곳에서 일할 수 있도록 설치하는 임시 가설물_옮긴이)는 높이가 8미터가 넘었다. 땅에 박은 네 개의 다리가 주요 지지대 역할을 했고, 이들은 두터운 들보를 가로질러 서로 단단히 고정되어 있었다. 못을 절반 정도만 박은 것을 봐서는 차후에 다시 분해하기 편리하도록 고려한 것 같았다. 사방으로 뻗어 있는 굵은 밧줄은 외관을 견고하면서도 인상적으로 만들었다. 구조물 전체에는 다양한 색깔의 깃발이 꽂혀 있고, 길고 좁은 삼각기가 휘날렸으며, 꽃과 나뭇잎들을 엮어서 만든 화환이 예술적으로 장식되어 있었다.

가로질러 있는 들보들과 꽃 장식, 현수막이 걸린 곳보다 높은 곳에 거대한 도르래가 밧줄과 쇠갈고리에 걸려 있었다. 도르래 바퀴에 감겨 있는 굵은 밧줄에 거대한 돌을 매달아 구덩이 가운데로 내린 후, 이미 내려진 돌들과 위치를 맞춰놓았다. 그 돌들 사이에 작은 공간을 만들어 이 시대의 기념물들을 넣어둘 타임캡슐을 만들 계획이었다. 거기에는 미래 세대에게 이 시대의 정보를 전달해줄 신문과 저작물, 동전, 메달 등을 넣을 예정이었다. 그 밧줄들은 구조물 바닥에 설치되어 있는 같은 크기의 도르래에 연결되어 있고, 다시 커다란 목재로 단단히 고정된 윈치(밧줄이나 쇠사슬로 무거운 물건을 들어 올리거나 내리는 기계_옮긴이)의 실린더 둘레에 감겨 있었다. 두 개의 크랭크와 톱니바퀴로 움직이는 윈치로 인해 인간이 쓰는 힘은 백 배나 증가했다. 물론 그만한 힘을 얻기 위해서 속도가 느려지는 것은 감수해야 했다.

얼굴이 핼쑥한 남자가 윈치의 크랭크 핸들을 돌리면서 말했다.

"여길 보십시오. 후안 소장님, 제가 어떻게 이 거대한 물건을 올리고 내리는지를 잘 보십시오. 이 장비들은 제가 원하는 대로 아주 정확하게 물건들을 올리고 내릴 수 있습니다. 제가 여기서 기계를 작동하면 저 아래 있는 사람들이 거대한 두 개의 돌을 제자리에 맞추어 잘 정렬해놓을 수 있죠."

후안 소장은 어색하게 웃으며 그의 능력을 칭찬해주었다. 주위에서 이 광경을 보고 있던 사람들도 그 기계에 대해 이야기를 나누며 그를 칭찬했다.

"누가 당신에게 저런 기계 다루는 법을 가르쳐주었소?"

그가 기묘한 미소를 지었다.

"저의 돌아가신 아버지께서요."

"그럼 누가 그대의 아버지에게 그걸 가르쳐준 것이오?"

"돈 사뚜리노 씨라고 하는 돈 크리소스토모의 할아버지입니다."

"처음 듣는 얘긴데, 돈 사뚜리노 씨가 그런 일을……."

"그럼요, 그는 많은 것을 알고 있었어요. 그는 채찍도 아주 잘 다루고, 잘못을 저지른 하인들을 태양빛 아래 세워두어 벌주는 방법도 알았지요. 그의 능력은 그게 전부가 아니었죠. 심지어 졸고 있는 사람들을 깨우거나 정신이 말똥말똥한 사람을 잠재우는 법도 알았으니까요. 당신도 곧 제 아버지가 제게 전수해준 모든 기술을 보게 될 겁니다."

얼굴이 핼쑥한 남자가 다시금 그 특유의 미소를 지었다.

근처의 탁자 위에 페르시아 융단에 덮인 것이 바로 초석 아래에 보관하게 될 납으로 만든 원통과 물건들이었다. 과거에 대한 정보를 미래 세대가 잘 전달받을 수 있게 하나의 무거운 유리 상자 속에 바짝 건조시킨 기념물들을 담아서 그곳에 묻을 예정이었다.

늙은 학자 타시오는 생각에 잠겨 혼자 중얼거렸다.

"오늘 새롭게 건축된 이 건물도 언젠가는 시간의 변화 속에서 낡을 테고, 결국 자연의 힘이나 사람의 손에 의해서 폐허로 변하겠지. 또한 이끼와 담쟁이넝쿨들은 그 폐허가 된 건물을 뒤덮을 거야. 그보다 더 시간이 흐르면 이끼와 담쟁이넝쿨도 사라지고, 그 폐허도 역사 속으로 먼지처럼 사라지게 되겠지. 세상의 모든 흔적들과 그것을 만든 사람들도 오랜 시간이 흐르면 인간의 기억 속에서 사라지지. 오늘날 살아 있는 모든 인간들도 결국 죽어서 땅에 묻힐 거야.

그러던 어느 날 우연히 한 광부의 곡괭이가 저 화강암을 두드려 안에 있는 모든 미스터리와 수수께끼들을 발견하고 세상에 드러내겠지. 영원을 추구했던 위대한 문명의 흔적을 연구하는 이집트 학자들처럼, 아마도 미래에 이 지역에 살고 있을 현인들이 어둠 속에 깊이 잠들어 있던 이것들을 해석하려 노력할 거야. 몇몇 현명한 선생들은 미래의 언어로 일고여덟 살 된 그의 학생들에게 이렇게 말하겠지.

'여러분, 땅에서 파낸 이 물건들을 자세히 조사하고 또한 일부 상징과 언어들을 해석해본 결과, 의심할 여지없이 이것들은 거의 신화에 가까운 원시

암흑시대 사람들이 사용했던 것임에 틀림없습니다. 우리 조상들이 실로 얼마나 후진적이었는지 여러분께 아주 간단하게 설명할 수 있습니다. 이 땅에 생존했던 자들은 왕에게 충성을 다했을 뿐 아니라 자국의 문제를 해결하기 위해 세상의 정반대 편에 있는 다른 나라로부터 조언을 구했습니다. 이를 사람의 몸으로 비유하면, 손가락을 움직이기 위해 지구의 정반대에 있는 머리에게 문의하는 것이나 다름없었던 거죠. 여러분은 믿기 어렵겠지만, 그 시대를 살았던 우리 조상들의 연약함은 인간으로서의 기준에 겨우 부합할까 말까 한 정도였습니다. 그 원시적인 시대에 그들은 자신들이 신과 직접적인 관계를 맺고 있다고 믿었습니다. 왜냐하면 그들은 자신들과 구별되고 언제나 신비스러운 V. R.이라는 문자로 본인들을 나타내는 신의 대변자들과 함께 살았으니까요.

우리의 학자들은 그 신비스러운 문자가 무엇을 의미하는지 아직 합의에 도달하지 못했습니다. 이곳의 언어학자는 그리 훌륭한 학자가 아닌 것 같습니다. 그는 그 당시 사용했던 단어들 중에서 겨우 몇 백 개의 기초적인 단어들만 알고 있을 뿐입니다. 그는 V. R.은 Very Rich(아주 부유한)의 약자라고 하면서, 그 이유로는 사람들이 저들을 지극히 선하고, 말재주가 뛰어나며, 훌륭한 학자들이고, 또한 아주 많은 권위를 가지고 있으면서도 사소한 잘못도 저지르지 않는 거의 신에 가까운 존재로 믿었다는 사실을 근거로 들었습니다. 이는 저들이 다른 사람들과 구별되는 독특한 특성을 가졌을 것이라는 저의 믿음을 더욱 확고하게 했습니다.

추가로 제 의견을 말씀드린다면, 그 신비로운 존재들은 단순히 특정 단어를 발음하기 위해 이 땅 아래로 신을 불러낼 수 있었다고 봅니다. 신은 저들을 통하지 않고 스스로 말하는 법이 없었습니다. 저들은 또한 신의 피를 마시고 살을 먹습니다. 그리고 종종 보통 사람을 신께 바치기도 했습니다……. 이런 저의 의견에 대해서는 아무도 반대 의견을 내지 않고 있으며, 날이 갈수록 더 많은 사람들이 동조하고 있습니다.'"

이는 의구심 많은 학자 타시오가 미래 학자들의 입을 통해 말하고자 하는 것들이었다. 타시오의 생각이 틀릴 수도 있지만 현실화될 가능성이 전혀 없는 것도 아니었다.

성대한 점심 식탁이 교장 선생과 학생들이 이틀간 함께 장식한 정자에 준비되었다. 학생들을 위해 마련된 테이블에는 와인을 대신해 과일들이 많이 있었다. 두 정자를 격자 모양으로 이은 모서리 부분에는 음악가들이 앉을 수 있는 자리가 마련되었다. 그곳에는 나뭇가지와 꽃으로 장식된 테이블이 있었다. 그 위에는 목이 마른 사람들을 위해 사탕과 과자, 물주전자가 놓여 있었다. 교장 선생은 오락 시간을 위해 기름칠한 장대 오르기, 장애물 달리기, 눈 가리고 박 터뜨리기 등과 같은 재미난 게임들을 준비하도록 지시해 두었다.

화려한 의상을 입은 많은 군중들은 내리쬐는 햇살을 피하기 위해 나무 그늘이나 정자 아래로 찾아들었다. 키가 작은 소년들은 행사의 진행을 조금 더 잘 보기 위해 나뭇가지나 높은 바위 위에 올라가 앉았다. 그들은 말끔하게 차려입고 미리 준비된 의자에 앉아 있는 학생들을 부러운 눈으로 바라보았다. 가난한 농부인 학부모들은 자신의 아이들이 흰 천으로 덮인 테이블에서 교구 신부나 주지사와 함께 음식을 먹는 모습을 보며 자랑스러워하리라. 그런 광경은 그들이 배고픔마저 잊게 할 것이고, 이 이야기는 가문의 영광이 되어 후손들에게로 이어지리라.

곧 연주 소리가 멀리서부터 들려왔다. 알록달록한 옷을 입은 군중들과 함께 브라스 밴드가 행진해 오고 있는 것이었다. 얼굴이 핼쑥한 남자는 점점 안절부절못하며 다시 한 번 자신의 기계를 점검했다. 어떤 농부가 그의 눈길과 움직임을 자세히 살피고 있었다. 다름 아닌 엘리아스였다. 엘리아스는 아무도 그의 존재를 알아차리지 못하도록 챙이 넓은 밀짚모자를 쓰고 눈에 띄지 않는 옷을 입었다. 그는 구덩이 옆에 설치된 윈치 바로 근처에서 모든 광경을 보기에 가장 좋은 자리를 차지하고 있었다.

밴드와 함께 주지사, 시청 관원들, 다마소 신부를 제외한 교구 신부들, 스페인 사람들이 도착했다. 이베라는 주지사와 다정히 얘기를 나누고 있었다. 주지사는 이베라가 자신의 옷에 달려 있는 장식과 허리끈에 대한 찬사의 말을 건네자 그를 친근하게 대하기 시작한다. 그러한 귀족적 허영심이 그의 약점이었다. 카피탄 티아고와 주둔군 부대장, 다수의 부유층 사람들이 실크로 만든 양산을 빙빙 돌리는 젊은 여성들과 함께 어울리고 있었다. 살비 신부는 언제나처럼 조용히 생각에 잠겼다.

주지사가 이베라에게 말했다.

"좋은 일이라면 언제라도 나에게 도움을 요청하게나. 자네가 필요하다면 무엇이든 도와줄 수 있으니까 말이야. 만일 내가 못하는 일이라면 남을 시켜서라도 해줄 수 있을 걸세."

준비된 장소에 도착하자 이베라는 심장이 두근거리는 것을 느꼈다. 그는 이상하게 생긴 구조물이 그곳에 우뚝 서 있는 모습에 본능적으로 눈길이 갔다. 자신에게 인사를 하고 있는 얼굴이 핼쑥한 남자에게 이베라의 시선이 잠시 멈추었다. 그리고 교회에서 자신에게 속삭이며 의미심장한 미소를 지었던 엘리아스가 그 근처에 있다는 것을 발견하고 놀랐다.

교구 신부가 예복을 걸침으로써 기념행사가 시작되었다. 외눈박이 성구 관리 책임자가 행사를 위한 책자를, 또 다른 성구 관리인이 우슬초와 성수를 들고 있었다. 나머지 사람들은 아무런 그늘도 없는 곳에 서 있었다. 낮은 목소리로 성구를 읽는 살비 신부의 떨리는 음성까지 들을 수 있을 만큼 주위는 조용했다.

잠시 후 논문, 신문, 메달, 동전, 그 밖에도 현재를 기념할 수 있는 다양한 것들이 유리 상자 속에 담겼다. 그다음에 이를 납으로 만든 원통에 조심스럽게 넣어 단단히 봉했다.

"이베라 씨."

주지사가 그의 귀에 속삭였다.

"저 원통을 제자리에 놓으시죠. 교구 신부님이 기다리고 계십니다."

"물론이죠. 하지만 저보다는 이 역사적 행사를 기록하는 서기가 그 영광을 누리게 하는 것이 옳을 것 같습니다."

서기는 신중하게 원통을 들고 카펫이 깔린 계단을 통해 구덩이 아래로 내려가 큰 돌에 난 구멍 안에 조심스레 그것을 넣었다. 그러자 교구 신부는 우슬초에 성수를 적신 후 돌 위에 흩뿌렸다.

이제 모든 사람들이 순서대로 돌아가며 구덩이 밑의 주춧돌 아랫부분에 조그만 모종삽으로 회반죽을 던져 넣는 기념 시삽 순서가 왔다. 주춧돌이 흔들림 없이 튼튼하게 서 있기를 바라는 의미였다. 이베라가 넓은 면에 금일의 날짜가 새겨진 은으로 된 모종삽을 주지사에게 전해주었다. 그러나 주지사는 기념 시삽에 앞서 먼저 스페인어로 연설을 하길 원했다. 그는 진중한 어조로 연설을 시작했다.

"산디에고 주민 여러분, 굳이 말하지 않아도 모두가 알고 있다시피, 우리는 매우 의미 있고 중요한 행사에 참석하는 영광을 누리고 있습니다. 이 행사는 학교의 초석을 놓는 자리입니다. 그리고 이 학교는 장차 이 나라의 역사를 만들어갈 사회의 초석이기도 합니다. 한 나라의 학교들을 보면 그 나라가 어떤 나라인지 알 수 있습니다.

산디에고 주민 여러분, 고결하신 신부님들을 주신 하느님께 영광을 돌리십시오. 그리고 이 풍요로운 섬들 구석구석에 지칠 줄 모르고 문명을 전파하며, 영광의 그늘 아래에서 평안히 쉴 수 있도록 해주는 모국 스페인 정부에 감사하십시오. 여러분에게 자비를 베푸는 겸손한 신부님들을 보내주시어 여러분의 마음을 감화시키고 성경 말씀을 가르치도록 하신 하느님을 찬양하십시오. 여러분과 여러분의 자손들을 위해 끊임없는 희생을 감수하고 있는 정부에게 감사하십시오.

저는 이제 지역의 주지사로서, 하느님의 은총으로 스페인의 지도자가 된 국왕과 영원한 승리의 깃발 아래 보호받는 탁월한 스페인 정부를 대신해 이 중요한 학교 건물의 초석을 놓으며 공식적인 건축 시작을 선언합니다.

산디에고 주민 여러분, 국왕 폐하 만세! 스페인 만세! 성직자들 만세! 가톨릭교회 만세!"

수많은 목소리들이 다같이 화답했다.

"만세! 만세! 주지사님 만세!"

주지사는 근엄한 자세로 계단을 내려가, 준비된 모종삽으로 회반죽을 한 삽 떠서 주춧돌 아래에 던져 넣고는 다시 근엄하게 계단을 올라갔다. 시청 직원들은 일제히 박수를 쳤다.

이베라가 또 다른 은제 모종삽을 교구 신부에게 전달하자, 그는 잠시 이베라의 눈을 바라보더니 천천히 계단 아래로 내려갔다. 내려가는 중간에 그는 눈을 들어 두꺼운 밧줄에 묶여 공중에 매달린 커다란 돌을 보았다. 그러나 이내 내려가서 주지사가 한 것과 똑같이 회반죽을 주춧돌 아래 던져 넣었다. 이번에는 신부들과 카피탄 티아고가 시청 직원들과 합세하여 더 큰 소리로 박수를 쳤다.

살비 신부는 모종삽을 전달할 사람을 찾기 위해 주위를 둘러보다가 마리아 클라라에게 눈길이 멈추었다. 그러나 이내 마음을 바꾸어 시청 서기에게 모종삽을 전달했다. 서기는 모종삽을 들고 유쾌하게 마리아 클라라에게 다가갔다. 하지만 그녀는 이를 미소로 정중히 사양했다. 신부들, 시청 직원들, 주둔군 부대장 모두가 자신의 차례에 따라 기념 시삽을 했다. 카피탄 티아고도 이번에는 빠지지 않고 기념 시삽을 수행했다.

오직 이베라만이 기념 시삽을 수행하지 않았다. 그가 핼쑥한 얼굴의 남자에게 밧줄에 매달린 커다란 돌을 내리라고 지시하려는 순간, 교구 신부가 이베라를 향해 친근하게 말을 건넸다.

"이베라 씨, 그대는 왜 기념 시삽에 참여하지 않는 것이오?"

이베라가 신부와 똑같은 어조로 대답했다.

"저는 제가 요리한 음식은 먹지 않습니다."

주지사가 그를 떠밀며 말했다.

"그러지 말고 하시지요. 그렇지 않으면 저 돌을 내리지 말라고 명할 것입니다. 그럼 우리는 세상이 끝날 때까지 여기 남아 있어야 하겠지요."

이베라는 이 장난스러운 협박에 마지못해 굴복했다. 그는 작은 은제 모종삽 대신 커다란 철제 삽을 집어 들었다. 많은 사람들이 이를 보고 웃었고, 이베라는 조용히 계단을 내려갔다. 엘리아스는 무어라 형용할 수 없는 표정으로 그의 행동을 지켜보고 있었다. 그때 누군가 엘리아스를 지켜봤다면 그 순간 그의 모든 영혼이 눈에 쏠려 있다는 사실을 금세 알아차렸을 게 분명했다. 얼굴이 핼쑥한 남자도 발아래의 구덩이를 응시하고 있었다.

머리 위에 매달린 커다란 돌과 엘리아스 그리고 핼쑥한 얼굴의 남자까지 차례대로 응시한 이베라는 함께 있던 관리소장에게 약간 떨리는 목소리로 말했다.

"그 들통을 내게 주시오. 그리고 올라가서 다른 모종삽 하나를 가져오시오."

이베라는 이제 구덩이 안에 혼자 남겨졌다. 엘리아스의 눈길은 이제 이베라가 아닌, 이베라의 움직임을 세심하게 살피고 있는 어떤 의문스러운 남자의 손으로 옮겨 가 있었다. 주지사의 연설에 대해 칭찬하는 일꾼들의 쉰 목소리, 모래와 석회를 뒤섞는 소리가 함께 들려왔다.

그 순간 갑자기 엄청난 충격이 일어났다. 비계 바닥에 있는 도르래가 느슨해지면서 윈치가 갑자기 세차게 돌더니, 마치 말뚝을 박는 커다란 해머가 구조물의 바닥을 내리치는 듯했다. 들보가 흔들리고 동여맨 밧줄들이 여기저기 끊어졌다. 거대한 구조물은 순식간에 엄청난 소리를 내며 허물어졌다. 수많은 사람들의 비명 소리와 함께 먼지 구름이 피어올랐다. 대부분의 사람들은 허겁지겁 달아났고, 아주 일부의 사람들만 구덩이로 뛰어 내려갔다. 오직 마리아 클라라와 살비 신부 둘만이 자리에 그대로 남아 있었다. 그들은 말문이 막힌 창백한 얼굴로 꼼짝없이 발이 굳어 움직이지 못하는 듯했다.

먼지가 일부 가라앉자 그들의 눈에 윈치와 거대한 돌판, 들보와 기둥, 흩어져 있는 밧줄들 가운데 서 있는 이베라가 보였다. 모든 것들이 갑자기 한꺼번에 구덩이 아래로 무너져 내린 것이었다. 여전히 손에 삽을 든 이베라는 공포에 질린 눈으로 발아래의 침목에 깔려 죽은 시체를 바라보고 있었다. 수많은 일꾼들이 두려움과 염려가 섞인 목소리로 말했다.

"죽지 않고 살아 있다니, 신의 가호입니다. 뭐라고 말 좀 해보세요!"

다른 이들이 소리쳤다.

"기적입니다, 기적이야!"

마치 꿈에서 깨어난 것처럼 보이는 이베라가 말했다.

"이리로 내려와서 저 불운한 사람의 시신을 수습하십시오."

그의 목소리를 듣자 마리아 클라라는 몸에서 힘이 풀려 절반쯤 기절한 채 친구들에게로 쓰러졌다. 엄청난 혼란이 이어졌다. 모든 이들이 소리를 지르며 이리저리 분주히 뛰어다녔고, 구덩이 아래를 오르내리며 일부는 놀라 기절하기도 했다. 주둔군 부대장이 물었다.

"죽은 사람이 누구야? 그는 아직 살아 있나?"

그들은 죽은 이가 윈치 옆에 서 있던 얼굴이 핼쑥한 남자임을 알아봤다.

"현장 책임자를 체포해서 처벌하시오."

주지사가 사고 후 처음으로 한 말이었다.

사람들이 쓰러져 있는 그 남자를 살폈으나, 그의 심장은 더 이상 뛰고 있지 않았다. 그는 머리를 맞았고, 코와 입, 귀에서 피가 흐르고 있었다. 그의 목에서는 이상한 표식이 발견되었다. 강철손이 그의 목을 붙들고 있는 것 같은 그림이었다.

신부들은 이베라에게 다가와 손을 잡으며 따뜻하게 위로했다. 다마소 신부가 설교할 때 숨어서 설교문을 읽어주던 프란시스코회 수도사는 눈물을 글썽이며, "하느님은 정의로우시며 선하십니다"라고 말했다. 일꾼 중의 한 명이 이베라에게 말했다.

"사고가 일어나기 직전에는 내가 그곳에 있었다는 걸 생각하니, 내가 마지막으로 그곳에 내려갔더라면…… 오, 주여!"

머리가 절반 이상 벗겨진 사람이 말했다.

"머리칼이 다 곤두서는 것 같았어요."

어떤 늙은 사람이 떨리는 목소리로 말했다.

"그대가 겪은 위험은 안타깝게 생각하지만, 그래도 내가 그 일을 겪지 않은 것은 천만다행입니다."

"이봐요, 돈 파스칼!"

몇몇 스페인 사람들이 그 노인을 책망했다.

"여러분, 제가 이런 말을 한 것은 이베라 씨가 무사하기 때문입니다. 만일 저에게 그와 같은 일이 일어났더라면, 아마 구조물에 맞아서 죽지 않았더라도…… 단지 그런 상상만으로 숨이 멎었을 겁니다."

하지만 이베라는 그런 대화 따위는 귀에 들어오지 않았다. 그는 마리아 클라라의 안위가 걱정되어 주위 사람들에게 물었다.

"이베라 씨, 이 사고가 축제의 분위기까지 망칠 수는 없습니다."

주지사가 말했다.

"죽은 자가 성직자나 스페인 사람이 아니라는 게 불행 중 다행입니다. 게다가 그대가 무사히 큰 위험에서 벗어난 사실을 축하해야 합니다. 만일 그 돌이 당신의 머리 위로 떨어졌더라면…… 생각만 해도 끔찍하군요."

서기가 말했다.

"육감은 무시할 수 없는 거죠. 이베라 씨가 구덩이로 내려가길 꺼려할 때, 전 무언가를 느꼈어요."

"어쨌든 죽은 자가 평범한 원주민이어서 다행이오."

"축제 분위기를 계속 이어갑시다. 연주도 계속하고요! 침울한 표정을 짓는다고 죽은 사람이 살아나는 건 아니지요. 부대장님! 즉시 사고에 대해 조사를 벌이시오. 그리고 현장 책임자를 체포하시오."

"그를 감옥에 처넣으세요!"

"그럼, 감옥에 처넣어야지. 어이, 거기 악단, 연주를 계속해! 그리고 현장 책임자는 감옥에 처넣어 버려."

이베라가 진지한 목소리로 끼어들었다.

"주지사님, 침울해한다고 죽은 이가 살아나는 게 아니듯이, 사고의 책임 소재도 모르는데 현장 책임자를 수감하는 일이 무슨 소용이 있겠습니까? 저는 그를 믿습니다. 당분간만이라도 그를 그냥 두시지요."

"잘 알겠습니다. 하지만 그는 이 일에서 손을 떼야 합니다!"

여러 의견들이 오갔으나, 기적이 일어났다는 사실에는 모두들 동의하는 분위기였다. 그러나 살비 신부는 자신의 수도회와 교구에서 기적이 일어났음에도 불구하고 그다지 기뻐하는 기색이 아니었다.

당연한 일이었지만, 이런 말들이 떠돌았다. 구조물이 붕괴될 때 프란시스코회 수도사 복장을 입은 어떤 사람이 구덩이로 내려가는 모습이 목격되었다. 그는 의심할 여지없이 성 디에고였다. 또한 이베라는 미사에 성실히 참석했고, 죽은 자는 미사를 드리지 않은 것도 밝혀졌다. 그 결과가 바로 이 사고 현장에서 명백하게 드러났다는 것이다.

한 엄마가 아들에게 설교하듯 말했다.

"이제 알겠지? 이래도 미사에 참석하기 싫어할 거야? 내가 강제로 너를 미사에 데려가지 않았더라면, 넌 지금 저 사람처럼 되어서 마차에 실려 법원으로 갔을 거야!"

그 엄마의 말처럼, 얼굴이 핼쑥한 남자는 방석에 싸여 법원으로 옮겨졌다. 이베라는 더러워진 옷을 갈아입기 위해 서둘러 집으로 향했다.

늙은 타시오가 자리를 떠나면서 중얼거렸다.

"불길한 징조야."

—2권으로 이어집니다.—

옮긴이 김동엽은 중앙대학교 정치외교학과를 졸업하고 국립 필리핀대학교 정치학과에서 국제지역
레짐으로서 아세안의 생존능력을 평가하는 논문으로 석사학위를, 이어 1990년대 한국과 필
리핀의 통신서비스산업 자유화정책에 대한 비교연구로 2003년에 박사학위를 받았다. 현재
부산외국어대학교 동남아지역원 조교수로 재직하고 있으며, 주요 저서로『동남아의 역사와
문화』(2012, 공역),『한국 속 동남아 현상: 인간과 문화의 이동』(2012, 공저),『동남아의 이슬
람화 1』(2014, 공저),『동아시아공동체: 동향과 전망』(2014, 공저) 등이 있다.

나를 만지지 마라 1

1판 1쇄 찍음 2015년 4월 24일
1판 1쇄 펴냄 2015년 4월 30일

지은이 호세 리살
옮긴이 김동엽
펴낸이 정성원 · 심민규
펴낸곳 도서출판 눌민
출판등록 2013. 2. 28 제2013-000064호
주소 서울시 마포구 양화로 156, 1624호 (121-754)
전화 (02) 332-2486   팩스 (02) 332-2487
이메일 nulminbooks@gmail.com

ISBN 979-11-951638-7-8 04830
     979-11-951638-6-1 (set)

• 이 번역서는 2009년 대한민국 교육부와 한국연구재단의 인문한국(HK)지원사업의
  지원을 받아 수행되었음 (NRF-2009-362-B00016).